山东省职业教育提质培优工程项目
山东省优秀校企合作教材

国学经典诵读

（第二版）

主　编/侯伟玲　张　洁　荆清霞
副主编/卢胜志　张翠丽　谢丽莉

山东人民出版社·济南
国家一级出版社　全国百佳图书出版单位

图书在版编目（CIP）数据

国学经典诵读 / 侯伟玲，张洁，荆清霞主编.
2 版. -- 济南 : 山东人民出版社，2024. 8（2025. 8 重印）.
ISBN 978-7-209-15323-2

Ⅰ. Z126

中国国家版本馆 CIP 数据核字第 20249NG684 号

国学经典诵读（第二版）

GUOXUE JINGDIAN SONGDU（DI-ER BAN）

侯伟玲　张　洁　荆清霞　主编

主管单位　山东出版传媒股份有限公司
出版发行　山东人民出版社
出 版 人　田晓玉
社　　址　济南市市中区舜耕路 517 号
邮　　编　250003
电　　话　总编室（0531）82098914
　　　　　市场部（0531）82098965
网　　址　http：//www. sd－book. com. cn
印　　装　济南升辉海德印业有限公司
经　　销　新华书店

规　　格　16 开（185mm × 260mm）
印　　张　21. 5
字　　数　350 千字
版　　次　2024 年 8 月第 2 版
印　　次　2025 年 8 月第 2 次
印　　数　6501—13000
ISBN 978－7－209－15323－2
定　　价　45. 00 元

前言

中国是一个伟大的国家，中华民族是一个有着悠久历史、灿烂文明的民族。中国历史，源远流长；中华文化，博大精深；中华经典，代代相传。阅读中华经典，从而让中华数千年光辉灿烂的文化一代又一代深深植根、久久继传，乃民族复兴之大计也！

2022 年 10 月 16 日，中国共产党第二十次全国代表大会在北京召开，这是一次十分重要的会议，因为它是在全党全国各族人民迈上全面建设社会主义现代化国家新征程、向第二个百年奋斗目标进军的关键时刻召开的。在这次大会上，习近平总书记再次强调了“坚持和发展马克思主义，必须同中华优秀传统文化相结合”。这句话不仅为中华优秀传统文化的传承与国学经典诵读课的发展指明了方向，更是为国学经典诵读课教学和研究提供了路径。

本书认为，国学就是指运用当代人的立场和眼光，在全球范围研究中国传统学术的一门学问。这主要包含三层意思：一是以传统学术为内容的传统国学；二是用现代眼光来阐释、辨析和创新的现代国学；三是把国学看作全人类宝贵的文化财富来阐释、比较、辨析与创新的国际视野中的国学。因此，振兴国学不仅是指传承，更重要的是激活国学的现代价值和创新精神，实现中华优秀传统文化的“两创”——创造性转化和创新性发展。

国学融合中外、推陈出新的精神，是我们今天构建和谐社会、进行文化创新、实现民族伟大复兴所要秉承和坚持的。对传统经典进行解读、阐释和辨析，毫无疑问是有助于实现理论创新的，这样一来，中华民族也才能在这种创新中得以生生不息、走向辉煌。可以说，在国学教育中，对经典进行研读、阐释与辨析，是最要紧的门径之一。研读国学经典，不但可以启智慧、育性情、承历史，而且可以开创美好未来。

习近平总书记在《中央党校建校80周年庆祝大会上的讲话》中提到，中国传统文化博大精深，学习和掌握其中的各种思想精华，对树立正确的世界观、人生观、价值观很有益处。这充分说明了国学教育在今天的整个国民教育体系中具有不可动摇的地位。

党的二十大报告明确提出要“推进文化自信自强，铸就社会主义文化新辉煌”。在以中国式现代化全面推进中华民族伟大复兴的新发展阶段，要让中华经典所蕴含的中华精神代代相传，让中华民族生生不息，学国学、读经典就必须落实到各个学段。同时，我们应该看到，学生是祖国的未来，是中华传统美德得以发扬光大的希望之所在，只要认真研读经典并惠受其泽，大家就能拥有与众不同的气质，然后实现成己成物、造福社会的理想。国学恰如注入人心灵的淙淙清泉，指引着新一代学生永远以阳光的心态和澄澈的心境面对人生与明天！

本书由侯伟玲、张洁、荆清霞担任主编，负责全书的框架结构设计，指导并进行具体写作和最终文稿审订。除学校教师和研究人员外，烟台乐诚电子有限公司李化吉及其他相关企业人员也参与了本书的编写工作，并给予诸多建设性意见，在此向他们致以诚挚的谢意！

中国传统文化博大精深、底蕴深厚，由于编写者水平有限，书中难免存在不足之处，恳请广大读者、专家批评指正。

编　者

2023年8月

目录

下篇　传统技艺传习篇

任务六　生活之雅致

任务七　艺术之绚烂

任务八　戏剧之璀璨

任务九　古建筑之辉煌

任务十　古诗文之诵读

| 上 篇 |

国学经典诵读篇

任务一

蒙学之熏陶

任务摘要

蒙学，特指中国古代对儿童进行的启蒙教育，相当于现在的小学。

蒙学以及作为其核心内容的蒙学教材，是传统文化的重要组成部分。为什么教学、教或学些什么以及怎样教学，往往与那一时代的性格和气质密切相关。通过蒙学这个窗口，我们可以了解那个时代的精神风貌、文化特征。比如唐代以前，启蒙教育处于起步阶段，教学以识字为主，人们学的是“宋延年，郑子方，卫益寿，史步昌”（《急就篇》）；宋代以后，理学兴起，人们学的便是“人之初，性本善。性相近，习相远”（《三字经》）；到了清代，儒学伦理要求越来越严格，所谓的“弟子规，圣人训。首孝悌，次谨信。泛爱众，而亲仁。有余力，则学文”（《弟子规》）也就风行开来。

可见，在产生或流传于某个时代的蒙学教材中，往往潜藏着那个时代的文化秘密，体现着那个时代的性格和气质。

传统的启蒙教育具有覆盖面广、影响大的特点。启蒙教育是其他教育的基础，所有的教育都是从启蒙教育开始的。如果把传统教育比作一座金字塔，那么在科举道路上取得辉煌成绩的举人、进士们，就构成了这座金字塔的塔尖，而那些刚刚进学或在家接受启蒙教育的幼童们，则构成了这座金字塔的塔基。这就意味着，启蒙教育涉及最广泛的对象，即使单纯从数量上讲，也是覆盖面最广的一个层级的教育。

鲁迅曾反复论及传统蒙学教材与传统文化的关系，一再提出研究蒙学教材的意义和必要性。他在《我们怎样教育儿童的?》一文中曾这样说：“中国要作家，要‘文豪’，但也要真正的学究。倘有人作一部历史，将中国历来教育儿童的方法，用书，作一个明确的记录，给人明白我们的古人以至我们，是怎样的被熏陶下来的，则其功德，当不在禹下。”在鲁迅看来，我们的祖先和我们自己，就是被一代代、一本本启蒙用书“熏陶下来的”，这确切地指出了传统文化传承的实情，说明了传统文化与传统蒙学的密切关系。

任务目标

知识目标：了解中国古代蒙学教育的基本情况，掌握经典蒙学读物中蕴含的文化常识和生活常识。

能力目标：掌握蒙学读物的诵读技巧，能够诵读《三字经》《千字文》。

素质目标：弘扬孝悌之情，帮助学生建立和践行社会主义核心价值观。

《千字文》

《千字文》的传世价值

如果要求在说话、写文章的时候，不能使用重复的字，那么我们可以坚持多久呢？相信这不太容易，因为有的字总是会重复用到。但历史上真有一本书，里面的字没有重复过一次，这本书就是《千字文》。《千字文》距今已经有 1400 多年的历史，编者是南朝人周兴嗣。

《千字文》在中国古代的童蒙读物中，是一部承上启下的作品，它不仅是启蒙和教育儿童的最佳读物，更是一部生动优秀的“小百科”。《千字文》以儒学理论为经，以科学知识为纬，全文共 250 句，每四字一句，字不重复，前后贯通，全书有条不紊地介绍了天文、地理、历史、自然、农耕、园艺、祭祀，以及修身养性、人伦道德、饮食起居等多领域的知识。它是四言长文，文笔优美、辞藻华丽，读来朗朗上口，非常适合儿童诵读，可以说是中国古代教育史上最成功的启蒙教材。

《千字文》1400 多年来的流传表明，它既是一部流传非常广泛的童蒙读物，也是中国传统文化的重要组成部分。《千字文》在文采上独领蒙学读物风骚，堪称训蒙长诗。它那优美的文笔，华丽的辞藻，使得众多童蒙读物都无法望其项背。《千字文》之后，尤其是宋代以后，虽然童蒙读物层出不穷，数目众多，而且在通俗性和知识性方面都做了很多努力，各有长处，但它们的一个不足就是文采稍逊，即使是影响较广的童蒙读物《三字经》也存在这一问题，在文采方面它们都无法与《千字文》相比。章太炎曾说，《三字经》与《千字文》比较有两个不足，即“字有重复、辞无藻采”。

《千字文》在中国文化史上具有独特地位，是历代各流派书法家进行书法创作的重要素材。隋唐以后，凡著名书法家均有不同书体的《千字文》作品传世。在《千字文》流传的过程中，隋唐之际的智永和尚功不可没。智永是王羲之的七世孙，他用30年的时间，摹写了800本真草《千字文》，分赠浙东各寺庙。智永的这一举动，既保存了王羲之的书法艺术，又使《千字文》得到了广泛的传播。智永之后，历代写《千字文》的书法大家甚众，著名的有怀素、宋徽宗、赵孟頫、文徵明等。他们的作品流传很广，书体与风格各异，可谓千字千姿，影响也很大，这无疑大大促进了《千字文》在民间的传播，提高了《千字文》的知名度，而且为世人留下了伟大的艺术瑰宝。

《千字文》被公认为世界上使用时间最长、影响最大的儿童启蒙识字课本，比《百家姓》和《三字经》还早。《千字文》可以说是千余年来最畅销、读者最广泛的作品之一。明清以后，《三字经》《百家姓》《千字文》是几乎家诵人习的所谓“三百千”。过去有打油诗讲私塾“学童三五并排坐，‘天地玄黄’喊一年”，正是真实写照。虽然《千字文》在“三百千”这三部启蒙读物中排名最后，但它是最早的一部，也是“三百千”中唯一知道确切成书时间和作者的一部。

《千字文》作为一部有影响的作品，很早就涉洋渡海，传播到世界各地。日本不仅有多种版本的《千字文》，而且出现了很多内容各异但都以《千字文》为名的作品。1583年，朝鲜出版了以朝语释义注音的《石峰千字文》。1831年，《千字文》被译成英文。此后数十年中，相继出现了《千字文》的法文本、拉丁文本、意大利文本，《千字文》的影响已扩展到海外。

《千字文》作者简介

周兴嗣（469—521），字思纂，南朝齐梁时陈郡项（今河南沈丘县）人，是西汉太子太傅周堪的后代。周兴嗣十三岁时到齐的京师建康（今南京）游学，十几年后便通晓了各种纪事文章的写法。传闻他游学时，曾在姑苏（今苏州）一家旅店住宿，夜里听见有人对他说："你才学盖世，不久就会结识到尊贵的大臣，最后被圣明的君主重用。"可是一直到声音消失，他也没能听出说话人在哪。

隆昌元年（494），齐侍中谢朏任吴兴（今浙江湖州）太守。谢朏厌恶与士人交往，却喜欢和周兴嗣在一块谈论文史，任职期满，他向朝廷极力推荐周兴嗣。本州举荐秀才出任公职，于是周兴嗣被推举为桂阳郡丞（郡守的副职）。郡守王嵘平时就很欣赏周兴嗣的文才，待他很好。502 年，萧衍代齐建梁，周兴嗣上奏《休平赋》，文章写得非常优美，受到萧衍重视，因此他被聘为安成王国侍郎，就在梁都的华林园当值。

梁天监七年（508），梁武帝将南京城内自己在三桥的旧居改建为光宅寺，命周兴嗣与陆倕各写一篇寺碑碑文。碑文完成后，梁武帝只使用了周兴嗣的作品。自此以后，著名的《铜表铭》《栅塘碣》《北伐檄》以及《次韵王羲之书千字》等，梁武帝都只要周兴嗣一人去完成。周兴嗣每成一篇，都会受到梁武帝的称赞和财物赏赐。梁天监九年（510），周兴嗣任新安郡丞，任满后，重任员外散骑侍郎，协助编撰国史。梁天监十二年（513），周兴嗣升任给事中，继续为皇室撰写文稿。周兴嗣的双手常年患有风疽（湿疹）病，升任给事中后，又染上了疠疾，这是一种不好医治的流行性疫病，最终他左眼失明。梁武帝萧衍抚摸着他的手，感叹地说："斯人也，而有斯疾也！"当场又亲笔抄写了一份专治风疽病的秘方，赐给周兴嗣，可见梁武帝对周兴嗣何等爱惜。与萧衍同为"竟陵八友"的任昉，也很欣赏周兴嗣的才华，经常对别人说：周兴嗣如果没病，十天内就能当上御史中丞。梁普通二年（521），周兴嗣病故。

周兴嗣撰有《皇帝实录》《皇德记》《起居注》《职仪》等专著，有文集十卷传世，但流传最广、最久远的则是《千字文》。

《千字文》选编及解析

天地玄黄，宇宙洪荒。日月盈昃（zè），辰宿（xiù）列张。

【解析】天是黑色的，地是黄色的，宇宙形成于混沌蒙昧的状态中。太阳正了又斜，月亮圆了又缺，星辰布列在无边的太空中。

寒来暑往，秋收冬藏。闰余成岁，律吕调阳。

【解析】寒暑循环变换，来了又去，去了又来。人们在秋天收割庄稼，在冬天储藏粮食。积累数年的闰余并成一个月，放在闰年里。古人用六律六吕来调节阴阳。

云腾致雨，露结为霜。金生丽水，玉出昆冈。

【解析】云气上升遇冷就形成了雨，夜里露水遇冷就凝结成霜。黄金产在金沙江，玉石出在昆仑山冈。

剑号巨阙，珠称夜光。果珍李柰（nài），菜重芥姜。

【解析】最锋利的宝剑叫“巨阙”，最贵重的明珠叫“夜光珠”。水果里最珍贵的是李子和柰子，蔬菜中最重要的是芥菜和生姜。

海咸河淡，鳞潜羽翔。龙师火帝，鸟官人皇。

【解析】海水是咸的，河水是淡的，鱼儿在水中潜游，鸟儿在空中飞翔。龙师、火帝、鸟官、人皇，这些都是上古时代的帝皇官员。

始制文字，乃服衣裳。推位让国，有虞陶唐。

【解析】仓颉创制了文字，嫘祖制作了衣裳。唐尧、虞舜英明无私，主动把君位禅让给功臣贤人。

吊民伐罪，周发殷汤。坐朝问道，垂拱平章。

【解析】安抚百姓、讨伐暴君的，是周武王姬发和商王成汤。贤明的君主坐在朝堂上向大臣们询问治国之道，垂衣拱手，毫不费力就能使天下太平，功绩彰著。

爱育黎首，臣伏戎羌。遐迩一体，率宾归王。

【解析】他们爱护、体恤老百姓，使四方各族人俯首称臣。普天之下成了一个整体，所有的老百姓都心悦诚服地归顺于他。

鸣凤在竹，白驹食场。化被草木，赖及万方。

【解析】凤凰在竹林中欢乐地鸣叫，小白马在草场上自由自在地吃草。圣君贤王的仁德之治使草木都受到感化，恩泽遍及天下百姓。

盖此身发，四大五常。恭惟鞠养，岂敢毁伤。

【解析】人的身体发肤分属于地、水、风、火（“四大”），一言一动都要符合仁、义、礼、智、信（“五常”）。时刻想着父母的养育之恩，悉心照料他们的日常起居，哪里敢有半点毁坏损伤。

女慕贞洁，男效才良。知过必改，得能莫忘。

【解析】女子要仰慕那些持身严谨的贞妇洁女，男子要仿效那些有才能有道德的人。知道自己有过错，就一定要改正；适合自己干的事，不要放弃。

罔谈彼短，靡恃（shì）己长。信使可覆，器欲难量。

【解析】不要谈论别人的短处，也不要依仗自己有长处就不思进取。诚实的话要经得起考验，器度要大，让人难以估量。

墨悲丝染，诗赞羔羊。景行维贤，克念作圣。

【解析】墨子悲叹白丝被染上了杂色，《诗经》赞颂君子品德洁白如羔羊。要仰慕圣贤的德行，要克制私欲，努力仿效圣人。

德建名齐，形端表正。空谷传声，虚堂习听。

【解析】养成了好的道德，就会有好的名声；就如同形体端庄了，仪表就正直了一样。在空旷的山谷中呼喊，声音会传得很远，在宽敞的厅堂里说话，声音会非常清晰。

祸因恶积，福缘善庆。尺璧非宝，寸阴是竞。

【解析】灾祸是作恶多端的结果，福禄是乐善好施的回报。一尺长的美玉不能算是真正的宝贝，但片刻的时光也要珍惜。

资父事君，曰严与敬。孝当竭力，忠则尽命。

【解析】奉养父母，侍奉君主，要严肃而恭敬。孝顺父母应当竭尽全力，忠于君主要不惜献出生命。

临深履薄，夙兴温凊（qìng）。似兰斯馨，如松之盛。

【解析】要“如临深渊，如履薄冰”那样小心谨慎；无论冬夏，都要早起晚睡侍候父母。要让自己的德行像兰草那样清香，像松柏那样茂盛长青。

川流不息，渊澄取映。容止若思，言辞安定。

【解析】自己的德行要能延及子孙，像大河川流不息；影响世人，像碧潭清澄照人。仪容举止要沉静安详，言语措辞要稳重，显得从容沉静。

笃（dǔ）初诚美，慎终宜令。荣业所基，藉甚无竟。

【解析】无论是修身还是求学，重视开头固然不错，但认真去做，有好的结果更为重要。这是一生荣誉及事业的基础，有此根基，发展就没有止境。

学优登仕，摄职从政。存以甘棠，去而益咏。

【解析】书读好了就可以做官，可以行使职权参与国政。周人怀念召公的德政，召公活着时曾在甘棠树下理政，他过世后老百姓对他更加怀念。

乐殊贵贱，礼别尊卑。上和下睦，夫唱妇随。

【解析】音乐要根据人们身份的贵贱而有所不同，礼节要根据人们地位的高低而有所区别。上下要和睦相处，夫妇要一唱一随，协调和谐。

外受傅训，入奉母仪。诸姑伯叔，犹子比儿。

【解析】在外接受师傅的训诲，在家遵从母亲的教导。对待姑姑、伯伯、叔叔等长辈，要跟他们的亲生子女一样。

孔怀兄弟，同气连根。交友投分，切磨箴规。

【解析】兄弟之间要相互关心，因为同受父母血气，如同树枝根脉相连。结交朋友要意气相投，在学习方面切磋琢磨，品行方面互相告勉。

仁慈隐恻，造次弗离。节义廉退，颠沛匪亏。

【解析】仁义、慈爱，对人的恻隐之心，在任何时候、任何地方都不能抛离。气节、正义、廉洁、谦让这些品德，在最穷困潦倒的时候也不可亏缺。

性静情逸，心动神疲。守真志满，逐物意移。

【解析】保持内心清静平定，情绪就会安逸舒适；心为外物所动，精神就会疲惫困倦。保持自己天生的善性，愿望就可以得到满足；追求物欲享受，善性就会转移改变。

坚持雅操，好爵自縻（mí）。都邑华夏，东西二京。

【解析】要坚定地保持高雅情操，不被爵禄所累。中国古代华美壮观的都城，首先当数东京洛阳和西京长安。

背邙（máng）面洛，浮渭据泾（jīng）。宫殿盘郁，楼观飞惊。

【解析】洛阳背靠邙山，面临洛水；长安北横渭水，远据泾河。宫殿回环曲折，楼台宫阙凌空欲飞，使人心惊。

图写禽兽，画彩仙灵。丙舍傍启，甲帐对楹。

【解析】宫殿里画着飞禽走兽，还有彩绘的天仙神灵。正殿两边的配殿从侧面开启，豪华的帐幕对着高高的楹柱。

肆筵设席，鼓瑟吹笙。升阶纳陛，弁（biàn）转疑星。

【解析】宫殿里摆着酒席，弹琴吹笙一片欢腾。官员们上下台阶互相祝酒，帽珠转动像天上的星星。

右通广内，左达承明。既集坟典，亦聚群英。

【解析】右面通向用以藏书的广内殿，左面到达朝臣休息的承明殿。这里收藏了很多的典籍名著，也聚集着成群的英才。

杜稿钟隶，漆书壁经。府罗将相，路侠槐卿。

【解析】（广内殿）里有杜度草书的手稿和钟繇隶书的真迹，有从汲县魏安釐王冢中发掘出来的漆简《尚书》，以及汉代鲁恭王在曲阜孔子旧宅墙壁内发现的《论语》古经。两京城内将相的府第星罗棋布，三公九卿的夹道高宅尽显威风。

户封八县，家给千兵。高冠陪辇（niǎn），驱毂（gǔ）振缨。

【解析】每家都有八县以上的封地，还有上千名的侍卫武装。戴着高大帽子的官员们陪着皇帝出游，驾着车马，帽带飘舞着，好不威风。

世禄侈富，车驾肥轻。策功茂实，勒碑刻铭。

【解析】他们的子孙世代领受俸禄，奢侈豪富，出门时轻车肥马，春风得意。朝廷还详尽确实地记载他们的功德，刻在碑石上流传后世。

磻（pán）溪伊尹，佐时阿（ē）衡。奄（yān）宅曲阜，微旦孰营。

【解析】周文王磻溪遇吕尚，尊他为“太公望”；伊尹辅佐时政，商王汤封他为“阿衡”。周成王占领了古奄国曲阜一带，要不是周公旦辅政，还有谁能经营？

桓公匡合，济弱扶倾。绮回汉惠，说感武丁。

【解析】齐桓公匡正天下诸侯，都打着“帮助弱小”“拯救危亡”的旗号。汉惠帝做太子时靠绮里季才幸免废黜，商君武丁感梦而得贤相傅说。

俊乂（yì）密勿，多士寔（shí）宁。晋楚更霸，赵魏困横。

【解析】贤才的勤奋谨慎，换来了百官的各安其位。晋文公、楚庄王先后称霸，赵国、魏国受困于连横。

假途灭虢（guó），践土会盟。何遵约法，韩弊烦刑。

【解析】晋国向虞国借路去消灭虢国，晋文公在践土召集诸侯歃血会盟。萧何遵奉汉高祖之意制定简约的法律，韩非惨死在他自己所主张的苛刑之下。

起翦颇牧，用军最精。宣威沙漠，驰誉丹青。

【解析】秦将白起、王翦，赵将廉颇、李牧，用兵作战最为精通。他们的声威远扬到北方的沙漠，美名和肖像永远流传在千古史册之中。

九州禹迹，百郡秦并。岳宗泰岱，禅主云亭。

【解析】九州之内都留下了大禹治水的足迹，全国各郡在秦并六国后归于统一。五岳以泰山为尊，历代帝王的封禅大典都在云亭山上举行。

雁门紫塞，鸡田赤城。昆池碣石，巨野洞庭。

【解析】名关有北疆雁门，要塞有万里长城，驿站有边地鸡田，奇山有天台赤城。赏池赴昆明滇池，观海临河北碣石，看泽去山东巨野，望湖到湖南洞庭。

旷远绵邈，岩岫（xiù）杳（yǎo）冥。治本于农，务兹稼穑（jià sè）。

【解析】中国的土地辽阔遥远，名山奇谷幽深秀丽，气象万千。把农业作为治国的根本，一定要做好播种与收获。

俶（chù）载南亩，我艺黍稷。税熟贡新，劝赏黜（chù）陟（zhì）。

【解析】一年的农活开始干起来了，种植小米和黄米是最重要的。收获季节，用刚熟的新谷交纳税粮，庄稼种得好的受到表彰和赏赐，种得不好的就要受到惩罚。

孟轲敦素，史鱼秉直。庶几中庸，劳谦谨敕（chì）。

【解析】孟子崇尚朴素，史官子鱼秉性刚直。做人要尽可能合乎中庸的标准，必须勤劳谦逊，谨慎检点，懂得告诫自己。

聆音察理，鉴貌辨色。贻厥嘉猷，勉其祗（zhī）植。

【解析】听人说话要审察其中的道理，观人脸色要看出他的心情。要给人家留下正确高明的忠告或建议，勉励别人谨慎小心地处世立身。

省躬讥诫，宠增抗极。殆辱近耻，林皋（gāo）幸即。

【解析】听到别人的讥讽告诫要反省自身，备受恩宠不要得意忘形而对抗权尊。如果知道有危险耻辱的事快要发生就退隐山林，这样才可以幸免于祸。

两疏见机，解组谁逼。索居闲处，沉默寂寥。

【解析】汉代疏广、疏受叔侄见机归隐，有谁逼迫他们辞去官职呢？离群独居，悠闲度日，整天不用多费唇舌，清静无为，岂不是好事。

求古寻论，散虑逍遥。欣奏累遣，戚谢欢招。

【解析】探求古人古事，读点至理名言，就可以排除杂念，自在逍遥。轻松的事凑到一起，费力的事丢在一边，消除不尽的烦恼，得来无限的快乐。

渠荷的历，园莽抽条。枇杷晚翠，梧桐蚤（zǎo）凋。

【解析】池塘中的荷花开得多么鲜艳，园林内的青草抽出嫩芽。到了冬天枇杷叶子还是绿的，梧桐一到秋天叶子就凋落了。

陈根委翳（yì），落叶飘摇。游鹍独运，凌摩绛霄。

【解析】老树根蜿蜒曲折，落叶在秋风里四处飘荡。只有远游的鲲鹏独立翱翔，直冲布满彩霞的云霄。

耽读玩市，寓目囊箱。易輶（yóu）攸（yōu）畏，属耳垣（yuán）墙。

【解析】汉代王充在街市上沉迷于读书，眼睛注视的全是书袋和书籍。换了轻便的车子要注意危险，说话要防止隔墙有耳。

具膳餐饭，适口充肠。饱饫（yù）烹宰，饥厌糟糠。

【解析】平时的饭菜要适合口味，让人吃得饱。饱的时候自然不想宰牛烹羊，饿的时候自然不嫌弃粗茶淡饭。

亲戚故旧，老少异粮。妾御绩纺，侍巾帷房。

【解析】亲属、朋友会面要盛情款待，老人、小孩的食物应有所差别。小妾婢女要管理好家务，尽心恭敬地服侍好主人。

纨（wán）扇圆洁，银烛炜煌。昼眠夕寐，蓝笋象床。

【解析】圆圆的绢扇洁白素雅，白白的蜡烛使屋堂灯火辉煌。白日小憩，晚上就寝，有青篾编成的竹席和象牙雕屏的床榻。

弦歌酒宴，接杯举觞（shāng）。矫手顿足，悦豫且康。

【解析】奏着乐，唱着歌，摆酒开宴；接过酒杯，开怀畅饮。情不自禁地手舞足蹈，真是又快乐又安康。

嫡（dí）后嗣续，祭祀烝尝。稽（qǐ）颡（sǎng）再拜，悚惧恐惶。

【解析】子孙一代一代传续，四时祭祀不能懈怠。跪着磕头，要拜了又拜；礼仪要周全恭敬，神态要肃穆虔诚。

笺牒简要，顾答审详。骸垢想浴，执热愿凉。

【解析】给人的书信要简明扼要，回答别人的问题要审慎周详。身上脏了就想洗个澡，捧着热东西就希望有风把它吹凉。

驴骡犊特，骇（hài）跃超骧（xiāng）。诛斩贼盗，捕获叛亡。

【解析】家里有了灾祸，连驴子、骡子等大小牲口都会受惊，狂蹦乱跳，东奔西跑。官府负责诛杀盗贼，捕获叛乱分子和亡命之徒。

布射僚丸，嵇（jī）琴阮啸。恬笔伦纸，钧巧任钓。

【解析】吕布善于射箭，宜僚善于弹丸，嵇康善于弹琴，阮籍善于长啸。蒙恬制造了毛笔，蔡伦发明了造纸，马钧发明了水车，任公子善于钓鱼。

释纷利俗，并皆佳妙。毛施淑姿，工颦（pín）妍笑。

【解析】他们或者善于为人解决纠纷，或者善于发明创造有利于社会的物品，这些都是非常巧妙的。毛嫱、西施姿容姣美，哪怕皱着眉头，都显得格外俏丽，更有倩曼动人一笑。

年矢每催，曦晖朗曜。璇玑（xuán jī）悬斡（wò），晦魄环照。

【解析】青春易逝，岁月匆匆催人老，只有太阳的光辉永远朗照。高悬的北斗七星运转不停，明晦的月光洒遍人间每个角落。

指薪修祜（hù），永绥（suí）吉劭（shào）。矩步引领，俯仰廊庙。

【解析】顺应自然，修德积福，永远平安，多么美好。如此心地坦然，方可昂首迈步，一举一动都像在神圣的庙宇中那样庄重。

束带矜庄，徘徊瞻眺。孤陋寡闻，愚蒙等诮。

【解析】衣带穿束整齐端庄，举止从容，高瞻远瞩。孤陋寡闻的人无法明白其中的道理，只能和愚昧无知的人一样空活一世，让人耻笑。

谓语助词，焉哉乎也。

【解析】说到古书中的语言助词，那就是指“焉”“哉”“乎”“也”了。

徐健顺　吟
《千字文》节选

《三字经》

《三字经》的传世价值

《三字经》是中国古代的儿童识字课本，是中国传统的儿童启蒙读物。在相当长的一个历史时期，传统的启蒙教育，儿童都是通过背诵《三字经》来识字知理的。《三字经》与《百家姓》《千字文》并称为三大国学启蒙读物，合称“三百千”。《三字经》三字一句的韵文极易成诵，内容包括中国传统的教育、历史、天文、地理、伦理和道德以及一些民间传说，广泛生动而又言简意赅。

《三字经》是中华民族珍贵的文化遗产，它短小精悍，读起来朗朗上口，同时蕴含许多深刻的道理。而且，随着社会的发展，后人不断将一些新的知识添入其中，这样《三字经》的内容日益丰富。读它的人可以从中汲取关于道德、历史、天文、地理、民间传说等文化知识的营养，其独特的思想价值和文化魅力为世人所公认。1990 年新加坡出版的英文新译本更是入选了联合国教科文组织评选的“儿童道德丛书”，并在世界范围内推广。

《三字经》作者简介

《三字经》相传为王应麟所作。王应麟（1223—1296），字伯厚，号深宁居士，进士出身，是南宋著名的学者、官员。他祖籍河南开封，后迁居庆元府鄞县（今浙江宁波鄞州区），历事南宋理宗、度宗、恭帝三朝，位至吏部尚书。王应麟博学多才，对经史子集、天文地理都有研究。南宋灭亡以后，他隐居乡里，闭门谢客，著书立说。他隐居二十余载，所有著作只写甲子不写年号，以示不向元朝称臣。他一生著作甚丰，有《困学纪闻》《玉海》《诗考》《诗地理考》《汉艺文志考证》《玉堂类稿》《深宁集》等六百多卷，但是流传最广的反而是他晚年为教育本族子弟读书而编写的这本融汇中国文化精粹的《三字经》，这可能是他始料未及的。举重若轻的大家手笔写出的这部“三字歌诀”，当然也非同凡响。其实，《三字经》历时数百年而成经典，并非王应麟一人的功劳，其内容在后世得到丰富和拓展，当是众人努力的结果。

《三字经》选编及解析

人之初　性本善　性相近　习相远

【解析】人生下来的时候都是善良的，心性差别不大，后天的学习环境不一样，修习的差别就大了。

苟不教　性乃迁　教之道　贵以专

【解析】如果从小不好好教育，人善良的本性就会变坏。为了不使人变坏，最重要的方法就是专心致志地教育孩子。

昔孟母　择邻处　子不学　断机杼

【解析】战国时，孟子的母亲为了使孟子有个好的学习环境曾三次搬家。有一次孟子逃学，孟母就割断织机上的布来教育他。

窦燕山　有义方　教五子　名俱扬

【解析】五代时的燕山人窦禹钧教育孩子很有方法，他教育的五个儿子都很有成就。

养不教　父之过　教不严　师之惰

【解析】仅仅是供养儿女吃穿而不好好教育他们，这是父亲的过错。只是教育，但不严格要求，这就算是老师的懒惰了。

子不学　非所宜　幼不学　老何为

【解析】小孩子不肯好好学习，是很不应该的。一个人倘若小时候不好好学习，到老的时候既不懂做人的道理，又无知识，能有什么用呢？

玉不琢　不成器　人不学　不知义

【解析】玉不打磨雕刻，不会成为精美的器物。人若是不学习，就不懂得礼义廉耻，不能成才。

为人子　方少时　亲师友　习礼仪

【解析】做儿女的，从小时候就要亲近老师和朋友，以便从他们那里学习为人处世的礼节和知识。

香九龄　能温席　孝于亲　所当执

【解析】东汉人黄香，九岁时就知道孝敬父亲，在寒冬时节为父亲暖被窝。这是每个孝顺父母的人都应该学习的。

融四岁　能让梨　弟于长　宜先知

【解析】 孔融四岁时就知道把梨让给兄辈，这种尊敬和友爱兄长的道理，是每个人从小就应该知道的。

首孝弟　次见闻　知某数　识某文

【解析】 一个人首先要学的是孝敬父母和友爱兄弟的道理，接下来是学习看到和听到的知识。并且要知道基本的算术知识，能够认识文字，阅读文章。

一而十　十而百　百而千　千而万

【解析】 我国采用十进位算术方法：一到十是基本的数字，然后十个十是一百，十个一百是一千，十个一千是一万，以此类推。

三才者　天地人　三光者　日月星

【解析】 三才指的是天、地、人，三光是指太阳、月亮、星星。这些都是应该知道的日常生活常识。

三纲者　君臣义　父子亲　夫妇顺

【解析】 三纲是处理人与人之间关系时应该遵守的三个行为准则，即君主与臣子的言行要合乎义理，父母子女之间要相亲相爱，夫妻之间要和顺相处。

曰春夏　曰秋冬　此四时　运不穷

【解析】 春、夏、秋、冬叫作四季。四时季节不断变化，春去夏来，秋去冬来，如此循环往复，永不停止。

曰南北　曰西东　此四方　应乎中

【解析】 东、南、西、北叫作四方，是我们常说的方位用语。这四个方位必须有个中央位置对应，才能把各个方位确定出来。

曰水火　木金土　此五行　本乎数

【解析】说到“五行”，那就是金、木、水、火、土。这是中国古代用来解释宇宙中各种事物现象的抽象概念，是由一、二、三、四、五这五个数字和组合变化而产生的。

十干者　甲至癸　十二支　子至亥

【解析】“十干”指的是甲、乙、丙、丁、戊、己、庚、辛、壬、癸，又叫“天干”；“十二支”指的是子、丑、寅、卯、辰、巳、午、未、申、酉、戌、亥，又叫“地支”。天干、地支在古代是用来记时的。

曰黄道　日所躔　曰赤道　当中权

【解析】地球围绕太阳运转，而太阳又围绕着银河系中心运转。太阳运行的轨道叫“黄道”，在地球中央有一条假想的与地轴垂直的大圆圈，这就是“赤道”。

赤道下　温暖极　我中华　在东北

【解析】赤道地区温度最高，气候特别炎热，从赤道向南北两个方向，气温逐渐变低。我们国家在地球的东北方向。

寒燠均　霜露改　右高原　左大海

【解析】我国地跨温、热两带，主要部分在温带，冷暖均匀，冬霜夏露会随着季节的改换而变化。当你面向南方时，那么右边是高原，左边是大海。

曰江河　曰淮济　此四渎　水之纪

【解析】中国是个地大物博的国家，直接流入大海的有长江、黄河、淮河和济水，这四条大河是中国河流的代表。

曰岱华　嵩恒衡　此五岳　山之名

【解析】中国的五大名山称为“五岳”，就是东岳泰山、西岳华山、中岳嵩山、南岳衡山、北岳恒山，这五座山是中国大山的代表。

古九州　今改制　称行省　三十五

【解析】州是古代的行政单位；制即制度，又指规模、法度；行省也是行政单位，简称省。古代分天下为九州，现在已经有所改变，全国共有三十五个行省。

曰士农　曰工商　此四民　国之良

【解析】中国是世界上人口最多的国家。知识分子、农民、工人和商人合称“四民”，是国家不可缺少的栋梁。

曰仁义　礼智信　此五常　不容紊

【解析】仁、义、礼、智、信合称“五常”，是指五种处世做人的标准。如果所有的人都能照此而行，那么社会就会有条不紊，所以每个人都应遵守，不可怠慢疏忽。

地所生　有草木　此植物　遍水陆

【解析】除了人类，在地球上还有花草树木，这些属于植物，在陆地上和水里到处都有。

有虫鱼　有鸟兽　此动物　能飞走

【解析】虫、鱼、鸟、兽属于动物，它们有的能在天空中飞，有的能在陆地上走，有的能在水里游。

稻粱菽　麦黍稷　此六谷　人所食

【解析】人类的食物有的来自植物，如水稻、高粱、大豆、小麦、粘谷和小米，这“六谷”是我们日常生活重要的食物来源。

马牛羊　鸡犬豕　此六畜　人所饲

【解析】动物中的马、牛、羊、鸡、狗和猪，叫“六畜”。这些动物和六谷一样本来都是野生的，后来渐渐被人们驯化饲养，才成为人类日常生活的工具和食品。

曰喜怒 曰哀惧 爱恶欲 七情具

【解析】高兴为喜，生气为怒，悲伤为哀，害怕为惧，心里喜欢为爱，讨厌为恶，内心贪恋为欲，合起来称为“七情”。这是人生来就有的七种感情。

青赤黄 及黑白 此五色 目所识

【解析】青色、赤色、黄色、黑色和白色，是我国古代传统的五种颜色，是人们的肉眼能够识别的。

酸苦甘 及辛咸 此五味 口所含

【解析】酸、苦、甜、辣和咸合称“五味”，是我们平时常见的味道，可以用嘴巴分辨出来。

膻焦香 及腥朽 此五臭 鼻所嗅

【解析】气味主要有五种，即羊膻味、烧焦味、香味、鱼腥味和腐朽味，我们用鼻子是可以闻出来的。

匏土革 木石金 丝与竹 乃八音

【解析】古人把制造乐器的材料分为八种，即匏瓜、黏土、皮革、木块、石头、金属、丝线与竹子。以制作材料代指乐器，这些乐器称为“八音”。

曰平上 曰去入 此四声 宜调协

【解析】我们的祖先把说话声音的声调分为平、上、去、入四种，合称“四声”。四声的运用理应和谐，听起来才能使人舒畅。

高曾祖 父而身 身而子 子而孙

【解析】高祖父生曾祖父，曾祖父生祖父，祖父生父亲，父亲生我本身，我生儿子，儿子再生孙子，这是家庭传承的序列。

自子孙 至玄曾 乃九族 人之伦

【解析】由自己的儿子、孙子再接下去，就是玄孙和曾孙。从高祖父到曾孙称为“九族”。这“九族”代表着人的长幼尊卑次序和家族血统的承续关系。

父子恩　夫妇从　兄则友　弟则恭

【解析】父亲与儿子要注重相互之间的恩情，夫妻之间的感情要和顺，哥哥对弟弟要友爱，弟弟对哥哥则要尊敬。

长幼序　友与朋　君则敬　臣则忠

【解析】年长的和年幼的交往要注意长幼尊卑的次序，朋友相处应该讲究友善诚信。如果君主能尊重他的臣子，那么臣子就会对君主忠心耿耿。

此十义　人所同　当师叙　勿违背

【解析】前面提到的十义，对所有人来说都是一样的。在日常生活中，人人都应学习遵守，不要违背。

斩齐衰　大小功　至缌麻　五服终

【解析】斩衰、齐衰、大功、小功和缌麻，这是中国古代亲族中不同的人死去时穿的五种孝服，合称“五服”，借指远近不同的亲属关系。

礼乐射　御书数　古六艺　今不具

【解析】礼法、音乐、射箭、驾车、书法和算术合称“六艺”，是古代读书人必须学习的六种技艺，这六种技艺到现在已经没有人能同时掌握了。

惟书学　人共遵　既识字　讲说文

【解析】在六艺中，只有书法还是每个人都要学习的。一个人认识字以后，就可以去研究《说文解字》，这样对于研究高深的学问是有帮助的。

有古文　大小篆　隶草继　不可乱

【解析】我国的文字发展经历了古文、大篆、小篆、隶书、草书的不同阶段，这一定要认清楚，不可搞混了。

若广学 惧其繁 但略说 能知原

【解析】假如想广泛地学习知识，但是又担心相关内容太过庞杂无从下手，可以考虑只做大体研究，能了解许多基本的道理即可。

凡训蒙 须讲究 详训诂 明句读

【解析】教导刚入学的儿童时，必须把每个字都讲清楚，每句话都要解释明白，并且使学童读书时懂得断句。

为学者 必有初 小学终 至四书

【解析】作为一个学习者，求学初期要打好基础，把基础知识学透了，才可以读“四书”。

论语者 二十篇 群弟子 记善言

【解析】《论语》这部书共有二十篇，是孔子的弟子以及再传弟子们记载的有关孔子重要言论的一部书。

孟子者 七篇止 讲道德 说仁义

【解析】《孟子》这部书是孟轲所作，共分七篇。其内容也是有关品行修养、道德仁义等优良德行的言论。

作中庸 子思笔 中不偏 庸不易

【解析】《中庸》这部书出自子思之手，“中”是不偏的意思，“庸”是不变的意思，“中庸”即张弛有度。

作大学 乃曾子 自修齐 至平治

【解析】创作《大学》这部书的是曾参，他提出了“修身、齐家、治国、平天下”的主张。

孝经通　四书熟　如六经　始可读

【解析】把《孝经》的道理弄明白了，把“四书”读熟了，才可以去读“六经”这些深奥的书。

诗书易　礼春秋　号六经　当讲求

【解析】《诗》《书》《易》《礼》《春秋》，再加上《乐》称“六经”，这是中国古代儒家的重要经典，应当仔细研读。

有连山　有归藏　有周易　三易详

【解析】《连山》《归藏》《周易》这三部书合称“三易”，有了这三部书，“易”的内容就齐备了。“三易”是用“卦”的形式来说明宇宙间万事万物循环变化道理的书籍。

有典谟　有训诰　有誓命　书之奥

【解析】《书经》的内容分六部分：一典，即立国的基本原则；二谟，即治国计划；三训，即大臣的态度；四诰，即国君的通告；五誓，指起兵文告；六命，指国君的命令。这些就是《书经》的主要内容。

我周公　作周礼　著六官　存治体

【解析】周公创制了《周礼》，其中记载着当时六官的官制以及国家治理的方针和原则。

大小戴　注礼记　述圣言　礼乐备

【解析】戴德和戴圣整理并且注释《礼记》，传述和阐发了圣贤的论说，使古代礼乐的情形更加清楚完备。

曰国风　曰雅颂　号四诗　当讽咏

【解析】《国风》《大雅》《小雅》《颂》合称为“四诗”，是内容丰富、感情深切的诗歌，值得我们去讽诵吟咏。

诗既亡　春秋作　寓褒贬　别善恶

【解析】后来周朝衰落，《诗经》也就跟着被冷落了。在这种情况下，孔子就作了《春秋》，这本书中隐含着他对现实政治的褒贬以及对各国善恶行为的辨析。

三传者　有公羊　有左氏　有穀梁

【解析】《春秋》三传包括公羊高所著的《春秋公羊传》、左丘明所著的《左氏春秋》和谷梁赤所著的《春秋穀梁传》，这些都是解释《春秋》的书。

尔雅者　善辨言　求经训　此莫先

【解析】《尔雅》是我国第一部词典，它一部分是辨别古今文字的差别，一部分是解释文字的意思和给事物下定义。所以，我们在读经书之前，应当先读《尔雅》，这样才能读懂群经。

古圣著　先贤传　注疏备　十三经

【解析】古代圣人的著作，经过诸位先贤的解释和阐发而成为比较完备的经书，这样的书共有十三部。

左传外　有国语　合群经　数十五

【解析】左丘明的著作除了《左传》，还有《国语》，《国语》又被称为《春秋外传》。《国语》记录的是周末春秋时期周、鲁等国贵族的言论，它以国家为单元来记述；而《左传》是按年编排，侧重记事。十三经再加《左传》和《国语》便是十五经。

经既明　方读子　撮其要　记其事

【解析】经传都读熟了才可以读子书。子书繁杂，必须选择比较重要的来读，并且要记住每件事的本末因果。

五子者　有荀扬　文中子　及老庄

【解析】“五子”是指荀子、扬子、文中子、老子和庄子。他们所写的书，被人称为“子书”。

经子通　读诸史　考世系　知终始

【解析】经书和子书读通了以后，才可以读史书。读史时要考究各朝各代的世系，明白他们盛衰的原因。

自羲农　至黄帝　号三皇　居上世

【解析】自伏羲氏、神农氏到黄帝，这三位上古时代的帝王都能勤政爱民，非常伟大，因此后人尊称他们为“三皇”。

唐有虞　号二帝　相揖逊　称盛世

【解析】黄帝之后，有唐尧和虞舜二位帝王。尧认为自己的儿子不肖，便把帝位传给了德才兼备的舜。在两位帝王治理下，天下昌盛，人人称颂。

夏有禹　商有汤　周文武　称三王

【解析】夏朝的开国君主是禹，商朝的开国君主是汤，周朝的开国君主是文王和武王。这几个德才兼备的君主被后人称为三代之王。

夏传子　家天下　四百载　迁夏社

【解析】禹把君位传给了自己的儿子启，从此天下就属于一个家族了。经过四百多年，夏朝的统治结束了。

汤伐夏　国号商　六百载　至纣亡

【解析】汤起兵灭掉夏朝，建立了新的王朝。新王朝的国号为商，前后延续了六百年，一直到纣王时才灭亡。

周武王　始诛纣　八百载　最长久

【解析】周武王起兵讨伐商朝，商纣王兵败自焚。周朝的历史最长，前后延续了八百年。

周辙东　王纲坠　逞干戈　尚游说

【解析】周平王东迁洛邑后，对诸侯的控制力就越来越弱了。诸侯国之间时常发生战争，而游说之士也大行其道。

始春秋　终战国　五霸强　七雄出

【解析】东周分为两个阶段，一是春秋时期，二是战国时期。春秋时的齐桓公、宋襄公、晋文公、秦穆公和楚庄王号称“五霸”。战国的“七雄”分别为齐、楚、燕、韩、赵、魏、秦。

嬴秦氏　始兼并　传二世　楚汉争

【解析】战国中后期，嬴氏秦国的势力日渐强大，它逐个兼并并最终灭掉各诸侯国，建立了统一的秦朝。秦朝传到二世胡亥，天下又开始大乱，出现了楚汉相争的局面。

高祖兴　汉业建　至孝平　王莽篡

【解析】刘邦打败项羽后建立了汉朝，刘邦被奉为汉高祖。汉朝的帝位传了两百多年，到了孝平帝时，就被王莽篡夺了。

光武兴　为东汉　四百年　终于献

【解析】王莽篡权，改国号为新，天下大乱。汉朝宗室刘秀逐渐兴起，他恢复国号为汉，史称东汉。两汉延续了四百年，到汉献帝的时候最终灭亡。

魏蜀吴　争汉鼎　号三国　迄两晋

【解析】东汉末年，魏国、蜀国（即蜀汉）、吴国争夺天下，形成了三国鼎立的局面。后来魏灭了蜀汉，但被司马氏篡夺了权力。司马氏建立晋朝后灭吴，重新统一全国。晋又分为西晋和东晋两个时期。

宋齐继　梁陈承　为南朝　都金陵

【解析】晋朝王室南迁以后建立东晋，但不久就衰亡了，中国进入南北朝时期。

南朝包括宋、齐、梁、陈四个政权，国都都建在金陵（今南京）。

北元魏　分东西　宇文周　与高齐

【解析】北朝指的是元魏，元魏后来又分裂成东魏和西魏。西魏被宇文觉篡了位，改称北周；东魏被高洋篡了位，改称北齐。

迨至隋　一土宇　不再传　失统绪

【解析】隋文帝杨坚建立了隋朝，重新统一了中国。杨坚的儿子杨广即位后荒淫无道，隋朝很快就灭亡了。

唐高祖　起义师　除隋乱　创国基

【解析】唐高祖李渊起兵反隋，隋朝在各种势力的反抗打击下很快灭亡了。李渊所部经过艰苦战斗，最终战胜了各路反隋义军和地方割据势力，建立了唐朝。

二十传　三百载　梁灭之　国乃改

【解析】唐朝统治了近三百年，总共传了二十位皇帝。到唐哀帝时朱全忠篡位，建立了梁朝，唐朝从此灭亡。为了和南朝梁相区别，历史上称朱全忠所建王朝为后梁。

梁唐晋　及汉周　称五代　皆有由

【解析】后梁、后唐、后晋、后汉和后周五个政权曾先后更替，历史上将这一时期称作“五代”，这五个朝代更替是有一定因由的。

炎宋兴　受周禅　十八传　南北混

【解析】赵匡胤接受后周“禅让”的帝位，建立了宋朝。宋朝历史分北宋和南宋两段，共传了十八位皇帝。其间，北方的少数民族政权不断南下侵扰，结果又出现了南北混战的局面。

辽与金　皆称帝　元灭金　绝宋世

【解析】北方的辽人、金人都建立了政权，他们的最高统治者也称皇帝。最后元朝灭掉了金朝和宋朝，又重新统一了中国。

舆图广　超前代　九十年　国祚废

【解析】元朝的疆域很广，所统治的领土超过了以前的任何一个朝代。然而它只维持了短短九十年，就被农民起义军推翻了。

太祖兴　国大明　号洪武　都金陵

【解析】元朝末年，朱元璋率部起义，最后推翻元朝统治，统一全国，建立了大明王朝。他自己当上皇帝后，定年号为洪武，定都金陵。

迨成祖　迁燕京　十六世　至崇祯

【解析】明成祖朱棣即位后，把都城迁到北方的燕京（今北京）。明朝共传了十六位皇帝，到崇祯皇帝为止，明朝政权最终被农民起义军推翻。

古今史　全在兹　载治乱　知兴衰

【解析】以上所叙述的各代历史，主要就是这些内容，它记载着社会的安定和混乱。通过学习历史，我们可以了解各朝各代的治乱兴衰。

史虽繁　读有次　史记一　汉书二

【解析】历史典籍虽然纷繁复杂，但在读的时候应该有次序：要先读《史记》，然后读《汉书》。

后汉三　国志四　兼证经　参通鉴

【解析】第三读《后汉书》，第四读《三国志》，读的同时，还要参照经书，参考《资治通鉴》，这样我们就可以更好地了解历史的治乱兴衰了。

读史者　考实录　通古今　若亲目

【解析】读史书的人应该更进一步去翻阅历史资料，考究当朝的实录性质的宝贵史料，了解古往今来事情的前因后果，就好像是自己亲眼所见一样。

口而诵　心而惟　朝于斯　夕于斯

【解析】我们读书学习，要有恒心，要一边读，一边用心思考。只有早和晚都把心思用到学习上，才能真正学好。

昔仲尼　师项橐　古圣贤　尚勤学

【解析】孔子是个十分好学的人，当时鲁国有一位神童名叫项橐，孔子曾向他学习。像孔子这样伟大的圣贤，尚不忘勤学，我们更要勤学好问。

赵中令　读鲁论　彼既仕　学且勤

【解析】宋朝时的赵普，做官已经做到宰相了，还天天手不释卷地阅读《论语》，他并不因为自己已经当了高官而忘记勤奋学习。

披蒲编　削竹简　彼无书　且知勉

【解析】西汉时路温舒把文字抄在蒲草上阅读，公孙弘将《春秋》刻在竹子削成的竹片上。他们两个人都很穷，买不起书，但依然不忘勤奋学习。

头悬梁　锥刺股　彼不教　自勤苦

【解析】汉朝的孙敬，读书时把自己的头发拴在屋梁上，以防止自己打瞌睡。战国时的苏秦，读书每到疲倦时，就用锥子刺大腿以提醒自己。他们不用别人督促，也能够自觉勤奋苦读。

如囊萤　如映雪　家虽贫　学不辍

【解析】晋朝人车胤把萤火虫放在纱袋里照明读书，孙康则利用积雪的反光来读书。他们两人家境贫苦，却能在艰苦条件下学习不辍。

如负薪　如挂角　身虽劳　犹苦卓

【解析】汉朝的朱买臣以砍柴维持生活，每天边担柴边读书。隋朝李密放牛时把书挂在牛角上，有时间就读。他们在劳作的环境里仍坚持读书。

苏老泉　二十七　始发愤　读书籍

【解析】唐宋八大家之一的苏洵，号老泉，到了二十七岁的时候，才下决心努力研读典籍，后来成了大学问家。

彼既老　犹悔迟　尔小生　宜早思

【解析】苏老泉上了年纪，才后悔当初没好好读书，而你们年纪轻轻，更应该早下定决心，发奋读书。

若梁灏　八十二　对大廷　魁多士

【解析】宋朝有个人叫梁灏，八十二岁才考中状元，在金殿上对皇帝提出的问题对答如流，领先于众人。

彼既成　众称异　尔小生　宜立志

【解析】梁灏这么大年纪，尚能获得成功，不能不使人钦佩他好学不倦的精神。而你们应该趁着年轻，立定志向，努力用功。

莹八岁　能咏诗　泌七岁　能赋棋

【解析】北魏有个叫祖莹的人，八岁就能吟诗，后来当了秘书监著作郎。另外唐朝有个叫李泌的人，七岁时就能以棋为题而作诗赋。

彼颖悟　人称奇　尔幼学　当效之

【解析】他们两个人的聪明和才智，在当时很受人们的赞赏和称奇。现在你们正开始求学，应该效法他们努力学习。

蔡文姬　能辨琴　谢道韫　能咏吟

【解析】东汉末年的蔡文姬能分辨琴韵，晋朝的才女谢道韫则能出口成诗。

彼女子　且聪敏　尔男子　当自警

【解析】这样的两个女子，一个懂音乐，一个会作诗，是如此聪慧。身为男子汉，更应时时告诫自己，充实自己。

唐刘晏　方七岁　举神童　作正字

【解析】唐玄宗时，有一个名叫刘晏的孩子，只有七岁，就被推举为神童，并且做了负责刊正文字的官。

彼虽幼　身已仕　尔幼学　勉而致

【解析】刘晏虽然年纪很小，却已经做官了，担负着国家赋予的重任。你们年幼求学，只要勤奋好学就能有所成就，也可以和刘晏一样名扬后世。

犬守夜　鸡司晨　苟不学　曷为人

【解析】狗在夜间会替人看守家门，鸡在每天早晨会报晓，人如果不能用心学习，有什么资格称为人呢？

蚕吐丝　蜂酿蜜　人不学　不如物

【解析】蚕吐丝供人们做衣料，蜜蜂酿制蜂蜜供人们食用。而人要是不懂得学习，以自己的知识、技能来实现自己的价值，真不如小动物。

幼而学　壮而行　上致君　下泽民

【解析】我们要在幼年时努力学习不断充实自己，长大后能够学以致用，替国家效力，为人民谋福利。

扬名声　显父母　光于前　裕于后

【解析】如果凭借自己的努力做出一番成就，那么不仅可以使自己名声远扬，就连父母也会因此而尊显。要给祖先增添光彩，给后代树立好的榜样。

人遗子　金满籯　我教子　惟一经

【解析】有的人遗留给孩子的是金银钱财，而我留给孩子的，仅有此一部三字经书。

勤有功　戏无益　戒之哉　宜勉力

【解析】 凡是勤奋上进的人，都会有好的功绩，而只顾贪玩是毫无益处的。所以大家一定时常告诫勉励自己努力向学、勤劳做事。

徐健顺　吟
《三字经》全本

《幼学琼林》

《幼学琼林》的传世价值

中国自古就十分重视对幼童的教育，其宗旨和目的是培养孩子的正知正见，即所谓的“童蒙养正”。正因为此，社会上出现了大量的蒙学读物，《幼学琼林》就是其中的佼佼者。纵览全书，我们不难发现《幼学琼林》有以下特点。

首先，相对而言，它内容上较少封建伦理说教，而以传授知识为主；其次，它内容十分丰富，可称得上是一部中国文化的小型百科全书；再次，正文部分就有释文，人们读起来颇觉明白晓畅，毫无滞碍，而且释文简洁允当，不拖泥带水；最后，它不为字数所限，不拘短长，只求偶句成对，颇便诵读。正因如此，此书成篇后，续作不绝，增补如缕。正因为有以上特点，《幼学琼林》一出，立即受到了社会的普遍认可和欢迎，成为当时必读的蒙学读物。时至今日，此书仍对广大读者，特别是青少年了解中国历史文化知识有一定帮助，使他们在吟诵名言警句、学习历史故事中陶冶情操、提高修养。

古人说：“读了《增广》会说话，读了《幼学》走天下。”由此可见《幼学琼林》的影响之广、作用之大。

《幼学琼林》作者简介

《幼学琼林》原名《幼学须知》，一般认为是明代西昌人程登吉（字允升）所编，也有人认为编者是明景泰年间的进士邱睿。清人邹圣脉作了一些补充和注释，并且更名为《幼学故事琼林》，简称《幼学琼林》。

《幼学琼林》选编及解析

卷一·天文

混沌初开，乾坤始奠。

气之轻清上浮者为天，气之重浊下凝者为地。

日月五星，谓之七政；天地与人，谓之三才。

日为众阳之宗，月乃太阴之象。

雪花飞六出，先兆丰年；日上已三竿，乃云时晏。

蜀犬吠日，比人所见甚稀；吴牛喘月，笑人畏惧过甚。

望切者，若云霓之望；恩深者，如雨露之恩。

齐妇含冤，三年不雨；邹衍下狱，六月飞霜。

雨旸时若，系是休徵；天地交泰，称斯盛世。

【解析】 六出：雪花的代称。晏：晚。

蜀地高山雾大，见日时少，每至日出，则群犬疑而吠之。吴地的水牛极畏炎热，见到月亮疑是太阳，所以气急而喘。

霓：虹的一种，一般出现在雨后。云兴而雨至，霓见而雨止，所以久旱不雨时，人们渴望见到云彩，但担心霓出现。雨露：指雨和露，也指雨水，比喻恩泽。

齐地孝妇窦氏被诬谋杀婆婆，太守处死了她，东海因此三年大旱不雨。邹衍：战国时人，燕惠王听信谗言，把邹衍关进监狱，邹衍受冤枉而仰天大哭，天上忽然下起霜来。

雨旸时若：下雨和出太阳都顺应时令。旸：日出天晴。时若：四时和顺。休徵：吉祥美好的征兆。

卷一·地舆

黄帝画野，始分都邑；夏禹治水，初奠山川。

宇宙之江山不改，古今之称谓各殊。

事先败而后成，曰失之东隅，收之桑榆；事将成而终止，曰为山九仞，功亏一篑。

击壤而歌，尧帝黎民之自得；让畔而耕，文王百姓之相推。

费长房有缩地之方，秦始皇有鞭石之法。

商鞅不仁而阡陌开，夏桀无道而伊洛竭。

道不拾遗，由在上有善政；海不扬波，知中国有圣人。

【解析】 黄帝划分疆土之后，才有了王都域邑的区分；夏禹治水后，才奠定了山河的走向和位置。

宇：指无限空间。宙：指无限时间。

东隅：日所出处。桑榆：落日所照处。九仞：极言其高。篑：盛土的筐。

让畔而耕：传说文王治理的地区，风俗仁义，耕田的人互相推让田界。畔：田地的界限。

秦始皇欲渡东海观日出，有神鞭石作桥，石头行动不迅速，神人用鞭子抽得石头流血。

商鞅废井田，开阡陌，秦国因此强大起来。阡陌：田地之间的道路和地界。伊洛：指伊水和洛水。夏桀荒淫无道，所以上天使二水干枯以警告他。

“道不拾遗”，是因为在上掌权的人治理有方；“海不扬波”，由此可知中国有圣明之人。

卷一·岁时

爆竹一声除旧，桃符万户更新。

履端是初一元旦，人日是初七灵辰。

元旦献君以《椒花颂》，为祝遐龄；元日饮人以屠苏酒，可除厉疫。

新岁曰王春，去年曰客岁。

火树银花合，谓元宵灯火之辉煌；星桥铁锁开，谓元夕金吾之不禁。

二月朔为中和节，三月三为上巳辰。

冬至百六是清明，立春五戊为春社。

寒食节是清明前一日，初伏日是夏至第三庚。

四月乃是麦秋，端午却为蒲节。

六月六日，节名天贶；五月五日，序号天中。

端阳竞渡，吊屈原之溺水；重九登高，效桓景之避灾。

东方之神曰太皞，乘震而司春，甲乙属木，木则旺于春，其色青，故春帝曰青帝；

南方之神曰祝融，居离而司夏，丙丁属火，火则旺于夏，其色赤，故夏帝曰赤帝；

西方之神曰蓐收，当兑而司秋，庚辛属金，金则旺于秋，其色白，故秋帝曰白帝；

北方之神曰玄冥，乘坎而司冬，壬癸属水，水则旺于冬，其色黑，故冬帝曰黑帝；

中央戊己属土，其色黄，故中央帝曰黄帝。

焚膏继晷，日夜辛勤；俾昼作夜，晨昏颠倒。

春祈秋报，农夫之常规；夜寐夙兴，吾人之勤事。

韶华不再，吾辈须当惜阴；日月其除，志士正宜待旦。

【解析】 桃符：指画在桃木板上的门神，古人认为桃木能驱邪，故新年的传统风俗之一是换桃符。

履端：开端。人日：正月初七。

《春秋》用“春，王正月”表示新的一年的一月份，后来人们就用王春指新的一年。客岁，即旧岁。

二月朔：二月初一。唐代以二月初一为中和节，人们在这天互相赠送瓜果百谷。上巳辰：三月上旬的巳日，称上巳。

戊是天干的第五位，五戊是立春后的第五个戊日。春社：古人在春天祭祀土地神。根据历法，立秋后五戊为秋社。

介子推帮助晋文公复国有功，但不愿做官，隐于山中，晋文公放火烧山，想逼他出来，但介子推抱树不出而被烧死。晋文公命令百姓每年在这一天禁火并且吃冷的食物，故名寒食。

蒲节：端午节。因为古时端午节要在门上挂菖蒲叶而得名。

贶：音况，赐予。相传宋真宗大中祥符四年六月初六，有天书降下，真宗下诏把这一天定为天贶节。

屈原投汨罗江而死，楚人造龙舟竞渡救他，后来传为风俗。重九登高：相传费长房对桓景说，九月九日，你家中有难，只有全家人插着茱萸登山、饮菊花酒，才能避祸，桓景听从了他的话。晚上回家一看，家中的鸡犬牛羊都死了。以后重九登高成为风俗。

皞：音浩。古人用阴阳五行来解释季节和方位，将金、木、水、火、土五行与东、西、南、北、中及春、夏、秋、冬相配，又和八卦及天干对应。

膏：油脂。晷：日影。俾：音比，使，把。俾昼作夜：把白天和黑夜的作息颠倒了。

夙：早。

除：去。

卷一·朝廷

三皇为皇，五帝为帝。

以德行仁者王，以力假仁者霸。

天子天下之主，诸侯一国之君。

官天下，乃以位让贤；家天下，是以位传子。

陛下尊称天子，殿下尊重宗藩。

皇帝即位曰龙飞，人臣觐君曰虎拜。

皇帝之言，谓之纶音；皇后之命，乃称懿旨。

椒房是皇后所居，枫宸乃人君所莅。

天子尊崇，故称元首；臣邻辅翼，故曰股肱。

龙之种，麟之角，俱誉宗藩；君之储，国之贰，皆称太子。

【解析】　三皇：指天皇、地皇、人皇。五帝：有多种说法，一般指黄帝、颛顼、帝喾、尧、舜。

力：武力。假：借。

诸侯：周代，天下分为许多小诸侯国，国君称为诸侯。诸侯有公、侯、伯、子、男之分。

尧、舜时实行禅让制，由贤人继承君位，到禹时君位传给了儿子。《湘山野录》载，宋真宗问李仲容："何谓官家？"李仲容答道："五帝时是官天下，三王时是家天下，兼有五帝三皇之德，故称为官家"。

宗藩：指受天子分封的宗室诸侯。因其拱卫王室，犹如藩篱，所以得名。

觐：古代诸侯在秋天朝见君主或朝拜圣地，后来泛指臣下朝见君主。

纶音：帝王的诏书旨意。

汉代后宫多以花椒涂墙，用以取暖避恶气，故后宫被称为椒房；帝王殿前多种植枫树，宸是北极星所处的方位，故帝王所居之处称为枫宸。

元首：头，后来用作君主的代称。股肱：大腿和胳膊，比喻左右辅佐之臣。

卷一·文臣

召伯布文王之政，尝舍甘棠之下，后人思其遗爱，不忍伐其树；

孔明有王佐之才，尝隐草庐之中，先主慕其令名，乃三顾其庐。

王德用，人称黑王相公；赵清献，世号铁面御史。

汉刘宽责民，蒲鞭示辱；项仲山洁己，饮马投钱。

李善感直言不讳，竞称鸣凤朝阳；汉张纲弹劾无私，直斥豺狼当道。

民爱邓侯之政，挽之不留；人嫌谢令之贪，推之不去。

廉范守蜀郡，民歌五裤；张堪守渔阳，麦穗两歧。

鲁恭为中牟令，桑下有驯雉之异；郭伋为并州守，儿童有竹马之迎。

【解析】 召伯：周文王的庶子。被封于召，又称召公，尝居甘棠树下。后人为纪念他，写下《甘棠赋》。

王德用：北宋名将，治军有方。赵清献：即赵汴，谥号“清献”，曾担任御史，弹劾不避权贵，铁面无私。

刘宽：汉人，担任南阳太守，为人宽容，民有过错，他只用蒲草鞭子处罚，以示耻辱。汉代人项仲山每次在河边饮马，都要往河里投三文钱，表示不占便宜。

李善感：唐朝时任监察御史，皇帝想封五岳，他力谏阻止。张纲：汉御史，皇帝派其到外地巡视，张纲埋掉车轮，说：“现在是豺狼当道，去抓什么狐狸?”于是上书弹劾大将军梁冀等人的不法行为。

邓侯：邓攸，东晋时任吴郡太守，因为官清廉，离任时百姓挽留不让其离去。其前任谢太守非常贪财，人们于是作歌曰：“邓侯留不住，谢令推不去。”

廉范：汉蜀郡太守，鼓励百姓劳动致富，百姓唱道，“过去没有衣穿，现在有五条裤子”。张堪：汉朝人，渔阳太守，百姓作歌曰“桑树上没有多余的枝条，麦子上长出两个穗”。

汉代鲁恭任中牟县令时，桑树下的雉鸡都很驯服，连小孩儿都知道要爱护幼雉而不去捕捉它们。汉郭伋任并州太守时，广布恩德，其出行时，数百儿童骑竹马在道旁欢迎他。

卷一·武职

韩柳欧苏，固文人之最著；起翦颇牧，乃武将之多奇。

范仲淹胸中具数万甲兵，楚项羽江东有八千子弟。

苻坚自夸将广，投鞭可以断流；毛遂自荐才奇，处囊便当脱颖。

羞与哙等伍，韩信降作淮阴；无面见江东，项羽羞归故里。

韩信受胯下之辱，张良有进履之谦。

卫青为牧猪之奴，樊哙为屠狗之辈。

求士莫求全，毋以二卵弃干城之将；用人如用木，毋以寸朽弃连抱之材。

总之君子之身，可大可小；丈夫之志，能屈能伸。

自古英雄，难以枚举；欲详将略，须读《武经》。

【解析】 韩柳欧苏：指唐代文学家韩愈、柳宗元，宋代文学家欧阳修、苏轼。起翦颇牧：指秦国大将白起、王翦，赵国大将廉颇、李牧。

北宋时范仲淹任延州知州以防御西夏，治军严整，西夏人谓其“胸中有百万甲兵”。项羽于秦末年起兵，率江东八千子弟渡江作战。

前秦苻坚南伐晋国前，吹嘘自己兵力有百万之众，投鞭于江，足以断流。结果为晋所败。毛遂向平原君自荐去楚国做说客，平原君说：“人才就像是锥子放在布袋中，锥尖马上可以看见，而先生在我这里三年，还没有听说你做了什么事情。”毛遂说：“如果让臣处于布袋中，将脱颖而出。”颖：尖端。

刘邦因韩信势盛而降其为淮阴侯。一次他到樊哙那里，樊哙恭敬相迎，韩信向来看不起他，韩信说：我竟然与樊哙为伍啊。项羽兵败乌江，乌江亭长请他渡江，项羽说，“我与江东八千子弟渡江作战，现在没有一个人同我回去，有何颜面见江东父老”，于是拔剑自刎。

韩信少年时喜欢佩剑，家乡有无赖侮辱他说：“不怕死，就刺死我；怕死，就从我胯下钻过去。”韩信看了他很久，就从胯下钻过去了。进履：指张良为黄石公穿鞋而得书之事。

汉武帝时大将卫青年少时曾牧猪，汉高祖手下大将樊哙曾以屠狗为业。

卵：鸡蛋。苟变做小吏时曾吃过百姓两个鸡蛋，子思仍然向卫侯推荐他当大将，子思说，用人如用木，不要因为一寸朽木就抛弃几个人才能合抱的木材。

老子说：“君子之身可大可小也。”孟子说：“丈夫之志能屈能伸也。”

《武经》：军事典籍。

卷二 · 祖孙父子

何谓五伦？君臣、父子、兄弟、夫妇、朋友；

何谓九族？高、曾、祖、考、己身、子、孙、曾、玄。

桥木高而仰，似父之道；梓木低而俯，如子之卑。

不痴不聋，不作阿家（gū）阿翁；得亲顺亲，方可为人为子。

生子当如孙仲谋，曹操羡孙权之语；生子须如李亚子，朱温叹存勖之词。

菽水承欢，贫士养亲之乐；义方是训，父亲教子之严。

爱无差等，曰兄子如邻子；分有相同，曰吾翁即若翁。

长男为主器，令子可克家。

子光前曰充闾，子过父曰跨灶。

宁馨英畏，皆是羡人之儿；国器掌珠，悉是称人之子。

可爱者，子孙之多，若螽斯之蛰蛰；堪羡者，后人之盛，如瓜瓞之绵绵。

【解析】 五伦：人与人之间的五种关系。考：死去的父亲。

桥木：即乔木，枝叶高大挺拔。梓木：一种落叶亚乔木，枝叶低垂。

阿家阿翁：婆婆公公。

曹操称赞孙权说，“生子当如孙仲谋，刘表的那些儿子，都像猪狗一样”。李亚子：李存勖，小名亚子，五代后唐的开国皇帝，骁勇善战。朱温：梁太祖，他曾感叹说，“生的儿女要像李亚子那样，李家就不会灭亡了”。

孔子说：吃着豆子喝着清水让父母尽其欢乐，这就是孝。菽水：豆和水，指普通的饮食。

项羽抓到刘邦的父亲，要烹杀他，刘邦说，“我和你同时受楚怀王之命，结为兄弟，我的父亲就是你的父亲”。

主器：古代国君的长子掌管家庙中的祭器。后用来称长子。令子：好儿子。

晋代贾充出生时，他父亲说：将来当有充满闾门的喜事，于是给他起名为充，字公闾。跨灶：马前蹄空处曰灶，良马奔驰，后蹄痕超过前蹄痕，名跨灶。喻指儿子超过父亲。

英畏：英俊可畏。国器：国家的栋梁。

螽斯：蝗虫。蛰蛰：聚集。

卷二·兄弟

天下无不是底父母，世间最难得者兄弟。

须贻同气之光，无伤手足之雅。

玉昆金友，羡兄弟之俱贤；伯埙仲篪，谓声气之相应。

兄弟既翕，谓之花萼相辉；兄弟联芳，谓之棠棣竞秀。

患难相顾，似鹡鸰之在原；手足分离，如雁行之折翼。

元芳、季芳俱盛德，祖太丘称为难弟难兄；宋郊、宋祁俱中元，当时人

号为大宋小宋。

荀氏兄弟，得八龙之佳誉，河东伯仲有三凤之美名。

东征破斧，周公大义灭亲；遇贼争死，赵孝以身代弟。

煮豆燃萁，谓其相害；斗粟尺布，讥其不容。

兄弟阋（xì）墙，谓兄弟之斗狠；天生羽翼，谓兄弟之相亲。

姜家大被以同眠，宋君灼艾而分痛。

田氏分财，忽瘁庭前之荆树；夷齐让国，共采首阳之蕨薇。

虽曰安宁之日，不如友生；其实凡今之人，莫如兄弟。

【解析】 底：的。

贻：赠给。同气：兄弟同为父母血气所生，后多指同胞兄弟。

埙：陶土烧制的乐器。篪：音迟，古时用竹管制成的乐器。

翕：音西，聚合。

鹡鸰：音急灵，一种水鸟，《诗经》有云：“鹡鸰在原，兄弟急难。”

汉代人陈寔担任太丘令，大儿子叫元芳，小儿子叫季方。二人之子在祖父陈寔面前争论谁的父亲更优秀一些，陈寔说：“元方难为兄，季方难为弟。”中元：考中状元。

汉代人荀淑的八个儿子都很有才能，被称为“荀氏八龙”。唐朝河东人薛收和堂弟薛元敬、族兄薛德音都很有名，被称为“河东三凤”。

《诗经》记载，周公东征砍坏了斧，砍坏了刀，大义灭亲，杀掉了叛乱的弟弟管叔和蔡叔。汉人赵礼被强盗抓住，将要被杀，其兄赵孝争着代弟弟去死，强盗被兄弟的义行所感动，于是放了他们。

汉文帝的弟弟谋反，被流放到蜀郡，绝食而死。百姓作歌曰：“一尺布，尚可缝，一斗粟，尚可舂，兄弟二人不相容。”

阋：音细，争吵，争斗。

汉代姜肱兄弟三人友爱，虽然各自娶妻，仍做大被睡在一起。宋太祖的弟弟病了，要用艾叶烧灼皮肤治病，太祖亦如样为之，为弟弟分担痛苦。

《隋史》载，田真、田广、田庆三兄弟商议分家，第二天发现院中荆树枯萎，于是决定不分家，荆树又重新发芽。

《诗经》有云："丧乱既平，既安且宁，虽有兄弟，不如友生。"

卷二·夫妇

孤阴则不生，独阳则不长，故天地配以阴阳；男以女为室，女以男为家，故人生偶以夫妇。

阴阳和而后雨泽降，夫妇和而后家道成。

夫谓妻曰拙荆，又曰内子；妻称夫曰藁（gǎo）砧，又曰良人。

如鼓瑟琴，夫妻好合之谓；琴瑟不调，夫妇反目之词。

牝鸡司晨，比妇人之主事；河东狮吼，讥男子之畏妻。

冀郤缺夫妻相敬如宾，陈仲子夫妇灌园食力。

不弃糟糠，宋弘回光武之语；举案齐眉，梁鸿配孟光之贤。

【解析】 室，家：后世以室家代称夫妇。

藁砧：妇女称丈夫之隐语。

牝：音聘，雌。

冀：古指河北地区。郤（音细）缺：春秋时河北人，夫妻相敬如宾。陈仲子：战国时齐国人，听说楚王要请他做官，夫妇二人便逃走，为人灌园，自食其力。

宋弘：东汉人，光武帝刘秀想让宋弘抛弃妻子，改娶湖阳公主，宋弘回答说，"贫贱之交不可忘，糟糠之妻不下堂"，以此婉拒了光武帝。

卷二·叔侄

曰诸父，曰亚父，皆叔父之辈；曰犹子，曰比儿，俱侄儿之称。

阿大中郎，道韫雅称叔父；吾家龙文，杨素比美侄儿。

乌衣诸郎君，江东称王谢之子弟；吾家千里驹，苻坚羡苻朗为侄儿。

竹林叔侄之称，兰玉子侄之誉。

存侄弃儿，悲伯道之无后；视叔犹父，羡公绰之居官。

卢迈无儿，以侄而主身之后；张范遇贼，以子而代侄之生。

【解析】 亚：次，次于。比：类似。

阿大中郎，是谢道韫对叔父的雅称。吾家龙文，为杨昱对侄儿的赞美。

晋代大族王导、谢安的子弟都住在乌衣巷，被称为“乌衣郎君”。千里驹：前秦皇帝苻坚曾夸奖他的侄儿苻朗为千里驹。

“竹林七贤”中，阮咸、阮籍是叔侄关系，后称叔侄为贤竹林。兰玉：芝兰、玉树。

晋代邓伯道在战乱中丢下儿子救下侄儿。唐朝柳公权富贵之后对待叔父如对待父亲一般。

唐代人卢迈说：“兄弟的儿子就像自己的儿子一样，可以照料我的将来。”张范：三国时魏国人，他的儿子和侄子都被贼人绑架了，他请求用自己的儿子代替侄儿去死，强盗受到感动，便将他的儿子、侄子都放了。

卷二·师生

马融设绛帐，前授生徒，后列女乐；孔子居杏坛，贤人七十，弟子三千。

称教馆曰设帐，又曰振铎；谦教馆曰糊口，又曰舌耕。

师曰西宾，师席曰函丈。

学曰家塾，学俸曰束修。

桃李在公门，称人弟子之多；苜蓿长阑干，奉师饮食之薄。

冰生于水而寒于水，比学生过于先生；青出于蓝而胜于蓝，谓弟子优于师傅。

未得及门，曰宫墙外望；称得秘授，曰衣钵真传。

人称杨震为关西夫子，世称贺循为当世儒宗。

负笈千里，苏章从师之殷；立雪程门，游杨敬师之至。

弟子称师之善教，曰如坐春风之中；学业感师之造成，曰仰沾时雨之化。

【解析】 汉人马融曾经设立帷帐，前面讲课，后面设立女乐。

振铎：摇动铃铛。《尚书》载，古代国家宣布政教法令时，都派人摇动铃铛一路上进行教化，故用振铎指教育。铎，大铃。

古代授课，主人坐东面，老师坐西面，故称西宾。

《论语》有言，“夫子之墙数仞，不得其门而入”，此“未得及门”即指此。

杨震：东汉人。贺循：晋代人，博学多才，尤其精通礼传。

苏章：西汉人，曾不远千里求学。游杨：宋代人游酢、杨时。

时雨：适合时令的雨水。

卷二·朋友宾主

取善辅仁，皆资朋友；往来交际，迭为主宾。

尔我同心曰金兰；朋友相资曰丽泽。

东家曰东主，师傅曰西宾。

父所交游，尊为父执；己所共事，谓之同袍。

心志相孚为莫逆，老幼相交曰忘年。

与善人交，如入芝兰之室，久而不闻其香；与恶人交，如入鲍鱼之肆，久而不闻其臭。

民之失德，干糇（hóu）以愆；他山之石，可以攻玉。

蔡邕倒屣以迎宾，周公握发而待士。

陈蕃器重徐稚，下榻相延；孔子道遇程生，倾盖而语。

伯牙绝弦失子期，更无知音之辈；管宁割席拒华歆，谓非同志之人。

【解析】 善：长处。仁：仁义。资：凭借，依靠。迭：交替，轮流。

《易经》有云：“二人同心，其利断金；同心之言，其臭如兰。”

执：至交，好友。

孚：相应，符合。

鲍鱼：腌鱼，味道腥臭。

干糇以愆：指一块干粮也会引来纠纷。糇：干粮。愆：差错，失误。攻：琢磨。

汉代豫章太守陈蕃很器重隐士徐稚，专门准备了一个坐榻接待他。倾盖：车盖接在一起。

绝：断，拉断。

卷二·婚姻

良缘由夙缔，佳偶自天成。

蹇修与柯人，皆是媒妁之号；冰人与掌判，悉是传言之人。

礼须六礼之周，好合二姓之好。

女嫁曰于归，男婚曰完娶。

汉武对景帝论妇，欲将金屋贮娇；韦固与月老论婚，始知赤绳系足。

朱陈一村而结好，秦晋两国以联姻。

蓝田种玉，雍伯之缘；宝窗选婿，林甫之女。

架鹊桥以渡河，牛女相会；射雀屏而中目，唐高得妻。

至若礼重亲迎，所以正人伦之始；《诗》首好逑，所以崇王化之原。

【解析】 夙：同“宿”，旧，平素。缔：结合。

蹇修：传说是伏羲的臣子，制定了媒礼。媒灼：说合婚姻的人。

六礼，指纳采、问名、纳吉、纳征、请期、亲迎，婚嫁的六个步骤。

汉武帝小时候曾说，“如果娶了阿娇（武帝的姑姑长公主的女儿），将建造金屋给她住”。韦固，唐人，曾遇见一个老人在月光下指着布囊说：“这里装的是红绳子，用来拴夫妻的脚。”

《事文类聚》载，朱陈两姓，世代通婚。秦晋：古代秦国和晋国世代联姻。

《搜神记》载，杨雍伯给行人供水，有人送他一颗石子，说种下去可以长出玉，也可以娶得好妇人。后杨果得玉，并以此为聘礼娶到徐氏女子。唐朝宰相李林甫在堂壁上开了一个暗窗，让她的六个女儿在窗后自选女婿。

隋代窦毅画一只孔雀在屏上来选女婿，结果李渊射中孔雀的眼睛，娶了他的女儿。

礼重亲迎：礼法重视亲自迎娶。王化：天子的教化。

卷二·女子

男子禀乾之刚，女子配坤之顺。

贤后称女中尧舜，烈女称女中丈夫。

曰闺秀，曰淑媛，皆称贤女；曰阃范，曰懿德，并美佳人。

妇主中馈，烹治饮食之名；女子归宁，回家省亲之谓。

何谓三从？从父、从夫、从子；何谓四德？妇德、妇言、妇工、妇容。

周家母仪，太王有周姜，王季有太妊，文王有太姒；三代亡国，夏桀以妹喜，商纣以妲己，周幽以褒姒。

自古贞淫各异，人生妍丑不齐，

是故生菩萨、九子母、鸠盘荼，谓妇态之更变可畏；钱树子、一点红、无廉耻，谓青楼之妓女殊名，

此固不列于人群，亦可附之以博笑。

【解析】 阃：音捆，妇女的居处。懿：美。

中馈：指家中准备膳食等事。

妍：美丽。

相传唐代裴炎曾经说：“女子一生的姿色变化分三个阶段，年轻时如活菩萨，中年时儿女满堂如九子母，老年时面貌或青或黑，如鸠盘荼（恶鬼之名）。”

卷二·外戚

帝女乃公侯主婚，故有公主之称；帝婿非正驾之车，乃是驸马之职。

郡主、县君，皆宗女之谓；仪宾、国宾，皆宗婿之称。

旧好曰通家，好亲曰懿戚。

冰清玉润，丈人女婿同荣；泰水泰山，岳母岳父两号。

新婿曰娇客，贵婿曰乘龙；赘婿曰馆甥，贤婿曰快婿。

凡属东床，俱称半子。

女子号门楣，唐贵妃有光于父母；外甥称宅相，晋魏舒期报于母家。

共叙旧姻，曰原有瓜葛之亲；自谦劣戚，曰忝在葭莩之末。

大乔小乔，皆姨夫之号；连襟连袂，亦姨夫之称。

蒹葭依玉树，自谦借戚属之光；茑萝施乔松，自幸得依附之所。

【解析】 驸马：原是官名，管理副驾之车，东晋以后专指皇帝之婿。

与天子同姓诸侯的女儿，由郡县主婚，故称郡主、县君。仪宾、国宾：与天子同姓诸侯的女婿，取其做王府宾客的意思。

通家：世代交好。懿：美好。

冰清玉润：晋代乐广和他的女婿卫玠都很有名声，被人们分别称赞为冰清、玉润。

东床：晋代郗鉴让门生到王导家去求亲，王导让他到东厢遍观王家子弟，门生回去报告说："王家的子弟都不错，只是有一个人躺在东床上，露着肚子吃东西，像什么都没听见一样。"郗鉴说："这个人就是我的女婿。"过去一问，原来东边床上的那个人就是王羲之。后用东床代指女婿。

门楣：门框上的横木，门面的意思。宅相：住宅的风水之相。晋代魏舒被外公宁氏抚养，人们称宁家住宅要出宝贵的外甥。

瓜葛：瓜藤，比喻辗转相连的亲戚关系。忝：有愧于。

茑萝施乔松：茑草与女萝草依附在松树上。茑、萝，两种寄生植物。

卷二 · 老幼寿诞

不凡之子，必异其生；大德之人，必得其寿。

梦兰叶吉，郑文公妾生穆公之奇；英物称奇，温峤闻声知桓温之异。

姜嫄生稷，履大人之迹而有娠；简狄生契，吞玄鸟之卵而叶孕。

麟吐玉书，天生孔子之瑞；玉燕投怀，梦孕张说之奇。

弗陵太子，怀胎十四月而始生；老子道君，在孕八十一年而始诞。

晚年得子，谓之老蚌生珠；暮岁登科，正是龙头属老。

贺男寿曰南极星辉，贺女寿曰中天婺焕。

松柏节操，美其寿元之耐久；桑榆晚景，自嫌老景之无多。

矍铄称人康健，聩眊自谦衰颓。

黄发儿齿，有寿之征；龙钟潦倒，年高之状。

日月逾迈，徒自伤悲；春秋几何，问人寿算。

称少年曰春秋鼎盛，羡高年曰齿德俱尊。

行年五十，当知四十九年之非；在世百年，哪有三万六千日之乐。

【解析】 梦兰叶吉：梦见兰草属吉祥之兆。古代郑文公的小妾梦见天使送她兰草，后来果然生下郑穆公。温峤：晋代桓温一岁时，温峤听见他的哭声，就称赞他是奇才。

稷：即后稷，古代周族的始祖，名弃。传说姜嫄踩了巨人的脚印后生下后稷。契是舜时的大臣，相传简狄吞下一枚玄鸟蛋而生下契。

传说孔子出生前，有麒麟吐出玉书。玉燕投怀：唐代张说的母亲梦见一只玉燕投其怀中，于是怀孕生下张说。

汉武帝的太子刘弗陵，传说其母怀孕十四个月才生下他。老子，传说他的母亲怀孕八十一年才生下他，一生下头发就是白的，所以叫老子。

龙头：状元的别称。

《天文志》载：老人星在南面，又称为南极星。婺：音务，婺女星。

寿元：寿命，寿数。桑榆晚景：太阳余光照在桑树和榆树上的投影。

聩眊：音溃冒，耳聋眼花。

黄发儿齿：老人头发变黄，长出小儿一样的牙齿。潦倒：体弱多病的样子。

日月逾迈：时光流逝。

春秋鼎盛：指年富力强的时候。齿德俱尊：年龄和品德都高。

非：不足。

卷二·身体

百体皆血肉之躯，五官有贵贱之别。

尧眉分八彩，舜目有重瞳。

耳有三漏，大禹之奇形；臂有四肘，成汤之异体。

文王龙颜而虎眉，汉高斗胸而隆准。

孔圣之顶若圩，文王之胸四乳。

周公反握，作兴周之相；重耳骈胁，为霸晋之君。

此皆古圣之英姿，不凡之贵品。

龙章凤姿，廊庙之彦；獐头鼠目，草野之夫。

西子捧心，愈见增妍；丑妇效颦，弄巧反拙。

老当益壮，宁知白首之心；穷且益坚，不坠青云之志。

一息尚存，此志不容少懈；十手所指，此心安可自欺。

【解析】 百体：人体的各个部分。

传说尧的眉毛有八种颜色，舜的眼中有两颗瞳仁，都是帝王之相。

隆准：高鼻梁。

圩：本指洼田四周的堤埂，这里指人的头顶中间低四周高。

骈胁：肋骨紧密相连如一整体。

古圣：古代圣人。此处指古代圣人均有非凡的相貌。

龙章凤姿：如龙的神采，像凤一样的姿容。

卷二·衣服

冠称元服，衣曰身章。

曰弁曰冔（xú）曰冕，皆冠之号；曰履曰舄曰屣，悉鞋之名。

上公命服有九锡，士人初冠有三加。

簪缨缙绅，仕宦之称；章甫缝掖，儒者之服。

布衣即白丁之谓，青衿乃生员之称。

葛屦履霜，诮俭啬之过甚；绿衣黄里，讥贵贱之失伦。

上服曰衣，下服曰裳；衣前曰襟，衣后曰裾。

敝衣曰褴褛，美服曰华裾。

襁褓乃小儿之衣，弁髦亦小儿之饰。

左衽是夷狄之服，短后是武夫之衣。

尊卑失序，如冠履倒置；富贵不归，如锦衣夜行。

狐裘三十年，俭称晏子；锦帐四十里，富羡石崇。

孟尝君珠履三千客，牛僧孺金钗十二行。

千金之裘，非一狐之腋；绮罗之辈，非养蚕之人。

【解析】　冠为帽子，戴在头上，头为元首，所以称元服。

弁：音便，古时的一种官帽，通常配礼服用。舄：音细，木底鞋（多为帝王大臣穿）。

九锡：君王赐给大臣的九种器物。三加：士人行冠礼先戴缁布冠，再戴皮弁，最后戴爵弁，称为三加。

簪缨：古代达官贵人的冠饰，后借指高官显宦。章甫：商代的一种礼帽。缝掖：

古代读书人穿的袖子宽大的衣服。

青衿：青领的衣服，是生员的装束。

葛屦：葛绳编制的鞋。绿衣黄里：绿是贱色，而反以为衣；黄是高贵之色，而反以为里，比喻尊卑失序。

襟：衣前衽。裾：衣后幅。

弁髦：古代儿童的服饰。

左衽：我国古代少数民族的服装，前襟向左，不同于中原人的右衽。衽，衣襟。

晏子：齐相国，十分俭朴。石崇：晋代富豪，曾做锦幛四十里。

春秋时孟尝君手下三千门客都用珠子装饰鞋，称为珠履客。牛僧儒：唐朝宰相。金钗十二行：原形容妇女头上发饰多，后指妻妾众多。

卷三·人事

《大学》首重夫明新，小子莫先于应对。

其容固宜有度，出言尤贵有章。

智欲圆而行欲方，胆欲大而心欲小。

阁下、足下，并称人之辞；不佞、鲰生，皆自谦之语。

恕罪曰原宥，惶恐曰主臣。

求教于愚人，是问道于盲；枉道以干主，是炫玉求售。

智谋之士，所见略同；仁人之言，其利甚溥。

兼听则明，偏听则暗，此魏徵之对太宗；

众怒难犯，专欲难成，此子产之讽子孔。

毛遂片言九鼎，人重其言；季布一诺千金，人服其信。

岳飞背涅尽忠报国，杨震惟以清白传家。

管中窥豹，所见不多；坐井观天，知识不广。

同恶相帮，谓之助桀为虐；贪心无厌，谓之得陇望蜀。

当知器满则倾，须知物极必反。

【解析】 明新：明德和新民。莫先于应对：首行应该学习应对。

固：本来。章：章法。

圆：圆通。方：方正。

不佞：不才，没有才能。鲰生：小生。鲰，浅陋，愚昧。

宥：音右，宽待，宽容。主臣：表示恭敬惶恐之辞。

溥：大。

众怒难犯：郑国子孔当政，发布一项命令后受到大臣们反对，子孔要杀掉反对他的人。子产说，“众怒难犯，专欲难成”，劝子孔收回成命，于是子孔烧掉了命令。

杨震：汉代人，他不为后代置地产，人称其清白传家。

得陇望蜀：曹操在得到汉中后有“人苦无足，既得陇，复望蜀”之言。

卷三·饮食

竹叶青、状元红，俱为美酒；葡萄绿、珍珠红，悉是香醪。

酒系杜康所造，腐乃淮南所为。

僧谓鱼曰水梭花，僧谓鸡曰穿篱菜。

临渊羡鱼，不如退而结网；扬汤止沸，不如去火抽薪。

安步可以当车，晚食可以当肉。

饮食贫难，曰半菽不饱；厚恩图报，曰每饭不忘。

昏庸桀纣，胡为酒池肉林；苦学仲淹，惟有断齑画粥。

【解析】　醪：音劳，酒的总称。

腐：豆腐。据说是汉代淮南王发明的。

《东坡志林》载，僧谓酒为般若汤，鱼为水梭花，鸡为穿篱菜。

晚食：饿了之后再吃饭。

菽：音叔，豆子。

宋代大臣范仲淹小时候家里很穷，每天煮粥待粥凝固后划成四块，早晚各取两块儿，就着数十根咸菜吃。

卷三·宫室

民家名曰闾阎，贵族称为阀阅。

朱门乃富豪之第，白屋是布衣之家。

客舍曰逆旅，馆驿曰邮亭。

书室曰芸窗，朝廷曰魏阙。

成均、辟雍，皆国学之号；黉宫、胶序，乃乡学之称。

笑人善忘，曰徙宅忘妻；讥人不谨，曰开门揖盗。

何楼所市，皆滥恶之物；垄断独登，讥专利之人。

荜门、圭窦，系贫士之居；瓮牖、绳枢，皆窭人之室。

宋寇准真是北门锁钥，檀道济不愧万里长城。

【解析】 闾阎：音吕沿，借指平民。阀阅：有功勋的世家。

逆旅：旅馆。

芸窗：指书斋。

成均：古代的大学，泛指官设的最高学府。辟雍：本为西周天子为教育贵族子弟设立的大学。黉宫：学宫。胶序：学校的通称。

徙宅：搬家。揖盗：向盗贼行礼作揖。

何楼：宋代开封有何家楼，楼下设了一个市场，所出售的物品都是以次充好，后来就把虚伪欺诈的人叫作何楼。垄断：独占、专卖。

荜门：用荆条竹木编的门，又称柴门，常用以喻指穷人的居室。圭窦：形状如圭的墙洞，借指微贱之家的门户。

瓮牖：指贫寒人家。绳枢：形容贫家房舍的简陋。

北门锁钥：寇准自称为守卫北门的锁钥。比喻承担守卫某一要地的重任。檀道济，南朝宋大臣，受冤被诛时说："这是朝廷在毁坏自己的万里长城啊！"

卷三·器用

一人之所需，百工斯为备。

但用则各适其用，而名则每异其名。

管城子、中书君，悉为笔号；石虚中、即墨侯，皆为砚称。

墨为松使者，纸号楮先生。

温峤昔燃犀，照见水族之鬼怪；秦政有方镜，照见世人之邪心。

车载斗量之人，不可胜数；南金东箭之品，实是堪奇。

传檄可定，极言敌之易破；迎刃而解，甚言事之易为。

以铜为鉴，可正衣冠；以古为鉴，可知兴替。

【解析】 管城子、中书君为毛笔的别称。

古代的墨是用松树烧的灰做原料的，所以称墨为松使者。楮先生：楮树皮是造纸的原料，故称纸为楮先生。

车载斗量：形容数量很多，平凡不足为奇。南金东箭：比喻优秀杰出的人才。

传檄可定：不用出兵，只要用一纸文书，就可以降服敌方安定局势，是说敌人很容易被攻破。

卷三 · 贫富

命之修短有数，人之富贵在天。

惟君子安贫，达人知命。

家徒壁立，司马相如之贫；扊扅（yǎn yí）为炊，秦百里奚之苦。

石崇以蜡代薪，王恺以饴沃釜。

范丹釜中生鱼，破甑生尘。

曾子捉襟见肘，纳履决踵。

韦庄数米而炊，称薪而爨，俭有可鄙。

总之饱德之士，不愿膏粱；闻誉之施，奚图文绣?

【解析】 修短：长短。

达人：通达之人。

扊扅：音掩夷，古代木门的门栅。

晋代石崇曾用蜡代替木柴，晋代王恺曾用饴糖洗锅。

范丹：东汉人，家贫，因无饭可做，家里的釜中生出了小虫子，砂锅中积满了尘土。曾子：孔子的弟子，很穷，拉衣襟露出胳膊，拉鞋子就露出脚后跟。韦庄：唐代人，生性吝啬。爨：音窜，炊也。

饱德：心中充满仁德。奚：何必。

卷四 · 文事

多才之士，才储八斗；博学之儒，学富五车。

孔子作《春秋》，因获麟而绝笔，故曰《麟经》。

骚客即是诗人，誉髦乃称美士。

自古诗称李杜，至今字仰钟王。

白雪阳春，是难和难赓之韵；青钱万选，乃屡试屡中之文。

开卷有益，宋太宗之要语；不学无术，汉霍光之为人。

李白才高，咳唾随风生珠玉；孙绰词丽，诗赋掷地作金声。

【解析】 孔子修订《春秋》，写到鲁哀公捕获麒麟就不写了，因此《春秋》又叫《麟经》。

誉髦：指有名望的英俊之士。

钟王：三国时书法家钟繇和晋代书法家王羲之。

赓：音羹，连续、继续之意。唐代张鷟每次应试都名列前茅，人们称赞他的文章如青铜钱，可万选万中，称他为“青钱学士”。

孙绰：东晋诗人。把他写的《天台赋》扔到地上会发出金石之声，形容作品文辞优美，声韵铿锵。

卷四 · 科第

中状元，曰独占鳌头；中解元，曰名魁虎榜。

琼林赐宴，宋太宗之伊始；临轩问策，宋神宗之开端。

同榜之人，皆是同年；取中之官，谓之座主。

应试见遗，谓之龙门点额；进士及第，谓之雁塔题名。

贺登科，曰荣膺鹗荐；入贡院，曰鏖战棘闱。

金殿唱名曰传胪（lú），乡会放榜曰撤棘。

攀仙桂、步青云，皆言荣发；孙山外、红勒帛，总是无名。

【解析】 虎榜：龙虎榜的简称，即进士榜。

琼林：即琼林苑，从宋太宗开始，在琼林苑宴请新科进士。临轩问策：皇帝亲自策问考试。

座主：唐代进士对主考官的尊称。

应试见遗：考试被遗漏，指没有考中。龙门点额：传说黄河上有龙头，鲤鱼跃过就成为龙，没有跃过就点额而回。雁塔题名：唐代中宗以后，新中进士都在慈恩寺大雁塔下题名，后指考中进士。

汉代孔融曾向皇帝推荐祢衡，称赞他为鹗（鱼鹰），很有能力。棘闱：古代考试时，有时用棘木将考场围起，故称棘闱。

皇帝在殿上圈点名次，由阁门、卫士依次传呼到殿外。

宋代刘几写文章常说过头话，欧阳修十分厌恶，就用红笔将其文章画一个大横杠，抹掉文字，看上去就像红勒帛。

卷四·讼狱

囹圄是周狱，羑里是商牢。

桎梏之设，乃拘罪人之具；缧绁（léi xiè）之中，岂无贤者之冤?

两争不放，谓之鹬蚌相持；无辜牵连，谓之池鱼受害。

请公入瓮，周兴自作其孽；下车泣罪，夏禹深痛其民。

好讼曰健讼，挂告曰株连。

古之五刑，墨、劓、剕（fèi）、宫、大辟；今之律例，笞、杖、死罪、徒、流。

【解析】 羑：音有。羑里：古城名，在今河南汤阴北。

桎梏：脚镣手铐。缧绁：音雷泄，拘捕犯人时用的绳子，引申为囚禁。

唐代周兴谋反，武则天命令来俊臣前去治罪，来俊臣不动声色地问周兴说：“犯人不供认，有什么办法?”周兴说：“将囚犯丢入在火上烤的大瓮中，什么事办不到?”来俊臣于是说：“有人指控你，请君入瓮吧。”周兴慌忙认罪。下车泣罪，夏禹看见犯人，下车哭泣着说：“这是我的德行太薄，不能感化百姓啊。”

墨、劓、剕、宫、大辟：面上刺字、割鼻、断足、阉割、处死。笞、杖、死罪、徒、流：抽打、杖打、斩首或绞死、劳役、流放。

卷四·鸟兽

麟为毛虫之长,虎乃兽中之王。

麟凤龟龙，谓之四灵；犬豕（shǐ）与鸡，谓之三物。

美恶不称，谓之狗尾续貂；贪图不足，谓之蛇欲吞象。

祸去祸又至，曰前门拒虎，后门进狼；除凶不畏凶，曰不入虎穴，焉得虎子。

鄙众趋利，曰群蚁附膻；谦己爱儿，曰老牛舐犊。

无中生有，曰画蛇添足；进退两难，曰羝羊触藩。

杯中蛇影，自起猜疑；塞翁失马，难分祸福。

苛政猛于虎，壮士气如虹。

爱屋及乌，谓因此而惜彼；轻鸡爱鹜，谓舍此而图他。

鸿雁哀鸣，比小民之失所；狡兔三窟，诮（qiào）贪人之巧营。

风马牛势不相及，常山蛇首尾相应。

百足之虫，死而不僵，以其扶之者众；千岁之龟，死而留甲，因其卜之则灵。

【解析】 麒麟：传说中的动物，雄为麒，雌为麟。毛虫：指除人之外的哺乳动物，即兽类。

豕：音始，猪。

膻：指羊臊气。舐：音示，用舌头舔东西。

羝：音低，公羊。藩：篱笆。羝羊触藩，比喻进退两难。

轻鸡爱鹜：轻视鸡而爱野鸭子，比喻贵远贱近。

百足：虫名。卜之则灵：古代占卜时烧烤龟甲，从裂纹来判断吉凶。

卷四·花木

植物非一，故有万卉之名；谷种甚多，故有百谷之号。

莲乃花中君子，海棠花内神仙。

国色天香，乃牡丹之富贵；冰肌玉骨，乃梅萼之清奇。

兰为王者之香，菊同隐逸之士。

竹称君子，松号大夫。

瓜田李下，事避嫌疑；秋菊春桃，时来尚早。

修母画荻以教子，谁不称贤；廉颇负荆以请罪，善能悔过。

弥子瑕常恃宠，将余桃以啖君；秦商鞅欲行令，使徙木以立信。

王戎卖李钻核，不胜鄙吝；成王剪桐封弟，因无戏言。

煮豆燃萁，比兄残弟；砍竹遮笋，弃旧怜新。

王母蟠桃，三千年开花，三千年结子，故人借以祝寿诞；

上古大椿，八千岁为春，八千岁为秋，故人托以比严君。

去稂莠正以植嘉禾，沃枝叶不如培根本。

世路之蓁芜当剔，人心之茅塞须开。

【解析】 卉：草的总称。

欧阳修的母亲教儿子读书，因家贫无纸笔，就用芦苇在地上写字。荻：芦苇。

弥子瑕：卫灵公的宠臣。他曾将自己吃过的甜桃给灵公吃，卫灵公说："真是忠心啊，竟忘记了自己曾经吃过。"后失宠，卫灵公说："你曾经将吃剩的桃子给我，没有比这更不敬的了。"

周成王与弟弟虞一起玩耍，将桐树叶削成玉玺的形状，戏言说："我封你为诸侯。"史官请求选择加封日期，成王说自己刚才在开玩笑。史官说："君王无戏言。"于是周成王封叔虞为唐侯。

稂莠：音狼有，都是妨害禾苗生长的杂草。

蓁芜：杂草丛生。茅塞：被茅草所堵塞。比喻思路闭塞或愚昧无知。

《增广贤文》

《增广贤文》的传世价值

《增广贤文》是中国古代儿童的启蒙书目，又名《昔时贤文》《古今贤文》。书名最早见于明代万历年间的戏曲《牡丹亭》，据此可推知此书最迟写成于明万历年间。后来，经过明、清两代文人不断增补，才成为现在这个模样，称《增广昔时贤文》，通称《增广贤文》。作者一直未见任何书载，只知道清代同治年间儒生周希陶曾进行过重订，很可能是民间创作的结晶。

《增广贤文》表面上看似乎杂乱无章，但只要认真通读全书，就不难发现其有内在逻辑。该书以冷峻的目光洞察社会人生：亲情被金钱污染，“贫居闹世无人问，富在深山有远亲”；友情只是一句谎言，“有茶有酒多兄弟，急难何曾见一人”；尊卑由金钱来决定，“不信但看筵中酒，杯杯先劝有钱人”；法律和正义为金钱所操纵，“衙门八字向南开，有理无钱莫进来”；人性被利益扭曲，“山中有直树，世上无直人”；世故导致人心叵测，“画虎画皮难画骨，知人知面不知心”；人言善恶难辩，“入山不怕伤人虎，只怕人情两面刀”。

《增广贤文》绝大多数句子都来自经史子集，诗词曲赋、戏剧小说以及文人杂记，其思想观念直接或间接来自儒、释、道各家经典。《增广贤文》以有韵的谚语和文献佳句选编而成，内容十分广泛，从礼仪道德、典章制度到风物典故、天文地理，几乎无所不包，而语句却通顺易懂。

《增广贤文》原文

昔时贤文，诲汝谆谆。
集韵增广，多见多闻。
观今宜鉴古，无古不成今。
知己知彼，将心比心。
酒逢知己饮，诗向会人吟。
相识满天下，知心能几人？
相逢好似初相识，到老终无怨恨心。
近水知鱼性，近山识鸟音。
易涨易退山溪水，易反易覆小人心。
运去金成铁，时来铁似金。
读书须用意，一字值千金。
逢人且说三分话，未可全抛一片心。
有意栽花花不发，无心插柳柳成荫。
画虎画皮难画骨，知人知面不知心。
钱财如粪土，仁义值千金。
流水下滩非有意，白云出岫本无心。
当时若不登高望，谁识东流海洋深。
路遥知马力，事久见人心。
马行无力皆因瘦，人不风流只为贫。
饶人不是痴汉，痴汉不会饶人。
是亲不是亲，非亲却是亲。
美不美，乡中水；亲不亲，故乡人。

相逢不饮空归去，洞口桃花也笑人。

为人莫作亏心事，半夜敲门心不惊。

两人一条心，有钱堪买金；一人一条心，无钱堪买针。

莺花犹怕春光老，岂可教人枉度春。

黄金无假，阿魏无真。

客来主不顾，唯恐是痴人。

贫居闹市无人问，富在深山有远亲。

谁人背后无人说，那个人前不说人。

有钱道真语，无钱语不真。不信但看筵中酒，杯杯先劝有钱人。

闹里有钱，静处安身。

来如风雨，去似微尘。

长江后浪催前浪，世上新人赶旧人。

近水楼台先得月，向阳花木早逢春。

古人不见今时月，今月曾经照古人。

先到为君，后到为臣。

莫道君行早，更有早行人。

莫信直中直，须防仁不仁。

山中有直树，世上无直人。

自恨枝无叶，莫怨太阳倾。

一年之计在于春，一日之计在于寅，一家之计在于和，一生之计在于勤。

责人之心责己，恕己之心恕人。

守口如瓶，防意如城。

宁可人负我，切莫我负人。

再三须重事，第一莫欺心。

虎生犹可近，人熟不堪亲。

来说是非者，便是是非人。

远水难救近火，远亲不如近邻。

有茶有酒多兄弟，急难何曾见一人。

人情似纸张张薄，世事如棋局局新。

山中也有千年树，世上难逢百岁人。

力微休重负，言轻莫劝人。

无钱休入众，遭难莫寻亲。

平生莫作皱眉事，世上应无切齿人。

士者国之宝，儒为席上珍。

若要断酒法，醒眼看醉人。

求人须求大丈夫，济人须济急时无。

渴时一滴如甘露，醉后添杯不如无。

久住令人贱，频来亲也疏。

酒中不语真君子，财上分明大丈夫。

积金千两，不如明解经书。

养子不教如养驴，养女不教如养猪。

有田不耕仓廪虚，有书不读子孙愚。仓廪虚兮岁月乏，子孙愚兮礼义疏。

同君一席话，胜读十年书。

人不通古今，马牛而襟裾。

茫茫四海人无数，哪个男儿是丈夫。

美酒酿成缘好客，黄金散尽为收书。

救人一命，胜造七级浮屠。

城门失火，殃及池鱼。

庭前生瑞草，好事不如无。

欲求生富贵，须下死功夫。

百年成之不足，一旦败之有余。

人心似铁，官法如炉。

善化不足，恶化有余。

水太清则无鱼，人太察则无谋。

知者减半，愚者全无。

痴人畏妇，贤女敬夫。

是非终日有，不听自然无。

宁可正而不足，不可邪而有余。

宁可信其有，不可信其无。

竹篱茅舍风光好，道院僧房总不如。

命里有时终须有，命里无时莫强求。

道院迎仙客，书堂隐相儒。

庭栽栖凤竹，池养化龙鱼。

结交须胜己，似我不如无。

但看三五日，相见不如初。

人情似水分高下，世事如云任卷舒。

会说说都是，不会说无理。

磨刀恨不利，刀利伤人指；求财恨不多，财多反害己。

知足常足，终身不辱；知止常止，终身不耻。

有福伤财，无福伤己。

差之毫厘，失之千里。

若登高必自卑，若涉远必自迩。

三思而行，再思可矣。

使口不如自走，求人不如求己。

小时是兄弟，长大各乡里。

嫉财莫嫉食，怨生莫怨死。

人见白头嗔，我见白头喜，多少少年亡，不到白头死。

墙有缝，壁有耳。

好事不出门，恶事传千里。

贼是小人，智过君子。

君子固穷，小人穷斯滥矣。

贫穷自在，富贵多忧。

不以我为德，反以我为仇。

宁可直中取，不向曲中求。

人无远虑，必有近忧。

知我者谓我心忧，不知我者谓我何求。

晴天不肯去，直待雨淋头。

成事莫说，覆水难收。

是非只为多开口，烦恼皆因强出头。

忍得一时之气，免得百日之忧。

惧法朝朝乐，欺公日日忧。

人生一世，草生一春。

黑发不知勤学早，转眼便是白头翁。

月过十五光明少，人到中年万事休。

儿孙自有儿孙福，莫为儿孙作马牛。

人生不满百，常怀千岁忧。

今朝有酒今朝醉，明日愁来明日忧。

路逢险处难回避，事到头来不自由。

药能医假病，酒不解真愁。

人贫不语，水平不流。

一家养女百家求，一马不行百马忧。

有花方酌酒，无月不登楼。

三杯通大道，一醉解千愁。

深山毕竟藏猛虎，大海终须纳细流。

惜花须检点，爱月不梳头。

大抵选他肌骨好，不擦红粉也风流。

受恩深处宜先退，得意浓时便可休。莫待是非来入耳，从前恩爱反成仇。

留得五湖明月在，不愁无处下金钩。

休别有鱼处，莫恋浅滩头。

去时终须去，再三留不住。

忍一句，息一怒；饶一着，退一步。

三十不豪，四十不富，五十将近寻死路。

生不认魂，死不认尸。

一寸光阴一寸金，寸金难买寸光阴。

父母恩深终有别，夫妻义重也分离。

人生似鸟同林宿，大限来时各自飞。

人善被人欺，马善被人骑。

人恶人怕天不怕，人善人欺天不欺。善恶到头终有报，只争来早与来迟。

黄河尚有澄清日，岂可人无得运时。

得宠思辱，居安思危。

念念有如临敌日，心心常似过桥时。

英雄行险道，富贵似花枝。

人情莫道春光好，只怕秋来有冷时。

送君千里，终有一别。

但将冷眼看螃蟹，看你横行到几时。

闲事休管，无事早归。

假缎染就真红色，也被旁人说是非。

善事可作，恶事莫为。

许人一物，千金不移。

龙生龙子，虎生虎儿。

龙游浅水遭虾戏，虎落平阳被犬欺。

一举首登龙虎榜，十年身到凤凰池。

十载窗寒无人问，一举成名天下知。

酒债寻常行处有，人生七十古来稀。

养儿防老，积谷防饥。

当家才知盐米贵，养子方知父母恩。

常将有日思无日，莫把无时当有时。

时来风送滕王阁，运去雷轰荐福碑。

入门休问荣枯事，观看容颜便得知。

官清书吏瘦，神灵庙祝肥。

息却雷霆之怒，罢却虎狼之威。

饶人算人之本，输人算人之机。

好言难得，恶语易施。

一言既出，驷马难追。

道吾好者是吾贼，道吾恶者是吾师。

路逢侠客须呈剑，不是才人莫献诗。

三人行必有我师焉。择其善者而从之，其不善者而改之。

欲昌和顺须为善，要振家声在读书。

少壮不努力，老大徒伤悲。

人有善愿，天必佑之。

莫饮卯时酒，昏昏醉到酉；莫骂酉时妻，一夜受孤凄。

种麻得麻，种豆得豆。

天网恢恢，疏而不漏。

见官莫向前，做客莫在后。

宁添一斗，莫添一口。

螳螂捕蝉，岂知黄雀在后。

不求金玉重重贵，但愿儿孙个个贤。

一日夫妻，百世姻缘。

百世修来同船渡，千世修来共枕眠。

杀人一万，自损三千。

伤人一语，利如刀割。

枯木逢春犹再发，人无两度再少年。

未晚先投宿，鸡鸣早看天。

将相顶头堪走马，公侯肚里好撑船。

富人思来年，贫人思眼前。

世上若要人情好，赊去物件不取钱。

死生有命，富贵在天。

击石原有火，不击乃无烟。

为学始知道，不学亦枉然。

莫笑他人老，终须还到老。

和得邻里好，犹如拾片宝。

但能依本分，终须无烦恼。

大家做事寻常，小家做事慌张。大家礼义教子弟，小家凶恶训儿郎。

君子爱财，取之有道；贞妇爱色，纳之以礼。

善有善报，恶有恶报；不是不报，日子未到。

万恶淫为首，百行孝当先。

人而无信，不知其可也。

一人道虚，千人传实。

凡事要好，须问三老。

若争小利，便失大道。

年年防饥，夜夜防盗。

好学者如禾如稻，不好学者如蒿如草。

遇饮酒时须饮酒，得高歌处且高歌。

因风吹火，用力不多。

不因渔父引，怎得见波涛。

无求到处人情好，不饮任他酒价高。

知事少时烦恼少，识人多处是非多。

世间好语书说尽，天下名山僧占多。

入山不怕伤人虎，只怕人情两面刀。

强中更有强中手，恶人终受恶人磨。

会使不在家豪富，风流不在着衣多。

光阴似箭，日月如梭。

天时不如地利，地利不如人和。

黄金未为贵，安乐值钱多。

为善最乐，为恶难逃。

羊有跪乳之恩，鸦有反哺之义。

孝顺还生孝顺子，忤逆还生忤逆儿，不信但看檐前水，点点滴滴在旧窝。

隐恶扬善，执其两端。

妻贤夫祸少，子孝父心宽。

人生知足何时足，到老偷闲且是闲。

但有绿杨堪系马，处处有路通长安。

既堕釜甑，反顾何益。反覆之水，收之实难。

见者易，学者难。

莫将容易得，但作等闲看。

用心计较般般错，退步思量事事宽。

道路各别，养家一般。

从俭入奢易，从奢入俭难。

知音说与知音听，不是知音莫与弹。

点石化为金，人心犹未足。

信了肚，卖了屋。

他人睨睨，不涉你目；他人碌碌，不涉你足。

谁人不爱子孙贤，谁人不爱千钟粟。

莫把真心空计较，儿孙自有儿孙福。

天下无不是的父母，世上最难得者兄弟。

与人不和，劝人养鹅；与人不睦，劝人架屋。

但行好事，莫问前程。

不交僧道，便是好人。

河狭水激，人急计生。

明知山有虎，莫向虎山行。

路不铲不平，事不为不成。

人不劝不善，钟不敲不鸣。

无钱方断酒，临老始看经。

点塔七层，不如暗处一灯。

堂上二老是活佛，何用灵山朝世尊。

万事劝人休瞒昧，举头三尺有神明。

但存方寸土，留与子孙耕。

灭却心头火，剔起佛前灯。

惺惺常不足，蒙蒙作公卿。

众星朗朗，不如孤月独明。

兄弟相害，不如友生。

合理可作，小利莫争。

牡丹花好空入目，枣花虽小结实成。

随分耕锄收地利，他时饱暖谢苍天。

得忍且忍，得耐且耐，不忍不耐，小事成大。

相论逞英雄，家计渐渐消。

贤妇令夫贵，恶妇令夫败。

一人有庆，兆民咸赖。

人老心不老，人穷志不穷。

人无千日好，花无百日红。

杀人可恕，情理难容。

乍富不知新受用，乍贫难改旧家风。

座上客常满，杯中酒不空。

屋漏更遭连夜雨，行船又遇打头风。

笋因落箨方成竹，鱼为奔波始化龙。

曾记少年骑竹马，看看又是白头翁。

礼义生于富足，盗贼出于赌博。

天上众星皆拱北，世间无水不朝东。

君子安贫，达人知命。

良药苦口利于病，忠言逆耳利于行。

顺天者存，逆天者亡。

人为财死，鸟为食亡。

夫妻相和好，琴瑟与笙簧。

善必寿考，恶必早亡。

爽口食多偏作病，快心事过恐生殃。

富贵定要依本分，贫穷不必再思量。

画水无风空作浪，绣花虽好不闻香。

贪他一斗米，失却半年粮；争他一脚豚，反失一肘羊。

龙归晚洞云犹湿，鹿过春山草木香。

平生只会说人短，何不回头把己量。

见善如不及，见恶如探汤。

人穷志短，马瘦毛长。

自家心里急，他人不知忙。

贫无达士将金赠，病有高人说药方。

触来莫与竞，事过心清凉。秋至满山多秀色，春来无处不花香。

凡人不可貌相，海水不可斗量。

清清之水为土所防，济济之士为酒所伤。

蒿草之下还有兰香，茅茨之屋或有侯王。

无限朱门生饿殍，几多白屋出公卿。

醉后乾坤大，壶中日月长。

万事皆已定，浮生空自忙。

千里送毫毛，礼轻仁义重。

世事明如镜，前程暗似漆。

架上碗儿轮流转，媳妇自有做婆时。

人生一世，如驹过隙。

良田万顷，日食一升；大厦千间，夜眠八尺。

千经万典，孝悌为先。

一字入公门，九牛拖不出。

八字衙门向南开，有理无钱莫进来。

富从升合起，贫因不算来。

家无读书子，官从何处来。

人间私语，天闻若雷；暗室亏心，神目如电。

一毫之恶，劝人莫作；一毫之善，与人方便。

欺人是祸，饶人是福；天眼昭昭，报应甚速。

圣贤言语，神钦鬼服。

人各有心，心各有见。

口说不如身逢，耳闻不如眼见。

养兵千日，用兵一时。

国清才子贵，家富小儿娇。

利刀割体疮犹合，恶语伤人恨不消。

有才堪出众，无衣懒出门。

公道世间唯白发，贵人头上不曾饶。

为官须作相，及第必争先。

苗从地发，树由枝分。

父子亲而家不退，兄弟和而家不分。

官有公法，民有私约。

闲时不烧香，急时抱佛脚。

幸生太平无事日，恐防年老不多时。

国乱思良将，家贫思贤妻。

池塘积水须防旱，田土深耕足养家。

根深不怕风摇动，树正何愁月影斜。

奉劝君子，各宜守己，只此呈示，万无一失。

诵读提示

蒙学的诵读要适合孩童的特点，均匀节律，句内平调，配合舞蹈、游戏等效果会更好。

思考与练习

1. 阅读思考：从本任务所选篇目中选读一篇，并谈谈你的收获和看法。

2. 技能展示：以个人或小组为单位，采用吟诵的方式，展示《三字经》或《千字文》（可节选）。

3. 能力比拼：以班级为单位，选取本任务中的篇目，就其中蕴含的文化和日常生活知识开展竞赛。

任务二

经学之深邃

任务摘要

儒家思想是中国传统文化的内核，其“以民为本”“仁者爱人”“为政以德”等思想对当今我国实施“以德治国”方略仍有重要的意义和价值；“天人合一”“和而不同”“以义制利”等思想也非常契合今天所倡导的人与自然、人与人之间和谐共存的可持续发展观。

习近平总书记曾说，得其大者可以兼其小。只有把人生理想融入国家和民族的事业，才能最终成就一番事业。每个人的梦想无不与国家民族命运息息相关，这种大可兼小的个人理想就是受到了中国传统文化特别是儒家思想的影响。

孔子明确提出“德政”思想，开了儒家德治主张之先河。他强调道德在人类社会生活中的重要作用，并把道德视为治国安邦、协调人际关系、提高个人道德素养和境界的根基和出发点。后经孟子、荀子的系统发扬，《大学》《中庸》的理论升华，儒家形成了一套严密、完整、系统的治国方略，这些成果也成为中国传统政治文化中极为重要的内容。

古代的德治思想虽然不能直接作为治国之道在今天为我所用，但其思想精髓及合理内核仍具有显著的价值意义。人类在追求文明和富裕的漫长征程中逐渐明白一个道理，那就是发展经济必须走可持续之路。持续的经济发展势必对人们的生活方式、思想习惯和价值观念产生深刻的影响，同时也体现了中国传统文化中儒家思想的当代价值："天人合一"契合了当今的可持续发展思想；"和而不同"有助于实现可持续发展的多样性；"以义制利"有利于化解人与人、人与自然之间的矛盾。

当然，我们现在对儒家思想乃至对孔子都非常重视，但并不意味着要对孔子进行盲目崇拜，而是要以科学的态度，运用科学的方法，努力提高对儒家文化的挖掘、整理和研究水平，取其精华，去其糟粕，将儒学研究与建设社会主义先进文化紧密结合起来，真正做到古为今用、服务现实。

任务目标

知识目标：了解中国古代经学的基本情况，掌握经典著作的基本知识和文化常识。

能力目标：掌握四言诗、古文的诵读技巧，能够诵读《大学》《中庸》《论语》和《诗经》中的篇目。

素质目标：涵养浩然之气，帮助学生不断开阔眼界心胸，形成正确的世界观、人生观、价值观。

《大学》

《大学》的传世价值

《大学》本是《礼记》中的一篇。南宋时朱熹将《大学》与《中庸》《论语》《孟子》相配，称为“四书”。

按朱熹和宋代另一位著名学者程颐的看法，《大学》是孔子及其弟子留下来的遗书，是儒学的入门读物。所以，朱熹把它列为“四书”之首。

朱熹又认为收在《礼记》中的《大学》本子有错乱，便把它重新编排了一番，分为“经”和“传”两个部分。其中“经”一章，是孔子的原话，由孔子的学生曾子记录；“传”十章，是曾子对“经”的理解和阐述，由曾子的学生记录。这样一编排，便有了我们今天所见到的《大学》版本。

《大学》文辞简约，内涵深刻，影响深远。两千多年来无数学子由此登堂入室以窥儒学之奥妙。从实用主义角度来看，《大学》对现代人如何做人、做事、立业等均有深刻的启迪意义。孙中山在《三民主义》之“民族主义”第六讲中说道，“我们现在要能够齐家治国，不受外国的压迫，根本上便要从修身起，把中国固有智识一贯的道理先恢复起来，然后我们民族的精神和民族的地位，才都可以恢复”。

《大学》名句及解析

汤之《盘铭》曰："苟日新，日日新，又日新。"《康诰》曰："作新民。"《诗》曰："周虽旧邦，其命惟新。"是故君子无所不用其极。

【解析】商汤刻在浴盘上的箴言《盘铭》说："如果一日洗刷干净了，就应该天天洗刷干净，不间断。"《康诰》说："要激励人弃旧图新。"《诗经》说："周朝虽然是旧有的国家，却禀受了新的天命。"所以，品德高尚的人无处不追求完美。

为人君，止于仁；为人臣，止于敬；为人子，止于孝；为人父，止于慈；与国人交，止于信。

【解析】做君主的，要做到仁爱；做臣子的，要做到恭敬；做孩子的，要做到孝顺；做父亲的，要做到慈爱；与他人交往，要做到讲信用。

尧、舜率天下以仁，而民从之；桀、纣率天下以暴，而民从之。其所令反其所好，而民不从。是故君子有诸己，而后求诸人，无诸己，而后非诸人。所藏乎身不恕，而能喻诸人者，未之有也。

【解析】尧、舜用仁爱统治天下，老百姓就跟随着修习仁爱；桀、纣用凶暴统治天下，老百姓就跟随着修习凶暴。统治者的命令与自己的实际做法相反，老百姓是不会服从的。所以，品德高尚的人，总是自己先做到，然后才要求别人做到；自己先不这样做，然后才要求别人不这样做。不采取这种推己及人的恕道而想让别人按自己的意思去做，那是不可能的。

徐健顺　吟
《大学》

《大学》经典名篇

《大学》(节选)

大学之道，在明明德，在亲民，在止于至善。知止而后有定，定而后能静，静而后能安，安而后能虑，虑而后能得。物有本末，事有终始，知所先后，则近道矣。古之欲明明德于天下者，先治其国；欲治其国者，先齐其家；欲齐其家者，先修其身；欲修其身者，先正其心；欲正其心者，先诚其意；欲诚其意者，先致其知；致知在格物。物格而后知至，知至而后意诚，意诚而后心正，心正而后身修，身修而后家齐，家齐而后国治，国治而后天下平。自天子以至于庶人，壹是皆以修身为本。其本乱而末治者否矣，其所厚者薄，而其所薄者厚，未之有也！

徐健顺　诵
《大学》

《论语》

《论语》的传世价值

《论语》是儒家学派的经典著作之一，由孔子的弟子及再传弟子编撰而成。它以语录体和对话文体为主，记录了孔子及其弟子的言行。《论语》以记言为主，“论”是论纂的意思，“语”是话语。《论语》成书于众手，记述者有孔子的弟子、孔子的再传弟子，也有孔门以外的人，但以孔门弟子为主。它集中体现了孔子的政治主张、伦理思想、道德观念及教育原则等，与《大学》《中庸》《孟子》并称为“四书”。通行本《论语》共20篇。

《论语》首创语录体，汉语文章的典范性也发源于此。

作为一部优秀的语录体散文集，《论语》以言简意赅、含蓄隽永的语言，记述了孔子的言论。《论语》中所记孔子循循善诱的教诲之言，或简单应答，点到即止；或启发论辩，侃侃而谈；富于变化，娓娓动人。

《论语》善于通过神情语态的描写展示人物形象。孔子是《论语》描述的中心，“夫子风采，溢于格言”（《文心雕龙·征圣》）；书中不仅有关于他的仪态举止的静态描写，而且有关于他的个性气质的传神刻画。此外，围绕孔子这一中心，《论语》成功地刻画了一些孔门弟子的形象。如子路的率直鲁莽、颜回的温雅贤良、子贡的聪颖善辩、曾皙的潇洒脱俗等，都称得上个性鲜明，给人留下了深刻印象。孔子因材施教，对于不同的对象，考虑其不同的特点和进德修业的具体情况，给予不同的教诲，表现出诲人不倦的可贵精神。据《论语·颜渊篇》载，同是弟子问仁，孔子有不同的回答，答颜渊“克己复礼为仁”，答仲弓“己所不欲，勿施于人”，答司马牛“仁者，其言也讱”。颜渊学养高深，故答以“仁”学纲领，对仲弓和司马牛则答以细目。又如，同是问“闻斯行诸”，孔子答子路：“有父兄在，如之何其闻斯行之!”因为“由也兼人，故退之”。答冉有：“闻斯行之。”因为“求也退，故进之”。这不仅体现了因材施教的教育理念，其中还饱含了孔子对弟子的高度责任心。

《论语》成书于战国初期，因秦始皇焚书坑儒，故到西汉时期仅有口头传授及从孔子住宅夹壁中所得的本子，即鲁人口头传授的《鲁论语》20篇，齐人口头传授的《齐论语》22篇，从孔子住宅夹壁中发现的《古论语》21篇。西汉末年，帝师张禹精治《论语》，并根据《鲁论语》，参照《齐论语》，另成一论，称为《张侯论》。此本成为当时的权威读本，据《汉书·张禹传》记载：“诸儒为之语曰：‘欲为《论》，念张文。’由是学者多从张氏，余家寖微。”《齐论语》《古论语》不久亡佚。现存《论语》20篇，其中多数记录的是孔子与弟子及时人的谈论之语，记录孔门弟子相互谈论之语的占少数。

《论语》名句及解析

子曰：“学而时习之，不亦说乎？有朋自远方来，不亦乐乎？人不知而不愠，不亦君子乎？”

【解析】孔子说：“观学后时常练习，不也是很高兴吗？有朋友从远方来，不也是很快乐吗？别人不了解我，我不生气（恼怒），不也是君子吗？”

子曰：“巧言令色，鲜矣仁。”

【解析】孔子说：“花言巧语、满脸堆笑的，这种人是很少有仁德的。”

曾子曰：“吾日三省吾身：为人谋而不忠乎？与朋友交而不信乎？传不习乎？”

【解析】曾子说：“我每天都要多次反省自己：为别人出主意谋划事情，有没有竭心尽力？与朋友交流，有没有信守诺言？老师传授的知识，有没有认真复习？”

子曰：“君子食无求饱，居无求安，敏于事而慎于言，就有道而正焉，可谓好学也已。”

【解析】孔子说：“君子吃不求满足，住不求安逸，做事敏捷，说话谨慎，求教于有道德的人来端正自己，就可以说是好学。”

子曰：“不患人之不己知，患不知人也。”

【解析】孔子说：“不担心别人不了解自己，但要担心自己不了解别人。”

子曰：“饭疏食，饮水，曲肱而枕之，乐亦在其中矣！不义而富且贵，于我如浮云。”

【解析】孔子说：“吃粗粮、喝白水，弯着胳膊当枕头，乐趣也就在这中间了。用不正当的手段得来的富贵，对于我来讲就像天上的浮云。”

子曰：“吾十有五而志于学，三十而立，四十而不惑，五十而知天命，六十而耳顺，七十而从心所欲，不逾矩。”

【解析】孔子说：“我十五岁立志从学，三十岁能按照礼仪的要求立足于世，四十岁（掌握了各种知识）不再觉得迷惑，五十岁就了解了自然的规律，六十岁能听进去不同的意见，到了七十岁便能随心所欲，不会超越界线。”

子曰：“温故而知新，可以为师矣。”

【解析】孔子说：“温习旧的知识，能从中得出新的体会，就可以做教师了。”

子曰：“君子周而不比，小人比而不周。”

【解析】孔子说：“君子团结而不互相勾结，小人互相勾结而不团结。”

子曰："学而不思则罔，思而不学则殆。"

【解析】孔子说："只学习不思考就会迷惑不解；只思考却不学习，就会劳神而无所得。"

子曰："由，诲汝知之乎！知之为知之，不知为不知，是知也。"

【解析】孔子说："仲由，教导你的道理都知道了吗？知道的就是知道的，不知道的就是不知道的，这才是真智慧啊！"

子曰："人而无信，不知其可也。大车无輗，小车无軏，其何以行之哉？"

【解析】孔子说："人没有信誉，不知能干什么。牛车没有辕端横木（缚轭以驾牛者），马车没有辕端上曲（钩横木以驾马者），那怎样行驶呢？"

孔子谓季氏："八佾舞于庭，是可忍也，孰不可忍也？"

【解析】孔子说季氏："用天子的舞蹈阵容在自己的宗庙里舞蹈，这样的事都可以容忍，还有什么事不能容忍呢？"

子在川上曰："逝者如斯夫，不舍昼夜！"

【解析】孔子站在河岸上（望着流动着的河水）说："消逝的事物就如同这河水啊，日夜不停地流走！"

子曰："成事不说，遂事不谏，既往不咎。"

【解析】孔子说："以前的事不要再评说了，做完的事不要再议论了，过去了就不要再追究。"

子曰："后生可畏，焉知来者之不如今也？"

【解析】孔子说："年轻人是值得敬畏的，怎么就知道下一代不如上一代呢？"

子夏曰："仕而优则学，学而优则仕。"

【解析】子夏说："做官有余力时就要学习，学习能够游刃有余时就去做官。"

子曰："见贤思齐焉，见不贤而内自省也。"

【解析】孔子说："见到贤人，要向他看齐；见到不贤的人，要反省自己（有没有像他那样的过失）。"

子贡问："师与商也孰贤？"子曰："师也过，商也不及。"曰："然则师愈与？"子曰："过犹不及。"

【解析】子贡（孔子的弟子）问孔子说："师（孔子的弟子颛孙师，字子张）和商（孔子的弟子卜商，字子夏）两个人谁更贤能一些？"孔子回答说："颛孙师超过了贤能的标准，卜商没有达到贤能的标准。"（子贡）说："既然这样，那么可以说，颛孙师胜过卜商了？"孔子说："超过（标准）和没有达到（标准）其实是一样的，都不好。"

子曰："敏而好学，不耻下问，是以谓之'文'也。"

【解析】孔子说："勤勉好学，不把向地位比自己低、学识比自己浅的人请教看作耻辱，所以称他为'文'。"

子贡问曰："有一言而可以终身行之者乎？"子曰："其'恕'乎！己所不欲，勿施于人。"

【解析】子贡问孔子："有没有一句话可以奉行终生？"孔子说："大概就是'恕道'吧！自己不愿做的事，也不要强加在别人身上。"

司马牛忧曰："人皆有兄弟，我独亡！"子夏曰："商闻之矣：'死生有命，富贵在天。'君子敬而无失，与人恭而有礼，四海之内，皆兄弟也。君子何患乎无兄弟也？"

【解析】司马牛很伤心地说："为什么别人都有兄弟，唯独我没有？"子夏说："我听说：'万事万物皆由天命注定，生死和富贵也不例外。'君子敬慎而不放纵，对人恭敬而有礼，如果这样的话，全国都有你的兄弟。君子何必要担心没有兄弟呢？"

子曰："不在其位，不谋其政。"

【解析】孔子说："不在那个位置上，就不要想那个位置上的事。"

子曰："知之者不如好之者，好之者不如乐之者。"

【解析】孔子说："知道它的人不如喜欢它的人，喜欢它的人不如以它为快乐的人。"

子曰："智者乐水，仁者乐山；智者动，仁者静；智者乐，仁者寿。"

【解析】孔子说："明智的人喜欢水，仁慈的人喜欢山；明智的人好动，仁慈的人好静；明智的人快乐，仁慈的人长寿。"

子曰："人无远虑，必有近忧。"

【解析】孔子说："一个人如果没有长远的打算，一定会有迫身的忧患。"

子曰："不愤不启，不悱不发。举一隅不以三隅反，则不复也。"

【解析】孔子说："不到苦思冥想时，不去启发；不到欲说无语时，不去开导。不能举一例而能理解多个类似的问题，就不要再教他了。"

子曰："君子不以言举人，不以人废言。"

【解析】孔子说："君子不因为这个人的言论好就荐举他，也不因为这个人人品不好就废弃他的好言论。"

季康子患盗，问于孔子。孔子对曰："苟子之不欲，虽赏之不窃。"

【解析】季康子（春秋时期鲁国最有权势的贵族，名肥）苦于国中盗窃问题严重，向孔子询问对策。孔子回答说："如果您不贪图财物，即使奖励他们盗窃，他们也不会去做的。"

子曰："三人行，必有我师焉。择其善者而从之，其不善者而改之。"

【解析】孔子说："几个同行的人当中，一定有值得我学习的人。要选择他的优点向他学习，借鉴他的缺点进行自我改正。”

子曰：“君子成人之美，不成人之恶。小人反是。”

【解析】孔子说：“君子成就别人的好事，不促成别人的坏事。小人则恰恰相反。”

子曰：“君子坦荡荡，小人长戚戚。”

【解析】孔子说：“君子胸怀宽广，小人常怀忧愁悲伤。”

子曰：“志士仁人，无求生以害仁，有杀身以成仁。”

【解析】孔子说：“仁爱而有节操，能为正义牺牲生命的人，没有贪生怕死而损害仁的，只有牺牲自己的性命来成全仁的。”

曾子曰：“士不可以不弘毅，任重而道远。仁以为己任，不亦重乎？死而后已，不亦远乎？”

【解析】曾子说：“士不能没有远大志向，要意志坚强，因为他肩负重任，路途遥远。把实行仁道当作自己的任务，不是也很重要吗？直到死才能罢休，不是也很遥远吗？”

徐健顺　吟
《论语·学而》第一

《论语》经典名篇与赏析

《论语》问仁十则

1 子曰：“弟子入则孝，出则弟，谨而信，泛爱众，而亲仁。行有余力，则以学文。”（《学而》第一）

2 樊迟问知。子曰："务民之义，敬鬼神而远之，可谓知矣。"问仁。曰："仁者先难而后获，可谓仁矣。"（《雍也》第六）

3 子曰："知者乐水，仁者乐山；知者动，仁者静；知者乐，仁者寿。"（《雍也》第六）

4 子贡曰："如有博施于民而能济众，何如？可谓仁乎？"子曰："何事于仁，必也圣乎！尧、舜其犹病诸！夫仁者，己欲立而立人，己欲达而达人。能近取譬，可谓仁之方也已。"（《雍也》第六）

5 颜渊问仁。子曰："克己复礼为仁。一日克己复礼，天下归仁焉。为仁由己，而由人乎哉？"颜渊曰："请问其目。"子曰："非礼勿视，非礼勿听，非礼勿言，非礼勿动。"颜渊曰："回虽不敏，请事斯语矣。"（《颜渊》第十二）

6 仲弓问仁。子曰："出门如见大宾，使民如承大祭。己所不欲，勿施于人。在邦无怨，在家无怨。"仲弓曰："雍虽不敏，请事斯语矣。"（《颜渊》第十二）

7 司马牛问仁。子曰："仁者其言也讱。"曰："其言也讱，斯谓之仁已乎？"子曰："为之难，言之得无讱乎？"（《颜渊》第十二）

8 樊迟问仁。子曰："爱人。"问知。子曰："知人。"樊迟未达。子曰："举直错诸枉，能使枉者直。"樊迟退，见子夏曰："乡也吾见于夫子而问知，子曰：'举直错诸枉，能使枉者直'，何谓也？"子夏曰："富哉言乎！舜有天下，选于众，举皋陶，不仁者远矣。汤有天下，选于众，举伊尹，不仁者远矣。"（《颜渊》第十二）

9 樊迟问仁。子曰："居处恭，执事敬，与人忠。虽之夷狄，不可弃也。"（《子路》第十三）

10 子张问仁于孔子。孔子曰："能行五者于天下，为仁矣。"请问之。曰："恭、宽、信、敏、惠。恭则不侮，宽则得众，信则人任焉，敏则有功，惠则足以使人。"（《阳货》第十七）

《论语》作为一部儒家经典著作，许多篇章都谈到做人的问题，这对当代人具有非常重要的启发意义。如何实践"仁德"，是孔子在做人上强调最多的问题，可以说"仁"是孔子的思想核心，在孔子看来，仁德是做人的根本，是第一位的。孔子说："弟子入则孝，出则弟，谨而信，泛爱众，而亲仁。行有余力，则以学文。"又说："人而不仁，如礼何？人而不仁，如乐何？"这说明只有在仁德的基础上做学问、学礼乐才有意义。孔子还认为，只有仁德的人才能无私地对待别人，才能得到人们的称颂。子曰：“唯仁者能好人，能恶人。”“齐景公有马千驷，死之日，民无德而称焉。伯夷、叔齐饿死于首阳之下，民到于今称之。”这充分说明了仁德的价值和力量。

那么，怎样才能算仁呢？颜渊问仁，子曰：“克己复礼为仁。一日克己复礼，天下归仁焉。”也就是说，只有克制自己，让言行符合礼才是仁德。一旦做到言行符合礼，天下的人就会赞许你为仁人了。可见“仁”不是先天就有的，而是后天“修身”“克己”的结果。当然，孔子还提出仁德的外在标准，就是“刚、毅、木讷，近仁”。即刚强、果断、质朴、语言谦虚的人接近仁德。同时，他还提出实践仁德的五项标准，即“恭、宽、信、敏、惠”。他说，对人恭谨就不会招致侮辱，待人宽厚就会得到大家拥护，交往信实就会得到别人的信任，做事勤敏就会取得成功，给人慈惠就能够使唤民众。孔子说，能做到这五种美德者，就算仁。

当然，在孔子看来，要想完全达到仁是极不容易的。所以他教人追求仁德的方法，那就是“博学于文，约之以礼，亦可以弗畔矣夫”，即广泛地学习文化典籍，用礼约束自己的行为，这样就不背离正道了。同时，也要重视向仁德的人学习，让仁德的人来帮助自己培养仁德。而仁德的人应该是自己站得住也能使别人站得住，自己希望达到也帮助别人达到，凡事能推己及人的人，即“己欲立而立人，己欲达而达人。能近取譬，可谓仁之方也已”。

徐健顺　诵
《论语·学而》第一

《孟子》

《孟子》的传世价值

《孟子》一书是孟子言论的汇编，由孟子及其弟子共同编写而成。它是一部记录孟子政治观点（仁政、王霸之辨、民本、民贵君轻）和政治行动的儒家经典著作，在儒家典籍中占有相当重要的地位。

考察《孟子》一书，孟子所见时君（如梁惠王、梁襄王、齐宣王、邹穆公、滕文公、鲁平公等）皆称谥号，恐非孟子自作时所为；又记孟子弟子乐正子、公都子、屋卢子皆以“子”称，也断非孟子所为，故其编定者极有可能是孟子的再传弟子。《孟子》成书大约在战国中期。

《孟子》有七篇传世：《梁惠王》（上、下）；《公孙丑》（上、下）；《滕文公》（上、下）；《离娄》（上、下）；《万章》（上、下）；《告子》（上、下）；《尽心》（上、下）。其学说出发点为性善论，提出“仁政”“王道”思想，主张德治。孟子的文章说理畅达，气势充沛，长于论辩，逻辑严密，尖锐机智，代表着传统说理散文写作的高峰。孟子在人性问题上提出性善论，如后世所总结“人之初，性本善”。

《孟子》一书，在汉代就被认为是辅翼“经书”的“传”，和《论语》并列。至五代，后蜀君主孟昶下令将《易》《书》《诗》《礼记》《周礼》《仪礼》《春秋公羊传》《春秋谷梁传》《左传》《论语》《孟子》十一经书写刻石。宋神宗熙宁四年（1071），《孟子》一书首次被列入科举考试科目。元丰六年（1083），孟子首次被官方追封为“邹国公”，翌年被批准配享孔庙。之后《孟子》一书升格为儒家经典，南宋时，朱熹又把《孟子》与《论语》《大学》《中庸》合为“四书”，《孟子》是“四书”中篇幅最大、部头最重的一部，有三万五千多字。《大学》和《中庸》被认为是孔子弟子曾参和孔子之孙子思的著作，这样，《孟子》一书便与孔子及孔子嫡系的著作平起平坐了，其实际地位更不亚于“五经”。直到清末，“四书”一直是科举必考内容。

《孟子》名句及解析

不以规矩，不能成方圆。

【解析】不用圆规和曲尺，就不能正确地画出方形和圆形。

诸侯之宝三：土地、人民、政事。宝珠玉者，殃必及身。

【解析】诸侯的宝物有三样：土地、百姓和政务，那种过于珍视珍珠美玉的人，祸害一定会降到他身上。

人有不为也，而后可以有为。

【解析】人要有所不为，才能有所为。

人皆可以为尧舜，有诸？

【解析】人人都可以做尧舜，有这话吗？

民事不可缓也。

【解析】关心人民是最紧迫的任务，是不可延缓的。

君子不怨天，不尤人。

【解析】君子不抱怨天，也不轻易责怪人。

生于忧患，死于安乐。

【解析】忧愁灾祸往往保人生存，安逸快乐往往致人死亡。

富贵不能淫，贫贱不能移，威武不能屈，此之谓大丈夫。

【解析】富贵不能扰乱心性，贫贱不能改变志向，威武不能屈节，这样才叫大丈夫。

养心莫善于寡欲。

【解析】修养心性的最好办法是减少物质欲望。

尽信书，则不如无书。

【解析】完全相信书，那还不如没有书。

爱人者，人恒爱之；敬人者，人恒敬之。

【解析】爱护别人的人，会受到别人的爱护；尊敬别人的人，会受到别人的尊敬。

仁者无敌。

【解析】有仁德的人是无敌于天下的。

不挟长，不挟贵，不挟兄弟而友。

【解析】交朋友时，不倚仗自己年纪大，不倚仗自己地位高，不倚仗兄弟们的势力。

贤者以其昭昭使人昭昭，今以其昏昏使人昭昭。

【解析】贤能的人，一定是自己先明白了再使人明白；今天的人自己还在糊涂，却硬要叫他人明白。

君仁，莫不仁；君义，莫不义；君正，莫不正。

【解析】君主仁，没有人不仁；君主义，没有人不义；君主正，没有人不正。

乐民之乐者，民亦乐其乐；忧民之忧者，民亦忧其忧。

【解析】国君以百姓的快乐为自己的快乐，百姓也会以国君的快乐为自己的快乐；国君以百姓的忧愁为自己的忧愁，百姓也会以国君的忧愁为自己的忧愁。

仁则荣，不仁则辱。

【解析】诸侯卿相如果实行仁政，便会获得荣耀；如果行不仁之政，便会遭受屈辱。

老吾老以及人之老，幼吾幼以及人之幼。

【解析】在赡养孝敬自己的长辈时，不应忘记其他与自己没有亲缘关系的老人；在抚养教育自己的晚辈时，不应忘记其他与自己没有血缘关系的小孩。

有为者辟若掘井，掘井九轫而不及泉，犹为弃井也。

【解析】做一件事情就好像挖井，如果挖井到六七丈深还不见泉水，那它仍然是一口废井。

君之视臣如手足，则臣视君如腹心；君之视臣如犬马，则臣视君如国人；君之视臣如土芥，则臣视君如寇仇。

【解析】君主把臣下看成自己的手足，臣下便会把君主当作自己的腹心；君主把臣下看成狗马，臣下便会把君主当成路上遇见的一般人；君主把臣下看成尘土或草屑，臣下便会把君主看成仇敌。

鱼我所欲也，熊掌亦我所欲也；二者不可得兼，舍鱼而取熊掌者也。生亦我所欲也，义亦我所欲也；二者不可得兼，舍生而取义者也。

【解析】鱼是我喜欢吃的，熊掌也是我喜欢吃的；如果两者不能同时得到，我便丢掉鱼而吃熊掌。生命是我喜爱的，道义也是我喜爱的；如果两者不能并有，我便舍弃生命而选择道义。

君子有三乐，而王天下不与存焉。父母俱在，兄弟无故，一乐也；仰不愧于天，俯不怍于人，二乐也；得天下英才而教育之，三乐也。

【解析】君子有三种乐事，但是以德服天下并不在其中。父母都健康，兄弟没灾患，是第一种乐事；对上无愧于天，对下无愧于人，是第二种乐事；得到天下优秀人才并对他们进行教育，是第三种乐事。

得道者多助，失道者寡助。寡助之至，亲戚畔之；多助之至，天下顺之。

【解析】行仁政的会有很多人帮助，不行仁政的很少有人帮助。帮助他的人少到极点时，连亲戚都会反对他；帮助他的人多到极点时，全天下都会归顺他。

天时不如地利，地利不如人和。

【解析】时机比不上地理优势，地理优势比不上众人团结。

故天将降大任于斯人也，必先苦其心志，劳其筋骨，饿其体肤，空乏其身，行拂乱其所为，所以动心忍性，曾益其所不能。

【解析】所以，上天将要下达重大使命给这样的人，一定要先使他的思想受到折磨，筋骨受到劳累，使他饱受饥饿，身受穷困，在行事方面受到扰乱，通过这些来激发斗志，使他能够坚忍不拔，不断增长才干。

不耻不若人，何若人有？

【解析】不以赶不上别人为羞耻，怎么能赶上别人呢？

民为贵，社稷次之，君为轻。

【解析】（对一个国家来说）百姓的地位最尊贵，国家政权其次，君主的地位应比百姓、政权都小。

穷则独善其身，达则兼善天下。

【解析】穷困时，努力使自己趋于完美；显达时，则使天下人一起走向完美。

《孟子》经典名篇与赏析

寡人之于国也

梁惠王曰：“寡人之于国也，尽心焉耳矣。河内凶，则移其民于河东，移其粟于河内。河东凶亦然。察邻国之政，无如寡人之用心者。邻国之民不加少，寡人之民不加多，何也?”

孟子对曰：“王好战，请以战喻。填然鼓之，兵刃既接，弃甲曳兵而走。或百步而后止，或五十步而后止。以五十步笑百步，则何如?”

曰：“不可；直不百步耳，是亦走也。”

曰：“王如知此，则无望民之多于邻国也。

“不违农时，谷不可胜食也；数罟不入洿池，鱼鳖不可胜食也；斧斤以时入山林，材木不可胜用也。谷与鱼鳖不可胜食，材木不可胜用，是使民养生丧死无憾也。养生丧死无憾，王道之始也。

“五亩之宅，树之以桑，五十者可以衣帛矣。鸡豚狗彘之畜，无失其时，七十者可以食肉矣。百亩之田，勿夺其时，数口之家可以无饥矣。谨庠序之教，申之以孝悌之义，颁白者不负戴于道路矣。七十者衣帛食肉，黎民不饥不寒，然而不王者，未之有也。

“狗彘食人食而不知检，涂有饿莩而不知发；人死，则曰，‘非我也，岁也。’是何异于刺人而杀之，曰，‘非我也，兵也。’王无罪岁，斯天下之民至焉。”

孟子作为儒家大师，长于思辨，对论证艺术的运用已经达到炉火纯青的地步。他向梁惠王宣传自己的“仁政”思想，选择在梁惠王为自己的施政效果不佳感到困惑而急切求教之际。而且他的论证先委婉后直接，驳立结合，巧妙设例，点出问题，指明出路，语言生动流畅，层次明朗清晰，可谓天衣无缝、无懈可击。

驳论婉转。反驳他人的观点或说法，有时不宜直截了当，而以婉转含蓄为妙，先使对方听趣浓厚，再令其欣然接受观点。孟子论证艺术的高超之处正在于此。

立论明确。如果说驳论表现了对人的观点的否定，或者指出其做法的错误，那么立论就是提出正确的观点或做法。孟子从反面反驳梁惠王的观点之后，又从正面给他指明出路，阐述“王道之始”的具体做法和“王道之成”的标志，即如何能使百姓谷鱼不胜食、材木不胜用、养生丧死无憾，如何使百姓五十衣帛、七十食肉、不饥不寒、懂得礼义，而这也正是儒家施行“仁政”的目标。

孟子的思辨能力卓越超群，论证艺术登峰造极。这源于他的博学广思和善心仁念，如果他对社会现实与百姓疾苦抱着一种冷漠的态度，那么他的雄辩艺术也必然是无本之木、无源之泉，干瘪枯竭、毫无生机。

《孟子》的传世故事

慎用政治武器

有一次，孟子和梁惠王见面。孟子问梁惠王：“用木棍打死人和用刀杀死人，有什么不同吗?”梁惠王回答说：“没什么不同。”

孟子又问：“用刀杀死人和用政治害死人有什么不同?”

梁惠王说：“也没什么不同。”

孟子接着说：“现在大王的厨房里有的是肥肉，马厩里有的是壮马，可老百姓面黄肌瘦，野外躺着快要饿死的人。这不是用政治杀人吗？大王想想，野兽相食，我们看着都不忍心，看到黎民百姓像被野兽吃了一样，我们于心何忍？孔子曾经说过，首先开始用俑陪葬的人，他是断子绝孙、没有后代的吧！您看，用人形的土偶来殉葬尚且不可，又怎么可以让老百姓活活地饿死呢?”

《诗经》

《诗经》的传世价值

《诗经》是中国第一部诗歌总集。它汇集了从西周初年到春秋中期五百多年间的305篇诗歌。《诗经》在先秦叫作《诗》，或者取诗的数目整数叫《诗三百》，本来只是一部诗集。从汉代起，儒家学者把《诗》当作经典，尊称为《诗经》，列入“五经”，它就变成了同政治、道德等密切相连的教化人的教科书，也称“诗教”。

《诗经》的305篇诗分为风、雅、颂三部分。“风”的意思是土风、风谣，也就是各地的民歌民谣。“风”包括十五个地方的民歌，即“十五国风”，共160篇。“雅”是正声雅乐，是正统的宫廷乐歌。“雅”分为“大雅”（用于隆重盛大宴会的典礼）和“小雅”（用于一般宴会的典礼），一共有105篇。“颂”是祭祀乐歌，用于宫廷宗庙祭祀祖先，祈祷和赞颂神明，现存共40篇。《诗经》的305篇诗歌，广泛地反映了当时社会生活的各个方面，内容涉及政治、经济、伦理、天文、地理、外交、风俗、文艺等，被誉为中国古代社会的百科全书，对后世产生了深远影响。

《诗经》编辑成书的年代约在春秋后期，据说孔子曾经删定《诗经》。到汉代，传授《诗经》的有四家：齐国辕固所传的《诗》叫《齐诗》，鲁国申培所传的

《诗》叫《鲁诗》，燕国韩婴所传的《诗》叫《韩诗》，鲁国毛亨所传的《诗》叫《毛诗》。东汉时，《毛诗》得到了官方和学者的认可，逐渐盛行，齐、鲁、韩三家《诗》逐渐衰落以至亡佚。现在我们见到的《诗经》，就是毛亨传下来的，我们这里选录的《诗经》，原文主要依据清代阮元校订的《毛诗注疏》，并广泛参考了其他研究《诗经》的专著。

《诗经》的内容精粹

《诗经》所录诗歌多来自民间。据说，周朝设有专门的采诗官采集民歌，以体察民俗风情、政治得失。《诗经》中大部分诗歌都出于此。另一部分则为公卿、士大夫向周天子所献之诗，其功能主要是歌功颂德，粉饰太平。

《诗经》可概括为风、雅、颂三部分。“风”是各地的民歌，这一部分文学成就最高，有对爱情、劳动等美好事物的吟唱，也有怀故土、思人及反压迫、反欺凌的怨叹与愤怒。“雅”分“大雅”“小雅”，多为贵族祭祀之诗，旨在祈丰年，颂祖德。“小雅”中也有部分民歌。“颂”则为宗庙祭祀之诗。“雅”“颂”中的诗歌，对于我们考察早期历史、宗教与社会有很大价值。

1. 祭祀诗

祭祀诗指反映商、周祖先祭祀情形的诗篇。上古时祭祀活动盛行，许多民族都产生了赞颂神灵、祖先以及祈福禳灾的祭歌。它们以祭祀、歌颂祖先为主，或叙述部族发生、发展的历史，或赞颂先公先王的德业，总之是歌功颂德之作。但这些作品也有其历史和文学价值，因此，它们与后世的庙堂文学有明显的区别。

2. 农事诗

农事诗指反映农业生产劳动的诗篇。我国有悠久的农业历史，人们很早就开始了农业种植活动。周人将自己的始祖与农业发明联系在一起，可见农业在周人社会和经济生活中的地位。《诗经》中所描写的时代，农业生产在人们的生活中已占有重要地位。《诗经》中有些作品是直接描写农业生产生活和与之相关的政治、宗教活动的农事诗。如《七月》《臣工》《噫嘻》《丰年》《载芟》《良耜》等，就是耕种藉田，春夏祈谷、秋冬报祭时的乐歌。

3. 怨刺诗

怨刺诗指批判和讥讽统治者丑恶行径的诗篇。西周中叶以后，特别是西周末期，周室衰微，朝纲废弛，社会动荡，政治黑暗，大量反映丧乱、针砭时弊的怨刺诗出现了。如小雅中的《节南山》《雨无正》反映了厉王、幽王时赋税苛重，政治黑暗腐朽，社会弊端丛生，民不聊生的现实。国风中的《魏风·伐檀》《魏风·硕鼠》《邶风·新台》《鄘风·墙有茨》《鄘风·相鼠》《齐风·南山》《陈风·株林》，或讽刺不劳而获、贪得无厌者，或揭露统治者的无耻与丑恶，辛辣的讽刺中寓有强烈的怨愤和不平。

4. 征役诗

征役诗指以战争和徭役为主要题材的诗篇。战争与徭役在作品中一般被称为“王事”，参加战争和负担徭役是周人必须履行的义务。由于周人重农尊亲，所以从总体上看，征役诗大多表现为对战争、徭役的厌倦，含有较为浓郁的感伤、思乡和恋亲之情，如《小雅·采薇》《秦风·无衣》《大雅·常武》和《大雅·江汉》等。

5. 婚恋诗

婚恋诗指反映婚姻爱情生活的诗篇。这类诗在《诗经》中占有很大比重，不仅数量多，而且内涵十分丰富。这类作品主要集中在国风中，是《诗经》的重要组成部分，也是最精彩动人的篇章。例如，表现爱情的有《周南·关雎》《秦风·蒹葭》《邶风·静女》《郑风·子衿》《郑风·出其东门》和《鄘风·柏舟》，表现婚姻的有《郑风·女曰鸡鸣》《卫风·氓》和《邶风·谷风》等。

《诗经》名句及解析

投我以桃，报之以李。(《大雅·抑》)

【解析】别人送给我桃，我以李子回赠他。

投我以木桃，报之以琼瑶。匪报也，永以为好也。（《卫风·木瓜》）

【解析】别人送我木瓜，我就以美玉报答。这哪里能算报答，只是为了彼此永远相好。（注：木瓜本就是用来表达男女爱慕之情的。）

知我者，谓我心忧；不知我者，谓我何求。悠悠苍天，此何人哉？（《王风·黍离》）

【解析】了解我的人，说我心中充满忧愁；不了解我的人，以为我有什么要求。高远的苍天啊，人怎么会这样？

我姑酌彼兕觥，维以不永伤。（《周南·卷耳》）

【解析】让我姑且饮酒作乐吧，只有这样才不会永远伤悲。

今夕何夕，见此良人。（《唐风·绸缪》）

【解析】今天是什么日子，我居然遇到了你，真是幸运啊！

手如柔荑，肤如凝脂，领如蝤蛴，齿如瓠犀，螓首蛾眉，巧笑倩兮，美目盼兮。（《卫风·硕人》）

【解析】手指纤纤如嫩荑，皮肤白皙如凝脂，美丽脖颈像蝤蛴，牙如瓠籽白又齐。额头方正眉弯细，微微一笑酒窝妙，美目顾盼眼波俏。

青青子衿，悠悠我心。（《郑风·子衿》）

【解析】青青的是他的衣领，日日萦绕在我心里。

战战兢兢，如临深渊，如履薄冰。（《小雅·小旻》）

【解析】小心谨慎，既像是走在深渊边上，又像是走在薄冰面上。这是形容做事的时候，应该持一种谨慎的态度。

月出皎兮，佼人僚兮。（《陈风·月出》）

【解析】月亮出来了，是如此洁白光明；娴雅的佳人，是如此美貌动人。

有匪君子，如切如磋，如琢如磨。(《卫风·淇奥》)

【**解析**】君子的自我修养就像加工骨器，切了还要磋；就像加工玉器，琢了还要磨。

心乎爱矣，遐不谓矣！中心藏之，何日忘之。(《小雅·隰桑》)

【**解析**】心中既然那么爱慕他，何不对他讲出来呢？心中对他的爱，是永远也不能忘怀的。

执子之手，与子偕老。(《邶风·击鼓》)

【**解析**】我会牵着你的手，和你一起老去。

一日不见，如三月兮。(《王风·采葛》)

【**解析**】我俩一天不见面，好像隔了三个月那么久。

它山之石，可以攻玉。(《小雅·鹤鸣》)

【**解析**】别的山上的石头，也可以用来为我雕琢美玉。善于向别人学习，从别人的经验中找到解决问题的方法，这是聪明人的选择。

《诗经》经典名篇与赏析

关　雎

关关雎鸠，在河之洲。窈窕淑女，君子好逑。
参差荇菜，左右流之。窈窕淑女，寤寐求之。
求之不得，寤寐思服。悠哉悠哉，辗转反侧。
参差荇菜，左右采之。窈窕淑女，琴瑟友之。
参差荇菜，左右芼之。窈窕淑女，钟鼓乐之。

《关雎》是“风”之始，也是《诗经》第一篇。古人把它冠于篇之首，说明对它评价很高。诗作通篇写一个男子对女子的思念和追求过程，写求之而不得的焦虑和求而得之的喜悦。文学作品描写的对象是社会生活，对社会风俗习尚的描写能更真实地反映社会生活，使社会生活融入社会风习的画面，从而更有真实感。《关雎》就是把古代男女恋情作为社会风俗习尚描写出来的。

徐健顺　吟
《诗经・关雎》

徐健顺　诵
《诗经・关雎》

蒹　葭

蒹葭（jiān jiā）苍苍，白露为霜。所谓伊人，在水一方。

溯（sù）洄（huí）从之，道阻且长。溯游从之，宛在水中央。

蒹葭萋萋，白露未晞。所谓伊人，在水之湄（méi）。

溯洄从之，道阻且跻（jī）。溯游从之，宛在水中坻（chí）。

蒹葭采采，白露未已。所谓伊人，在水之涘（sì）。

溯洄从之，道阻且右；溯游从之，宛在水中沚（zhǐ）。

《蒹葭》也是一首优美的爱情诗。在这个秋天的早晨，芦苇上霜露浓重，诗人冒着秋寒在岸边徘徊，寻找所思念的人儿。她（他）在哪里呢？在水的另一边。河道回曲盘纡，道路艰难遥远，远远望去，所思念的人儿宛在水中央，可望而不可即。在这首诗中，诗人巧妙地利用芦苇、霜露、秋水等景物渲染出一种凄迷气氛，以此来烘托所思不见的怅惘心情。每章开头两句写芦苇上霜露的变化，以此来暗示时光的流逝，使人意会他（她）已经在秋水畔徘徊了一个清晨。全诗意境朦胧凄清，感情执着真切，具有独特的艺术美感。

徐健顺　吟
《诗经・蒹葭》

徐健顺　诵
《诗经・蒹葭》

桃夭

桃之夭夭，灼灼其华。之子于归，宜其室家。

桃之夭夭，有蕡（fén）其实。之子于归，宜其家室。

桃之夭夭，其叶蓁（zhēn）蓁。之子于归，宜其家人。

《桃夭》是一首写待嫁女子对婚姻充满向往的诗歌。全诗构思工巧，层层递进。首章“桃之夭夭，灼灼其华”一句，就给读者呈现出一片生机勃勃、春光明媚的自然景色，这象征的是青年男女嫁娶的大好时光，并烘托出容貌如花的美丽待嫁女子的青春气息，预示着婚姻的美满幸福。接着二、三章，用桃树的果实硕大且多，象征女子出嫁后多子多孙；用桃叶茂密葱绿象征新娘嫁过来后，夫家家族昌盛。全诗借桃树表现她对婚姻生活的无限憧憬，洋溢着民间婚嫁热情欢快的生活气氛，真是天然妙笔。这首诗非常有名，即便只读过很少几篇《诗经》作品的人，一般也都知道这句“桃之夭夭，灼灼其华”。

采薇

采薇采薇，薇亦作止。曰归曰归，岁亦莫止。

靡室靡家，猃狁之故。不遑启居，猃狁之故。

采薇采薇，薇亦柔止。曰归曰归，心亦忧止。

忧心烈烈，载饥载渴。我戍未定，靡使归聘。

采薇采薇，薇亦刚止。曰归曰归，岁亦阳止。

王事靡盬（gǔ），不遑启处。忧心孔疚，我行不来！

彼尔维何？维常之华。彼路斯何？君子之车。

戎车既驾，四牡业业。岂敢定居？一月三捷。

驾彼四牡，四牡骙骙。君子所依，小人所腓。

四牡翼翼，象弭鱼服。岂不日戒？猃狁孔棘！

昔我往矣，杨柳依依。今我来思，雨雪霏霏。

行道迟迟，载渴载饥。我心伤悲，莫知我哀！

《采薇》是一首写一位被遣戍边的士兵从出征到回家的诗歌，“昔我往矣，杨柳依依。今我来思，雨雪霏霏。”是诗中情景交融的名句。“依依”“霏霏”这两个叠词，不但把柳枝的婀娜姿态、大雪的飞舞飘扬描绘得十分形象、生动，而且非常恰当地揭示了征人的内心世界。“杨柳依依”表现他在春天出征时对故乡、亲人恋恋不舍的心情。“雨雪霏霏”使我们联想到他在征程中经受的许多磨难，并衬托出他在返家时满怀哀伤、悲愤的心情。清人王夫之说这四句诗“以乐景写哀，以哀景写乐，一倍增其哀乐”。

徐健顺　吟
《诗经·采薇》

徐健顺　诵
《诗经·采薇》

无　衣

岂曰无衣？与子同袍。王于兴师，修我戈矛。与子同仇！
岂曰无衣？与子同泽。王于兴师，修我矛戟。与子偕作！
岂曰无衣？与子同裳。王于兴师，修我甲兵。与子偕行！

《无衣》是一首秦民应王征召，相约从军的歌谣，反映了秦地人民以爱国精神参加正义的卫国战争的思想感情。为了抗击共同的敌人，战士们毫无怨言，他们团结一致，共同御侮，同心协力，并肩战斗，表现了同仇敌忾，同生死、共甘苦的战斗友谊；体现了轻死忘生的乐观精神和保卫祖国的英雄气概。

在表现手法上，《无衣》主要采用了“赋”和“兴”的手法。全诗基本上都是用“赋”（铺叙），唯有第一章以“同袍”兴“同仇”，第二章以“同泽”兴“偕作”，第三章以“同裳”兴“偕行”。隐隐约约之中，令人感觉秦此时已有据八面而朝同列之气，这也是秦能最终统一六国的原因之一。也正因为以上种种，《无衣》一诗也就成了脍炙人口的千古名篇，为后人传唱不已。

《诗经》的传世故事

《诗经》的选编与整理

孔子曾说："诗三百，一言以蔽之，曰：思无邪。"据说孔子编定《诗经》。由于年代久远，《诗经》作者已经无法考证，但可以肯定的是，这本书经过了很多人改编。

一般认为，《诗经》最初是保存在周王室的乐官——太师那里的。他们对作品进行加工整理，有所淘汰，有所修改。所以现存的《诗经》，语言形式基本上是四言体，韵部系统和用韵规律大体一致。古代交通不便，语言各异，各时代、各地区的歌谣，倘非经过加工整理，不可能一致。可以认为，它是由官方制作并搜集和整理的民间乐歌，是周王朝的文化事业之一。

《中庸》

《中庸》的传世价值

《中庸》原来也是《礼记》中的一篇，一般认为它出于孔子的孙子子思（前483—前402）之手。《史记·孔子世家》记载，孔子的儿子名叫孔鲤，字伯鱼；伯鱼的儿子名叫孔伋，字子思。孔子去世后，儒家分为八派，子思是其中一派。荀子把子思和孟子看成一派。从师承关系来看，子思学于孔子的得意弟子之一曾子，孟子又学于子思；从《中庸》和《孟子》的基本观点来看，两者大体上也是相同的，所以有“思孟学派”的说法。后代因此而尊称子思为“述圣”。不过，今人看到的《中庸》，已经经过秦代儒者的修改，大致写定于秦统一全国后不久，所以其各篇命名方式已不同于《大学》，不是取正文开头的两个字为题，而是提取文章的中心内容为题。

早在西汉时期，我国就出现了专门解释《中庸》的著作，《汉书·艺文志》载有《中庸说》二篇。以后各代关于这方面的著作可谓相沿不绝，但影响最大的还是朱熹的《中庸章句》。朱熹把《中庸》与《大学》《论语》《孟子》合在一起，使它成为“四书”之一，《中庸》也由此成为后世读书人钻研学问、求取功名的阶梯。

朱熹认为《中庸》“忧深言切，虑远说详”，“历选前圣之书，所以提挈纲维，开示蕴奥，未有若是之明且尽者也”。他还在《中庸章句》的开头引用程颐的话，强调《中庸》是“孔门传授心法”的著作，“放之则弥六合，卷之则退藏于密”，其味无穷，都是实用的学问。善于阅读的人只要仔细玩味，便可以终身受用。

程颐的说法也许有些过头，但《中庸》的确内容丰富，不仅提出要把“中庸”作为儒家的最高道德标准，而且以此为基础讨论了一系列问题，涉及儒家学说的多个方面。所以，《中庸》被推崇为“实学”和让人终生受用的经典，绝不是偶然的。

《中庸》名句及解析

子曰：“舜其大知也与！舜好问而好察迩言，隐恶而扬善，执其两端，用其中于民。其斯以为舜乎！”

【解析】孔子说：“舜可真是具有大智慧的人啊！他喜欢向人问问题，又善于分析别人浅近话语里的含义，不宣扬人家的坏处，只表彰人家的好处，过与不及两端的意见他都掌握，采纳适中的用于老百姓。这就是舜之所以为舜的地方吧！”

子路问强。子曰：“南方之强与？北方之强与？抑而强与？宽柔以教，不报无道，南方之强也，君子居之。衽金革，死而不厌，北方之强也，而强者居之。故君子和而不流，强哉矫！中立而不倚，强哉矫！国有道，不变塞焉，强哉矫！国无道，至死不变，强哉矫！”

【解析】子路问什么是强。孔子说：“是南方的强呢？还是北方的强呢？还是你认为的强呢？用宽容柔和的精神去教育人，人家对我蛮横无理也不报复，这是南方的强，品德高尚的人具有这种强。以兵器、甲胄当枕席，死而后已，这是北方的强，勇武好斗的人就具有这种强。所以，品德高尚的人和顺而不随波逐流，这才是真强啊！保持中立而不偏不倚，这才是真强啊！国家政治清平时不改变志向，这才是真强啊！国家政治黑暗时坚持操守，宁死不变，这才是真强啊！”

子曰：“素隐行怪，后世有述焉，吾弗为之矣。君子遵道而行，半途而废，吾弗能已矣。君子依乎中庸，遁世不见知而不悔，唯圣者能之。”

【解析】孔子说：“身居隐蔽偏远的地方，做些怪诞的事情来博取名声，后世也许会有人来记述他，为他立传，但我是绝不会这样做的。有些品德不错的人按照中庸之道去做，但是半途而废，不能坚持下去，而我是绝不会停止的。真正的君子遵循中庸之道，即使一生默默无闻不被人知道也不后悔，这只有圣人才做得到。”

《中庸》经典名篇

《中庸》（节选）

哀公问政。子曰：“文武之政，布在方策。其人存，则其政举；其人亡，则其政息。人道敏政，地道敏树。夫政也者，蒲卢也。故为政在人，取人以身，修身以道，修道以仁。仁者人也，亲亲为大；义者宜也，尊贤为大；亲亲之杀，尊贤之等，礼所生也。在下位不获乎上，民不可得而治矣！故君子不可以不修身；思修身，不可以不事亲；思事亲，不可以不知人；思知人，不可以不知天。”天下之达道五，所以行之者三：曰君臣也，父子也，夫妇也，昆弟也，朋友之交也：五者天下之达道也。知、仁、勇三者，天下之达德也，所以行之者一也。或生而知之，或学而知之，或困而知之，及其知之一也；或安而行之，或利而行之，或勉强而行之，及其成功一也。

子曰：“好学近乎知，力行近乎仁，知耻近乎勇。知斯三者，则知所以修身；知所以修身，则知所以治人；知所以治人，则知所以治天下国家矣。”凡为天下国家有九经，曰：修身也，尊贤也，亲亲也，敬大臣也，体群臣也，子庶民也，来百工也，柔远人也，怀诸侯也。修身则道立，尊贤则不惑，亲亲则诸父昆弟不怨，敬大臣则不眩，体群臣则士之报礼重，子庶民则百姓劝，来百工则财用足，柔远人则四方归之，怀诸侯则天下畏之。

齐明盛服，非礼不动，所以修身也；去谗远色，贱货而贵德，所以劝贤也；尊其位，重其禄，同其好恶，所以劝亲亲也；官盛任使，所以劝大臣也；忠信重禄，所以劝士也；时使薄敛，所以劝百姓也；日省月试，既禀称事，所以劝百工也；送往迎来，嘉善而矜不能，所以柔远人也；继绝世，举废国，治乱持危，朝聘以时，厚往而薄来，所以怀诸侯也。

凡为天下国家有九经，所以行之者一也。凡事豫则立，不豫则废。言前定则不跲，事前定则不困，行前定则不疚，道前定则不穷。

在下位不获乎上，民不可得而治矣；获乎上有道：不信乎朋友，不获乎上矣；信乎朋友有道：不顺乎亲，不信乎朋友矣；顺乎亲有道：反诸身不诚，不顺乎亲矣；诚身有道：不明乎善，不诚乎身矣。

诚者，天之道也；诚之者，人之道也。诚者不勉而中，不思而得，从容中道，圣人也。诚之者，择善而固执之者也。博学之，审问之，慎思之，明辨之，笃行之。有弗学，学之弗能弗措也；有弗问，问之弗知弗措也；有弗思，思之弗得弗措也；有弗辨，辨之弗明弗措也；有弗行，行之弗笃弗措也；人一能之己百之，人十能之己千之。果能此道矣，虽愚必明，虽柔必强。

诵读提示

诵读经典的关键是对作品内涵的理解，把握语句的节奏和变化，特别是重复的字句，要读出文气。

思考与练习

1. 阅读思考：

（1）通读《大学》《中庸》《论语》，体味经典中的学习之道。

（2）作为中国最早的诗歌总集，《诗经》展示了西周时期的社会风貌，哪首作品令你印象深刻，哪种情感引起了你的共鸣？

（3）《孟子·公孙丑上》：“我知言，我善养吾浩然之气。”谈谈你对“浩然之气”的理解。

2. 技能展示：以个人或小组为单位，采用吟诵的方式，展示《论语》或《诗经》中的篇目。

3. 能力比拼：以班级为单位，就本任务选取的篇目中所蕴含的文化常识，开展知识竞赛或答题闯关活动。

任务三 百家之争鸣

任务摘要

诸子百家是对春秋、战国、秦汉时期各种学术派别的总称。春秋时期王室衰微，诸侯争霸，学者们便周游列国，为诸侯出谋划策，到战国时期形成了“百家争鸣”的局面。传统上关于诸子百家的划分，最早源于司马迁的父亲司马谈，他在《论六家要旨》中首次划分了阴阳、儒、墨、名、法、道六家。后来，刘歆的《七略》在司马谈划分的基础上，增纵横、杂、农、小说四家，合为十家。班固在《汉书·艺文志》中承袭刘歆，并认为：“诸子十家，其可观者九家而已。”后来人们去小说家，将剩下的九家称为“九流”。

诸子百家的许多思想给后人留下了深刻的启示。儒家的“仁政”“恕道”，以及孟子的古代民主思想、道家的辩证法、墨家的科学思想、法家的唯物思想、兵家的军事思想等，在今天依然闪烁着光芒。即便是那些“诡辩”名家，也开创了中国哲学史上逻辑学的先河。我们可以也应该借鉴儒家的刚健有为精神，来激励自己发愤图强；借鉴儒家的公忠为国精神，来培育爱国情怀；借鉴儒家的以义制利精神，来启示自己正确对待物质利益；借鉴儒家的仁爱精神，来培育自己热爱人民的高尚情操；借鉴儒家的气节观念，来培育自尊、自强的独立人格；同时也要借鉴墨家的“兼爱”“尚贤”“节用”、道家的“少私寡欲”“道法自然”、法家的“废私立公”

等思想。

传统意义上的诸子百家是有特定指向的，本章所讲除以上诸家外，还增加了释家的内容。

任务目标

知识目标：了解春秋战国时期“百家争鸣”的原因和背景，掌握道、法、墨、释四家的代表人物与核心思想。

能力目标：能够诵读《道德经》，基本了解各家思想。

素质目标：帮助学生树立自强之志，激发他们的创新创造活力，争做技能强国的追梦人。

道家

道家思想核心

道家的思想主旨是自然和谐，道法自然，以无为治国。道家思想的核心是“道”，认为“道”是宇宙的本原，也是宇宙中一切运动的法则。一般来说，被公认为第一个创立道家学说的是春秋时期的老子，从创立到现在大约有2600年，老子著有《老子》（又名《道德经》）。

“道”究竟是什么呢？“道”是宇宙之本、万物之根、人类之始、运动之理。《老子》开篇就说：“道可道，非常道。名可名，非常名。无名天地之始。有名万物之母。”（《老子》第一章）“有物混成，先天地生。寂兮寥兮，独立而不改，周行而不殆，可以为天下母。吾不知其名，强字之曰道。”（《老子》第二十五章）《管子·内业》说：“凡道无根无基，无叶无荣，万物以生，万物以成，命之曰道。”《庄子·大宗师》说：“夫道，有情有信，无为无形，可传不可受，可得不可见，自本自根，未有天地，自古以同存，神鬼神帝，生天生地，在太师之先而不为高，在六极之下而不为深，先天地生而不为久，长于上古而不为老。”

老子和庄子在很多地方都对“道”做了解释，但为什么“道”还是不能被人理解呢？这是因为宇宙生成之初究竟是什么，没有人明白。但我们知道它总有一个开始，所以老子就把这个开始称为“道”，所以道是先于天地而生的。其实“道”的内涵并不是老子首先提出的。《易经》中“太极”的概念与“道”的概念非常相近，所以我们说道家思想是在《易经》思想的基础上发展起来的。

仅把“道”当成天的生成之“始”是不够的，老子还把“道”归结为天的生成原理。那么天究竟是怎样生成的？这个问题似乎就更复杂了。无论东方哲学还是西方哲学，认识基本是一致的。东方哲学认为，天是由“阴”和“阳”的对立统一生成的。西方哲学认为，事物都是由“正”“反”的矛盾和统一决定的。《易经》说：无极生太极，太极生两仪，两仪生四象，四象生八卦，八卦生万物。老子说：道生一，一生二，二生三，三生万物。其实这就是一种思想的两种表述。从根本上说，无论是宇宙洪荒，还是我们身边鸡毛蒜皮的小事，都是由“阴”“阳”对立统一形成的。

在讲清楚了“道”的原理，即弄清楚了“天”以后，我们再来讨论万物。《易经》和道家思想都认为在生成原理上，天和万物是一样的。只是老子说得更清楚、明白而已，这就是老子的“天下母”的思想。他说：“天下有始，以为天下母。既得其母，以知其子。既知其子，复守其母，没身不殆。”（《老子》第五十二章）归结起来，这就是“天人合一”哲学思想的来源。

从这里可以看到，“道”是指天地之“始”，而更重要的是“天”和“人”的运动规律。中国文化中有很多关于“道”的概念，比如大道、正道、邪道、道理等，符合规律的就是正道，不符合规律的就是邪道。后来封建统治者又把“道”作为自己的化身，认为维护君主的就是正道，不维护君主的就是邪道。“道”作为中国传统文化的核心概念之一，在当今众多领域中依然有它深刻的含义，影响着我们的生活。

道家的代表人物和代表作品

老子与《老子》

老子其人

老子，姓李名耳，字聃，春秋末期人，生卒年不详。中国古代著名的思想家、哲学家，道家学派创始人和主要代表人物。老子是世界文化名人，世界百位历史名人之一，与庄子并称老庄。在道教中，老子被尊为道教始祖，即“太上老君”。在唐朝，老子被追认为李姓始祖。老子的存世作品有《老子》，是全球文字出版发行量最大的著作之一。

老子思想对中国哲学的发展具有深刻影响，其思想核心是朴素的辩证法。在政治上，老子主张无为而治、不言之教；在权术上，老子讲究物极必反之理；在修身方面，老子讲究虚心实腹、不与人争的修持。

老子的国际影响力

《老子》一书是中华文化的瑰宝，是中国先哲贡献给全人类的宝贵精神财富。欧洲从 19 世纪初就开始对《老子》进行研究，到 20 世纪四五十年代，欧洲共有 60 多种《老子》译文。德国哲学家黑格尔、尼采，俄罗斯作家托尔斯泰等世界著名学者对《老子》都有深入的研究，并有专著或专论问世。黑格尔说：“中国哲学中另有一个特异的宗派……是以思辨作为它的特性。这派的主要概念是‘道’，这就是理性。这派哲学及其与哲学密切联系的生活方式的发挥者是老子。”

苏联汉学家李谢维奇说：“老子是国际的。”英国科学家李约瑟一生研究中国，对中国文化情有独钟，著有多卷本的《中国科技史》。他说，中国文化就像一棵参天大树，而这棵参天大树的根在道家。李约瑟越研究中国，越认识到老子、道家在中国文化中的重要地位，就越发相信老子学说的正确性，并按照老子说的去做，他晚年干脆自称“名誉道家”“十宿道人”。李约瑟对中国古代文化的研究很有成就，是 20 世纪国际上知名的汉学家，而他的巨大贡献之一就是发现了道家思想的现代意义，从而为 20 世纪后半叶全世界“老子热”的形成奠定了基础。德国、法国、英国、美国、日本等发达国家相继兴起了“老子热”，《老子》一书在这些国家一版再版。

《老子》的历史考据

1973 年，长沙马王堆汉墓出土了帛书《老子》，给几千年来的“老”学研究带来了从未有过的光明。帛书《老子》有甲、乙两种版本，皆是《德篇》在前、《道篇》在后，尤其是乙本，在两篇后分别有“德”“道”字样明确分出篇名。这使自魏晋以来被误名为“《道德经》”及颠倒《德篇》与《道篇》编排次序的事实真相大白。在敦煌藏经洞中发现的《老子》，多以《德篇》为上篇、《道经》为下篇，不分章，与今天流传的《道德经》上、下二卷（《道经》在前，《德经》在后，并分为八十一章）次序不同。20 世纪 70 年代出土的银雀山竹简和马王堆帛书《老子》为汉文帝二十年（前 168）以前的版本，比敦煌本早八九百年，也是《德篇》在前、《道篇》在后。可见，《老子》以“德”“道”分上下是战国以来的旧传，符合老子淳德归道、全德复道的本意。敦煌写本、银雀山竹简本和马王汉堆帛书保持了这种真面貌，是研究老子思想的最好材料。不仅如此，先秦韩非子《解老》《喻老》亦言德在前。可见，魏晋以前的《老子》实为《德道经》，“德道”除了有道德的内涵外，还寓有明德归道、以德养道的深刻意境。

《老子》名句及解析

知人者智，自知者明。胜人者有力，自胜者强。知足者富。强行者有志。不失其所者久。死而不亡者寿。

【解析】能认识别人那叫聪明，能认识自己才算明智。能战胜别人的人是有力的，能克服自己的弱点的人才是刚强的。知道满足的人才是富有的。坚持力行、努力不懈就是有志。不离失本分的人才能长久不衰。死后仍能保持影响力，才算真正的长寿。人要自知自胜，安贫乐道，不失本分，把精神财富留给后人，方能“死而不亡”。

是以圣人处无为之事，行不言之教；万物作而弗始，生而弗有，为而弗恃，功成而弗居。夫唯弗居，是以不去。

【解析】圣人用无为的方式处世，实行不言的教化，让万物自然生长而不干涉，生养万物而不据为己有，有作为而不自恃其能，有了成功也不居功自傲。因为不自居其功，所以其功永恒不灭。

邻国相望，鸡犬之声相闻，民至老死不相往来。

【解析】两个相邻的国家彼此可以看得见，听得到对方国家的鸡鸣犬吠，但两国之间的人直到老死也从不往来。应该注意的是，老子并不是主张排外、自闭，这里所说的其实是他对一种淳朴民风的向往。

反者，道之动；弱者，道之用。天下万物生于有，有生于无。

【解析】循环往复的运动变化是道的运动，道的作用是微妙、柔弱的。天下万物产生于看得见的有形质，有形质又产生于不可见的无形质。事物之间相互转化，要学会用无形的思想创造有形的财富。

天下之至柔，驰骋天下之至坚。无有入无间，吾是以知无为之有益。不言之教，无为之益，天下希及之。

【解析】天下最柔软的东西，能够驱使天下最坚硬的东西。无形的力量可以穿透没有间隙的东西，我因此才认识到"无为"的益处。"不言"的教导，"无为"的好处，普天下很少有人能够认识并做到。

大成若缺，其用不弊。大盈若冲，其用不穷。大直若屈，大巧若拙，大辩若讷。静胜躁，寒胜热。清静为天下正。

【解析】最完满的东西，好似有残缺一样，但它的作用永远不会衰竭；最充盈的东西，好似空虚的一样，但是它的作用永远不会穷尽。最直的东西，看起来好像是弯曲的；最灵巧的东西，看起来好像是最笨拙的；最卓越的辩才，看起来好像是不善言辞。清静可以避免躁动，寒冷可以克服暑热，清静无为才能统治天下。

天下有道，却走马以粪；天下无道，戎马生于郊。祸莫大于不知足，咎莫大于欲得。故知足之足，常足矣。

【解析】治理天下合乎"道"，就可以使政治安定，把战马放到田间耕种。治理天下不合乎"道"，那么郊外都是牧养的战马。人最大的祸害是不知足，最大的过失是欲望没有尽头。知道到什么地步就该满足的人，永远是满足的。

有无相生，难易相成，长短相形，高下相倾，音声相和，前后相随。

【解析】有和无相互依存，难和易相反而存在，长和短相比较而显现，高和下相互依赖，音和声相互和谐，前和后相互跟随。任何事物都是相比较而存在、相依赖而发展的。

兵者，不祥之器，非君子之器，不得已而用之，恬淡为上。

【解析】兵器是不吉利的工具，不是君子该用的，只有不得已时才能动用它。即使是这样，也要做到心平气和，只求达到目的即可，不可过于暴力。

大方无隅；大器晚成；大音希声；大象无形；道隐无名。夫唯道，善贷且成。

【解析】最方正的东西，反而没有棱角；伟大的成就，往往取得的比较晚；最大的声响，反而听来无声无息；最大的形象，反而没有形状；“道”是幽隐的存在，无名无声。只有“道”，才能使万物善始善终。

不自见，故明；不自伐，故有功；不自矜，故长。夫唯不争，故天下莫能与之争。

【解析】不自我表扬，反而显得突出；不自以为是，反而能够见功；不自尊自大，反而能够长久。这说的都是不和人争反而能突显自己的道理。正因为不与人争，所以全天下没有人能和自己争，这样反而成全了自己的伟大。

善为士者，不武；善战者，不怒；善胜敌者，不与；善用人者，为之下。是谓不争之德，是谓用人之力，是谓配天古之极。

【解析】善于带兵打仗的将帅，不逞其勇武；善于打仗的人，不轻易动怒；善于胜敌的人，不与敌人正面冲突；善于用人的人，对人很是谦和。这就是不与人争的品德，这就是运用别人的能力，这就是符合自然的道理。

天网恢恢，疏而不失。

【解析】天道极为广大，虽然看起来稀疏，但绝对不会有所疏漏。现在常用来比喻犯法之人逃不掉法律的制裁。

上善若水。水善利万物而不争，处众人之所恶，故几于道。

【解析】最善的人好像水一样。水善于滋润万物而不与万物相争，停留在众人都不喜欢的地方，所以最接近于“道”。

为学日益，为道日损；损之又损，以至于无为。

【解析】求学的人，其情欲文饰一天比一天增加；求道的人，其情欲文饰则一天比一天减少。情欲文饰不断减少，到最后便可达到“无为”的境地。

天下难事，必作于易；天下大事，必作于细。

【解析】天下的难事，一定从简易的地方做起；天下的大事，一定从细小的部分做起。

合抱之木，生于毫末；九层之台，起于累土；千里之行，始于足下。

【解析】合抱粗的大树，是由细小的枝芽长成的；九层的高台，是由一堆堆泥土筑就的；千里的远行，是从脚下第一步开始走出来的。做事情必须具有坚强的毅力，从小事做起。

信言不美，美言不信。善者不辩，辩者不善。知者不博，博者不知。

【解析】真实可信的话不漂亮，漂亮的话不真实。善良的人不雄辩，雄辩的人不善良。真正有知识智慧的人不会事事精通，事事精通的人不可能有真才实学。

徐健顺　吟
《老子》第一章

徐健顺　诵
《老子》第一章

庄子与《庄子》

庄子其人

庄子（约前369—前286），名周，宋国蒙（今河南商丘东北，一说今安徽蒙城县）人。庄子曾做过漆园吏，虽然生活贫穷困顿，却鄙弃荣华富贵、权势名利，力图在乱世保持独立的人格，追求逍遥无恃的精神自由。庄子一生著书十余万言，代表作是《庄子》，名篇有《逍遥游》《齐物论》等，主张“天人合一”和“清静无为”。对于庄子在中国文学史和思想史上的重要贡献，封建帝王尤为重视，唐开元二十五年（737），庄子被诏封为“南华真人”，《庄子》一书也被称为《南华真经》。

庄子对后世的影响

庄子是我国先秦时期伟大的思想家、哲学家和文学家，道家学派的代表人物，老子哲学思想的继承者和发展者，庄子学派的创始人。他的学说涵盖了当时社会生活的方方面面，但根本精神还是皈依于老子的哲学。后世将他与老子并称为“老庄”，把他们的哲学称为“老庄哲学”。庄子的政治主张、哲学思想不是干巴巴的说教，而是蕴含在一个个生动形象、幽默机智的寓言故事中，通过汪洋恣肆、仪态万方的语言文字，巧妙活泼、引人入胜地表达出来。这些寓言表现了庄子超常的想象力，构成了奇特的形象，具有石破天惊、振聋发聩的艺术感染力。

《庄子》这部经典的出现，标志着在战国时期，中国的哲学思想和文学语言已经发展到非常玄远、高深的水平。因此，庄子不但是中国哲学史上一位著名的思想家，同时也是中国文学史上一位杰出的文学家。无论在哲学思想方面还是在文学语言方面，他都给予中国历代的思想家和文学家以深刻的、巨大的影响，在中国思想史、文学史上具有极重要的地位。

《庄子》名句及解析

天下有道，圣人成焉；天下无道，圣人生焉。方今之时，仅免刑焉。福轻乎羽，莫之知载；祸重乎地，莫之知避。

【解析】天下有道，圣人便成就了人世间的事业；天下无道，圣人只不过苟全性命而已。如今这个时代，仅仅是免遭刑戮罢了。幸福比羽毛还轻，居然没有谁知道该如何把握住；祸患比大地还重，居然没有谁知道该如何躲避。

吾生也有涯，而知也无涯。以有涯随无涯，殆已；已而为知者，殆而已矣。

【解析】我们的生命是有限的，但知识是无限的。用有限的生命去追求无限的知识，便会感到很疲倦；既然如此，还要不停地去追求知识，便会弄得更加疲困不堪！学习知识是有技巧的，要能够活学活用，这样才不会为知识所累。

泉涸，鱼相与处于陆，相呴以湿，相濡以沫，不若相忘于江湖！

【解析】泉水干涸了，鱼被困在陆地上，用湿气互相嘘吸，用口沫互相湿润，这种情况纵然很感人，但还不如在江湖之中畅游，忘记对方的存在。

巧者劳而知者忧，无能者无所求。

【解析】有能力的人会操劳，睿智的人会忧虑，什么都不会的人就无所求，感到满足。

举世而誉之而不加劝，举世而非之而不加沮。

【解析】世上的人都赞美他，他也不会因此而振奋；世上的人都诋毁他，他也不会因此而沮丧。有修为的人能够超然物外，宠辱不惊，内心安宁而从容。

以道观之，物无贵贱；以物观之，自贵而相贱；以俗观之，贵贱不在己。

【解析】用自然的常理来看，万物本没有贵贱的区别；从万物自身来看，各自为贵而又以他物为贱；拿世俗的观点来看，贵贱不在于事物自身。

以隋侯之珠弹千仞之雀，世必笑之，是何也？则其所用者重，而所要者轻也。

【解析】用珍贵的隋侯之珠去弹打飞得很高的麻雀，世上的人们一定会笑话他，这是为什么呢？乃是因为他所使用的东西实在贵重，而所希望得到的东西实在微不足道。

不徐不疾，得之于手而应于心，口不能言，有数存焉于其间。

【解析】不慢不快，手上顺利而且应合于心，口里虽然不能言说，却有技巧存在其间。

好面誉人者，亦好背而毁之。

【解析】喜欢当面夸奖别人的人，也喜欢在背地里诋毁别人。所以那些不善于说好话的人，往往是内心比较诚实的人。

去小知而大知明，去善而自善矣。

【解析】摒弃小聪明，才能显示大智慧；除去矫饰的善行，才能使自己真正回到自然的善性。

哀莫大于心死，而人死亦次之。

【解析】最大的悲哀莫过于心灰意冷，人的生命结束也不如它可悲。生命结束了，但信念还会存在，人活着如果没有信念，便如同行尸走肉。

水之积也不厚，则其负大舟也无力。

【解析】如果水积得不够深，它就不能承担大船的重量。只有基础牢固，才能胜任重大的事情，而想要有所作为，就要打好基础。

井蛙不可以语于海者，拘于墟也；夏虫不可以语于冰者，笃于时也。

【解析】井底的青蛙，不可能跟它们谈论大海，因为它们受到生活空间的限制；夏天的虫子，不可能跟他们谈论冰冻，因为它们受到生活时间的限制。

《庄子》经典名篇

齐物论

南郭子綦隐机而坐，仰天而嘘，荅焉似丧其耦。颜成子游立侍乎前，曰：“何居乎？形固可使如槁木，而心固可使如死灰乎？今之隐机者，非昔之隐机者也。”

子綦曰：“偃，不亦善乎，而问之也！今者吾丧我，汝知之乎？汝闻人籁而未闻地籁；汝闻地籁而未闻天籁夫！”

子游曰：“敢问其方。”

子綦曰：“夫大块噫气，其名为风。是唯无作，作则万窍怒号。而独不闻之翏翏乎？山陵之畏佳，大木百围之窍穴，似鼻，似口，似耳，似枅，似圈，似臼，似洼者，似污者；激者，謞者，叱者，吸者，叫者，譹者，宎者，咬者。前者唱于而随者唱喁。冷风则小和，飘风则大和，厉风济则众窍为虚。而独不见之调调之刁刁乎？”

子游曰：“地籁则众窍是已，人籁则比竹是已。敢问天籁。”

子綦曰：“夫天籁者，吹万不同，而使其自已也，咸其自取，怒者其谁邪！”

大知闲闲，小知间间；大言炎炎，小言詹詹。其寐也魂交，其觉也形开，与接为构，日以心斗。缦者，窖者，密者。小恐惴惴，大恐缦缦。其发若机栝，其司是非之谓也；其留如诅盟，其守胜之谓也；其杀若秋冬，以言其日消也；其溺之所为之，不可使复之也；其厌也如缄，以言其老洫也；近死之心，莫使复阳也。喜怒哀乐，虑叹变慹，姚佚启态；乐出虚，蒸成菌。日夜相代乎前，而莫知其所萌。已乎，已乎！旦暮得此，其所由以生乎！

非彼无我，非我无所取。是亦近矣，而不知其所为使。若有真宰，而特不得其眹；可行已信；而不见其形。有情而无形。

百骸、九窍、六藏，赅而存焉，吾谁与为亲？汝皆说之乎？其有私焉？如是皆有为臣妾乎？其臣妾不足以相治乎？其递相为君臣乎？其有真君存焉？如求得其情与不得，无益损乎其真。

一受其成形，不亡以待尽。与物相刃相靡，其行进如驰，而莫之能止，不亦悲乎！终身役役而不见其成功，苶然疲役而不知其所归，可不哀邪！人谓之不死，奚益！其形化，其心与之然，可不谓大哀乎？人之生也，固若是芒乎？其我独芒，而人亦有不芒者乎？

夫随其成心而师之，谁独且无师乎？奚必知代而心自取者有之？愚者与有焉。未成乎心而有是非，是今日适越而昔至也。是以无有为有。无有为有，虽有神禹，且不能知，吾独且奈何哉！

夫言非吹也，言者有言，其所言者特未定也。果有言邪？其未尝有言邪？其以为异于鷇音，亦有辩乎，其无辩乎？

道恶乎隐而有真伪？言恶乎隐而有是非？道恶乎往而不存？言恶乎存而不可？道隐于小成，言隐于荣华。故有儒墨之是非，以是其所非而非其所是。欲是其所非而非其所是，则莫若以明。

物无非彼，物无非是。自彼则不见，自是则知之。故曰彼出于是，是亦因彼。彼是方生之说也，虽然，方生方死，方死方生；方可方不可，方不可方可。因是因非，因非因是。是以圣人不由，而照之于天，亦因是也。

是亦彼也，彼亦是也。彼亦一是非，此亦一是非。果且有彼是乎哉？果且无彼是乎哉？彼是莫得其偶，谓之道枢。枢始得其环中，以应无穷。是亦一无穷，非亦一无穷也。故曰莫若以明。

以指喻指之非指，不若以非指喻指之非指也；以马喻马之非马，不若以非马喻马之非马也。

天地一指也，万物一马也。

道行之而成，物谓之而然。有自也而可，有自也而不可。有自也而然，有自也而不然。恶乎然？然于然。恶乎不然？不然于不然。恶乎可？可于可。恶乎不可？不可于不可。恶乎可？可于可。恶乎不可？不可于不可。物固有所然，物固有所可。无物不然，无物不可。故为是举莛与楹，厉与西施，恢恑谲怪，道通为一。其分也，成也；其成也，毁也。凡物无成与毁，复通为一。

唯达者知通为一，为是不用，而寓诸庸；因是已。已而不知其然，谓之道。

劳神明为一，而不知其同也，谓之朝三。何谓朝三？狙公赋芧曰："朝三而暮四。"众狙皆怒。曰："然则朝四而暮三。"众狙皆悦。名实未亏而喜怒为用，亦因是也。是以圣人和之以是非而休乎天钧，是之谓两行。

古之人，其知有所至矣。恶乎至？有以为未始有物者，至矣，尽矣，不可以加矣。其次，以为有物矣，而未始有封也。其次，以为有封焉，而未始有是非也。是非之彰也，道之所以亏也。道之所以亏，爱之所以成。果且有成与亏乎哉？果且无成与亏乎哉？有成与亏，故昭氏之鼓琴也；无成与亏，故昭氏之不鼓琴也。昭文之鼓琴也，师旷之枝策也，惠子之据梧也，三子之知，几乎皆其盛者也，故载之末年。唯其好之也，以异于彼；其好之也，欲以明之。彼非所明而明之，故以坚白之昧终。而其子又以文之纶终，终身无成。若是而可谓成乎？虽我无成，亦可谓成矣。若是而不可谓成乎？物与我无成也。是故滑疑之耀，圣人之所图也。为是不用而寓诸庸，此之谓以明。

今且有言于此，不知其与是类乎？其与是不类乎？类与不类，相与为类，则与彼无以异矣。

虽然，请尝言之。有始也者，有未始有始也者，有未始有夫未始有始也者。有有也者，有无也者，有未始有无也者，有未始有夫未始有无也者。俄而有无矣，而未知有无之果孰有孰无也。今我则已有谓矣，而未知吾所谓之其果有谓乎，其果无谓乎？

天下莫大于秋毫之末，而大山为小；莫寿于殇子，而彭祖为夭。天地与我并生，而万物与我为一。既已为一矣，且得有言乎？既已谓之一矣，且得无言乎？一与言为二，二与一为三。自此以往，巧历不能得，而况其凡乎！故自无适有以至于三，而况自有适有乎！无适焉，因是已！

夫道未始有封，言未始有常，为是而有畛也，请言其畛：有左，有右，有伦，有义，有分，有辩，有竞，有争，此之谓八德。六合之外，圣人存而不论；六合之内，圣人论而不议。春秋经世先王之志，圣人议而不辩。故分也者，有不分也；辩也者，有不辩也。曰：何也？圣人怀之，众人辩之以相示也。故曰辩也者，有不见也。

夫大道不称，大辩不言，大仁不仁，大廉不嗛，大勇不忮。道昭而不道，言辩而不及，仁常而不周，廉清而不信，勇忮而不成。五者无弃而几向方矣。

故知止其所不知，至矣。孰知不言之辩，不道之道？若有能知，此之谓天府。注焉而不满，酌焉而不竭，而不知其所由来，此之谓葆光。

故昔者尧问于舜曰："我欲伐宗、脍、胥敖，南面而不释然。其故何也？"舜曰："夫三子者，犹存乎蓬艾之间。若不释然，何哉？昔者十日并出，万物皆照，而况德之进乎日者乎！"

啮缺问乎王倪曰："子知物之所同是乎？"

曰："吾恶乎知之！"

"子知子之所不知邪？"

曰："吾恶乎知之！"

"然则物无知邪？"

曰："吾恶乎知之！虽然尝试言之。庸讵知吾所谓知之非不知邪？庸讵知吾所谓不知之非知邪？且吾尝试问乎汝：民湿寝则腰疾偏死，鳅然乎哉？木处则惴慄恂惧，猨猴然乎哉？三者孰知正处？民食刍豢，麋鹿食荐，蝍蛆甘带，鸱鸦嗜鼠，四者孰知正味？猨猵狙以为雌，麋与鹿交，鳅与鱼游。毛嫱、西施，人之所美也；鱼见之深入，鸟见之高飞，麋鹿见之决骤。四者孰知天下之正色哉？自我观之，仁义之端，是非之涂，樊然殽乱，吾恶能知其辩！”

啮缺曰：“子不知利害，则至人固不知利害乎？”

王倪曰：“至人神矣！大泽焚而不能热，河汉沍而不能寒，疾雷破山而不能伤，飘风振海而不能惊。若然者，乘云气，骑日月，而游乎四海之外。死生无变于己，而况利害之端乎！”

瞿鹊子问乎长梧子曰：“吾闻诸夫子：‘圣人不从事于务，不就利，不违害，不喜求，不缘道；无谓有谓，有谓无谓，而游乎尘垢之外。’夫子以为孟浪之言，而我以为妙道之行也。吾子以为奚若？”

长梧子曰：“是黄帝之所听荧也，而丘也何足以知之！且汝亦大早计，见卵而求时夜，见弹而求鸮炙。

“予尝为女妄言之，女以妄听之奚？旁日月，挟宇宙，为其吻合，置其滑涽，以隶相尊。众人役役，圣人愚钝，参万岁而一成纯。万物尽然，而以是相蕴。

“予恶乎知说先之非惑邪！予恶乎知恶死之非弱丧而不知归者邪！丽之姬，艾封人之子也。晋国之始得之也，涕泣沾襟；及其至于王所，与王同筐床，食刍豢，而后悔其泣也。予恶乎知夫死者不悔其始之蕲生乎！

“梦饮酒者，旦而哭泣；梦哭泣者，旦而田猎。方其梦也，不知其梦也。梦之中又占其梦焉，觉而后知其梦也。且有大觉而后知此其大梦也。而愚者自以为觉，窃窃然知之。君乎，牧乎，固哉！丘也与女，皆梦也；予谓女梦，亦梦也。是其言也，其名为吊诡。万世之后而一遇大圣，知其解者，是旦暮遇之也。”

“既使我与若辩矣，若胜我，我不若胜，若果是也，我果非也邪？我胜若，若不吾胜，我果是也，而果非也邪？其或是也，其或非也邪？其俱是也，其俱非也邪？我与若不能相知也，则人固受黮暗，吾谁使正之？使同乎若者正之？既与若同矣，恶能正之！使同乎我者正之，既同乎我矣，恶能正之！使异乎我与若者正之？既异乎我与若矣，恶能正之！使同乎我与若者正之？既同乎我与若矣，恶能正之！然则我与若与人俱不能相知也，而待彼也邪？

“化声之相待，若其不相待，和之以天倪，因之以曼衍，所以穷年也。”何谓和之以天倪？曰：是不是，然不然。是若果是也，则是之异乎不是也，亦无辩；然若果然也，则然之异乎不然也亦无辩。忘年忘义，振于无竟，故寓诸无竟。”

罔两问景曰："曩子行，今子止；曩子坐，今子起；何其无特操与？"

景曰："吾有待而然者邪？吾所待又有待而然者邪？吾待蛇蚹蜩翼邪？恶识所以然！恶识所以不然！"

昔者庄周梦为胡蝶，栩栩然胡蝶也，自喻适志与！不知周也。俄然觉，则蘧蘧然周也。不知周之梦为胡蝶与，胡蝶之梦为周与？周与胡蝶，则必有分矣。此之谓"物化"。

法家

法家学派的渊源

法家是战国时期以法治为思想核心的重要学派，其思想先驱可追溯到春秋时期的子产，实际创始者是战国初期的李悝、商鞅、慎到、申不害等。战国末期的韩非子是法家思想的集大成者，他建立了完整的法治理论和朴素唯物主义的哲学体系。

战国初期，封建制在各诸侯国相继建立，应经济、政治、思想领域全面变革奴隶制的需要，产生了法家学派。这一学派的思想家在理论上各有特色，在方策上亦各有别，但都主张以“法”治国。讲学于稷下学宫的齐国法家，继承发展了管仲的思想，汲取了黄老之学，主张法礼并重，先德后刑，因道生法，形成了一套较为温和的法治理论。而秦晋两国的法家则主张严刑峻法，反对礼义说教，专重于法、术、势，奖励耕战，富国强兵，力并天下。他们是法家中激烈而彻底的一派，政绩显著。历史上通常把秦晋法家视为先秦法家学派的主要代表。秦晋法家的创始人之一李悝，任魏文侯相，提倡“尽地力之教”，主张大力发展农业生产，调整租谷，创“平籴”法，兼顾农人与市民的利益。他还收集当时诸国刑律，编成《法经》6 篇：《盗法》《贼法》《囚法》《捕法》《杂法》《具法》。《法经》为中国古代第一部较为完整的法典。与李悝同时期的吴起先在魏国进行兵制改革，后又在楚国进行政治改革，

“明法审会，损不急之官”，“使封君之子孙三世而收爵禄”，打破旧贵族的世卿世禄制，强迫旧贵族徙边垦荒，奖励“战斗之士”。后来，商鞅在秦实行两次变法，主要内容是：开阡陌封疆，废除井田制度；承认土地私有，奖励农战，凡勤于耕织而多缴粟帛者可改变原来身份；有军功者可被授予爵位；实行郡县制；主张用严刑重罚杜绝犯罪。但是，他排斥道德教化，轻视知识文化的作用。他用发展的观点看待历史，提出“反古者不可非，而循礼者不足多”，“治世不一道，便国不法古”。

商鞅重“法”，申不害则重“术”。“术者，因任而授官，循名而责实，操杀生之柄，课群臣之能者也，此人主之所执也。”为了防备大臣操纵权力、玩弄法柄，申不害建议最高统治者必须用术，君主应以“独视”“独听”“独断”的手段实行统治。他认为，“独视者谓明，独听者谓聪。能独断者，故可以为天下主”，君主“方寸之机正而天下治，故一言正而天下定，一言倚而天下靡”，表明了专制独裁主义的思想。

慎到是法家中强调“势”治的一派，主张君主可以“握法处势”，“无为而治天下”。他从“弃知去己”的观点出发，提出“大君任法而弗躬，则事断于法矣”。他以法为最高准则，提倡“官不私亲，法不遗爱，上下无事，唯法所在”，强调“法”必须和“势”结合，把君主的权势看作行法的力量，所谓“贤智未足以服众，而势位足以缶贤者”，但他又认为国家的存亡并非全由君主一人决定。“亡国之君非一人之罪也，治国之君非一人之力也。”他承认“法”也不是一成不变的，因为“守法而不变则衰”。

战国末期的韩非集秦晋法家思想之大成，将“法”“术”“势”三者融为一体，又吸收道家思想，将法治理论系统化。他主张加强君主集权，剪除私门势力，“以法为教”，厉行赏罚，奖励耕战。在历史观方面，他提出“不期修古，不法常可”“事异则备变”的观点，把历史的发展分为上古之世、中古之世、近古之世和当今之世。在哲学上用唯物主义观点改造老子关于“道”的学说，指出“道者，万物之所然也，万理之所稽也。理者，成物之文也”，认为道是万物发展的总规律，理是个别事物的特殊规律；强调人必须遵循客观规律来活动。在认识论方面，他提出“参验”的方法，以“功用”的实际效果检验人的言行，认为“无参验而必之者，愚也；弗能必而据之者，诬也”。这种将“参验”作为判别知识真伪的思想，对中国古代唯物主义认识论的发展具有重要意义。

法家学派的思想理论对春秋战国之际进行封建化的改革以至秦始皇统一六国，建立中央集权专制的封建国家起了重大作用，并成为秦王朝的统治思想。到了西汉，独立的法家学派逐渐消失，其法治思想被吸收到儒学体系中，德刑并用，成为维护地主阶级专政的有力工具。但是，先秦法家对以后的一些唯物主义者和进步思想家仍产生了一定的影响。

法家的主要代表人物

商鞅（约前 395—前 338），原名卫鞅，也叫公孙鞅，战国时期卫国人。商鞅早年为魏国宰相公孙痤家臣。公孙痤病死后，魏王并没有重用商鞅。后来商鞅听说秦孝公下令求贤，便携李悝的《法经》来到秦国。商鞅通过秦孝公的宠臣景监，三见孝公，畅谈变法治国之策，孝公大喜，于是商鞅得到了施展变法理想的舞台。商鞅变法的主要内容为：建立新型的军功爵制，激励士兵奋勇杀敌；奖励耕织，保证秦国后方粮草充足；制定新法，使百姓各司其职、安分守己。秦国自商鞅变法后，迅速成为一个强大的诸侯国，为后世统一天下奠定了基础。孝公死后，商鞅受到秦国贵族诬害以及秦惠文王的猜忌，被车裂而死。

申不害（约前 385—前 337），亦称申子，战国时期韩国著名的思想家。申不害少年师学黄老（黄帝、老子），主张国君要依法治国，实行严刑峻法，以术驾驭群臣，操生杀之权。他在韩为相 19 年，使韩国国治兵强。作为法家人物，申子以“术”著称，是三晋法家的著名代表人物。郑国被韩国灭国之时，申不害不过二三十岁。作为一个亡国之贱臣，申不害可能杂学诸说。因为他之前的管子、李悝、慎到的学术理论中都有“术”的成分。有人根据申不害思想中道家思想的痕迹，认为他是由道入法。申不害“本于黄老而主刑名”，擅长黄老刑名之术，主张将法家的法治与道家的“君人南面之术”结合起来，是法家主张“术治”一派的代表人物。他在韩国推行的改革主要是“修术行道”“内修政教”，即整顿吏治，加强君主集权。

韩非子（前 281—前 233），韩非本为韩国公子（即国君之子），战国末期韩国人，是中国古代著名的哲学家、思想家、政论家和散文家，法家思想的集大成者，后世称“韩子”或“韩非子”。韩国在战国七雄中是最弱小的，韩非身为韩国公子，目睹韩国日趋衰弱，曾多次向韩王上书进谏，希望韩王励精图治，变法图强，但韩王置若罔闻，始终都未采纳，这使他非常悲愤和失望。他在悲愤之下，写出了《孤愤》《五蠹》《内外储》《说林》《说难》等十余万言的著作。后来这些著作传到秦国，秦王嬴政看完后，发出“嗟乎！寡人得见此人与之游，死不恨矣”的感叹。但韩非在出使秦国时，不仅没有得到秦王的信任，反而被李斯、姚贾陷害，最后自杀于秦狱中。韩非虽然一生都没能施展自己的抱负，但他著成了流传千古的《韩非子》，其思想对后世影响深远。

李斯（前284—前208），战国末年楚国上蔡人。秦朝著名的政治家、文学家和书法家，协助秦始皇统一天下，后为秦朝丞相。李斯年轻时做过掌管文书的小吏，后师从荀子学帝王之术，学成后入秦。李斯一开始被吕不韦任为郎，后因劝说秦王灭诸侯、成帝业，被任为长史。秦王采纳其计谋，遣谋士持金玉游说关东六国，离间各国君臣，又任其为客卿。秦王政十年（前237），秦王下令驱逐六国客卿，李斯上《谏逐客书》阻止，为其采纳，不久官为廷尉。李斯在秦王政统一六国的事业中起了很大作用。秦统一天下后，李斯因与王绾、冯劫议定尊秦王为皇帝，并制定有关的礼仪制度，被任为丞相。他建议拆除郡县城墙，销毁民间兵器，以加强对百姓的统治；反对分封制，坚持郡县制；主张焚烧民间收藏的《诗》《书》等百家语，禁止私学，以加强专制主义中央集权的统治；参与制定了法律，统一车轨、文字、度量衡制度。秦始皇死后，他与赵高合谋，伪造遗诏，迫令始皇长子扶苏自杀，立少子胡亥为皇帝。后为赵高所忌，于秦二世三年（前208）被腰斩于咸阳闹市，并夷三族。

法家名句及解析

泰山不让土壤，故能成其大；河海不择细流，故能就其深；王者不却众庶，故能明其德。

【解析】泰山之所以能有如此高度，正因为不拒绝任何微小的土壤；江河之所以有如此深度，正因为不拒绝任何细微的溪流；统一天下的君主不拒绝前来归附的民众，所以能使他的功德昭著。

反听之谓聪，内视之谓明，自胜之谓强。

【解析】能听取别人意见才叫聪明，能自我反省才叫明智，能克制、战胜自己的人才是强者。

治世不一道，便国不法古。

【解析】治理国家不要总是遵循同一个指导思想，要使国家发展繁荣就不能墨守成规。

道私者乱，道法者治。

【解析】凭着个人的意愿来治理国家，国家就会大乱；根据既定的法度来治理国家，国家就会秩序井然。

民不可与虑始，而可与乐成。论至德者，不和于俗；成大功者，不谋于众。

【解析】百姓，不可以同他们谋划事业的创始，只可以同他们欢庆事业的成功。讲论最高道德的人不会附和世俗，成就伟大功绩的人不会征询民众意见。

善张网者引其纲，若一一摄万目而后得，则是劳而难；引其纲，而鱼已囊矣。故吏者，民之本、纲者也，故圣人治吏不治民。

【解析】善于张网捕鱼的人牵引渔网的纲绳，如果逐一地拨弄网眼，然后捉鱼，那就不但劳苦，而且也难以捕到鱼了；牵引网上的纲绳，鱼就自然被网住了。官吏是民众的主干和纲绳，因此圣明的君主应管理官吏而不用一一管理民众。

千丈之堤，以蝼蚁之穴溃。

【解析】几千丈的大堤，会因为小小的蚂蚁洞而崩溃。比喻在生活中和工作中要防微杜渐，不要因为小事情而造成大的失误。

法家经典名篇

谏逐客书

李　斯

臣闻吏议逐客，窃以为过矣！昔缪公求士，西取由余于戎，东得百里奚于宛，迎蹇叔于宋，求丕豹、公孙支于晋。此五者，不产于秦，而缪公用之，并国二十，遂霸西戎。孝公用商鞅之法，移风易俗，民以殷盛，国以富强，百姓乐用，诸侯亲服，获楚、魏之师，举地千里，至今治强。惠王用张仪之计，拔三川之地，西并巴、蜀，北收上郡，南取汉中，包九夷，制鄢、郢，东据成皋之险，割膏腴之壤，遂散六国之从，使之西面事秦，功施到今。昭王得范雎，废穰侯，逐华阳，强公室，杜私门，蚕食诸侯，使秦成帝业。此四君者，皆以客之功。由此观之，客何负于秦哉！向使四君却客而不内，疏士而不用，是使国无富利之实，而秦无强大之名也。

今陛下致昆山之玉，有随、和之宝，垂明月之珠，服太阿之剑，乘纤离之马，建翠凤之旗，树灵鼍之鼓。此数宝者，秦不生一焉，而陛下说之何也？必秦国之所生然后可；则是夜光之璧，不饰朝廷；犀象之器，不为玩好；郑、卫之女，不充后宫；而骏马駃騠，不实外厩；江南金锡不为用，西蜀丹青不为采；所以饰后宫，充下陈，娱心意，说耳目者，必出于秦然后可；则是宛珠之簪，傅玑之珥，阿缟之衣，锦绣之饰，不进于前；而随俗雅化，佳冶窈窕，赵女不立于侧也。夫击瓮叩缶，弹筝搏髀，而歌呼呜呜快耳目者，真秦之声也。郑、卫、桑间，韶、虞、武、象者，异国之乐也。今弃击瓮叩缶而就郑、卫，退弹筝而取韶、虞，若是者何也？快意当前，适观而已矣。今取人则不然。不问可否，不论曲直，非秦者去，为客者逐。然则是所重者在乎色乐珠玉，而所轻者在乎人民也。此非所以跨海内制诸侯之术也。

臣闻地广者粟多，国大者人众，兵强则士勇。是以泰山不让土壤，故能成其大；河海不择细流，故能就其深；王者不却众庶，故能明其德。是以地无四方，民无异国，四时充美，鬼神降福，此五帝三王之所以无敌也。今乃弃黔首以资敌国，却宾客以业诸侯，使天下之士，退而不敢西向，裹足不入秦，此所谓藉寇兵而赍盗粮者也。夫物不产于秦，可宝者多；士不产于秦，而愿忠者众。今逐客以资敌国，损民以益仇，内自虚而外树怨于诸侯，求国无危，不可得也。

墨家

墨家的伟大成就

早在2000多年前，古希腊科学家阿基米德就开始进行各种物理实验了，西方人认为，这是自然科学研究的肇始。但是，在比阿基米德还早200多年的时候，中国已有人在做同样的事情，而且做得更加深入。他研究了几何光学、杠杆原理、声音传播，还善于制造各种机械。这个人就是墨子。

墨子，名翟（dí），鲁国人。他不仅是我国战国时期著名的思想家、教育家、军事家、社会活动家，墨家学派的创始人，还是一位科学家。他不仅喜欢研究各种各样的先进技术，而且认为技术是为保卫和平、抗击侵略服务的。墨子旗帜鲜明地提出了“兼相爱、交相利”的互利理论，强调人与人之间的平等，提出了一种无差别、无等级“尚兼反别”的兼爱观，提倡不分亲疏贵贱、普遍平等的相爱互助的思想，响亮地提出了“官无常贵，而民无终贱”的观点。墨子宣讲的“使天下人兼相爱，爱人若爱其身”的观点，直至今日仍然闪耀着理想主义的色彩和追求人类和睦的光辉。墨子强调，正义在于公利，为天下兴利除害是治理国家的基本政策。“天下有义则生，无义则死；有义则富，无义则贫；有义则治，无义则乱。”墨子反对战争，为了使宋国不被楚国侵略，他奔走数千里，劝说楚王收回出兵的命令。墨子爱世人，不计远近亲疏，不分老少贵贱，他眼中没有国家和等级的分别，只有人类共同的命运，所以后世把墨子和孔子并称为“孔墨”。他的学说也融进了中华民族的血液，成为我们爱好和平、团结互助等高尚品德的古老渊源。

与孔子的弟子一样，墨子的弟子和再传弟子也将墨子的言论总结成一本书——《墨子》。《墨子》分两大部分：一部分主要反映前期墨家的思想，包括墨子的言行；另一部分称作《墨辩》或《墨经》，是后期墨家的思想，着重阐述墨家的认识论和逻辑思想，还包含许多自然科学的内容。胡适指出，《墨辩》是“中国古代第一奇书”、科学的百科全书，它包括八种科学门类：算学、几何学、光学、力学、心理学、人生哲学、政治学、经济学。墨子的伟大思想也为他带来了很多美誉，如胡适说墨子“也许是中国出现的最伟大的人物”，鲁迅称他为“中国的脊梁”，梁启超曾感叹“欲救中国，厥惟墨学”！

墨家名句及解析

古者圣王之为政，列德而尚贤。虽在农与工肆之人，有能则举之。

【解析】古圣先贤治理国家，崇尚贤能，以德行论爵位。不管他是农民还是工人，只要有才能，就可以选拔推举他。

彼以为强必富，不强必贫，强必饱，不强必饥，故不敢怠倦。

【解析】人只有认识到勤劳就会富足，懒惰必定贫困，勤劳就可以吃饱穿暖，懒惰只能忍饥挨饿，才不敢有丝毫懈怠。

利之中取大，非不得已也。害之中取小，不得已也。

【解析】在有利益的时候，可以选择最大的利益，这不是不得已而为之；在有害处的时候，就要选取小的害处，这是不得已而为之。

官无常贵，而民无终贱。有能则举之，无能则下之。举公义，辟私怨，此若言之谓也。

【解析】做官的不会永远都富贵，老百姓也不会永远贫贱。有才能的人，就举荐他，没有才能的人，就把他撤下来。按公义的标准举荐，不能掺杂个人恩怨感情，这就是所说的“举公义，辟私怨”。

志不强者智不达，言不信者行不果。

【解析】意志不坚强的人，他的智慧就无法充分发挥出来；说话不讲信用的人，他的行动也一定不会有结果。

仁人之所以为事者，必兴天下之利，除去天下之害，以此为事者也。

【解析】仁人处理事务的目的，一定是为天下兴利除害，以此为原则来处理事务。

名不可简而成也，誉不可巧而立也，君子以身戴行者也。

【解析】好名声不会轻而易举地得到，荣誉也不能以巧诈获取，君子就是君子，要身体力行地得到名副其实的荣誉。

古者圣人之所以济事成功，垂名于后世者，无他故异物焉，曰：唯能以尚同为政者也。

【解析】古代的圣人之所以能够把事情办成功、名垂后世，没有别的原因，只是能够以“尚同”的原则来施行政事罢了。

良弓难张，然可以及高入深；良马难乘，然可以任重致远；良才难令，然可以致君见尊。

【解析】好弓虽然难以拉开，但是射得高、扎得深；好马虽然难以驾驭，但是可以背负更多的东西，跑更远的路；贤良的人才虽然难以命令，但是能够使国君更加受人尊敬。

食必常饱，然后求美；衣必常暖，然后求丽；居必常安，然后求乐。

【解析】饮食首先要能吃饱，然后才能要求精美；衣服首先要能保暖，然后才能要求华丽；起居住所首先要能安定，然后才能要求欢乐。

慧者心辨而不繁说，多力而不伐功，此以名誉扬天下。

【解析】聪明人心如明镜，却不会有过多言语，能干实事却不会邀功争赏，这就是他们名扬天下的原因。

释家

佛教的起源

佛教起源于古印度（天竺），相传公元前6世纪由北天竺迦毗罗卫国（今尼泊尔境内）净饭王的长子乔达摩·悉达多所创立，距今已有2500多年的历史。乔达摩·悉达多生于公元前565年，于公元前485年圆寂，大致与我国的孔子同时代。因他是释迦族人，所以后来他的弟子又尊称他为释迦牟尼，意为“释迦的圣人”。

佛教是在古印度社会极为动荡的历史条件下产生的。当时的印度已普遍使用铁器，随着农业生产水平的提高，手工业和商业也逐渐发达起来，一批城镇小邦兴起（迦毗罗卫国就是当时的一个小邦），它们经常互相侵并，发生冲突。雅利安人自中亚细亚进入印度河、恒河流域，征服土著民族后，创立了野蛮的种姓制度。种姓制度把人分为四等，掌握祭祀文教的僧侣（称为婆罗门）为最高的社会阶层，奴隶（称为首陀罗）是最卑贱的阶层。首陀罗人承受着极残酷的阶级压迫和民族压迫，被婆罗门等高种姓随意驱逐甚至残害。这种不平等的种姓制度，不仅被写在法律中，还被不可动摇地规定在当时占统治地位的婆罗门教义中。当时的阶级矛盾、民族矛盾集中反映在种姓制度问题上，形成了尖锐复杂的斗争，导致社会动荡，生产力下降，人民处于水深火热之中。痛苦、失意、无望、颓废是当时普遍的社会情绪。

这些社会情绪也使作为一个小邦王子的乔达摩·悉达多受到感染，他日益苦闷，产生了消极厌世的念头，不愿继承王位，便外出寻道。起初他也想从婆罗门教中悟出解除苦难的方法，但终究不合心意，便舍弃了婆罗门教，闭居山林静坐。经过几年的冥思苦想，一天，他坐在一棵毕钵罗树（后被称为菩提树，菩提就是“觉悟”的意思）下，终于悟出了解脱苦难之道。后来他到各地传教，组成僧侣集团，这样逐渐形成了佛教。到他圆寂的时候，佛教在社会上已经有了一定影响。

佛教后来广泛流传于亚洲的许多国家。东汉永平十年（67），佛教正式由印度传入中国。佛教传入中国之后，到了东汉末年桓、灵二帝时期（147—189），记载才逐渐翔实，史料也逐渐丰富。其时西域的佛教学者相继来到中国，如安世高、安玄从安息来，支娄迦谶、支曜从月氏来，竺佛朔从天竺来，康孟详从康居来。由此译事渐盛，法事渐兴。

中国禅宗

禅宗以菩提达摩为中国始祖（达摩大师是印度禅宗第28代祖师，中国初祖），故又称达摩宗；因其得佛心印，为佛陀之正统法脉，故又称佛心宗。达摩于北魏末活动于洛阳，倡“二入四行”之修禅原则，以《楞伽经》授徒。传法弟子为二祖慧可，慧可之传法弟子为三祖僧璨，僧璨之传法弟子为四祖道信。道信之传法弟子为五祖弘忍，他立东山法门，为禅宗五祖。门下分赴两京弘法，名重一时。其中，神秀和传法弟子、六祖惠能二人分立为北宗渐门与南宗顿门。神秀住荆州玉泉寺，晚年入京，为三帝国师，弟子有嵩山普寂、终南山义福；惠能居韶州曹溪宝林寺，门徒甚众，以惠能为六祖，后为禅宗正宗。唐中宗亲赐六祖惠能大师谥号为大鉴禅师，其传法弟子颇多，如南岳怀让禅师、青原行思禅师、永嘉玄觉禅师等，证悟者40余人，开悟者不计其数。南岳怀让禅师之得法弟子马祖道一禅师，对中国佛教有着极大的贡献，他确立了丛林制度，规范了道场；马祖道一禅师之传法弟子百丈怀海禅师更是制定清规以规范门人，故佛教称之为“马祖建丛林，百丈定清规”，直到今天依然大体上不变，每天之早晚两课，也是始于这个时候。百丈怀海禅师之传法弟子有黄檗希运禅师及仰山灵佑禅师。自六祖后不再传大位，也就是说没有第七祖，因为禅宗真正要传的法脉不是衣钵而是心印，心印延续至今，不曾断绝，一代代的祖师大德至今都延续着六祖的顿教大法。六祖惠能是禅宗的发扬光大者，他提倡心性本净、佛性本有、直指人心、见性成佛。惠能以后，禅宗广为流传，于唐末五代时达到极盛。禅宗使中国佛教发展到顶峰，对中国古代文化的发展具有重大影响。

禅宗主张修道不见得要读经，也无须出家，世俗活动可以正常进行。禅宗认为，禅并非思想，也非哲学，而是一种超越思想与哲学的灵性世界。禅宗认为语言文字会约束思想，故不立文字。禅宗认为要真正达到“悟道”，唯有隔绝语言文字，或透过与语言文字的冲突，避开任何抽象性的论证，凭自己亲身感受去体会。禅宗为加强“悟心”，创造了许多新禅法，如云游等。禅宗的顿悟是指超越一切时空、因果、过去、未来而获得从一切世事和所有束缚中解脱出来的自由感，从而“超凡入圣”，不再拘泥于世俗之事，却依然可以进行正常的生活。禅宗不要求特别的修行环境，而是强调随着某种机缘偶然得道，获得身处尘世之中而心在尘世之外的“无念”境界，而“无念”的境界要求的不是“从凡入圣”，而是“从圣入凡”。得道者的日常生活与常人无异，但精神生活不同。在与日常事务接触时，心境不受外界的影响，换言之，凡人与佛只在一念之差。

佛教对中华文化的贡献

佛教自东汉传入中国以后，经历代高僧大德的弘扬提倡，帝王卿相、饱学鸿儒的推广和传播，其信仰逐渐深入民间，“家家阿弥陀，户户观世音”正是佛教兴盛时社会的真实写照；而佛教的哲理部分则与儒、道等思想相结合、相融会、相激荡，然后汇入中华文化源远流长的大海里，成为中华文化的重要组成部分，放射出灿烂辉煌的光芒。

梁启超认为佛教对中国文学有五大影响：

（1）国语词汇的扩大。因佛典的翻译，汉语词汇增加了三万五千多个。

（2）语法及文体的变化。佛典的科判疏钞之学，为有组织的解剖性文体首次在中国出现。而禅宗的语录，更是中国文学的一大革命。

（3）文学情趣的发展。中国近代的文学现象，像小说、歌曲等，皆与佛典之翻译有密切关系。《孔雀东南飞》《木兰辞》等长篇叙事诗的产生，大概就是受东晋昙无谶所译马鸣“佛所行赞”的影响。又大乘经典，皆以极壮阔之文澜演绎极微妙之教理，增进了中国人的想象力，宋元以后章回小说受其影响不小。

（4）歌舞剧的传入。我国最初的歌舞剧——拨头（亦名钵头），据近人考证，就是从南天竺附近的拔豆国传来的。

（5）字母的仿造。随着佛教的输入，梵文也随之而来，我国高僧仿照梵文字母来运用汉字切音，因此有唐代守温“见溪群疑”等三十六字母的制作。

佛教礼仪

1. 入寺：入寺门后，不宜中央直走，进退俱当顺个人的左臂迤边行走，入殿门里，帽及手杖须自提携，或寄放为佳，万不可向佛案及佛座上安放。

2. 拜佛：大殿中央拜垫是寺主用的，不可在上面礼拜，宜用两旁的垫凳，分男左女右拜用，凡有人礼拜时，不可在他（她）头前行走。

3. 阅经：寺中若有公开阅览的经典，方不可随便坐看，须先净手，放案上平看，不可握一卷，或放在膝上。衣帽等物尤不可放在经上。

4. 拜僧：见面称法师，或称大和尚，忌直称“出家人”“和尚”。与僧人见面常见的行礼方式为两手合一，微微低头，表示恭敬，忌握手、拥抱、摸僧人头等。

5. 法器：寺中钟鼓鱼磬，不可擅敲，锡杖、衣、钵等物，不可戏动。

6. 听经：随众礼拜入座，如己后到，法师已经升座，须向佛顶礼毕，向后倒退一步，再向法师顶礼。入座后，不向熟人打招呼，不得坐起不定、咳嗽谈话，如不能听毕，但向法师行一合十，肃静退出，不得招手他人使退。

佛心慧语

◆改变别人，不如先改变自己。

◆拥有财富的人，不如拥有智慧的人。

◆常常责备自己的人，往往能得到他人的谅解。

◆人之所以痛苦，在于追求错误的东西。

◆犯错是平凡的，原谅才能超凡。

◆任凭你有多大的快乐，无常总是会来到。

◆制心一处，无事不办。

◆伤人之语，如水覆地，难以挽回。

◆嫉妒别人，仇视异己，就等于把生命交给别人。

◆诽谤他人就像含血喷人，先污染了自己的嘴巴。

◆不能把握现在，就无法获得永恒。

◆时间总会过去的。

◆律己要严，待人要宽。

◆怀着一颗感恩的心，忘记别人的缺点吧！

◆征服世界，并不伟大，一个人能征服自己，才是世界上最伟大的人。

◆平凡之人追求不平凡，智者则甘于平凡，却享受平凡。

◆能忍之人，事事称心；善嗔之人，时时地狱。

◆稻穗成熟，头自然低下。

◆事能知足心常惬，人到无求品自高。

◆有才而性缓定属大才，有智而气和斯为大智。

◆有德不在年高，无智空长百岁。

◆莫以恶小而为之，莫以善小而不为。

◆真正的布施，是把烦恼、忧虑、分别、执着，通通放下。

◆若无“是非”挂心头，便是人间好时节。

◆扫地扫地扫心地，心地不扫空扫地。

◆透视一切变化的结果都是“空”，就不会挂碍任何事物。

◆悟性是每个人的心，所以自己就是主宰。

◆各有因缘莫羡人。

◆肯低头的人，永远不会撞到矮门。

◆不让古人是谓有志，不让今人是谓无量。

◆吾爱吾师，吾尤爱真理。

◆为而不有，善而不居。

◆常常使别人过快乐日子的人，自己也必定很快乐。

◆作福莫如惜福，悔过莫如寡过。

◆量大福大。

◆遇顺境处之淡然，遇逆境处之泰然。

◆风平浪静，训练不出良好的水手。

◆填得饱你的肚子，却填不满人心贪念。

◆甩掉你的假面具，你就能享受到自然的喜悦。

◆凡夫转境不转心，圣人转心不转境。

◆黄金无种子，惟生于勤俭之家。

◆诚恳可以感动人，谦虚可以说服人。

◆老实是很平淡的字眼，但是要想成就，就非它不行。

◆好、坏，都会随时间消失，没有例外。上苍对时间的安排，绝对平等。

◆临事须替别人想，论人先将自己想。

◆失去了鸭子，你会急忙找回来；失去了良心，却不见有人着急。

◆心志要苦，意趣要乐，气度要宏，言动要谨。

◆言多必失，尽量少给自己这种机会。

诵读提示

诵读诸子百家的文章，要读出各家的不同，读出字和字之间的关系，句和句之间的关系，段和段之间的关系，读出文气，得气是诵读文章的最高境界。

思考与练习

1. 阅读思考：

（1）阅读《墨子》，谈谈墨家思想的现实意义和价值。

（2）选读《道德经》《庄子》，体味“道法自然”“天人合一”和谐理念的当代价值，学习“兼收并蓄”的开放胸怀，弘扬“自强”的奋斗精神。

（3）阅读《韩非子·五蠹》，体会韩非子的法制观及其当代价值，学习韩非子与时俱进的进取精神。

2. 技能展示：以个人或小组为单位，采用吟诵的方式，展示《道德经》（可节选）。

3. 能力比拼：自强不息是中华民族在数千年传承发展中孕育形成的一种伟大品格，是铸牢中华民族共同体意识的精神纽带，是实现中华民族伟大复兴的动力源泉。作为时代新人，大学生应如何传承和弘扬自强不息的精神？请以此为主题，开展演讲活动。

任务四 史学之智慧

任务摘要

中国史籍浩如烟海，这在世界历史上都很少见。一部官方认可的“二十四史”便有3242卷、4500多万字，其卷帙浩繁已令人兴叹，而这还只是史部中的正史部分。

丰富的历史内容和多样的表述形式相结合，是中国古代史学的特点和优点。唐代著名学者刘知几在《史通》一书中将唐以前的史籍分为六家，即《尚书》家、《春秋》家、《左传》家、《国语》家、《史记》家、《汉书》家。六家演归二体，即编年体、纪传体，为史书的主要体裁。

随着史学的发展，新的史书体裁不断出现。《史通》确立了史评体的规模，中晚唐时典制体开始崛起，宋代创立了纪事本末体，明清时学案体、史论体亦有所发展。

中国古代史学的优良传统是以往史家优良的思想、品德学风和经验的集中体现，它是中国传统史学取得巨大成就的保障。

作为文化的一部分，史学对文化具有开辟作用。随着史官文化或者说史学文化的发展，西周末年和春秋时期出现了“国史”，春秋末年和战国时期出现了第一批私人撰述。到了西汉，司马迁著《史记》，更是提出了“究天人之际，通古今之变，成一家之言”的宏大志向。这一发展趋势表明：史学曾经作为文化的源头开辟了文化发展的道路，而它本身最终也成为一个独特的学术类别。

如果说《春秋》《左传》《国语》等史籍较多地记载了春秋时期人们在政治、军事、祭祀、礼法、伦理、民族、风俗习惯等方面的活动和观念，那么《史记》《汉书》等纪传体即综合体史书所记载的，则包括了从传说时代至西汉时期人们在历史创造或文化创造中的更多的活动和观念。以《史记》《汉书》的创作为起点，此后中国历朝历代均将纂修国史、前朝史作为一项重要的政治任务来执行。这种传统延续下来，经过千百年的积累，中国历史最终成为中华民族宝贵的精神财富和力量源泉。

任务目标

知识目标：了解我国古代历史典籍的基本情况，掌握代表性史书的基本知识。

能力目标：进一步提升文言文的阅读理解能力，学习历史人物经世处事的智慧和谋略。

素质目标：夯实自信之基，帮助学生深入了解中华民族的历史，坚定民族自信，提振文化自信。

《国语》

《国语》的传世价值

《国语》作为中国最早的一部国别史著作，是古代国别体史料汇编，旧传为春秋时左丘明所撰，司马迁曾说“左丘失明，厥有《国语》”，现一般认为是由先秦史家编纂各国史料而成。

《国语》记录了周朝王室和鲁国、齐国、晋国、郑国、楚国、吴国、越国等诸侯国的历史，它上起周穆王十二年（前990）西征犬戎，下至智伯被灭（前453），包括各国贵族间朝聘、宴飨、讽谏、辩诘、应对之辞以及部分历史事件与传说。《国语》按照一定顺序分国排列，在内容上偏重于记述历史人物的言论。这是《国语》体例上最大的特点。

《国语》主要记录的是春秋时期的经济、财政、军事、兵法、外交、教育、法律、婚姻等内容，所以其对研究先秦时期的历史来说非常重要。因其内容可与《左传》相参证，所以有《春秋外传》之称。该书史论结合，在史学思想上是一个进步，且其记叙涉及边远地区，也记载了诸如经济、制度、风俗等方面的内容，可补《左传》之缺。

就文学价值来说，《国语》虽不及《左传》，但比《尚书》《春秋》等历史散文有所进步和提高，具体表现为：

《国语》在内容上有很强的伦理倾向，强调弘扬德的精神，尊崇礼的规范，认为“礼”是治国之本，而且非常突出忠君思想。《国语》的政治观比较进步，反对专制和腐败，重视民意，重视人才，具有浓重的民本思想。

作者善于选择一些历史人物的精彩言论来反映和说明某些社会问题。如《周语》“邵公谏弭谤”一节，通过召公之口，阐明了“防民之口，甚于防川”的著名论题。

在叙事方面，《国语》亦时有缜密、生动之笔。如《晋语》记优施唆使骊姬谗害申生，《吴语》和《越语》记载吴越两国斗争始末，多为《左传》所不载，文章波澜起伏，为历代传诵之名篇。又《晋语》记董叔将娶于范氏，似绝妙的讽刺小品。《国语》所载朝聘、宴飨、辩诘、应对之辞，有些部分写得较精练、真切。

由于原始材料来源不同，所以《国语》本身的文风不很统一，诚如崔述所说：“周鲁多平衍，晋楚多尖颖，吴越多恣放。”（《洙泗考信录·余录》）

《国语》的内容精粹

《国语》以国分类，各自成章，全书共21卷，分《周语》《鲁语》《齐语》《晋语》《郑语》《楚语》《吴语》《越语》八个部分，其中《晋语》最多。全书记载了上自西周穆王征犬戎，下至韩、赵、魏三家灭智伯约五百年的历史，以记言为主，兼以记事。全书旨在通过还原统治阶级的言论、辩论来反映历史事件，探讨兴衰治乱之根源。

《周语》对西周和东周的历史都有记录，侧重论政记言。

《鲁语》记春秋时期鲁国之事，但不是完整的鲁国历史，很少记录重大历史事件，主要是针对一些小故事阐发议论。

《齐语》记齐桓公称霸之事，主要记管仲和桓公的论政之语。

《晋语》篇幅最长，共有九卷，对晋国历史记录得较为全面、具体，叙事成分较多，特别侧重于记述晋文公的事迹。

《郑语》主要记史伯论天下兴衰的言论。

《楚语》主要记楚灵王、昭王时期的事迹，同时兼记重要的历史事件。

《吴语》独记夫差伐越和吴之灭亡。

《越语》则仅记勾践灭吴之事。

《国语》名句及解析

天道盈而不溢，盛而不骄，劳而不矜其功。

【解析】做人圆满但不过分，形势一片大好但不骄傲，做了一件重要的事但不居功自傲，这就是天道。

从善如登，从恶如崩。

【解析】顺随善良就像登山一样艰难，顺随恶行就像山崩一样迅速坠落。

轻则寡谋，骄则无礼。

【解析】不重视谋略的人肯定也不会有很多计策，骄傲的人通常都会很粗鲁，而且不懂礼貌。

武人不乱，智人不诈，仁人不党。

【解析】勇敢知义的人不发动叛乱，有智慧的人不采用欺诈手段，讲仁义的人不结党营私。

防民之口，甚于防川。

【解析】堵塞百姓的口，不许他们议论，其后患比堵塞河流更为严重。

众心成城，众口铄金。

【解析】只要大家集中意志，便可像城墙一样坚固；只要众人一致指斥，其威力便足以熔化金子。

夫耳目，心之枢机也，故必听和而视正。听和则聪，视正则明。聪则言听，明则德昭，听言昭德，则能思虑纯固。

【解析】耳朵和眼睛是心灵的枢纽，所以必须听和谐之音且看正当之物。所听和谐才能耳聪，所看正当才能目明。耳聪才能言语动听，目明才能德行磊落。言语动听而德行磊落，才能思虑纯正。

动莫若敬，居莫若俭，德莫若让，事莫若咨。

【解析】举动以恭敬为最，治家以俭朴为最，品德以谦让为最，处事以多问为最。

伐木不自其本，必复生；塞水不自其源，必复流；灭祸不自其基，必复乱。

【解析】树木不从树根开始砍伐，必定会重新萌生；河水不从源头开始堵塞，必定会重新流淌；祸乱不从根本着手消灭，必定会重生祸乱。

视远，日绝其义；足高，日弃其德；言爽，日反其信；听淫，日离其名。

【解析】眼望远处，常常会看不到合适的地方；脚步抬高，常常会失去应有的德行；言谈反复，常常会丧失信用；胡乱纳言，常常会削弱自已的名声。

《国语》经典名篇

邵公谏厉王弭谤

厉王虐，国人谤王。邵公告王曰：“民不堪命矣！”王怒。得卫巫，使监谤者，以告，则杀之。国人莫敢言，道路以目。

王喜，告邵公曰：“吾能弭谤矣，乃不敢言。”邵公曰：“是障之也。防民之口，甚于防川。川壅而溃，伤人必多，民亦如之。是故为川者决之使导，为民者宣之使言。故天子听政，使公卿至于列士献诗，瞽献曲，史献书，师箴，瞍赋，矇诵，百工谏，庶人传语，近臣尽规，亲戚补察，瞽、史教诲，耆、艾修之，而后王斟酌焉，是以事行而不悖。民之有口，犹土之有山川也，财用于是乎出；犹其有原隰衍沃也，衣食于是乎生。口之宣言也，善败于是乎兴，行善而备败，其所以阜财用、衣食者也。夫民虑之于心而宣之于口，成而行之，胡可壅也？若壅其口，其与能几何？”

王不听。于是国人莫敢出言。三年，乃流王于彘。

《史记》

《史记》的传世价值

《史记》记载了上起中国上古传说中的黄帝时代，下至汉武帝太初四年（前122）共3000多年的历史。作者司马迁以其“究天人之际，通古今之变，成一家之言”的史学观，使《史记》成为中国历史上第一部纪传体通史。其首创的纪传体编史方法为后来历代“正史”所传承。它与后来的《汉书》《后汉书》《三国志》合称“前四史”。同时，《史记》还被认为是一部优秀的文学著作，在中国文学史上有重要地位，被鲁迅誉为“史家之绝唱，无韵之《离骚》”。刘向等人认为此书“善序事理，辨而不华，质而不俚”。墓志铭等各种形式的传记，也与《史记》所开创的传记文学传统有渊源关系。司马迁创作《史记》，其意义重大：

第一，建立了杰出的通史体裁。《史记》是中国史学史上第一部贯通古今、网罗百代的通史名著。无论说它代表中国古代史学史的最辉煌成就，还是说它是世界古代史学史的最辉煌成就，都毫不为过。这一点，只要将之与希罗多德的《历史》相比较，就会非常清楚。可以说，司马迁会通古今撰成一书，开启了先例，为后世写史树立了榜样。通史家风，一直影响着近现代的史学研究与写作。

第二，建立了史学独立地位。我国古代，在相当长的一段时间里，史学包含在经学范围之内，没有自己的独立地位，所以史部之书在刘歆的《七略》和班固的《汉书·艺文志》里，都是附在《春秋》后面。自从司马迁修成《史记》，作者继起，专门的史学著作越来越多。于是，晋朝荀勖适应新的要求，把历代的典籍分为四部：甲部记六艺小学，乙部记诸子兵术，丙部记史记皇览，丁部记诗赋图赞。至此，史学一门才在中国学术领域里取得独立地位。饮水思源，这一功绩应该归于司马迁和他的《史记》。

第三，建立了史传文学传统。司马迁的文学修养深厚，其艺术手段特别高妙。即使是复杂的事实，他也能处理得非常妥帖，秩序井然，再加之视线远、见识高，文字生动，笔力洗练，感情充沛，信手写来，莫不词气纵横，形象明快，使人“惊呼击节，不自知其所以然”（《容斋随笔》）。《史记》不但对魏晋小说、唐宋古文，甚至对宋元戏曲都有很大影响，更一直被视为中国文学重要的源头活水。

当然，司马迁修撰《史记》的最高理想是“究天人之际，通古今之变，成一家之言”，是要建立一个包罗万象的历史哲学体系。对它更深入的理解，要留待我们今后去进一步学习和研究了。

《史记》名句及解析

不飞则已，一飞冲天；不鸣则已，一鸣惊人。

【解析】南方的土山上有一种鸟，三年的时间里不鸣也不飞，但它一飞便可冲天，一鸣便能惊人。

仁者爱万物而智者备祸于未形，不仁不智，何以为国？

【解析】仁人能够博爱万物，智者能够防患于未然。既没有仁爱之心，也没有大的智慧，怎么能治理好国家？

当断不断，反受其乱。

【解析】在应该做出决断时犹豫不决，就要产生祸乱，因此做事必须当机立断，否则后患无穷。

一死一生，乃知交情。一贫一富，乃知交态。一贵一贱，交情乃见。

【解析】两个好朋友，一个面临生死困境，另一个生活安稳，从生活好的对生活差的朋友的态度可以看出两个人的交情；一个有钱，一个没钱，从两个人的交往可以看出两人对待朋友的态度；一个身份高贵，一个身份低贱，从两个人的交往可以看出两人是否有友谊。

以权利合者，权利尽而交疏。

【解析】因为有利可图才与你结为朋友的人，也会因为无利可图而与你绝交。

臣闻智者千虑，必有一失；愚者千虑，必有一得。

【解析】我听说智者虽然思虑周密，也总会有想不到的地方；愚者经常思考问题，也总会有所收获。

法令者治之具，而非制治清浊之源也。

【解析】法令是维护统治的工具，而不是影响政治清浊的根源。

运筹帷幄之中，制胜于无形。

【解析】在帷幄之中运筹策划，却可以在无形之中克敌制胜。

《史记》经典名篇

乌江自刎

项王军壁垓下，兵少食尽，汉军及诸侯兵围之数重。夜闻汉军四面皆楚歌，项王乃大惊，曰："汉皆已得楚乎？是何楚人之多也！"项王则夜起，饮帐中。有美人名虞，常幸从；骏马名骓，常骑之。于是项王乃悲歌慷慨，自为诗曰："力拔山兮气盖世，时不利兮骓不逝。骓不逝兮可奈何，虞兮虞兮奈若何！”歌数阕，美人和之。项王泣数行下，左右皆泣，莫能仰视。

于是项王乃上马骑，麾下壮士骑从者八百余人，直夜溃围南出，驰走。平明，汉军乃觉之，令骑将灌婴以五千骑追之。项王渡淮，骑能属者百余人耳。项王至阴陵，迷失道，问一田父，田父绐曰“左”。左，乃陷大泽中。以故汉追及之。项王乃复引兵而东，至东城，乃有二十八骑。汉骑追者数千人。项王自度不得脱，谓其骑曰：“吾起兵至今八岁矣，身七十余战，所当者破，所击者服，未尝败北，遂霸有天下。然今卒困于此，此天之亡我，非战之罪也。今日固决死，愿为诸君快战，必三胜之，为诸君溃围，斩将，刈旗。令诸君知天亡我，非战之罪也。”乃分其骑以为四队，四向。汉军围之数重。项王谓其骑曰：“吾为公取彼一将。”令四面骑驰下，期山东为三处。于是项王大呼驰下，汉军皆披靡，遂斩汉一将。是时赤泉侯为骑将，追项王，项王瞋目而叱之，赤泉侯人马俱惊，辟易数里，与其骑会为三处。汉军不知项王所在，乃分军为三，复围之。项王乃驰，复斩汉一都尉，杀数十百人。复聚其骑，亡其两骑耳。乃谓其骑曰：“何如？”骑皆伏，曰：“如大王言。”

于是项王乃欲东渡乌江。乌江亭长舣船待，谓项王曰：“江东虽小，地方千里，众数十万人，亦足王也。愿大王急渡。今独臣有船，汉军至，无以渡。”项王笑曰：“天之亡我，我何渡为！且籍与江东子弟八千人渡江而西，今无一人还；纵江东父兄怜而王我，我何面目见之？纵彼不言，籍独不愧于心乎？”乃谓亭长曰：“吾知公长者。吾骑此马五岁，所当无敌，尝一日行千里，不忍杀之，以赐公。”乃令骑皆下马步行，持短兵接战。独籍所杀汉军数百人，项王身亦被十余创。顾见汉骑司马吕马童，曰：“若非吾故人乎？”马童面之，指王翳曰：“此项王也。”项王乃曰：“吾闻汉购我头千金，邑万户，吾为若德。”乃自刎而死。王翳取其头，余骑相蹂践争项王，相杀者数十人。最其后，郎中骑杨喜，骑司马吕马童，郎中吕胜、杨武各得其一体。五人共会其体，皆是。故分其地为五：封吕马童为中水侯，封王翳为杜衍侯，封杨喜为赤泉侯，封杨武为吴防侯，封吕胜为涅阳侯。

项王已死，楚地皆降汉，独鲁不下，汉乃引天下兵欲屠之。为其守礼义，为主死节，乃持项王头视鲁，鲁父兄乃降。始，楚怀王初封项籍为鲁公，及其死，鲁最后下，故以鲁公礼葬项王谷城。汉王为发哀，泣之而去。

太史公曰：吾闻之周生曰“舜目盖重瞳子”，又闻项羽亦重瞳子。羽岂其苗裔邪？何兴之暴也！夫秦失其政，陈涉首难，豪杰蜂起，相与并争，不可胜数。然羽非有尺寸，乘势起陇亩之中，三年遂将五诸侯灭秦，分裂天下，而封王侯，政由羽出，号为霸王，位虽不终，近古以来未尝有也。及羽背关怀楚，放逐义帝而自立，怨王侯叛己，难矣。自矜功伐，奋其私智而不师古，谓霸王之业，欲以力征经营天下，五年卒亡其国，身死东城，尚不觉寤而不自责，过矣。乃引“天亡我，非用兵之罪也”，岂不谬哉！

《战国策》

《战国策》的传世价值

《战国策》是中国古代的一部史学名著，也是一部国别体史书，又称《国策》，主要记载战国时期谋臣策士纵横捭阖的斗争事迹。西汉成帝时，刘向对它进行了整理，按西周、东周、秦、齐、楚、赵、魏、韩、燕、宋、卫、中山 12 国次序，编订 33 卷，共 497 篇，并取名《战国策》。其所记载的历史，上起战国初年，下至秦灭六国，全书约 12 万字，可以说是先秦历史散文成就最高、影响最大的著作之一。

《战国策》是我国古代记载战国时期政治斗争的一部最完整的著作。它实际上是当时纵横家游说之辞的汇编，而当时七国政坛风云变幻，合纵连横、战争绵延、政权更迭，都与谋士献策、智士论辩有关，因而具有重要的史料价值。该书文辞优美，语言生动，富于雄辩与运筹的机智，描写人物绘声绘色，常用寓言阐述道理，著名的寓言有"画蛇添足""亡羊补牢""狡兔三窟""狐假虎威""南辕北辙"等。

《战国策》在我国古典文学史上亦占有重要地位，对后代文学有深远的影响，汉初的贾谊、晁错和司马迁都受到它的影响，《史记》的某些史料就直接取自《战国策》。宋代苏洵、苏轼、苏辙的散文，也都明显受到《战国策》的影响。另外，汉赋“铺张扬厉”的风格直接承自《战国策》；而赋中常见的主客对答、抑客扬主的写法，《战国策》也已启其端。

《战国策》一书反映了战国时期的社会风貌和当时士人的精神风采。它不仅是一部历史著作，也是一部非常优秀的历史散文著作。作为一部反映战国历史的历史作品，它比较客观地记录了当时的一些重大历史事件，是战国历史的生动写照。它详细地记录了当时纵横家的言论和事迹，展示了那些人的精神风貌和思想才干，也记录了一些义勇志士的人生风采。

《战国策》的文学成就也非常突出。在中国文学史上，它标志着中国古代散文发展到了一个新时期，文学性非常突出，尤其在人物形象的刻画、语言文字的运用、寓言故事的讲述等方面，具有非常鲜明的艺术特色。

《战国策》的思想内容比较复杂，总体上体现了纵横家的思想倾向，同时也反映了战国时期思想活跃、文化多元的历史特点。《战国策》的政治观比较进步，最突出的是体现了重视人才的政治思想。

《战国策》一书对《史记》纪传体的形成有很大影响。其文学价值历来为研究者所称赞，但关于它的思想则是众说纷纭。这是由于该书与后世的儒家思想不符，过于追逐名利；而且它过于夸大了纵横家的历史作用，降低了史学价值。

《战国策》的内容精粹

《战国策》记载了战国初年到秦灭六国这200多年间的历史事件，展现了12国缤纷多姿的历史面貌。在战国这样一个动荡剧变的时代，往来于各国之间的纵横家成为时代宠儿，他们多以谋臣策士的身份登堂入室、指点河山，其文旁征博引、巧思妙喻、机锋敏睿、汪洋恣肆，在某种程度上影响了一个时代诸侯国的盛衰和历史的走向。这部国别体著作充分展现了古代先贤在语言和计谋方面所达到的高超境界，洋溢着令今人叹为观止的人生智慧，具有独特的艺术魅力。

《战国策》是战国时期各国史官记载的策士们游说诸侯国的言论资料。全书记载了战国时期谋臣策士相互辩论时所提出的政治主张和斗争策略，以及相互倾轧的阴谋诡计。它在一定程度上反映了上起战国初年，下至秦灭六国这200多年中各诸侯国之间和各国内部各阶级、阶层之间尖锐复杂的矛盾斗争，统治集团的争权夺利、相互倾轧、昏庸腐朽，以及兼并战争给人民带来的痛苦和灾难。这些都为研究战国时期的历史提供了丰富的资料。

该书文辞优美，语言生动，富于雄辩与运筹的机智，描写人物绘声绘色，在我国古典文学史上亦占有重要地位。宋代李文叔称赞它“文辞骎骎乎上薄六经，下绝来世”。

如《齐策·邹忌讽齐王纳谏》，从家庭说到朝政，从“群臣进谏，门庭若市”写到“虽欲言，无可进者”，阐明了纳谏除弊的道理，遣词用语生动而又耐人寻味。又如《燕策·荆轲刺秦王》中“易水送别”一段，刻画了“白衣素冠”的人物形象，并用“风萧萧兮易水寒，壮士一去兮不复还”的歌声渲染悲壮气氛，读来令人极为感动。

《战国策》名句及解析

风萧萧兮易水寒，壮士一去兮不复还。

【解析】风萧萧地吹啊，易水寒气袭人，壮士在此即将远去啊，不完成任务誓不回来！这首短歌通过对风声萧萧、易水寒凉的外界景物进行渲染烘托，表现了荆轲去刺杀秦王时的悲壮情怀和不完成任务誓不回来的坚定意志。

弗知而言为不智，知而不言为不忠。

【解析】不知道事情的缘由就开口发言，那是不明智；明白事理，可以为事情的解决出谋划策却不开口，那是不忠贞。

厚者不毁人以自益也，仁者不危人以要名。

【解析】厚道的人不会通过损害别人的利益来得到自己的利益，仁义的人不会通过败坏别人的名声来成全自己的名声。

见兔而顾犬，未为晚也；亡羊而补牢，未为迟也。

【解析】见到兔子再放狗，还不晚；丢了羊再补羊圈，还不迟。在事情发生以后，如果赶紧去挽救，还不算迟。

古之君子交绝，不出恶声。

【解析】古代的君子在交情断绝时，也不会说对方的坏话。

物舍其所长，之其所短，尧亦有所不及矣。

【解析】一个人如果舍弃他的长处，改而使用他的短处，即使是尧舜也有做不到的事。

子用私道者家必乱，臣用私义者国必危。

【解析】长子主持家政而有私心，则家庭就会混乱；大臣主持国政而谋私利，则国家就会危险。

圣人从事，必藉于权而务兴于时。

【解析】圣贤做事，无不是借势而为、顺天而动。

以财交者，财尽而交绝；以色交者，华落而爱渝。

【解析】用金钱与别人结交，当金钱用完了，交情也就断绝了；用美色与别人交往，当美色衰退了，爱情也就改变了。

土广不足以为安，人众不足以为强。若土广者安，人众者强，则桀、纣之后将存。

【解析】国土辽阔不足以永保安定，人民众多不足以逞强恃能。如果认定土地广阔便可永享太平，人民众多便可长盛不衰，那么夏桀、商纣的后代便能世袭为君。

《战国策》经典名篇

苏秦始将连横

苏秦始将连横，说秦惠王，曰："大王之国，西有巴、蜀、汉中之利，北有胡貉、代马之用，南有巫山、黔中之限，东有肴、函之固。田肥美，民殷富，战车万乘，奋击百万，沃野千里，蓄积饶多，地势形便，此所谓天府，天下之雄国也。以大王之贤，士民之众，车骑之用，兵法之教，可以并诸侯、吞天下，称帝而治。愿大王少留意，臣请奏其效。"

秦王曰："寡人闻之：毛羽不丰满者，不可以高飞；文章不成者不可以诛罚；道德不厚者不可以使民；政教不顺者不可以烦大臣。今先生俨然不远千里而庭教之，愿以异日。"

苏秦曰："臣固疑大王之不能用也。昔者神农伐补遂，黄帝伐涿鹿而禽蚩尤，尧伐驩兜，舜伐三苗，禹伐共工，汤伐有夏，文王伐崇，武王伐纣，齐桓任战而伯天下。由此观之，恶有不战者乎？古者使车毂击驰，言语相结，天下为一，约从连横，兵革不藏。文士并饰，诸侯乱惑，万端俱起，不可胜理；科条既备，民多伪态，书策稠浊，百姓不足。上下相愁，民无所聊，明言章理，兵甲愈起。辩言伟服，战攻不息，繁称文辞，天下不治。舌弊耳聋，不见成功，行义约信，天下不亲。于是乃废文任武，厚养死士，缀甲厉兵，效胜于战场。夫徒处而致利，安坐而广地，虽古五帝三王五伯，明主贤君，常欲坐而致之，其势不能。故以战续之，宽则两军相攻，迫则杖戟相撞，然后可建大功。是故兵胜于外，义强于内，威立于上，民服于下。今欲并天下，凌万乘，诎敌国，制海内，子元元，臣诸侯，非兵不可。今之嗣主，忽於至道，皆惛于教，乱于治，迷于言，惑于语，沈于辩，溺于辞。以此论之，王固不能行也。"

说秦王书十上而说不行，黑貂之裘敝，黄金百斤尽，资用乏绝，去秦而归。羸縢履蹻，负书担橐，形容枯槁，面目黧黑，状有愧色。归至家，妻不下紝，嫂不为炊，父母不与言。苏秦喟然叹曰："妻不以我为夫，嫂不以我为叔，父母不以我为子，是皆秦之罪也！”乃夜发书，陈箧数十，得太公阴符之谋，伏而诵之，简练以为揣摩。读书欲睡，引锥自刺其股，血流至足。曰：“安有说人主，不能出其金玉锦绣，取卿相之尊者乎？”期年，揣摩成，曰：“此真可以说当世之君矣！”

于是乃摩燕乌集阙，见说赵王于华屋之下，抵掌而谈，赵王大悦，封为武安君。受相印，革车百乘，锦绣千纯，白璧百双，黄金万镒以随其后。约从散横以抑强秦，故苏秦相于赵而关不通。当此之时，天下之大，万民之众，王侯之威，谋臣之权，皆欲决苏秦之策。……当秦之隆，黄金万镒为用，转毂连骑，炫熿于道，山东之国从风而服，使赵大重。且夫苏秦，特穷巷掘门桑户棬枢之士耳，伏轼撙衔，横历天下，廷说诸侯之王，杜左右之口，天下莫之能伉。

将说楚王，路过洛阳，父母闻之，清宫除道，张乐设饮，郊迎三十里。妻侧目而视，倾耳而听。嫂蛇行匍伏，四拜自跪而谢。苏秦曰：“嫂何前倨而后卑也？”嫂曰：“以季子之位尊而多金。”苏秦曰：“嗟乎！贫穷则父母不子，富贵则亲戚畏惧，人生在世，势位富贵，盖可忽乎哉！”

《资治通鉴》

《资治通鉴》的传世价值

《资治通鉴》简称《通鉴》，是北宋著名史学家、政治家司马光和他的助手刘攽、刘恕、范祖禹、司马康等人共同编纂的一部规模空前的编年体通史巨著，记载了从战国到五代共一千余年的历史。在这部书里，编者总结出许多经验教训，供统治者借鉴，书名的意思是“鉴于往事，资于治道”，即以历史的得失作为鉴戒来加强统治，所以叫《资治通鉴》。此书共294卷，耗时19年完成，是中国第一部编年体通史，在中国史学史上占有极重要的地位。

《资治通鉴》自成书以来，历代帝王将相、文人骚客、各界要人争读不止，点评批注《资治通鉴》的帝王、贤臣、鸿儒及现代的政治家、思想家、学者不胜枚举。作为历代帝王治国理政的参考书，《资治通鉴》所获得的赞誉，除《史记》之外，几乎没有哪部史部著作可以与之媲美。司马光的《资治通鉴》与司马迁的《史记》并列为中国史学的不朽巨著，所谓“史学两司马”。

南宋史学家王应麟评价说：“自有书契以来，未有如《通鉴》者。”宋末元初胡三省评价此书：“为人君而不知《通鉴》，则欲治而不知自治之源，恶乱而不知防乱之术；为人臣而不知《通鉴》，则上无以事君，下无以治民；为人子而不知《通鉴》，则谋身必至于辱先，作事不足以垂后。”“《通鉴》不特记治乱之迹而已，至于礼乐、历数、天文、地理，尤致其详。读者如饮河之鼠，各充其量而已。”

清代顾炎武在《日知录·著书之难》中高度评价《资治通鉴》和马端临的《文献通考》，称赞这两部著作的作者“皆以一生精力成之，遂为后世不可无之书”。清代史学家认为《资治通鉴》是“此天地间必不可无之书，亦学者必不可不读之书”，“读十七史，不可不兼读《通鉴》。《通鉴》之取材，多有出正史之外者，又能考诸史之异同而裁正之。昔人所言，事增于前，文省于旧，惟《通鉴》可以当之”。

《资治通鉴》亦有极高的文学价值，曾国藩撰成《经史百家杂钞》一书，其中就选录了《资治通鉴》11 篇。曾国藩评价此书说：“先哲惊世之书，莫善于司马文正公之《资治通鉴》，其论古皆折衷至当，开拓心胸。”近代著名学者梁启超评价《资治通鉴》说：“司马温公《通鉴》，亦天地一大文也。其结构之宏伟，其取材之丰赡，使后世有欲著通史者，势不能不据以为蓝本，而至今卒未有能愈之者焉。温公亦伟人哉！”

《资治通鉴》名句及解析

爱之不以道，适所以害之也。

【解析】爱护别人的方式如果不正确，恰恰是害了他。

丈夫一言许人，千金不易。

【解析】大丈夫答应了别人一句话，即使许以千金也不会改变。

才德全尽谓之圣人，才德兼亡谓之愚人，德胜才谓之君子，才胜德谓之小人。

【解析】德才兼备，这样的人可以称为“圣人”；无德无才，这样的人可以称为“愚人”；德胜过才，这样的人可以称为“君子”；才胜过德，这样的人可以称为“小人”。

才者，德之资也；德者，才之帅也。

【解析】才能只是附属于品德的资本，而品德却可以主导才能的使用。

惟贤知贤，惟圣知圣，凡人安能知非凡人邪？

【解析】有才识的人，要靠有才识的人去发现。平庸的人由于自己水平、能力有限，尚且无法达到贤能者的高度，怎么会知道别人有非凡的才华呢？

盖聪明疏通者戒于太察，寡闻少见者戒于壅蔽，勇猛刚强者戒于太暴，仁爱温良者戒于无断，湛静安舒者戒于后时，广心浩大者戒于遗忘。

【解析】聪明通达的人，要警惕苛察；见识不广的人，要警惕被蒙蔽；勇猛刚强的人，要警惕过于暴烈；仁爱温良的人，要警惕没有决断；恬淡安静的人，要警惕贻误时机；胸襟广阔的人，要警惕疏忽大意。他们都有各自的长处，但如果不加注意，这些长处往往也会变成短处。

兼听则明，偏信则暗。

【解析】广泛地听取多方面的意见，就能明白事情的真相，从而做出正确的判断；只听信一方面的意见，就不会了解真相，只会得出错误的结论。

为治之要，莫先于用人。而知人之道，圣贤所难也。

【解析】治理国家，紧要的是把用人放在首位。而识别他人的贤愚，是圣贤也会感到困难的事。

欲知其人，观其所使。

【解析】要了解某人的贤愚优劣，就要考察他的所作所为。

君子用人如器，各取所长。

【解析】品德好的人用人像使用器物一样，各用其所长。

《资治通鉴》经典名篇

淝水之战

秦兵逼肥水而陈，晋兵不得渡。谢玄遣使谓阳平公融曰："君悬军深入，而置陈逼水，此乃持久之计，非欲速战者也。若移陈少却，使晋兵得渡，以决胜负，不亦善乎！"秦诸将皆曰："我众彼寡，不如遏之，使不得上，可以万全。"坚曰："但引兵少却，使之半渡，我以铁骑蹙而杀之，蔑不胜矣！"融亦以为然，遂麾兵使却。秦兵遂退，不可复止。

谢玄、谢琰、桓伊等引兵渡水击之。融驰骑略陈，欲以帅退者，马倒，为晋兵所杀，秦兵遂溃。玄等乘胜追击，至于青冈；秦兵大败，自相蹈藉而死者，蔽野塞川。其走者闻风声鹤唳，皆以为晋兵且至，昼夜不敢息，草行露宿，重以饥冻，死者什七、八。

初，秦兵少却，朱序在陈后呼曰："秦兵败矣！"众遂大奔。序因与张天锡、徐元喜皆来奔。获秦王坚所乘云母车。复取寿阳，执其淮南太守郭褒。

诵读提示

诵读史书，要注重文气，诵读要低沉有力，要有如虹之气势。

思考与练习

1. 阅读思考：

（1）阅读《国语·召公谏厉王弥谤》，思考召公谏言的当代价值和意义。

（2）阅读《史记·太史公自序》，了解《史记》的创作背景和主旨，学习司马迁坚定不移的精神、勇于担当的品质、超越挫折的勇气和敢为人先的创新精神。

（3）阅读《战国策》中的《冯谖客孟尝君》《触龙说赵太后》等篇目，体味谋臣策士纵横捭阖的智慧和语言魅力。

（4）“明镜所以照形，古事所以知今”，选读《资治通鉴》，学习为人处世的道理。

2. 技能展示：以个人或小组为单位，采用表演的方式再现历史小故事。

3. 能力比拼：以班级为单位，开展“我来讲历史”主题活动。

任务五 集学之绚烂

任务摘要

《四库全书》的集部收录诗文词总集和专集等，包括楚辞、别集、总集、诗文评、词曲5个大类，其中词曲类又分词集、词选、词话、词谱词韵、南北曲5属。除了章回小说、戏剧著作之外，以上门类基本上包括了社会上流布的各种图书，其作者更是包括妇女、僧人、道家、宦官、军人、帝王、外国人等在内。

总集：汇集许多人的作品而成的诗文集。

别集：相对总集而言，即收录个人诗文的集子。

楚辞：骚体类文章。

词：由五言诗、七言诗和民间歌谣发展而成，起于唐代，盛于宋代。原是配乐歌唱的一种诗体，句的长短随歌调而改变，因此又叫长短句。有小令和慢词两种，一般分上、下两阕。

诗文评：收录文学理论和批评方面的书籍。

曲：一种韵文形式，盛行于元代。

小说：文学体裁四分法中的一大样式，是一种通过塑造人物、叙述故事、描写环境来反映生活、表达思想的文学体裁。

唐诗宋词，平仄内外蕴藏书香，趣味盎然；昆曲京剧，顿挫之间彰显国粹五彩斑斓。诗词歌赋、小说戏曲都是我们中华民族的瑰宝，引人注目，让人着迷，展现出中华文化的优雅风姿和深厚底蕴。

任务目标

知识目标：基本了解我国古代诗、词、小说的发展脉络，掌握相关文学常识。

能力目标：具备一定的鉴赏能力，能够诵读格律诗和词。

素质目标：厚植家国情怀，帮助学生涵养进取品格，不负韶华，踔厉奋发。

《楚辞》

《楚辞》的传世价值

楚辞又称“楚词”，是战国时期的伟大诗人屈原创造的一种诗体。其本义是指楚地的言辞，后来逐渐固定为两种含义：一是由屈原创造的诗歌体裁，二是诗歌总集的名称。到了汉代，刘向把屈原、宋玉及汉代贾谊、淮南小山、庄忌、东方朔、王褒、刘向诸人仿《离骚》的作品编辑成集，名为《楚辞》，所以《楚辞》中不仅有屈原的作品，还有其他人的一些同类型的文章。《楚辞》这部作品运用了楚地的文学样式和方言，叙写楚地的山川人物、历史风情，具有浓厚的地方特色。它成为继《诗经》之后，又一部对我国文学具有深远影响的诗歌总集，并且是我国第一部浪漫主义诗歌总集。

《楚辞》在中国诗史上占有重要的地位。《楚辞》主要是屈原的作品，其代表作是《离骚》，后人因此又称“楚辞”为“骚体”。《楚辞》的出现打破了《诗经》以后两三个世纪的沉寂，在诗坛上大放异彩，因此后人将《诗经》与《楚辞》并称为“风骚”。“风”指十五国风，代表《诗经》，有强烈的现实主义风格；“骚”指《离骚》，代表《楚辞》，充满浪漫主义气息。风、骚因此成为中国古典诗歌现实主义和浪漫主义创作的两大流派。《楚辞》对后世文学发展影响深远，不仅开启了后来的赋体创作，而且影响了历代散文创作，是我国积极浪漫主义诗歌创作的源头。

对于楚辞的特征，宋代黄伯思在《校定楚辞序》中概括说："盖屈宋诸骚，皆书楚语，作楚声，记楚地，名楚物，顾可谓之'楚辞'。"除此之外，《楚辞》中屈、宋作品所涉及的历史传说、神话故事、风俗习尚以及所使用的艺术手段、浓郁的抒情风格，无不带有鲜明的楚文化色彩。这是楚辞的基本特征，它们是与中原文化交相辉映的楚文化的重要组成部分。

《楚辞》的内容精粹

楚辞是在楚国民歌的基础上加工、提炼发展起来的，有着浓郁的地方特色。由于特殊的地理、语言环境，楚国一带很早就产生了独特的地方音乐（古称南风、南音）和土风歌谣（如《楚人歌》《越人歌》《沧浪歌》）；此外，楚国历史悠久，当地巫风盛行，楚人以歌舞娱神，保存了大量的神话传说，诗歌音乐也迅速发展。这些因素使楚辞具有了楚国特有的音调音韵，同时也具有了浓厚的浪漫主义色彩和巫文化色彩。可以说，楚辞的产生和楚国地方民歌以及楚地文化传统的影响是分不开的。

同时，楚辞又是南方楚国文化和北方中原文化相结合的产物。春秋以后，被称为荆蛮之地的楚国日益强大。它在问鼎中原、称霸诸侯的过程中与北方各国频繁接触，受到北方中原文化的深刻影响。正是这种南北文化的交流、融合，才孕育出屈原这样伟大的诗人和《楚辞》这样异彩纷呈的伟大诗篇。

《楚辞》收录了楚人屈原、宋玉及汉代淮南小山、东方朔、王褒、刘向等人的辞赋共十六篇，后王逸增入己作《九思》，成十七篇。该书以屈原的作品为主，其中《离骚》《九歌》《天问》等篇保存了较多的历史资料和神话传说，可供治史者参考。

《楚辞》名句及解析

路漫漫其修远兮，吾将上下而求索。

【解析】在追寻真理（真知）方面，前方的道路还很漫长，但我将百折不挠、不遗余力地去追求和探索。

长太息以掩涕兮，哀民生之多艰。

【解析】我揩拭着辛酸的眼泪，发出声声长叹，哀叹人生的航道充满了艰辛。

亦余心之所善兮，虽九死其犹未悔。

【解析】这些都是我内心之所珍爱的，叫我死九次我也绝不后悔！

惟草木之零落兮，恐美人之迟暮。

【解析】想到树上黄叶纷纷飘零，我担心君王您头上也会添丝丝霜鬓啊！

宁溘死以流亡兮，余不忍为此态也。

【解析】我宁愿突然死去，随水流而长逝啊，也不愿做出世俗小人的丑态。

伏清白以死直兮，固前圣之所厚。

【解析】保持清白而献身正道啊，本来就是前代圣人所推崇的。

民生各有所乐兮，余独好修以为常。

【解析】世上的人各有各的乐趣啊，而我独独爱好修身自洁，并习以为常。

《楚辞》经典名篇

离　骚

屈　原

帝高阳之苗裔兮，朕皇考曰伯庸。摄提贞于孟陬兮，惟庚寅吾以降。皇览揆余初度兮，肇锡余以嘉名：名余曰正则兮，字余曰灵均。

纷吾既有此内美兮，又重之以修能。扈江离与辟芷兮，纫秋兰以为佩。汩余若将不及兮，恐年岁之不吾与。朝搴（qiān）阰（pí）之木兰兮，夕揽洲之宿莽。日月忽其不淹兮，春与秋其代序。惟草木之零落兮，恐美人之迟暮。不抚壮而弃秽兮，何不改此度？乘骐骥以驰骋兮，来吾道夫先路！

昔三后之纯粹兮，固众芳之所在。杂申椒与菌桂兮，岂维纫夫蕙茝？彼尧舜之耿介兮，既遵道而得路。何桀纣之猖披兮，夫唯捷径以窘步！惟夫党人之偷乐兮，路幽昧以险隘。岂余身之惮殃兮，恐皇舆之败绩。忽奔走以先后兮，及前王之踵武。荃不察余之中情兮，反信谗而齌（jì）怒。余固知謇謇（jiǎn）之为患兮，忍而不能舍也。指九天以为正兮，夫唯灵修之故也。曰黄昏以为期兮，羌中道而改路。初既与余成言兮，后悔遁而有他。余既不难夫离别兮，伤灵修之数化。

余既滋兰之九畹兮，又树蕙之百亩。畦留夷与揭车兮，杂杜衡与芳芷。冀枝叶之峻茂兮，愿竢（sì）时乎吾将刈（yì）。虽萎绝其亦何伤兮，哀众芳之芜秽。

众皆竞进以贪婪兮，凭不厌乎求索。羌内恕己以量人兮，各兴心而嫉妒。忽驰骛以追逐兮，非余心之所急。老冉冉其将至兮，恐修名之不立。朝饮木兰之坠露兮，夕餐秋菊之落英。苟余情其信姱（kuā）以练要兮，长顑（kǎn）颔亦何伤。揽木根以结茝兮，贯薜荔之落蕊。矫菌桂以纫蕙兮，索胡绳之纚纚（lí）。謇吾法夫前修兮，非世俗之所服；虽不周于今之人兮，愿依彭咸之遗则。长太息以掩涕兮，哀民生之多艰。余虽好修姱以鞿（jī）羁兮，謇朝谇（suì）而夕替。既替余以蕙纕（xiāng）兮，又申之以揽茝。亦余心之所善兮，虽九死其尤未悔。怨灵修之浩荡兮，终不察夫民心。众女嫉余之蛾眉兮，谣诼谓余以善淫。固时俗之工巧兮，偭规矩而改错。背绳墨以追曲兮，竞周容以为度。忳（tún）郁邑余侘傺兮，吾独穷困乎此时也！宁溘死以流亡兮，余不忍为此态也！鸷（zhì）鸟之不群兮，自前世而固然。何方圜（yuán）之能周兮，夫孰异道而相安！屈心而抑志兮，忍尤而攘诟。伏清白以死直兮，固前圣之所厚。

悔相道之不察兮，延伫乎吾将反。回朕车以复路兮，及行迷之未远。步余马于兰皋兮，驰椒丘且焉止息。进不入以离尤兮，退将复修吾初服。制芰荷以为衣兮，集芙蓉以为裳。不吾知其亦已兮，苟余情其信芳。高余冠之岌岌兮，长余佩之陆离。芳与泽其杂糅兮，唯昭质其犹未亏。忽反顾以游目兮，将往观乎四荒。佩缤纷其繁饰兮，芳菲菲其弥章。民生各有所乐兮，余独好修以为常。虽体解吾犹未变兮，岂余心之可惩！

女媭（xū）之婵媛兮，申申其詈予。曰：鲧（gǔn）婞（xìng）直以亡身兮，终然夭乎羽之野。汝何博謇而好修兮，纷独有此姱节？薋（cí）菉（lù）葹（shī）以盈室兮，判独离而不服。众不可户说兮，孰云察余之中情？世并举而好朋兮，夫何茕独而不予听！

依前圣以节中兮，喟凭心而历兹。济沅、湘以南征兮，就重华而陈词。启九辩与九歌兮，夏康娱以自纵。不顾难以图后兮，五子用失乎家巷。羿淫游以佚畋兮，又好射夫封狐。固乱流其鲜终兮，浞又贪夫厥家。浇身被服强圉（yǔ）兮，纵欲而不忍。日康娱而自忘兮，厥首用夫颠陨。夏桀之常违兮，乃遂焉而逢殃。后辛之菹（zū）醢（hǎi）兮，殷宗用而不长。汤禹俨而祗敬兮，周论道而莫差。举贤而授能兮，循绳墨而不颇。皇天无私阿兮，览民德焉错辅。夫维圣哲以茂行兮，苟得用此下土。瞻前而顾后兮，相观民之计极。夫孰非义而可用兮，孰非善而可服？阽余身而危死兮，览余初其犹未悔。不量凿而正枘兮，固前修以菹醢。曾歔欷余郁邑兮，哀朕时之不当。揽茹蕙以掩涕兮，霑余襟之浪浪。

跪敷衽（rèn）以陈辞兮，耿吾既得此中正。驷玉虬以乘鹥（yī）兮，溘埃风余上征。朝发轫于苍梧兮，夕余至乎县圃。欲少留此灵琐兮，日忽忽其将暮。吾令羲和弭节兮，望崦（yān）嵫（zī）而勿迫。路曼曼其修远兮，吾将上下而求索。饮余马于咸池兮，总余辔乎扶桑。折若木以拂日兮，聊逍遥以相羊。前望舒使先驱兮，后飞廉使奔属。鸾皇为余先戒兮，雷师告余以未具。吾令凤鸟飞腾兮，继之以日夜。飘风屯其相离兮，帅云霓而来御。纷总总其离合兮，斑陆离其上下。吾令帝阊开关兮，倚阊阖而望予。时暧暧其将罢兮，结幽兰而延伫。世溷（hùn）浊而不分兮，好蔽美而嫉妒。

朝吾将济于白水兮，登阆（làng）风而緤（xiè）马。忽反顾以流涕兮，哀高丘之无女。溘吾游此春宫兮，折琼枝以继佩。及荣华之未落兮，相下女之可诒。吾令丰隆乘云兮，求宓（mì）妃之所在。解佩纕以结言兮，吾令蹇修以为理。纷总总其离合兮，忽纬繣（huà）其难迁。夕归次于穷石兮，朝濯发乎洧盘。保厥美以骄傲兮，日康娱以淫游。虽信美而无礼兮，来违弃而改求。览相观于四极兮，周流乎天余乃下。望瑶台之偃蹇兮，见有娀之佚女。吾令鸩为媒兮，鸩告余以不好。雄鸠之鸣逝兮，余犹恶其佻巧。心犹豫而狐疑兮，欲自适而不可。凤皇既受诒兮，恐高辛之先我。欲远集而无所止兮，聊浮游以逍遥。及少康之未家兮，留有虞之二姚。理弱而媒拙兮，恐导言之不固。世溷浊而嫉贤兮，好蔽美而称恶。闺中既已邃远兮，哲王又不寤。怀朕情而不发兮，余焉能忍与此终古！

索藑（qióng）茅以筳篿（zhuān）兮，命灵氛为余占之。曰：两美其必合兮，孰信修而慕之？思九州之博大兮，岂惟是其有女？曰：勉远逝而无狐疑兮，孰求美而释女？何所独无芳草兮，尔何怀乎故宇？世幽昧以昡曜兮，孰云察余之善恶？民好恶其不同兮，惟此党人其独异。户服艾以盈要兮，谓幽兰其不可佩。览察草木其犹未得兮，岂珵（chéng）美之能当？苏粪壤以充帏兮，谓申椒其不芳。

欲从灵氛之吉占兮，心犹豫而狐疑。巫咸将夕降兮，怀椒糈（xǔ）而要之。百神翳其备降兮，九疑缤其并迎。皇剡剡其扬灵兮，告余以吉故。曰：勉升降以上下兮，求榘矱之所同。汤、禹严而求合兮，挚、咎繇而能调。苟中情其好修兮，又何必用夫行媒。说操筑于傅岩兮，武丁用而不疑。吕望之鼓刀兮，遭周文而得举。甯戚之讴歌兮，齐桓闻以该辅。及年岁之未晏兮，时亦犹其未央。恐鹈鴂（jué）之先鸣兮，使夫百草为之不芳。

何琼佩之偃蹇兮，众薆（ài）然而蔽之。惟此党人之不谅兮，恐嫉妒而折之。时缤纷其变易兮，又何可以淹留！兰芷变而不芳兮，荃蕙化而为茅。何昔日之芳草兮，今直为此萧艾也？岂其有他故兮，莫好修之害也。余以兰为可恃兮，羌无实而容长。委厥美以从俗兮，苟得列乎众芳。椒专佞以慢慆兮，榝（shā）又欲充夫佩帏。既干进而务入兮，又何芳之能祗？固时俗之流从兮，又孰能无变化？览椒兰其若兹兮，又况揭车与江离。惟兹佩之可贵兮，委厥美而历兹。芳菲菲而难亏兮，芬至今犹未沬。和调度以自娱兮，聊浮游而求女。及余饰之方壮兮，周流观乎上下。

灵氛既告余以吉占兮，历吉日乎吾将行。折琼枝以为羞兮，精琼爢（mí）以为粻（zhāng）。为余驾飞龙兮，杂瑶象以为车。何离心之可同兮，吾将远逝以自疏。邅（zhān）吾道夫昆仑兮，路修远以周流。扬云霓之晻（ǎn）蔼兮，鸣玉鸾之啾啾。朝发轫于天津兮，夕余至乎西极。凤皇翼其承旂兮，高翱翔之翼翼。忽吾行此流沙兮，遵赤水而容与。麾蛟龙使梁津兮，诏西皇使涉予。路修远以多艰兮，腾众车使径待。路不周以左转兮，指西海以为期。屯余车其千乘兮，齐玉轪（dài）而并驰。驾八龙之婉婉兮，载云旗之委蛇（yí）。抑志而弭节兮，神高驰之邈邈。奏九歌而舞韶兮，聊假日以偷乐。陟升皇之赫戏兮，忽临睨（nì）夫旧乡。仆夫悲余马怀兮，蜷局顾而不行。

乱曰：已矣哉！国无人莫我知兮，又何怀乎故都。既莫足与为美政兮，吾将从彭咸之所居。

徐健顺　吟
《离骚》（开篇）

唐诗

唐诗的传世价值

中国古代文学的全盛时期，可以说是在唐宋。唐诗，是唐代文学中最耀眼的一颗明珠，也是中国古代文学的一座高峰。没有哪个朝代能像唐代那样诗人辈出，诗作大气磅礴。

唐朝建于618年，亡于907年，在近三百年的时间里，出现了贞观之治、开元盛世这样的文化繁荣时期，也出现了颜真卿、柳公权这样的书法大家，唐代是中国历史上当之无愧的盛世。而这盛世画卷当中，最耀眼的莫过于唐诗。

唐代的诗人特别多。除了像李白、杜甫、白居易这样世界闻名的伟大诗人外，还有很多诗人，他们像满天的星斗一样。今天我们所知的唐代诗人有2300多人，保存在《全唐诗》中的作品也有48900多首。

唐诗的内容非常广泛，有的从侧面反映当时的社会矛盾；有的歌颂正义战争，抒发爱国思想；有的描绘祖国河山的秀丽多娇；有的抒写个人抱负和遭遇；有的表达男女爱慕之情；有的诉说朋友交情、人生悲欢；等等。总之，从自然现象、政治动态、劳动生活、社会风习到个人感受，都逃不过诗人敏锐的眼睛，这些均成为他们的写作题材。在诗歌风格上，既有现实主义流派，也有浪漫主义流派，而许多伟大的作品，则是这两大流派相结合的典范，它们共同构成了我国古典诗歌的优秀传统。

唐代的两位著名诗人

李白（701—762），字太白，号青莲居士。唐朝诗人，有“诗仙”之称，是伟大的浪漫主义诗人。李白是时代的骄子，一出现就震惊了诗坛。他气挟风雷的诗歌创作和天才大手笔，在当时就征服了众多的读者，朝野上下许为奇才，他也因此享有崇高的声誉和地位。杜甫对李白更是推崇备至，他在《春日忆李白》中说，“白也诗无敌，飘然思不群。清新庾开府，俊逸鲍参军”，由衷地赞美李白诗歌创作的卓尔不群，认为他的诗具有“清新”“俊逸”的风格特点，天下无人可比。杜甫在《寄李十二白二十韵》里又说，“昔年有狂客，号尔谪仙人。笔落惊风雨，诗成泣鬼神。声名从此大，汩没一朝伸。文采承殊渥，流传必绝伦”，指出李白诗歌有盖世绝伦的神奇艺术感染力，其巨大的声名将流传后世。他在《饮中八仙歌》中说，“李白一斗诗百篇，长安市上酒家眠。天子呼来不上船，自称臣是酒中仙”，对李白的纵恣天才赞叹不已。李白的同时代人任华，说李白“新诗传在宫人口，佳句不离明主心”（《杂言寄李白》）。在中晚唐诗人眼中，李白、杜甫有着极高的诗坛地位，韩愈和李商隐都对李白推崇不已。宋代以后，杜甫的地位极高，然论诗者，皆并称李杜。

杜甫（712—770），字子美，是中国文学史上伟大的现实主义诗人，他的诗深刻反映了唐朝由兴盛走向衰亡时期的社会面貌，具有丰富的社会内容、鲜明的时代色彩和强烈的政治倾向。他的诗激荡着热爱祖国、热爱人民的炽烈情感和不惜自我牺牲的崇高精神。他忧国忧民、人格高尚、诗艺精湛，一生写诗1500多首，这些诗被后人称为“诗史”，其人也被尊称为“诗圣”。

杜甫最著名的诗作有“三吏”（《石壕吏》《潼关吏》《新安吏》）、“三别”（《垂老别》《新婚别》《无家别》）、《兵车行》《茅屋为秋风所破歌》《丽人行》《春望》等。杜甫之诗充分表达了他对人民的深切同情，揭露了封建社会剥削者与被剥削者之间的尖锐对立，“朱门酒肉臭，路有冻死骨”这千古不朽的诗句，被世世代代的中国人所铭记。“济时敢爱死，寂寞壮心惊”是杜甫对祖国无比热爱的充分展现，这使他的诗具有很高的人民性。杜甫的这种爱国热忱，在《春望》和《闻官军收河南河北》等名篇中也表现得非常充分。“三吏”“三别”中对广大人民忍受一切痛苦的同情，更是把他那颗爱国爱民的赤子之心展现在读者面前。出于对祖国和人民的热爱，他对统治阶级的奢侈荒淫和祸国殃民怀有强烈的不满，这在其不朽名篇《兵车行》《丽人行》中更是得到了淋漓尽致的体现。一个伟大爱国者的忧国忧民之情，必然在其他方面也有所体现。在咏物、写景的诗，甚至在那些有关夫妻、兄弟、朋友的抒情诗中，我们也能看到他对祖国、对人民的深厚感情。总之，杜甫的诗是唐王朝由盛转衰的艺术记录。宋代以后，杜甫的地位更高，他在诗史上的影响历千年而不衰。

唐诗的经典名篇

赠汪伦

李　白

李白乘舟将欲行，忽闻岸上踏歌声。
桃花潭水深千尺，不及汪伦送我情。

徐健顺　吟
《赠汪伦》

金陵酒肆留别

李　白

风吹柳花满店香，吴姬压酒唤客尝。
金陵子弟来相送，欲行不行各尽觞。
请君试问东流水，别意与之谁短长。

徐健顺　吟
《金陵酒肆留别》

将进酒

李　白

君不见，黄河之水天上来，奔流到海不复回。君不见，高堂明镜悲白发，朝如青丝暮成雪！人生得意须尽欢，莫使金樽空对月。天生我材必有用，千金散尽还复来。烹羊宰牛且为乐，会须一饮三百杯。

岑夫子，丹丘生，将进酒，杯莫停。与君歌一曲，请君为我倾耳听。钟鼓馔玉不足贵，但愿长醉不愿醒。古来圣贤皆寂寞，惟有饮者留其名。陈王昔时宴平乐，斗酒十千恣欢谑。主人何为言少钱，径须沽取对君酌。五花马、千金裘，呼儿将出换美酒，与尔同销万古愁！

徐健顺　吟
《将进酒》

江畔独步寻花

杜　甫

黄四娘家花满蹊，千朵万朵压枝低。
留连戏蝶时时舞，自在娇莺恰恰啼。

徐健顺　吟
《江畔独步寻花》

登　高

杜　甫

风急天高猿啸哀，渚清沙白鸟飞回。无边落木萧萧下，不尽长江滚滚来。
万里悲秋常作客，百年多病独登台。艰难苦恨繁霜鬓，潦倒新停浊酒杯。

徐健顺　吟
《登高》

宋词

宋词的传世价值

如果说诗属于唐朝，那么词则属于宋朝。唐诗的高度是无法超越的，于是宋代的文人就另辟蹊径，从词的创作上树立自己的风格。宋词是可以与唐诗媲美的，虽然其也有很多豪迈、大气的作品，但就整体而言，宋词还是带上了宋朝的气息，犹如一朵栀子花，并不招摇，但依然美丽。

词始于梁代，形成于唐代而极盛于宋代。宋代初期，词不登大雅之堂。当时著名的词人晏殊做了宰相之后，碍于身份，对自己以前所作的词都矢口否认。宋朝有很多艳妓，她们也懂得欣赏词曲，可以说宋词的流传和推广也有她们的功劳。后来经过柳永和苏轼在创作上的重大突破，词在形式上和内容上得到了巨大的发展。尽管词在语言上受到了文人诗作的影响，但典雅雕琢的风尚并没有取代其通俗的民间风格。

词大体上可分为婉约派和豪放派。婉约派的词，风格典雅涪婉、曲尽情态，柳永的“今宵酒醒何处？杨柳岸，晓风残月”、晏殊的“无可奈何花落去，似曾相识燕归来”、晏几道的“舞低杨柳楼心月，歌尽桃花扇底风”等名句，堪称情景交融的抒情杰作。婉约派代表人物有柳永、秦观、李清照等。豪放风格的词作是从苏轼开始的，他把词从娱宾遣兴的天地里解放出来，发展成独立的抒情艺术。山川胜迹、农舍风光、悠游放怀、报国壮志，在他笔下都成了词的创作题材，词从花前月下走向了广阔的社会生活。豪放派的代表人物有苏轼、辛弃疾、陈亮等。

随着词在宋代文学中的地位越来越高，词的内涵也不断得到充实。“人不寐，将军白发征夫泪”，这种边塞词的出现，使只闻歌筵酒席、宫廷风情、脂粉相思的世人耳目一新。苏东坡首开豪放词风，“大江东去，浪淘尽，千古风流人物”，这样大气磅礴的作品，让宋词不再仅是文人士大夫寄情娱乐的工具，更寄托了当时的士大夫对时代、对人生乃至对社会政治等各方面的感悟和思考。从苏轼开始，宋词彻底跳出了歌舞艳情的窠臼，成为可与唐诗相提并论的文学艺术。

宋词的总体特征和发展历史

词是随着燕乐的兴起而发展起来的一种可以合乐歌唱的新诗体。原名叫曲子词，后来简称为词。由于词与一般诗歌不同，需要配合音乐，所以它在形式上有几个突出的特点：

第一，每首词都有词牌名，又叫词调名。词调是用来规定这首词的音律的，所以每个词调的字数、字声以及用韵的位置都是固定的，不能任意更改。

第二，一般词都分为几段，一段又叫一片。大多数词都是分为上、下两片，单片的词很少。

第三，句式长短不一。人们根据词句式上的这个特点，又把词称为长短句。

词最早产生于民间。清光绪年间，人们在甘肃敦煌的一个石窟里发现了一批曲子词，这些敦煌曲子词是现存最早的唐代民间词。

中唐时，蓬勃发展的民间曲子词引起了文人的注意，一些著名诗人开始涉足词坛，如张志和、韦应物、戴叔伦、王建、白居易、刘禹锡等，经过他们的推动，词逐渐由民间走向文坛。

到了晚唐，词的发展进入一个新阶段，这时出现了以专力填词著称的温庭筠。温庭筠的词在内容上主要抒写妇女的相思离情，语言绮靡华丽，抒情深隐细致，形成了一种独特的风格，开启了文人词的传统，对五代乃至后来词坛产生了较大影响，人称“花间派鼻祖”。

南唐词主要是南唐二主（中主李璟、后主李煜）和宰相冯延巳的词，其中以李煜的成就最高，他被俘虏之后的词作则开拓了一个新的深沉的艺术境界，是五代时期的代表词人。

进入宋代，词的发展进入一个繁荣昌盛的新阶段。最早活跃在北宋词坛的是一批小令词人，他们的作品在题材、风格乃至形式上主要是继承了唐和五代词风，代表人物有晏殊、欧阳修。柳永是宋代词坛第一位具有里程碑意义的词人。他的作品长于铺叙，多用俗语，以白描的手法极写都市的繁荣景象、男女间的相思离愁以及自己的羁旅愁思，为宋词的发展开辟了一个新天地，对后世产生了广泛而深远的影响。苏轼的词作可以说是继柳永后宋词发展史上的另一座重要里程碑。他以诗为词，冲破了“词为艳科”“诗庄词媚”的传统观念以及音律的束缚，使词的内容、风格都得到很大拓展，丰富了词的表现手法，大大提高了词的品格和地位。继苏轼后，词坛出现了以周邦彦为代表的格律词派。他的作品声律严整，音乐性强，最宜歌唱，且语言精丽工巧，长于刻画描写。他对词的贡献主要在词调的创制、表现技巧的创新和格律规范化等方面。

两宋之交出现了杰出的女词人李清照。在艺术表现上，她善于运用提炼过的口语委婉地抒写凄苦的情怀，音律和谐，给人一种自然隽永的感觉。人们把这种独具一格的词风称为“易安体”。

北宋末年，金人攻陷汴京，宋徽宗、宋钦宗做了俘虏，广大人民流离失所。时代的巨变造就了一大批满怀爱国热情的词人，首先用词篇直抒爱国情怀的是赵鼎、李纲、胡铨、张元幹等抗金名臣，稍后的辛弃疾则是这派词人中的杰出代表。辛弃疾以后，南宋词坛又兴起了以姜夔为代表的格律雅词派，姜夔词的内容虽以咏物纪游为主，但在艺术上，他一方面继承周邦彦词注重音律、抒情深婉的传统，同时吸取江西诗派瘦硬的笔法入词，使词形成了一种清劲骚雅的独特风貌，对后世产生了深远的影响。

南宋灭亡以后，以文天祥、汪元量、刘辰翁为代表的遗民词人，用词篇表达爱国热情和战斗精神，显示了崇高的英雄气概。

进入元代，由于曲子盛行，作词的人不多。明代写词的人不少，但成就并不高。

清代词坛曾一度出现中兴的景象，但其中真正有价值的作品并不是很多，其成就不仅远比不上两宋词，就是与同时期的诗歌相比，也要逊色很多。

宋代的著名词人

柳永（约987—约1053），原名三变，字耆卿，宋仁宗朝进士，官至屯田员外郎，故世称“柳屯田”。他自称“奉旨填词柳三变”，并以“白衣卿相”自许，是北宋专力写词的第一人。他在扩大词境、发展慢词、丰富词作表现手法上都有杰出贡献。柳词内容有三类：

第一类主要是描写城市的繁荣景象和市民的生活风尚，以《望海潮·东南形胜》最有名。这是一首最早出现的由文人创作的长调慢词，它形象地描绘了钱塘江的秀美景色和繁华富庶。

第二类主要是描写男女情爱。这类词中有表现下层人民不幸以及作者对他们深切同情的；有写歌妓悲苦和她们对轻薄男子怨恨的；有写歌妓渴望自由、渴望真正爱情生活的，如《迷仙引·才过笄年》。

第三类主要写江湖落拓的感慨。“叹年来踪迹，何事苦淹留”（《八声甘州·对潇潇暮雨洒江天》），“今宵酒醒何处？杨柳岸，晓风残月”（《雨霖铃·寒蝉凄切》），道出了居无定处、四海漂泊的乡思愁怀；而“念去去，千里烟波，暮霭沉沉楚天阔”（《雨霖铃·寒蝉凄切》），“败荷零落，衰杨掩映”（《夜半乐·冻云黯淡天气》）和“是处红衰翠减，冉冉物华休”（《八声甘州·对潇潇暮雨洒江天》）中主人公颓唐的心情仿佛给秋日景象涂抹上一层浓重的阴影。词人的离愁别绪与冷落清秋的景物相互交融，达到了很高的艺术境界。

宋词自柳永起开始多有慢词，这是小令之外的一种新形式。柳词善以铺叙的手法说物言情，大量吸收口语是柳词表现富于变化的一种手段。

苏轼（1037—1101），字子瞻，号东坡居士。他是著名文学家、书画家、散文家、诗人、词人。苏家是宋朝有名的文人家族，围绕在他们周围的还有一群著名的文人。苏轼在文学艺术方面堪称全才，他与其父苏洵、其弟苏辙合称“三苏”，并且同列“唐宋八大家”之中。其文汪洋恣肆，明白畅达，与欧阳修并称“欧苏”；其诗清新豪健，善用夸张、比喻，在艺术表现方面独具风格，与黄庭坚并称“苏黄”；词开豪放一派，对后代很有影响。

苏东坡的诗词在当时就享有盛名，加上他在书法方面也很有造诣，很多人找他讨墨宝珍藏，当时人人都以能背诵苏东坡的文章为骄傲。

但是，在哲宗时期，苏轼被远贬惠州，再贬儋州，于是就有了“若问平生功业，黄州惠州儋州”的说法。苏东坡性格豪爽，作为杰出的词人，他开辟了豪放词风，同辛弃疾并称“苏辛”。

不过，苏东坡也创作了很多婉约风格的作品，如悼念亡妻的《江城子》：“十年生死两茫茫，不思量，自难忘。”这样的作品也是宋代婉约词中的精品。

李清照（1084—1155），济南章丘人，号易安居士。宋代女词人，婉约词派代表。中国历史上有记载的女文人不多，李清照算是影响比较大的一位。她生活在北宋和南宋交替的时代，因为主要作品在南宋，所以多被视为南宋杰出女词人。

李清照生于山东章丘，与济南历城的辛弃疾合称“济南二安”。父亲李格非是齐鲁地区的著名学者、散文家，母亲王氏知书善文。丈夫赵明诚为吏部侍郎赵挺之子，是有名的金石考据家。在这样的环境中，李清照生活优裕，也接受了良好的教育。这种安逸直接影响了她早年的词作，文风清新，富有情趣。“蹴罢秋千，起来慵整纤纤手”正是这一时期的写照。

中原沦陷后，李清照与丈夫开始了颠沛流离的生活。她随身携带的金石书画渐渐典当和散失，后丈夫明诚病死，更使她境遇孤苦。坎坷的遭遇使她的性情也发生了变化，她的诗文感时咏史，词风也与前期迥异。“寻寻觅觅，冷冷清清，凄凄惨惨戚戚”，她的生活变得愈加困苦，思想上也更孤独，真是“怎一个愁字了得”。

辛弃疾（1140—1207），字幼安，号稼轩。著有《稼轩词》，存词600多首。强烈的爱国主义思想和战斗精神是辛词的基本思想内容。他是中国历史上伟大的豪放派词人、军事家和政治家。

辛弃疾的词中，有不断重复的对北方的眷恋、对抗金战斗的回忆，有对偏安一隅的南宋小朝廷不思北上的讽刺，有胸怀抱负无处施展的不平。种种理想与现实的激烈冲突，使他的词形成悲壮的基调。另外，辛词在苏轼词的基础上进一步扩大了题材范围，几乎达到了无事、无意不可入词的地步。

在艺术成就方面，辛弃疾以生动、夸张的描绘和想象，彰显了他的豪放风格。因为有战斗实践，所以他在表现战斗场景时能营造出雄奇阔大的意境，而且文辞生动，笔墨饱满。辛弃疾常用比兴寄托的手法，如《摸鱼儿 · 更能消几番风雨》，以惜春又怨春的心态，暗示他对当局的矛盾心理。这是词人明显受到传统“美人香草”表现手法影响的体现。

辛弃疾词的内容博大精深，风格雄深雅健，确立并发展了苏轼所开创的“豪放”一派，与苏轼并称“苏辛”。辛派词人将词体的表现功能发挥到了最大，词不仅可以抒情言志，而且可以同诗文一样议论说理。从此，词作更是与社会现实生活、词人的命运和人格紧密相连，词人的艺术个性也日益鲜明突出。就词的创作手法而言，不仅可以借鉴诗歌的艺术经验，“以诗为词”；而且可以吸收散文的创作手段，“以文为词”。词的语言在保持自身特有的音乐节奏感的前提下，也大量融入了诗文中的语汇。虽然词的诗化和散文化有时不免损害词的美感，但词人以一种开放的创作态势容纳一切可以容纳的内容，利用一切可以利用的创作手段和蕴藏在生活中、历史中的语言，空前地解放了词体，增强了词作的艺术表现力，最终确立了词体与五七言诗歌分庭抗礼的文学地位。

宋词经典名篇

蝶恋花 · 伫倚危楼风细细

柳　永

伫倚危楼风细细，望极春愁，黯黯生天际。草色烟光残照里，无言谁会凭阑意。

拟把疏狂图一醉，对酒当歌，强乐还无味。衣带渐宽终不悔，为伊消得人憔悴。

徐健顺　吟
《蝶恋花》

定风波·莫听穿林打叶声

苏 轼

三月七日，沙湖道中遇雨，雨具先去，同行皆狼狈，余独不觉。已而遂晴，故作此。

莫听穿林打叶声，何妨吟啸且徐行。竹杖芒鞋轻胜马，谁怕？一蓑烟雨任平生。

料峭春风吹酒醒，微冷，山头斜照却相迎。回首向来萧瑟处，归去，也无风雨也无晴。

徐健顺 吟

《定风波·莫听穿林打叶声》

水调歌头·明月几时有

苏 轼

丙辰中秋，欢饮达旦，大醉，作此篇，兼怀子由。

明月几时有？把酒问青天。不知天上宫阙，今夕是何年。我欲乘风归去，又恐琼楼玉宇，高处不胜寒。起舞弄清影，何似在人间。

转朱阁，低绮户，照无眠。不应有恨，何事长向别时圆？人有悲欢离合，月有阴晴圆缺，此事古难全。但愿人长久，千里共婵娟。

徐健顺 吟

《水调歌头·明月几时有》

一剪梅·红藕香残玉簟秋

李清照

红藕香残玉簟秋。轻解罗裳，独上兰舟。云中谁寄锦书来，雁字回时，月满西楼。

花自飘零水自流。一种相思，两处闲愁。此情无计可消除，才下眉头，却上心头。

徐健顺　吟
《一剪梅·红藕香残玉簟秋》

破阵子·醉里挑灯看剑

辛弃疾

醉里挑灯看剑，梦回吹角连营。八百里分麾下炙，五十弦翻塞外声，沙场秋点兵。

马作的卢飞快，弓如霹雳弦惊。了却君王天下事，赢得生前身后名。可怜白发生。

徐健顺　吟
《破阵子·醉里挑灯看剑》

明清小说

明清小说的传世价值

小说的历史，虽然没有诗词那样悠久，但从明代始，小说这种文学形式打破正统诗文的垄断，在文学史上取得与唐诗、宋词、元曲并列的地位。清代是中国古典小说盛极而衰并向近现代小说转变的时期。这一时期的小说从思想内涵和题材表现上来说，最大限度地包含了传统文化的精华，而且经过世俗化的改造后，传统文化竟以可感的形象和动人的故事走进了千家万户。

小说是伴随城市的繁荣发展起来的。宋代前后，城市开始繁荣，出现了很多大都市，民间说唱艺术随之兴起，这时候就出现了话本。

话本是说话人所用的底本，包括讲史、小说、公案、灵怪等内容，已初具小说的模样。经过几代人的不断摸索，再加上印刷技术的普遍使用，小说开始出现并广为流传。

明清是中国小说史上的繁荣时期。小说从明代起，开始有了一定的社会地位和文学价值。四大名著中的《水浒传》《三国演义》和《西游记》就是明代的作品，《红楼梦》是清代的作品。

除长篇小说之外，白话短篇小说也取得很大的成就。明人冯梦龙辑纂的《喻世明言》《警世通言》《醒世恒言》合称“三言”，收入宋、元、明话本及拟话本120篇。还有明人凌濛初编著的拟话本集《初刻拍案惊奇》《二刻拍案惊奇》，也有很多有趣的故事。两者合称“三言二拍”。

清代作家蒲松龄的志怪小说《聊斋志异》也很有名，表面写的是鬼魅神怪的故事，实则折射了现实生活中的人情世故和人们的爱憎悲喜。

明清小说中的很多作品都成为今天影视作品的蓝本，被一再翻拍，影响也扩大到周边国家。

明清小说家的杰出代表

罗贯中（约1330—约1400），山西太原人，元末明初著名小说家、戏曲家，是中国章回小说的鼻祖。作为与“倡优”“伎艺”为伍的戏曲平话作家，罗贯中被视为勾栏瓦舍的“下九流”，正史当中没有关于他的记载。唯一可看到有关他的记录是明代一位无名氏编著的《录鬼簿续编》中的寥寥数语：“罗贯中，太原人，号湖海散人。与人寡合，乐府隐语，极为清新。与余为忘年交，遭时多故，天各一方。至正甲辰复会，别来又六十余年，竟不知其所终。”

三国时期英雄辈出，是一个大有文章可写的时代。罗贯中将三国故事写成了长篇历史小说《三国演义》，这本书体现了罗贯中博大精深之才、经天纬地之气，堪称一部容纳了各种学问的百科全书。

曹雪芹（约1715—约1763），名沾，字梦阮，号雪芹，又号芹溪、芹圃。内务府正白旗出身，清代著名文学家。素性放达，曾身杂优伶而被钥空房，常以阮籍自比。他出生于一个“百年望族”的大地主家庭，后因家庭衰败而饱尝人生辛酸。

晚年的曹雪芹移居北京西郊，生活更加穷苦，就是在这样的环境下，他完成了《红楼梦》的写作和修订。今传《红楼梦》120回本，其中前80回的绝大部分出于他的手笔，后40回则为他人所续。80回以后他已写出一部分初稿，但出于一些原因没有流传下来。书中讲的故事，与他的一生经历颇有几分相似。

明清小说的代表作品简介

《三国演义》全名《三国志通俗演义》，作者罗贯中。《三国演义》为中国四大名著之一，是历史演义小说的经典之作。全书以描写战争为主，大致分为黄巾之乱、董卓之乱、群雄逐鹿、三国鼎立、三国归晋五大部分。作者在广阔的背景下描绘了一幕幕波澜起伏、气势磅礴的战争场面，成功刻画了几百个人物形象，其中曹操、刘备、孙权、诸葛亮、周瑜、关羽、张飞、赵云等人物形象脍炙人口，对后世产生了极其深远的影响。《三国演义》主要以陈寿的《三国志》为蓝本，经各家说话人熔裁敷演，由罗贯中于元末明初写定。起初不分回，只有 24 卷 240 则，现在通行的 120 回本是清初毛宗岗改定的。此书生动地描述了从东汉末年群雄割据、三国鼎立，到最后司马氏统一天下的复杂历史，结构宏伟，场面壮观，人物众多。有些人物颇具特色，成为某一类型人物的代表，如曹操、诸葛亮、关羽、张飞等。但总体来说，《三国演义》重于叙述历史事件而薄于文学创作，人物有类型化的倾向，语言半文半白，显示出由历史向文学嬗变的痕迹。

《水浒传》又名《忠义水浒传》，一般简称《水浒》，写于元末明初，是中国历史上第一部用白话文写成的章回体小说，是中国四大名著之一。《水浒传》或题施耐庵著，或题施耐庵、罗贯中合著。作为中国第一部歌颂农民起义的长篇章回体小说，《水浒传》描写了北宋徽宗宣和年间，以宋江为首的 108 名好汉被逼上梁山、替天行道，打家劫舍、杀富济贫的雄壮故事，鲜明地表现了“官逼民反”的主题。宋江之事史载甚略，宋人话本有《青面兽》《花和尚》《武行者》等名目，水浒故事已在民间流传，至《大宋宣和遗事》记宋江等 36 人聚义梁山泊，已略具《水浒》雏形。水浒故事就是在这一基础上由文人加工成书的。《水浒传》情节曲折，故事性强，善于在叙事中刻画人物，李逵、武松、林冲、鲁智深等成为妇孺皆知的文学形象，但虚构成分多于《三国演义》。它是中国第一部用通俗口语写成的长篇小说，在文学史和汉语史上都有很高的价值。在历代封建专制统治者眼中，造反者都是杀人放火、面目狰狞的妖魔鬼怪，但作为我国四大名著之一的《水浒传》反其道而行，它为那些所谓造反者树碑立传，并渲染他们豪侠仗义、除暴安良的英雄壮举，使他们成为读者心目中的英雄人物。

《西游记》又名《西游释厄传》，是中国四大名著之一。此书描写的是孙悟空、猪八戒、沙僧保护唐僧西天取经、历经九九八十一难的传奇历险故事。《西游记》取材于唐代僧人玄奘去天竺（今印度一带）取经的事迹，由吴承恩在民间传说和有关话本、杂剧的基础上改写而成。该书想象丰富、手法浪漫、语言诙谐，是白话小说中独树一帜的优秀作品。

《金瓶梅》是我国明代长篇世情小说，成书约在隆庆至万历年间，作者署名兰陵笑笑生。《金瓶梅》以《水浒传》中“武松杀嫂”这一段故事为引子，通过对兼有官僚、恶霸、富商三种身份的封建市侩势力的代表人物西门庆及其家庭罪恶生活的描述，揭露了当时社会的黑暗和腐败。

明清小说中的经典名篇

《红楼梦》节选——林黛玉进贾府

曹雪芹

且说黛玉自那日弃舟登岸时，便有荣府打发轿子并拉行李车辆伺候。这黛玉尝听得母亲说，他外祖母家与别人家不同，他近日所见的这几个三等的仆妇，吃穿用度，已是不凡，何况今至其家，都要步步留心，时时在意，不要多说一句话，不可多行一步路，恐被人耻笑了去。自上了轿，进了城，从纱窗中瞧了一瞧，其街市之繁华，人烟之阜盛，自非别处可比。又行了半日，忽见街北蹲着两个大石狮子，三间兽头大门，门前列坐着十来个华冠丽服之人，正门不开，只东西两角门有人出入；正门之上有一匾，匾上大书“敕造宁国府”五个大字。

黛玉想道：“这是外祖的长房了。”又往西不远，照样也是三间大门，方是“荣国府”，——却不进正门，只由西角门而进。轿子抬着走了一箭之远，将转弯时，便歇了轿，后面的婆子也都下来了，另换了四个眉目秀洁的十七八岁的小厮上来抬着轿子，众婆子步下跟随，至一垂花门前落下，那小厮俱肃然退出，众婆子上前打起轿帘，扶黛玉下了轿。

黛玉扶着婆子的手进了垂花门：两边是超手游廊，正中是穿堂，当地放着一个紫檀架子大理石屏风。转过屏风，小小三间厅房，厅后便是正房大院。正面五间上房，皆是雕梁画栋，两边穿山游廊厢房，挂着各色鹦鹉画眉等雀鸟。台阶上坐着几个穿红着绿的丫头，——一见他们来了，都笑迎上来，道："刚才老太太还念诵呢！可巧就来了。"于是三四人争着打帘子，——一面听得人说："林姑娘来了！"

黛玉方进房，只见两个人扶着一位鬓发如银的老母迎上来，黛玉知是外祖母了，正欲下拜，早被外祖母抱住，搂入怀中，"心肝儿肉"叫着大哭起来；当下侍立之人，无不下泪；黛玉也哭个不休。众人慢慢解劝，那黛玉方拜见了外祖母。贾母方一一指与黛玉道："这是你大舅母。——这是二舅母。——这是你先前珠大哥的媳妇珠大嫂子。"黛玉一一拜见。贾母又叫："请姑娘们。今日远客来了，可以不必上学去。"众人答应了一声，便去了两个。

不一时，只见三个奶妈并五六个丫鬟拥着三位姑娘来了：第一个肌肤微丰，身材合中，腮凝新荔，鼻腻鹅脂，温柔沉默，观之可亲；第二个削肩细腰，长挑身材，鸭蛋脸儿，俊眼修眉，顾盼神飞，文彩精华，见之忘俗；第三个身量未足，形容尚小。——其钗环裙袄，三人皆是一样的妆束。黛玉忙起身迎上来见礼，互相厮认；归了坐位，丫鬟送上茶来；不过叙些黛玉之母，如何得病，如何请医服药，如何送死发丧。不免贾母又伤感起来，因说："我这些女孩儿，所疼的独有你母亲，今一旦先我而亡，不得见面，怎不伤心！"说着携了黛玉的手又哭起来；众人都忙相劝慰，方略略止住。

众人见黛玉年纪虽小，其举止言谈不俗，身体面貌虽弱不胜衣，却有一段风流态度，便知他有不足之症，因问："常服何药？为何不治好了？"黛玉道："我自来如此，从会吃饭时便吃药，到如今了，经过多少名医，总未见效。那一年我才三岁，记得来了一个癞头和尚，说要化我去出家，我父母自是不从。他又说：'既舍不得他，但只怕他的病一生也不能好的！——若要好时，除非从此以后总不许见哭声，除父母之外，凡有外亲，一概不见，方可平安了此一生。'这和尚疯疯癫癫说了这些不经之谈，也没人理他。如今还是吃人参养荣丸。"贾母道："这正好，我这里正配丸药呢，叫他们多配一料就是了。"

一语未完，只听后院中有笑语声，说："我来迟了，没得迎接远客！"黛玉思忖道："这些人个个皆敛声屏气如此，这来者是谁，这样放诞无礼？"心下想时，只见一群媳妇丫鬟拥着一个丽人，从后房进来：这个人打扮与姑娘们不同，彩绣辉煌，恍若神妃仙子，头上戴着金丝八宝攒珠髻，绾着朝阳五凤挂珠钗，项上戴着赤金盘螭璎珞圈，身上穿着缕金百蝶穿花大红云缎窄褃袄，外罩五彩刻丝石青银鼠褂，下着翡翠撒花洋绉裙；一双丹凤三角眼，两弯柳叶掉梢眉，身量苗条，体格风骚：粉面含春威不露，丹唇未启笑先闻。

黛玉连忙起身接见，贾母笑道："你不认得他：他是我们这里有名的一个泼辣货，南京所谓'辣子'，你只叫他'凤辣子'就是了。"黛玉正不知以何称呼，众姊妹都忙告诉黛玉道："这是琏二嫂子。"黛玉虽不曾识面，听见他母亲说过：大舅贾赦之子贾琏，娶的就是二舅母王氏的内侄女；自幼假充男儿教养，学名叫做王熙凤。黛玉忙陪笑见礼，以"嫂"呼之。

这熙凤携着黛玉的手，上下细细打量一回，便仍送至贾母身边坐下，因笑道："天下真有这样标致人儿！我今日才算看见了！况且这通身的气派竟不象老祖宗的外孙女儿，竟是嫡亲的孙女儿似的，怨不得老祖宗天天嘴里心里放不下。——只可怜我这妹妹这么命苦，怎么姑妈偏就去世了呢！"说着便用帕拭泪，贾母笑道："我才好了，你又来招我。你妹妹远路才来，身子又弱，也才劝住了，快别再提了。"熙凤听了，忙转悲为喜道："正是呢！我一见了妹妹，一心都在他身上，又是喜欢，又是伤心，竟忘了老祖宗了，该打，该打！"又忙拉着黛玉的手问道："妹妹几岁了？可也上过学？现吃什么药？在这里别想家，要什么吃的、什么玩的，只管告诉我；丫头老婆们不好，也只管告诉我。"黛玉一一答应。一面熙凤又问人："林姑娘的东西可搬进来了？带了几个人来？你们赶早打扫两间屋子叫他们歇歇儿去。"

说话时，已摆了果茶上来，熙凤亲自布让。又见二舅母问他："月钱放完了没有？"熙凤道："放完了。刚才带了人到后楼上找缎子，找了半日，也没见昨儿太太说的那个；想必太太记错了。"王夫人道："有没有，什么要紧。"因又说道："该随手拿出两个来给你这妹妹裁衣裳啊。等晚上想着再叫人去拿罢。"熙凤道："我倒先料着了，知道妹妹这两日必到，我已经预备下了；等太太回去过了目，好送来。"王夫人一笑，点头不语。

当下茶果已撤，贾母命两个老嬷嬷带黛玉去见两个舅舅去。维时贾赦之妻邢氏忙起身笑回道："我带了外甥女儿过去，到底便宜些。"贾母笑道："正是呢，你也去罢，不必过来了。”那邢夫人答应了，遂带着黛玉和王夫人作辞，大家送至穿堂。垂花门前早有众小厮拉过一辆翠幄清油车来，邢夫人携了黛玉坐上，众老婆们放下车帘，方命小厮们抬起，拉至宽处，驾上驯骡，出了西角门往东，过荣府正门，入一黑油漆大门内，至仪门前，方下了车。邢夫人挽着黛玉的手进入院中，黛玉度其处必是荣府中之花园隔断过来的。进入三层仪门，果见正房、厢房、游廊悉皆小巧别致，不似那边的轩峻壮丽；且院中随处之树木山石皆好。及进入正室，早有许多艳妆丽服之姬妾丫鬟迎着。

邢夫人让黛玉坐了，一面令人到外书房中请贾赦。一时回来说：“老爷说了：‘连日身上不好，见了姑娘彼此伤心，暂且不忍相见。劝姑娘不必伤怀想家，跟着老太太和舅母，是和家里一样的。姐妹们虽拙，大家一处作伴，也可以解些烦闷。或有委屈之处，只管说，别外道了才是。’”

黛玉忙站起身来一一答应了。再坐一刻，便告辞，邢夫人苦留吃过饭去，黛玉笑回道：“舅母爱惜赐饭，原不应辞，只是还要过去拜见二舅舅，恐去迟了不恭，异日再领：望舅母容谅。”邢夫人道：“这也罢了。”遂命两个嬷嬷用方才坐来的车送过去。于是黛玉告辞。邢夫人送至仪门前，又嘱咐了众人几句，眼看着车去了方回来。

一时黛玉进入荣府，下了车，只见一条大甬路，直接出大门来，众嬷嬷引着便往东转弯，走过一座东西穿堂、向南大厅之后，仪门内大院落，上面五间大正房，两边厢房鹿顶，耳门钻山，四通八达，轩昂壮丽，比各处不同，黛玉便知这方是正内室。进入堂屋，抬头迎面先见一个赤金九龙青地大匾，匾上写着斗大三个字，是：“荣禧堂”；后有一行小字：“某年月日书赐荣国公贾源”，又有“万几宸翰”之宝。大紫檀雕螭案上设着三尺多高青绿古铜鼎，悬着待漏随朝墨龙大画，一边是錾金彝，一边是玻璃盒，地下两溜十六张楠木圈椅，又有一副对联，乃是乌木联牌镶着錾金字迹，道是：

座上珠玑昭日月，堂前黼黻焕烟霞。

下面一行小字，是：“世教弟勋袭东安郡王穆莳拜手书”。

原来王夫人时常居坐宴息也不在这正室中，只在东边的三间耳房内。于是嬷嬷们引黛玉进东房门来：临窗大炕上铺着猩红洋毯，正面设着大红金钱蟒引枕，秋香色金钱蟒大条褥，两边设一对梅花式洋漆小几，左边几上摆着文王鼎，鼎旁匙箸香盒，右边几上摆着汝窑美人觚，里面插着时鲜花草；地下面西一溜四张大椅，都搭着银红撒花椅搭，底下四副脚踏；两边又有一对高几，几上茗碗瓶花俱备。其余陈设，不必细说。

老嬷嬷让黛玉上炕坐，炕沿上却也有两个锦褥对设，黛玉度其位次，便不上炕，只就东边椅上坐了。本房的丫鬟忙捧上茶来，黛玉一面吃了，打量这些丫鬟们妆饰衣裙、举止行动，果与别家不同。

茶未吃了，只见一个穿红绫袄青绸掐牙背心的一个丫鬟走来笑道："太太说：请林姑娘到那边坐罢。"老嬷嬷听了，于是又引黛玉出来，到了东廊三间小正房内：正面炕上横设一张炕桌，上面堆着书籍茶具，靠东壁面西设着半旧的青缎靠背引枕；王夫人却坐在西边下首，亦是半旧青缎靠背坐褥；见黛玉来了，便往东让。黛玉心中料定这是贾政之位，因见挨炕一溜三张椅子上也搭着半旧的弹花椅袱，黛玉便向椅上坐了。王夫人再三让他上炕，他方挨王夫人坐下。王夫人因说："你舅舅今日斋戒去了，再见罢。只是有句话嘱咐你：你三个姐妹倒都极好，以后一处念书认字，学针线，或偶一玩笑，却都有个尽让的。——我就只一件不放心：我有一个孽根祸胎，是家里的'混世魔王'，今日因往庙里还愿去，尚未回来，晚上你看见就知道了。你以后总不用理会他，你这些姐姐妹妹都不敢沾惹他的。"

黛玉素闻母亲说过，有个内侄乃衔玉而生，顽劣异常，不喜读书，最喜在内帏厮混；外祖母又溺爱，无人敢管。今见王夫人所说，便知是这位表兄，一面陪笑道："舅母所说，可是衔玉而生的？在家时记得母亲常说，这位哥哥比我大一岁，小名就叫宝玉，性虽憨顽，说待姊妹们却是极好的。况我来了，自然和姊妹们一处，弟兄们是另院别房，岂有沾惹之理？"王夫人笑道："你不知道原故：他和别人不同，自幼因老太太疼爱，原系和姐妹们一处娇养惯了的。若姐妹们不理他，他倒还安静些；若一日姐妹们和他多说了一句话，他心上一喜，便生出许多事来。所以嘱咐你别理会他，他嘴里一时甜言蜜语，一时有天没日，疯疯傻傻：只休信他。"

黛玉一一的都答应着。忽见一个丫鬟来说："老太太那里传晚饭了。"王夫人忙携了黛玉出后房门，由后廊往西，出了角门，是一条南北甬路，南边是倒座三间小小抱厦厅，北边立着一个粉油大影壁，后有一个半大门，小小一所房屋，王夫人笑指向黛玉道："这是你凤姐姐的屋子，回来你好往这里找他去，少什么东西只管和他说就是了。"这院门上也有几个才总角的小厮，都垂手侍立。

王夫人遂携黛玉穿过一个东西穿堂，便是贾母的后院了，于是进入后房门，——已有许多人在此伺候，见王夫人来，方安设桌椅；贾珠之妻李氏捧杯，熙凤安箸，王夫人进羹。贾母正面榻上独坐，两旁四张空椅，熙凤忙拉黛玉在左边第一张椅子上坐下，黛玉十分推让，贾母笑道："你舅母和嫂子们是不在这里吃饭的。你是客，原该这么坐。"黛玉方告了坐，就坐了。贾母命王夫人也坐了。迎春姊妹三个告了坐方上来，迎春坐右手第一，探春左第二，惜春右第二。旁边丫鬟执着拂尘漱盂巾帕，李纨凤姐立于案边布让；外间伺候的媳妇丫鬟虽多，却连一声咳嗽不闻。饭毕，各各有丫鬟用小茶盘捧上茶来。当日林家教女以惜福养身，每饭后必过片时方吃茶，不伤脾胃；今黛玉见了这里许多规矩，不似家中，也只得随和些，接了茶。又有人捧过漱盂来，黛玉也漱了口，又盥手毕。然后又捧上茶来，——这方是吃的茶。

贾母便说："你们去罢，让我们自在说说话儿。"王夫人遂起身，又说了两句闲话儿，方引李凤二人去了。贾母因问黛玉念何书，黛玉道："刚念了《四书》。"黛玉又问姊妹们读何书，贾母道："读什么书，不过认几个字罢了！"

一语未了，只听外面一阵脚步响，丫鬟进来报道："宝玉来了。"黛玉心想："这个宝玉不知是怎样个惫懒人呢！"及至进来一看，却是位青年公子：头上戴着束发嵌宝紫金冠，齐眉勒着二龙戏珠金抹额，一件二色金百蝶穿花大红箭袖，束着五彩丝攒花结长穗宫绦，外罩石青起花八团倭缎排穗褂，登着青缎粉底小朝靴；面若中秋之月，色如春晓之花，鬓若刀裁，眉如墨画，鼻如悬胆，睛若秋波，虽怒时而似笑，即瞋视而有情；项上金螭缨络，又有一根五色丝绦，系着一块美玉。

黛玉一见便吃一大惊，心中想道："好生奇怪，倒像在那里见过的，何等眼熟！……"只见这宝玉向贾母请了安，贾母便命："去见你娘来。"即转身去了。一回再来时，已换了冠带：头上周围一转的短发，都结成小辫，红丝结束，共攒至顶中胎发，总编一根大辫，黑亮如漆，从顶至梢，一串四颗大珠，用金八宝坠脚；身上穿着银红撒花半旧大袄；仍旧带着项圈、宝玉、寄名锁、护身符等物；下面半露松绿撒花绫裤，锦边弹墨袜，厚底大红鞋：越显得面如傅粉，唇若施脂；转盼多情，语言若笑；天然一段风韵，全在眉梢；平生万种情思，悉堆眼角。——看其外貌，最是极好，却难知其底细，后人有《西江月》二词批的极确，词曰：

无故寻愁觅恨，有时似傻如狂；纵然生得好皮囊，腹内原来草莽。 潦倒不通庶务，愚顽怕读文章；行为偏僻性乖张，那管世人诽谤！

又曰：

富贵不知乐业，贫穷难耐凄凉；可怜辜负好时光，于国于家无望。 天下无能第一，古今不肖无双；寄言纨裤与膏粱：莫效此儿形状！

却说贾母见他进来，笑道："外客没见就脱了衣裳了！还不去见你妹妹呢。"宝玉早已看见了一个袅袅婷婷的女儿，便料定是林姑妈之女，忙来见礼；归了坐细看时，真是与众各别。只见：两弯似蹙非蹙笼烟眉，一双似喜非喜含情目。态生两靥之愁，娇袭一身之病。泪光点点，娇喘微微。闲静似娇花照水，行动如弱柳扶风。心较比干多一窍，病如西子胜三分。

宝玉看罢，笑道："这个妹妹我曾见过的。"贾母笑道："又胡说了！你何曾见过？"宝玉笑道："虽没见过，却看着面善，心里倒像是远别重逢的一般。"贾母笑道："好！好！这么更相和睦了。"

宝玉便走向黛玉身边坐下，又细细打量一番，因问："妹妹可曾读书？"黛玉道："不曾读书，只上了一年学，些须认得几个字。"宝玉又道："妹妹尊名？"黛玉便说了名，宝玉又道："表字？"黛玉道："无字。"宝玉笑道："我送妹妹一字，莫若'颦颦'二字极妙。"探春便道："何处出典？"宝玉道："《古今人物通考》上说：'西方有石名黛，可代画眉之墨。'况这妹妹眉尖若蹙，取这个字岂不美？"探春笑道："只怕又是杜撰！"宝玉笑道："除了《四书》，杜撰的也太多呢。"因又问黛玉："可有玉没有？"众人都不解，黛玉便忖度着："因他有玉，所以才问我的。"便答道："我没有玉。你那玉也是件稀罕物儿，岂能人人皆有？"

宝玉听了，登时发作起狂病来，摘下那玉，就狠命摔去，骂道："什么罕物！人的高下不识，还说灵不灵呢！我也不要这劳什子。"吓的地下众人一拥争去拾玉，贾母急的搂了宝玉道："孽障！你生气要打骂人容易，何苦摔那命根子！"宝玉满面泪痕哭道："家里姐姐妹妹都没有，单我有，我说没趣儿；如今来了这个神仙似的妹妹也没有：可知这不是个好东西。"贾母忙哄他道："你这妹妹原有玉来着，因你姑妈去世时，舍不得你妹妹，无法可处，遂将他的玉带了去：一则全殉葬之礼，尽你妹妹的孝心；二则你姑妈的阴灵儿也可权作见了你妹妹了。因此他说没有，——也是不便自己夸张的意思啊。你还不好生带上，仔细你娘知道！"说着便向丫鬟手中接来，亲与他带上。宝玉听如此说，想了一想，也就不生别论。

当下奶娘来问黛玉房舍，贾母便说："将宝玉挪出来，同我在套间暖阁里；把你林姑娘暂且安置在碧纱厨里，等过了残冬，春天再给他们收拾房屋，另作一番安置罢。"宝玉道："好祖宗！我就在碧纱厨外的床上很妥当，又何必出来，闹的老祖宗不得安静呢？"贾母想一想，说："也罢了。"每人一个奶娘并一个丫头照管，余者在外间上夜听唤。一面早有熙凤命人送了一顶藕合色花帐并锦被缎褥之类。

黛玉只带了两个人来：一个是自己的奶娘王嬷嬷，一个是十岁的小丫头，名唤雪雁。贾母见雪雁甚小，一团孩气，王嬷嬷又极老，料黛玉皆不遂心，将自己身边一个二等小丫头名唤鹦哥的与了黛玉；亦如迎春等一般：每人除自幼乳母外，另有四个教引嬷嬷；除贴身掌管钗钏盥沐两个丫头外，另有四五个洒扫房屋来往使役的小丫头。当下王嬷嬷与鹦哥陪侍黛玉在碧纱厨内，宝玉乳母李嬷嬷并大丫头名唤袭人的陪侍在外面大床上。

诵读提示

诵读诗词要依照格律，入声字读短，韵字读长，平声字读低，仄声字读高；而小说则要读出人物个性和快慢缓急。

思考与练习

1. 阅读思考：

（1）阅读《离骚》《渔父》，体味屈原真挚的爱国之情和矢志不渝的高尚情操。

（2）广泛阅读唐诗和宋词，感受先人对祖国大好河山的赞美和热爱，对家和国的眷恋与挚爱。

2. 技能展示：以个人或小组为单位，采用吟诵和表演的方式，展示唐诗、宋词中的经典名篇。

3. 能力比拼：以班级为单位，开展"我来讲名著"主题活动、"诗词大会"比拼等活动。

| 下 篇 |

传统技艺传习篇

任务六

生活之雅致

任务摘要

社会的主体是民众。民俗是由民众所创造和传承的文化，民俗文化有自己生成、发展的规律，有区别于其他文化的特征。民俗文化不仅塑造着民众的思维与行为，而且对中国传统文化的其他方面也产生了巨大影响。

民俗是表现一个民族生活方式、历史传统和文化心态的重要因素。各个时期民间风俗的变化，实际上反映了一个国家政治、经济和文化的变化。在社会生活中，民俗是一种模式、一种规范，被人们称为“不成文的习惯法”。深入了解中国的民俗文化，对于正确认识与评价中国传统社会生活、中国历史进程以及整个中国文化，都具有不可替代的重要意义。

任务目标

知识目标：了解我国的汉服、称谓、古代官职等文化，掌握基本常识。

能力目标：掌握服饰、称谓及餐桌礼仪，具备一定的品鉴能力。

素质目标：传习礼仪之道，帮助学生感受中华文化的博大精深，增强其民族认同感和文化自信。

汉服

何谓汉服

汉服即汉族服饰的简称，主要是指明末以前，在自然的文化发展和民族交融过程中形成的汉族服饰。

作为一种独立的服饰体系，汉服在历史的传承与发展中有着独特的文化背景和民族风貌，形成了鲜明的风格特色，明显区别于我国其他民族以及世界其他民族的传统服装，更在制式风格上与现代服饰有着质的区别。

汉族服饰文化博大精深，但因为其历史悠久、应用地域广泛，在创新与融合中不断发展演变，所以完整、系统地研究汉服文化对今人来讲难度较大。作为一个较大的服饰体系，汉服不能仅以表象和简单的制式来界定，而应以其主导风格为界定标准。所以，汉服的定义可以用以下文字进行表述：上溯炎黄时期，下至宋明朝代，以汉族人民所穿的服饰为基础，并在此基础上发展演变而形成的具有独特风格的一系列服饰的集合。

如此界定汉服——汉民族的传统服饰，主要基于以下三点考虑：

第一，汉服的民族性，即汉服是汉民族的服饰，中国古代胡人所穿的服装不能称为汉服。民族是个整体概念，所以一个汉族人所穿的胡人的服装，也不能称为汉族的传统服饰。

第二，汉服发展的传统性，传统性分为传承性与统一性两方面。汉服的传承性表现在，汉服的源头可以追溯到中国上古黄帝时期，并一直保留风格传承且不断发展演化；汉服的统一性表现在，从古至今，在中国广袤的土地上，在历时近五千年的时间跨度中，所有汉族人的服饰在服饰文化发展主流中都拥有这几个共同特点，即右衽、大袖、深衣。

第三，汉服发展的自然性，即非外力强制，是在汉人自觉自愿的情况下，通常不易被人们明显觉察到的自然的发展，这也是一般事物或文化发展的规律。某一事物或文化在其自身正常的发展轨迹之下发展演变，可以根据一般的规律向前追溯其源头，也可以向后预测其发展方向。汉服发展的自然性，构成了其传承性的基础。

在此界定下，中国古代，除清装外，只要是明末以前的汉人所穿的服装，不论样式、地域、融合、分化、发展，都可称为汉服。而现代古戏装（清戏装除外）虽然与古代服装有所区别，但也是依照传统风格合理改制而来的，所以也可以称为汉服。用肉眼是很容易将汉服与其他民族的传统服装区分开的，现在这种汉服又多被称为“古装”（清装除外）。

汉服的历史演变

先秦时期

商朝是中国第一个有文字记载的朝代。考古发现，这一时期的汉服样式已经基本成型。服装主要由两部分组成：上衣和下裳（裙）。袖口较窄，没有扣子，在腰部束一条宽边的腰带，肚围前再加一条像裙一样的“蔽膝”。商、西周时期贵族服饰的织物颜色以暖色为多，尤其以黄、红为主，间有棕色、褐色、蓝色和绿色等冷色。只有以朱砂和石黄制成的红、黄二色，颜色鲜艳，渗透力也较强，经久不变。经现代技术分析，商周时期往往采用染绘并用的染制方法，常常在染成红、黄等色泽后，再用画笔添绘图案。

商朝服饰

周朝封邦建国，以严密的阶级制度来稳固国家统治，并制定了一套非常详尽周密的礼仪来规范社会、安定天下。服装是每个人的阶级标志，因此服装制度作为立政的基础之一，规定是非常严格的。周代服饰大致沿袭商代服制而略有变化，衣服的样式比商代略宽松。衣袖有大、小两种样式；领子通用交领右衽；不使用纽扣，一般腰间系带，有的在腰上还挂有玉制饰物；裙或裤的长度，短的及膝，长的及地。

西周服饰

深衣是古代诸侯、士大夫等贵族的常服，也是庶人唯一的礼服，最早出现于周代，流行于战国时期。深衣是直筒式的长衫，把衣、裳连在一起以包住身子，分开裁但上下缝合，因为“被体深邃”，因而得名。深衣延续了汉服交领右衽的特点，在社会上影响很大，无贵贱、男女、文武之别，人人都可以穿。裙分为曲裾和直裾两种样式，外观区别在于下身是否有环绕的线条。这一时期的纺织和染色技术已经比较发达，汉服上出现了很多繁富华丽的图案。

东周服饰——深衣

公元前221年，秦灭六国，建立了中国历史上第一个封建大一统国家。秦始皇统一了文字、货币、度量衡等，对国家政权和汉民族的形成及延续产生了极其深远的影响。秦代汉服受前朝影响，仍以袍为典型服装样式，分为曲裾和直裾两种，袖也有长、短两种样式。秦朝男女日常生活中的服饰形制差别不大，都是大襟窄袖，不同之处是男子的腰间系有革带，带端装有带钩；而妇女腰间只以丝带系扎。

秦朝服饰

汉朝

汉朝是中国历史上最重要的王朝之一。随着社会的进步，这一时期的本土民族文化蓬勃发展，达到了极高的艺术和审美高度。在经济、科技、文化上全面领先于世界的汉王朝为中华文明留下了永远的骄傲。今天，占据中国绝大多数人口的主体民族——汉族，就是以汉朝的名字命名的。从这一时期开始，平民开始穿精织服饰。在汉代，曲裾深衣不仅男子可穿，同时它也是女服中最常见的一种服式。这种服装通身紧窄，长可曳地，下摆一般呈喇叭状，行不露足，表现出女性的文静与优雅。衣袖有宽、窄两式，袖口大多镶边。衣领部分很有特色，通常用交领，领口很低，以便露出里衣。如穿几件衣服，每层领子必露于外，最多的可达三层，时称“三重衣”。另外，汉代窄袖紧身的绕襟深衣，几经转折，绕至臀部，然后用绸带系束，衣上还绘有精美华丽的纹样。

汉代的直裾，男女均可穿。这种服饰早在西汉时就已出现，但不能作为正式的礼服，原因是古代裤子皆无裤裆，仅有两条裤腿套到膝部，用带子系于腰间。这种无裆的裤子穿在里面，如果不用外衣掩住，裤子就会外露，这在当时被认为是不恭不敬的事情，所以外出要穿曲裾深衣。后来，随着服饰款式日益完备，裤形也得到改进，出现了有裆的裤子。由于内衣的改进，曲裾绕襟深衣已属多余，所以东汉以后，直裾逐渐普及并取代了深衣。

汉朝妇女的襦裙

汉代妇女的襦裙是一种上襦下裙的女服样式，早在战国时期就已经出现。到了汉代，由于深衣的普遍流行，穿这种服装的妇女逐渐减少。据此，有人认为汉代根本不存在这种服饰，只是到了魏晋南北朝时才重新兴起。其实，汉代妇女并没有摒弃这种服饰，在汉乐府诗中就有不少描写。这个时期的襦裙样式，一般上襦极短，只到腰间；而裙子很长，下垂至地。襦裙是中国妇女服装中最主要的形式之一，自战国直至明朝，前后两千多年，尽管长短宽窄时有变化，但基本形制始终保持着最初的样式。

魏晋南北朝时期

魏晋时期，风流名士们崇尚自然、超然物外，率真任诞而风流自赏。姿容飘逸的魏晋风度也影响到了汉服，这一时期的男子一般都穿大袖衫——大袖翩翩的衫子，上自王公名士，下及黎庶百姓，都以宽衫大袖、褒衣博带为尚。直到南朝时期，这种衫子仍为各阶层男子所喜爱。衫和袍在样式上有明显的区别，依照汉代习俗，凡称为袍的，袖端应当收敛，并装有祛口。而衫子却不需施祛，袖口宽敞。魏晋服装日趋宽博，而衫由于不受衣祛等部约束，故成为一时风尚。

魏晋时期妇女服装承袭秦汉遗俗，并吸收少数民族服饰的特点，在传统基础上有所改进。一般上身穿衫、袄、襦，下身穿裙子，腰用帛带系扎，款式多为上俭下丰，以宽博为主，其特点是对襟、束腰、衣袖宽大。袖口、衣襟、下摆缀有不同颜色的缘饰，下着条纹间色裙，腰间用一块帛带系扎。衣身部分紧身合体，袖口肥大，裙为多折裥裙，裙长曳地，下摆宽松，从而达到俊俏潇洒的效果。加上样式繁多的首饰，奢华靡丽之风显露无遗。当时妇女的下裳，除间色裙外，还有其他裙式。

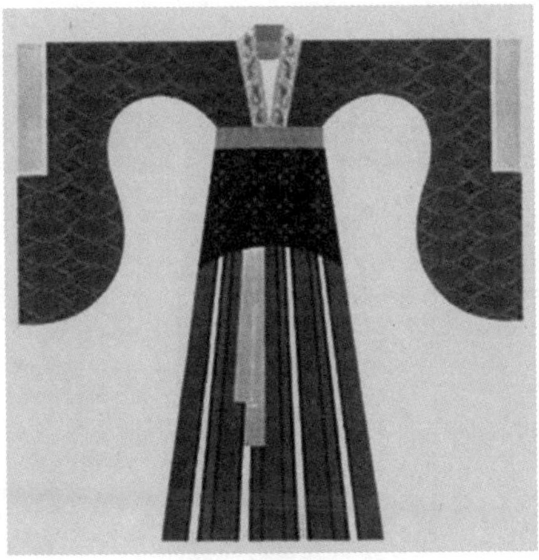

魏晋时期的男子服饰

魏晋南北朝时期，传统的深衣制已不被男子采用，但在妇女中仍有人穿。这种服装与汉代相比，已有较大的差异。人们一般在衣服的下摆部位加一些饰物，通常以丝织物制成。其特点是上宽下尖，形如倒三角，并层层相叠。另外，由于从围裳中伸出来的飘带比较长，走起路来，如燕飞舞。到南北朝时，这种服饰又有了新的变化，去掉了曳地的飘带，而将尖角的“燕尾”加长，服式为之一变。

魏晋时期的妇女服饰

南北朝时期，裤褶的基本款式为上身穿齐膝大袖衣，下身穿肥管裤。这种服装常用较粗厚的毛布来制作。裤和短上襦合称襦裤，但贵族必须在襦裤外加穿袍裳，只有骑马者、厮徒等从事劳动的人为了行动方便，才直接把裤露在外面，贵族是不得穿短衣和裤外出的。南北朝的裤有大口裤和小口裤之分，以大口裤为时髦，但穿大口裤行动不便，故人们常用锦带将裤管缚住，所以这种裤又称缚裤。

南北朝时期的裤褶

隋唐五代

581年，隋朝建立，这是继秦、汉之后再度建立的封建统一国家，一个以汉民族为主体的新的民族共同体。此时，南北两地服装彼此仿效，业已合璧。

唐朝是中国历史上的鼎盛时期，书写了中国古代最为灿烂夺目的篇章。唐朝时国家稳定，经济繁荣，文化事业全面发展，封建文化已经达到高峰。近三百年的唐代服饰经过长期的承袭、演变、发展，成为中国服装发展史上一个极为重要的组成部分。一方面，唐代服装上承历代冠服制度，下启后世衣冠之径道；另一方面，唐代服装发展兼容并蓄，广采博收，大放异彩。

唐以后的五代十国，政治上是封建藩镇割据的继续，服饰大体沿袭唐朝之制。隋唐服装，无论是官服、民服，还是男装、女装，都展现了其开放的思想、开拓的精神，带有鲜明的时代性和强烈的民族风格。

襦裙是唐代妇女的主要服式。在隋代及初唐时期，妇女的短襦都用小袖，下着紧身长裙，裙腰高系，一般都在腰部以上，有的甚至系在腋下，并以丝带系扎，给人一种俏丽修长的感觉。披帛，又称“画帛”，通常以轻薄的纱罗制成，上面印有图纹。长度一般在两米以上，用时将它披搭在肩上，并盘绕于两臂之间。唐代妇女以体态丰腴为美，由于身材丰硕，中唐女服也渐趋宽大，裙子的宽度比隋末唐初时要肥大得多。衣衫虽为小袖，但与初唐、盛唐女服相比，也明显趋于宽松。

唐代襦裙

盛唐以后，传统汉服的影响逐渐减弱，女服的样式日趋宽大。到了中晚唐时期，这种特点更加明显，一般妇女服装的袖宽往往在四尺以上。中晚唐时期的贵族礼服，一般多在重要场合穿，如朝参、礼见及出嫁时等。穿这种礼服时，发上还要佩戴金翠花钿，所以这种礼服又称“钿钗礼衣”。大袖衫裙样式为大袖、对襟，配以长裙、披帛。以纱罗做女服的衣料，是唐代服饰的一个特点，这与当时的思想开放有密切关系。尤其是不着内衣，仅以轻纱蔽体的装束，更是创举，所谓“绮罗纤缕见肌肤”，就是对这种服装的描写。

隋唐时期还产生了汉服的一种重要变体——圆领衫。圆领样式在中国服饰历史上很早便出现了，但一直到隋唐时期才开始盛行，作为官式常服。这种服装历经唐、五代、宋、明，并对日本和朝鲜半岛产生了很大的影响。裹幞头、穿圆领袍衫是唐代男子的普遍服饰，以幞头袍衫为尚。幞头又称袱头，是在汉魏幅巾基础上形成的一种首服。唐代以后，人们又在幞头里面增加了一个固定的饰物，名为“巾子”。巾子的形状在各个时期有所不同。除巾子外，幞头的两脚也有许多变化，到了晚唐五代，已由原来的软脚改变成左右各一的硬脚。

需要指出的是，这种圆领汉服变体的盛行并不意味着传统右衽交领汉服的消失。实际上，即便是在其最盛行的唐朝，它也是只局限于以长安为中心的地区，以及官员、皇室成员之间，而在吴越等地区以及普通百姓之间，仍然以大襟右衽交领这种汉服为主，宋、明类似。唐代官吏除穿圆领窄袖袍衫外，在一些重要场合，如祭祀典礼时仍穿礼服。礼服的样式，多承袭隋朝旧制，头戴介帻或笼冠，身穿对襟大袖衫，下着围裳、玉佩组绶等。圆领汉服和交领汉服一样，是汉民族服饰的重要组成部分。

唐代官吏圆领常服

宋朝

宋朝是一个在经济、科技和文化上高度发达的王朝。农业、造船业、纺织业和造纸业达到了新的高度，火药、指南针和印刷技术不断得到改进。宋代服饰总体来说可分官服与民服两大类。官服又分朝服和公服。朝服用于朝会及祭祀等重要场合，皆朱衣朱裳，佩戴和衬以不同颜色、质地的衣饰，还有相应的冠冕。公服是官员的常服，样式是圆领大袖，腰间束以革带，头上戴幞头，脚上穿革履或丝麻织造的鞋子。依照规定，凡有资格穿紫、绯色公服的高级官员，都必须佩戴用金、银装饰为鱼形的“鱼袋”。庶民百姓只许穿白色衣服，后来又允许流外官、举人、庶人穿黑色衣服。但在实际生活中，民间服色五彩斑斓，根本不受约束。

宋代妇女一般所穿服饰有袄、襦、衫、褙子、半臂、裙子、裤等样式。宋代妇女以裙装为主，但也有长裤。宋代妇女的穿着与汉代妇女相似，都是窄袖、交领，下穿各式的长裙，颜色淡雅。襦和袄是基本相似的衣着，形式比较短小，下身配裙子，颜色以红、紫为主，黄色次之。宋代的襦裙样式和唐代大体相同。身上的装饰并不复杂，除披帛外，只在腰间正中部位的飘带上增加一个玉制圆环饰物，它的作用主要是压住裙幅，使其在走路或活动时不至于随风飘舞而影响美观，史书所称的“玉环绶”，就是指这种装饰。

宋朝流行一种叫褙子的外衣。宋代的褙子为长袖、长衣身，腋下开胯，即衣服前后襟不缝合而在腋下和背后缀有带子的样式。这腋下的双带本来可以把前后两片衣襟系住，可是宋代的褙子并不用它系结，而是垂挂着作装饰用。穿褙子时，在腰间用勒帛系住。宋代褙子的领子有直领对襟式、斜领交襟式、盘领交襟式三种，以

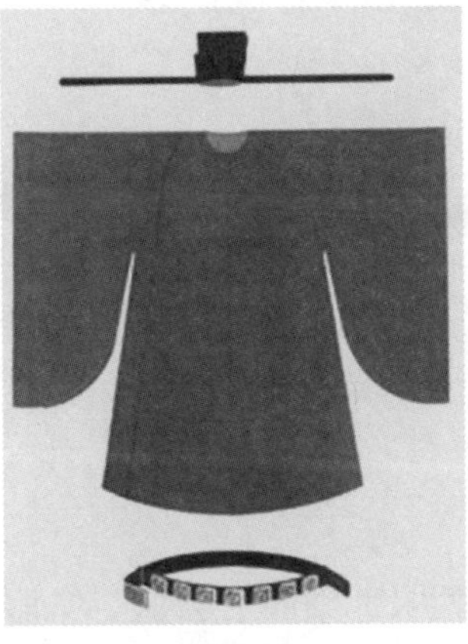
宋朝公服

宋代襦裙

直领式为最多。斜领和盘领只是在男子穿公服时在里面穿，妇女都穿直领对襟式。有身份的妇人则穿大袖衣，婢妾穿腋下开胯的衣服，行走也较方便。宋代女子所穿的褙子，初期较为短小，后来有所加长，发展形成了袖大于衫、长与裙齐的标准样式。

明朝

明朝建立后，为重塑礼仪、恢复传统，全面恢复了汉族服饰的特点。明代服饰上采周汉、下取唐宋，仪态端庄，气度宏美，是中华近古服饰艺术的典范。我国戏曲服装的款式纹样多采自明代服饰。明代的章服衣冠更趋豪奢，织绣技艺迈向顶峰，文化内涵更加丰富。

明代襦裙。明代上襦下裙的服装形式，与唐宋时期的襦裙没有什么差别，只是年轻妇女常加一条短小的腰裙，以便活动，有些侍女也喜欢这种装束。上襦为交领、长袖短衣。裙子的颜色，初尚浅淡，虽有纹饰，但并不明显。至崇祯初年，裙子多为素白，即使刺绣纹样，也仅在裙幅下边一两寸的部位缀一条花边，作为压脚。裙幅初为六幅，即所谓“裙拖六幅湘江水”；后用八幅，腰间有很多细褶，行动辄如水纹。到了明末，裙子的装饰日益讲究，裙幅也增至十幅，腰间的褶裥越来越密，每褶都有一种颜色，微风吹来，色如月华，故称“月华裙”。腰带上往往挂着一根以丝带编成的“宫绦”，一般在中间打几个环结，然后下垂至地，有的还在中间加上一块玉佩，借以压裙幅，使其不至于散开影响美观，作用与宋代的玉环绶相似。

明代襦裙

明代官吏常服。明代文武官员服式，主要有朝服、祭服、公服、常服、赐服等。官员戴乌纱帽、幞头，身穿盘领窄袖大袍。这种袍服是明代男子的主要服式，不仅官宦可用，士庶也可穿，只是颜色有所区别。平民百姓所穿的盘领衣必须避开玄色、紫色、绿色、柳黄、姜黄及明黄等颜色，其他如蓝色、赭色等无限制，俗称“杂色盘领衣”。明朝建国二十五年以后，朝廷对官吏常服做了新的规定，凡文武官员，不论级别，都必须在袍服的胸前和后背缀一方补子，文官用飞禽，武官用走兽，以示区别。这是明代官服中最有特色的装束。

明代官吏服饰——公服

汉服与诗歌

丽人行

杜 甫

三月三日天气新，长安水边多丽人。
态浓意远淑且真，肌理细腻骨肉匀。
绣罗衣裳照暮春，蹙金孔雀银麒麟。
头上何所有？翠微㔩叶垂鬓唇。
背后何所见？珠压腰衱稳称身。
就中云幕椒房亲，赐名大国虢与秦。
紫驼之峰出翠釜，水精之盘行素鳞。
犀箸餍饫久未下，鸾刀缕切空纷纶。

黄门飞鞚不动尘，御厨络绎送八珍。
箫管哀吟感鬼神，宾从杂遝实要津。
后来鞍马何逡巡，当轩下马立锦茵。
杨花雪落覆白苹，青鸟飞去衔红巾。
炙手可热势绝伦，慎莫近前丞相嗔。

汉服与历史名人

屈原爱好奇异华服

屈原是我国伟大的浪漫主义诗人。他在《九章·涉江》开篇介绍了自己对奇异服装的爱好："余幼好此奇服兮，年既老而不衰。"意思是：我从小就爱好奇异而华丽的服装，即使到了晚年，这爱好仍然没有改变。由此可见，屈原对服饰美的追求和对真理的追求一样，非常执着。

屈原非常注重自己的仪表，他的服饰华美而高雅。他在《离骚》中这样描写自己的穿戴："高余冠之岌岌兮，长余佩之陆离……佩缤纷其繁饰兮，芳菲菲其弥章。民生各有所乐兮，余独好修以为常。"意思是：我的帽子高高正正，我的佩带长而飘逸……我佩戴的服饰，五彩缤纷，琳琅满目，而且散发出阵阵芳香。人们各有自己的爱好，而我特别爱好修饰自己，并形成了习惯。屈原一生爱好奇异服装，体现了他不随波逐流的性格特征。

屈原在《九歌》中也为自己崇拜的女神设计了奇异着装和造型，如《东皇太一》"抚长剑兮玉珥，璆锵鸣兮琳琅……灵偃蹇兮姣服，芳菲菲满堂"，《云中君》"浴兰汤兮沐芳，华采衣兮若英"，《大司命》"灵衣兮被被，玉佩兮陆离"，《少司命》"荷衣兮蕙带"，《东君》"青云衣兮白霓裳"，《山鬼》"若有人兮山之阿，被薜荔兮带女萝"。

屈原是楚国人，楚人在服装上注重鲜艳、华丽和式样的创新。《墨子·公孟篇》记载："昔者楚庄王鲜冠组缨，绛衣博袍，以治其国。"就连楚庄王这样的一国之君，其朝服也不因循守旧，而是标新立异。

古代称谓

中国是一个礼仪之邦，古人对称谓十分讲究，除尊称、谦称外，还有自称和特殊称谓等。称谓不单单是一个称呼，它还有着丰富的文化内涵。

尊称

尊称表示尊敬、客气的态度，也叫“敬称”，是对谈话对方表示尊敬的称呼。表示尊称所用的词叫做敬辞。

1. 对帝王的敬称有“万岁”“圣上”“圣驾”“陛下”等。驾，本指皇帝的车驾。古人认为皇帝当乘车行天下，于是用“驾”代称皇帝。古代帝王认为他们的政权是受命于天而建立的，所以自称“天子”。古代臣子不敢直达皇帝，就告诉在陛（宫殿的台阶）下的人，请他们把意思传上去，所以用“陛下”代称皇帝。

2. 对太子或亲王的尊称是“殿下”。

3. 对将帅的敬称是“麾下”。

4. 对有一定地位的人的敬称：对使节称“节下”；对三公、郡守等有一定社会地位的人称“阁下”，现在多用于外交场合，如称“大使阁下”。

5. 对对方或对方亲属的敬称，有令、尊、贤、仁等。令，意思是美好，用于称呼对方的亲属，如“令尊”（对方的父亲）、“令堂”（对方的母亲）、“令阃”（对方的妻子)、“令兄”(对方的哥哥)、“令郎”(对方的儿子)、“令爱”(对方的女儿)。尊，用来称与对方有关的人或物，如“尊上”(称对方的父母)、“尊公”“尊君”“尊府”(皆称对方的父亲)、“尊堂”(对方的母亲)、“尊亲”(对方的亲戚)、“尊驾”(称对方)、“尊命”(对方的嘱咐)、“尊意”(对方的意思)。贤，用于称平辈或晚辈，如“贤家”(称对方)、“贤郎”(称对方的儿子)、“贤弟”(一般指与自己熟识的朋友或结拜兄弟)。仁，表示爱重，应用范围较广，如称同辈友人中长于自己的人为“仁兄”，称地位高的人为“仁公”等。

6. 称年老的人为丈、丈人。如“子路从而后，遇丈人”(《论语·微子》)。唐代以后，“丈”“丈人”专指妻父，又称“泰山”；妻母称“丈母”或“泰水”。

7. 称谓前面加“先”，表示已死，用于敬称地位高的人。如称已去世的皇帝为“先帝”，称已经去世的父亲为“先考”或“先父”，称已经去世的母亲为“先妣”或“先母”，称已去世的有才德的人为“先贤”。称谓前加“太”或“大”表示再长一辈，如称帝王的母亲为“太后”，称祖父为“大（太）父”，称祖母为“大（太）母”。唐代以后，对已死的皇帝多称庙号，如唐太宗、唐玄宗、宋太祖、宋仁宗、元世祖、明太祖等；明清两代，也用年号代称皇帝，如称朱元璋为洪武皇帝，称朱由检为崇祯皇帝，称爱新觉罗·玄烨为康熙皇帝，称爱新觉罗·弘历为乾隆皇帝。对尊者、长者和朋辈的敬称有君、子、公、足下、夫子、先生、大人等。

8. 君对臣的敬称是“卿”或“爱卿”。

9. 对品格高尚、智慧超群的人用“圣”来表敬称，如称孔子为“圣人”，称孟子为“亚圣”。后来，“圣”多用于称呼帝王，如“圣上”“圣驾”等。

随着社会的发展，这些敬辞发生了变化，有的现在基本不用了，有的仍继续沿用，但意义有些许变化。这些尊称既包含对对方的尊重，也蕴含悠久的文化传统。

谦称

谦称，即谦虚的自称，用来表示谦称的词叫作谦辞，可以分两种情况来认识和掌握。一种谦称是用某些名词来代替代词“我”，这又可分为以下四类：

1. 用自己的姓或名表示谦下，如苏轼在“苏子与客泛舟，游于赤壁之下”（《赤壁赋》）中用姓，韩愈在“季父愈闻汝丧之七日”（《祭十二郎文》）中用名。

2. 用“臣”“仆”“某”“小人”自称表示谦下，如司马迁忍辱著《史记》，自述“仆以口语遇遭此祸”（《报任安书》）。再如，马谡主动请缨守街亭，自言“某自幼熟读兵书”（《三国演义》）。

3. 妇女常用“妾”“婢”“奴”“奴婢”等表示谦下，如“同是被逼迫，君尔妾亦然”（《孔雀东南飞》）。

4. 君主常用“寡人”（寡德之人）、“不穀”（不善之人）、“孤”（孤独之人）自称，表示谦下，如“寡人之于国也，尽心焉耳矣”（《孟子・梁惠王上》）。

这些谦称在现代汉语中都可译成“我”。

另一种谦称是用某些词语称呼与自己有关的人物。这种词都是双音节合成词，且前一个词修饰后一个词，从修饰词的词性来看，又可分为三种情况。

1. 用形容词来修饰，以示谦下。例如，“愚兄”“愚弟”（此二词都表示“我”），“愚见”“愚意”（这两个“愚”均可译为“我的”）；“敝国”“敝邑”（“敝”相当于“我的”）；“贱体”“贱躯”（指自己的身体），“贱息”（在国君、皇帝面前称自己的儿子），“贱内”（称自己的妻子），“贱”相当于“我的”；另外，还有“小女”“小儿”“小号”，“微臣”“卑职”等说法。

2. 用动词来修饰，以行为来表示谦下。例如，“窃思”“窃念”“窃闻”（“窃”可译为私下、私自）；“伏惟”（趴在地上想，在下对上或晚辈对长辈陈述想法时用），“伏闻”（李密在《陈情表》中有“伏闻圣朝以孝治天下”的论述）。

3. 用名词来修饰，以示谦下。在别人面前谦称自己的亲人用“家”，“家父”“家君”“家尊”“家严”都可用于称自己的父亲，“家母”“家慈”是称自己的母亲，“家兄”是称自己的哥哥。在别人面前称呼比自己年纪小或辈分低的亲属用“舍”，“舍弟”就是自己的弟弟，“舍侄”就是自己的侄辈。“家”“舍”都可译成“我的”。

这些谦称随着社会的发展有了较大的变化，第一种情况现在基本不用了，第二种情况还有部分在用。

其他称谓

1. 自称是在别人面前对自己的称呼。帝王自称“寡人”“朕”，古代官吏自称“下官”“末官”“小吏”；晚辈自称“在下”，老人自称“老朽”“老夫”；读书人自称“小生”“晚生”“晚学”“不才”“不肖”，道士、僧人自称“贫道”“贫僧”；一般人自称“鄙人”。谦称都属于自称。

2. 他称是对别人的称呼。如称陪伴新娘的女子为“伴娘”，称贵族妇女为“仕女”；“夫人”在古代原指诸侯的妻子，后来用来尊称一般人的妻子；称老年男子为“老丈”，称年轻男子为“郎君”。尊称都属于他称。鄙称是用轻蔑的口吻称呼别人，如“竖子”“小子”“女流”。

3. 专称是某些约定俗成的称谓。如称砍柴的为“樵夫”，称船夫为“舟子”，称国家的杰出人才为“国士”。

4. 代称是借用别的称谓代替本来的称谓。如用“巾帼”代称女子，用“梨园”代称戏班，用“俳优”代称滑稽演员。

5. 惯称是用约定俗成的习惯称谓称呼某人。如“老庄”是指老子（李耳）和庄子（庄周）及其学说，“郊寒岛瘦”是指孟郊和贾岛。

特殊称谓

不同年龄人的称谓

不满周岁称“襁褓”；2 岁至 3 岁称“孩提”。

女孩 7 岁称“髫年”；男孩 8 岁称“韶年”。

幼年泛称“总角”；10 岁以下儿童称“黄口”。

男孩 13 岁至 15 岁称“舞勺之年”；15 岁至 20 岁称“舞象之年”；20 岁称“弱

冠”。

女孩 12 岁称“金钗之年”；13 岁称“豆蔻年华”；15 岁称“及笄之年”；16 岁称“碧玉年华”“破瓜之年”；20 岁称“桃李年华”；24 岁称“花信年华”。

30 岁称“而立之年”。

40 岁称“不惑之年”。

50 岁称“天命之年”“知非之年”。《淮南子·原道训》载：“蘧伯玉年五十，而知四十九年非。”说春秋卫国有个人叫蘧伯玉，他不断反省自己，到五十岁时知道了以前四十九年中的错误，后世因而用“知非之年”代称五十岁。

60 岁称“耳顺之年”“花甲之年”。我国自古以来用天干、地支纪年，可组成六十对干支，因而称作“六十干支”或“六十花甲子”，所以六十岁又称作“花甲之年”。

70 岁称“古稀之年”。杜甫《曲江二首》云：“酒债寻常行处有，人生七十古来稀。”后人常用“古稀之年”代称七十岁。

80 岁称“杖朝之年”。《礼记·王制》载：“五十杖于家，六十杖于乡，七十杖于国，八十杖于朝。”意思是大臣年过八十就允许撑着拐杖入朝，以示尊老，所以八十岁也称“杖朝之年”。

80 岁至 90 岁称“耄耋之年”。《礼记·曲礼》曰：“八十、九十曰耄。”人们根据此解释，把“耄耋”两字连用代称八九十岁。

100 岁称“期颐之年”。《礼记·曲礼》曰：“百年曰期颐”，意思是人生以百年为期，所以称百岁为“期颐之年”。

另外，青少年称“束发”，女子待嫁称“待年”或“待字”，称老年为“皓首”或“白首”，称长寿老人为“黄发”等。

人的称谓

称字：人幼时名字是父亲等长辈所起，成年（男 20 岁，女 15 岁）取字，如茅盾（原名沈德鸿）字雁冰，鲁迅（原名周树人）字豫才。

称号：一般只用于自称，以显示某种志趣或抒发某种情感，年龄不限，如李白号青莲居士，白居易号香山居士，李清照号易安居士。

称谥号：谥号是古代王侯将相、高级官吏、著名文士等死后被追加的称号，如范仲淹称文正，欧阳修称文忠。

称籍贯：以出生地来称呼，如孟浩然称孟襄阳，柳宗元称柳河东。

称官名：以官名来称呼，如杜甫称杜工部。

称官地：以做官的地方来称呼，如岑参称岑嘉州，柳宗元称柳柳州。

百姓的称谓：布衣、黎民、庶民、苍生、氓。

社交用语和交友称谓

初次见面说“久仰”；等候客人用“恭候”；对方来信叫“惠书”；请人帮忙说“劳驾”；托人办事用“拜托”；请人指点用“赐教”；赞人见解用“高见”；求人原谅说“包涵”；问人年龄用“贵庚”；客人来到用“光临”；与人分别用“告辞”；看望别人用“拜访”；请人勿送用“留步”；麻烦别人说“打扰”；求给方便说“借光”；请人指教说“请教”；欢迎购买叫“惠顾”；好久不见说“久违”；中途先走用“失陪”；赠送作品用“斧正”。

不同朋友关系之间的称谓

贫贱之交：贫困而地位低下时结交的朋友。

金兰之交：情谊契合、亲如兄弟的朋友。

刎颈之交：同生死、共患难的朋友。

忘年之交：辈分不同、年龄相差较大的朋友。

竹马之交：从小一起长大的异性朋友。

布衣之交：以平民身份相交往的朋友。

患难之交：遇到磨难时结成的朋友。

古代官职

古代官职涉及官署名、官名、官员的职掌等内容，各朝代的情况也不尽相同。其大体可分为中央官职和地方官职两大类。

中央官职

秦设丞相、太尉和御史大夫，组成中枢机构。丞相管理行政，太尉掌管军事，御史大夫管理监察和秘书工作。汉朝大体上沿袭秦制称为三公制，下设九卿，分管各方面政务，后世又演变为三省六部制。三省为中书省（决策）、门下省（审议）、尚书省（执行），三省的长官都是宰相。宋代中书省职权扩大，同枢密院分掌文武大权，门下省、尚书省遂废。明代内阁为最高政务机构，内阁大臣称为辅臣，首席称首辅（即宰相）。清代设军机处，王、公、尚书等为军机大臣，掌握政府大权。

六部，即吏部，管官吏任免、考核、升降等事；户部，管土地户口、赋税财政等事；礼部，管典礼、科学、学校等事；兵部，主管军事；刑部，主管司法刑狱；工部，管工程营造、屯田水利等事。各部长官为尚书，副职为侍郎。下设郎中，副职称员外郎，下属官员有主事等。

寺即官署。九寺即九卿之官署。汉以太常、光禄勋、卫尉、太仆、廷尉、大鸿胪、宗正、大司农、少府为九寺大卿。历代略有变动，迄于清皆因之。

（1）光禄寺：掌宫廷宿卫及侍从，北齐以后掌膳食帐幕，唐以后始专司膳。

（2）太仆寺：掌舆马畜牧之事，北齐始曰太仆寺，清光绪改革官制时并入陆军部。

（3）太常寺：秦称奉常，汉改太常，掌宗庙礼仪，至北齐始有太常寺，清末废。

（4）宗正寺：北齐设宗正寺，掌管皇族事务。

（5）大理寺：掌刑狱案件审理，秦汉为廷尉，北齐为大理寺，历代因之，清为大理院。

（6）卫尉寺：掌门卫屯兵，北齐改为卫尉寺，隋改为军器仪仗、帐幕之类，明废，清有銮仪卫。

（7）鸿胪寺：秦曰典客，汉改大鸿胪，掌赞导相礼。鸿，声也；胪，传也，传声赞导，故曰鸿胪。

（8）少府寺：掌山泽之事，后又掌宫中服饰衣物、宝货珍贵之物，隋改为监，历代因之，明始废。

（9）太府寺，掌钱谷金帛诸货币。

此外，中央还设有专门机构和官员，负责管理图书、编修历史、制定历法等工作，如司马迁、张衡曾任太史令，高启为翰林国史编修等。

地方官职

秦汉时的主要行政区是郡。郡的长官，秦称郡守，汉称太守。隋唐时的主要行政区是州，州官称刺史，属官有长史、司马等。唐代在一些军事重镇设节度使，属官有行军司马、参谋、掌书记等。宋代州官称知州，县官称知县。明清时改州为府，称知府。

此外，汉代也设州，天下分十几个州，基本上是监察区，中央派去刺探情况的官员称刺史。隋唐时期全国分十几个道，也称监察区，中央派官员前往巡视，称黜陟使。宋代全国分二十个左右的路，路中设若干司，分管各方面的事务。元代地方最高行政机构为行中书省，明代改称承宣布政使司，习惯上仍称为“省”。

官职的任免升降

“三省六部”制出现以后，官员的升迁、任免由吏部掌管。官职的任免、升迁常涉及以下用法。

拜：用一定的礼仪授予某种官职或名位。

除：拜官授职，就是授予官职的意思。

擢：提升官职。

迁：调动官职，包括升级、降级、平级转调三种情况。

谪：降职贬官或调往边远地区。

黜：黜与罢、免、夺都是指免去官职。

去：解除职务，其中有辞职、调离和免职三种情况。辞职和调离属于一般情况的官职调整，免职则是削职为民。

乞骸骨：年老了请求辞职退休。

举：提升官职。

古代官职举隅

爵　即爵位、爵号，是古代帝王对贵戚功臣的封赐。旧说周代有公、侯、伯、子、男五种爵位，后代爵称和爵位制度往往因时而异。如汉初刘邦既封皇子为王，又封七位功臣为王，如彭越为梁王，英布为淮南王等；魏曹植曾被封为陈王；唐郭子仪被封为汾阳郡王；宋代寇准被封莱国公，王安石被封荆国公，司马光为温国公；明代李善长被封韩国公，李文忠被封曹国公，刘基被封诚意伯，王阳明被封新建伯；清代曾国藩被封一等毅勇侯，左宗棠被封二等恪靖侯，李鸿章被封一等肃毅伯等。

丞相　是封建官僚机构中的最高官职，是秉承君主旨意总理全国政务的人。有时称相国，常与宰相通称，简称“相”。如《陈涉世家》：“王侯将相宁有种乎?”《廉颇蔺相如列传》：“且庸人尚羞之，况于将相乎?”《蜀相》：“丞相祠堂何处寻，锦官城外柏森森。”《〈指南录〉后序》：“予除右丞相兼枢密使，都督诸路军马。”

太师　指两种官职。其一，古代称太师、太傅、太保为“三公”，后多为大官加衔，表示恩宠而无实职，如宋代赵普、文彦博等曾被加封太师衔。其二，古代又称太子太师、太子太傅、太子太保为“东宫三师”，都是指太子的老师，太师是太子太师的简称，后来也逐渐成为虚衔。如《梅花岭记》“颜太师以兵解”，颜真卿曾被加封太子太师衔，故称。再如明代张居正曾有八个虚衔，最后加封太子太师衔；清代洪承畴也被加封太子太师衔，其实他并未给太子讲过课。

太傅 参见“太师”条。古代“三公”之一，又指“东宫三师”之一，如贾谊曾先后任皇子长沙王、梁怀王的老师，故被封为太傅。后逐渐成为虚衔，如曾国藩、曾国荃、左宗棠、李鸿章死后都被追赠太傅。

少保 指两种官职。其一，古代称少师、少傅、少保为“三孤”，后逐渐成为虚衔，如清代文学家、史学家全祖望的《梅花岭记》说，“文少保亦以悟大光明法蝉脱”，文天祥曾任少保之职，故称文少保。其二，古代称太子少师、太子少傅、太子少保为“东宫三少”，后也逐渐成为虚衔。

尚书 最初是掌管文书奏章的官员。隋代始设六部，唐代确定六部为吏、户、礼、兵、刑、工，各部以尚书、侍郎为正、副长官。如《后汉书·张衡传》：“上书乞骸骨，征拜尚书。”书法家颜真卿曾任吏部尚书，诗人白居易曾任刑部尚书，明末政治家史可法曾任兵部尚书。

学士 魏晋时是掌管典礼、编撰诸事的官职。唐以后指翰林学士，成为皇帝的秘书、顾问，参与机要，因而有“内相”之称。明清时承旨、侍读、侍讲、编修、庶吉士等虽亦为翰林学士，但与唐宋时翰林学士的地位和职掌都不同。如《〈指南录〉后序》说“以资政殿学士行”，这是文天祥辞掉丞相后被授予的官职；梁启超在《谭嗣同》中说“君以学士徐公致靖荐被征”，徐致靖当时任翰林院侍读学士，这是专给帝王讲学的官职。白居易、欧阳修、苏轼、司马光、沈括、宋濂等都曾是翰林学士。

上卿 周诸侯国的执政官，分上、中、下三等，最尊贵者谓“上卿”。如《史记·廉颇蔺相如列传》：“廉颇为赵将……拜为上卿。”

大将军 战国时置，汉沿置，多由贵戚担任，权重位高，在三公之上。如汉高祖以韩信为大将军，汉武帝以卫青为大将军。魏晋以后渐成虚衔而无实职。明清两代于战争时才设大将军官职，战后即废除。

参知政事 简称“参政”，是唐宋时期最高政务长官之一，与同平章事、枢密使、枢密副使合称“宰执”。宋代范仲淹、欧阳修、王安石都曾任此职。司马光在《训俭示康》中说，“参政鲁公为谏官”，“鲁公”指宋真宗时的鲁宗道。梁启超在《谭嗣同》中说，“参预新政者，犹唐宋之参知政事，实宰相之职”。

军机大臣 军机处是清代辅佐皇帝的政务机构。任职者无定员，一般由亲王、大学士、尚书、侍郎或京堂兼任，被称为军机大臣。军机大臣少则三四人，多则六七人，被称为“枢臣”。清末汉人只有左宗棠、张之洞、袁世凯等短时间地担任过军机大臣。

御史 本为史官，如《史记·廉颇蔺相如列传》中“秦御史前书曰”，“相如顾召赵御史书曰”。秦以后置御史大夫，职位仅次于丞相，主管弹劾、纠察官员过失诸事。

枢密使 唐时由宦官担任，掌接受表奏及向中书门下传达帝命。宋以后改由大臣担任，枢密使的权力与宰相相当，清代军机大臣往往被尊称为“枢密”。宋欧阳修曾任枢密副使。

左徒 战国时楚国的官名，与后世左右拾遗相当。主要职责是规谏皇帝、举荐人才。《史记·屈原贾生列传》载：“屈原者，名平，楚之同姓也。为楚怀王左徒。”

太尉 元代以前的官职名称。是辅佐皇帝的最高武官，汉代称大司马。宋代定为最高一级武官。《水浒传》之《林教头风雪山神庙》：“我因恶了高太尉，生事陷害，受了一场官司。”高太尉指高俅。

上大夫 先秦官名，比卿低一等。《史记·廉颇蔺相如列传》载：“拜相如为上大夫。”当时蔺相如比上卿廉颇的官位要低。

大夫 各个朝代所指的内容不尽相同，有时指中央机关的要职，如御史大夫、谏议大夫等。《史记·屈原贾生列传》：“上官大夫与之同列，争宠而心害其能。”上官大夫一般认为指上官靳尚。“子非三闾大夫欤?”屈原担任的是掌管王族昭、屈、景三姓事务的长官。《〈指南录〉后序》云“缙绅、大夫、士萃于左丞相府”，指的便是御史大夫、谏议大夫等。

士大夫 旧时指官吏或较有声望、地位的知识分子。韩愈《师说》：“士大夫之族，曰师曰弟子云者，则群聚而笑之。”苏轼《石钟山记》：“士大夫终不肯以小舟夜泊绝壁之下，故莫能知。”司马光《训俭示康》：“当时士大夫家皆然。”张溥《五人墓碑记》：“郡之贤士大夫请于当道。”

太史 西周、春秋时掌管起草文书、策命臣下、记载史事，兼管国家典籍、天文历法、祭祀等，为朝廷重臣。汉设太史令，其职掌范围渐小，地位渐低。司马迁做过太史令。《后汉书·张衡传》：“顺帝初，再转，复为太史令。”张溥《五人墓碑记》："贤士大夫者，冏卿因之吴公，太史文起文公、孟长姚公也。"文起为翰林院修撰、史官，故称太史。

长史 秦时为丞相属官，如李斯曾任长史。两汉以后成为将军属官，是幕僚之长。《出师表》："侍中、尚书、长史、参军，此悉贞良死节之臣。"此中长史指张裔。《赤壁之战》："子瑜者，亮兄瑾也，避乱江东，为孙权长史。"

侍郎 初为宫廷近侍。东汉以后成为尚书的属官。唐代始以侍郎为三省各部长官的副职（详见"三省六部"条）。韩愈先后担任过刑部、兵部、吏部的侍郎。《出师表》中说"侍中、侍郎郭攸之、费祎、董允等"，其中董允就是侍郎。《谭嗣同》："八月初一日，上召见袁世凯，特赏侍郎。"袁世凯为兵部侍郎。

侍中 原为正规官职外的加官之一。因侍从皇帝左右，故地位渐高，超过侍郎。魏晋以后往往成为事实中的宰相。《出师表》中提到的郭攸之、费祎即侍中。

郎中 战国时为宫廷侍卫。自唐至清成为尚书、侍郎以下的高级官员，分掌各司事务。如《战国策》中《荆轲刺秦王》提道："诸郎中执兵，皆陈殿下。"此指宫廷侍卫。《后汉书·张衡传》也有"公车特征拜郎中"，这里的郎中是管理车骑、门户的官名。

参军 "参谋军务"的简称，最初是丞相的军事参谋，如《出师表》中所说的参军蒋琬。晋以后参军地位渐低，成为诸王、将军的幕僚，如陶渊明曾任镇军参军，《后汉书》著者范晔曾任刘裕第四子刘义康的参军。隋唐以后逐渐成为地方官员，如杜甫曾任右卫率府胄曹参军、华州司功曹参军，白居易曾任京兆府户曹参军。

令尹 战国时楚国执掌军政大权的长官，相当于丞相，如《史记·屈原贾生列传》："令尹子兰闻之大怒。"明清时指县长，如《聊斋志异》中的《促织》一篇说："天将以酬长厚者，遂使抚臣、令尹并受促织恩荫。"

尹 参见"令尹"条。战国时楚国令尹的助手有左尹、右尹，如《史记·项羽本纪》中说"楚左尹项伯者"，左尹地位略高于右尹。尹又为古代高级官员的通称，如京兆尹、河南尹、州尹、县尹等。

都尉 职位次于将军的武官。《史记·陈涉世家》："陈涉自立为将军，吴广为都尉。"《史记·项羽本纪》："沛公已出，项王使都尉陈平召沛公。"

冏卿 太仆寺卿的别称，掌管皇帝车马、牲畜之事。《五人墓碑记》记载"贤士大夫者，冏卿因之吴公"，因之是吴默的字。

司马　各个朝代所指官位不同。战国时为掌管军政、军赋的副官，如《史记·项羽本纪》："沛公左司马曹无伤言之。"隋唐时是州郡太守（刺史）的属官，如白居易在《琵琶行》中说："元和十年，予左迁九江郡司马。"白居易当时被贬至九江，位在州郡别驾、长史之下。

节度使　唐代总揽数州军政事务的总管，原只设在边境诸州；后内地也遍设，造成割据局面，因此世称"藩镇"。《红楼梦》第四回："雨村便疾忙修书二封与贾政并京营节度使王子腾。"

经略使　也简称"经略"。唐宋时期为边防军事长官，与都督并置。如范仲淹曾任陕西经略副使。明清两代有重要军事任务时特设经略，官位高于总督。如《梅花岭记》言"经略洪承畴与之有旧"，洪承畴降清后曾任七省经略，驻扎江宁。

刺史　原为巡察官名，东汉以后成为州郡最高军政长官，有时称太守。白居易曾任杭州、苏州刺史，柳宗元曾任柳州刺史。

太守　参见"刺史"条。又称"郡守"，州郡最高行政长官。范晔曾任宣城太守。陶渊明的《桃花源记》："及郡下，诣太守，说如此。"汉乐府《孔雀东南飞》："直说太守家，有此令郎君。"

都督　参见"经略使"条。军事长官或领兵将帅的官名，有的朝代的地方最高长官亦称"都督"，相当于节度使或州郡刺史。如《梅花岭记》言"任太守民育及诸将刘都督肇基等皆死"，刘肇基是驻地方卫所的军事长官。

巡抚　明初指京官巡察地方。清代正式成为省级地方长官，地位略次于总督，别称"抚院""抚台""抚军"。《五人墓碑记》记载，"是时以大中丞抚吴者为魏之私人"。抚吴，即担任吴地的巡抚。

抚军　参见"巡抚"条。《聊斋志异》中的《促织》一篇说："乃赏成，献诸抚军。抚军大悦，以金笼进上。"又被称作"抚臣"，如"诏赐抚臣名马衣缎"。

校尉　两汉时期次于将军的官职。

教头　宋代军中教练武艺的军官，《水浒传》中的林冲就是京城八十万禁军的枪棒教头。

提辖　宋代州郡武官的官名，主管训练军队、督捕盗贼等事务。《水浒传》中的鲁智深也称鲁提辖。

从事　中央或地方长官自己任用的僚属，又称"从事员"。

知府 即“太守”，又称“知州”。清姚鼐《登泰山记》云：“是月丁未，与知府朱孝纯子颍由南麓登。”

县令 一县的行政长官，又称“知县”。《孔雀东南飞》云：“还家十余日，县令遣媒来。”

里正 古代的乡官，即一里之长。《促织》中说：“令以责之里正。”

里胥 管理乡里事务的公差。《促织》中说：“里胥猾黠，假此科敛丁口。”

饮食文化

中国饮食文化的发展

中国的饮食文化是享有世界盛誉的。原始社会时期是中国饮食文化的初始阶段。当时人们已学会种植水稻等农作物，饲养猪、羊等家畜，彼时便已奠定中国饮食以谷类为主、肉类为辅的杂食性饮食结构的基础。先秦时期是中国饮食文化的真正形成时期。经过夏、商、周千余年的发展，中国传统饮食文化的特点已基本形成。秦汉至隋唐是中国封建制统一多民族国家发展的时期，特别是唐代达到封建社会的高峰，推动了中国饮食文化的稳步发展。我们的祖先围绕饮食不断扩展自己的生活、生产领域，饮食文化成为人类进步的重要推动力。建立在中华文化统一道德观、社会观、价值观基础上的饮食文化，其核心意识与传统儒家、道家的主张一脉相承，表现为“求和”“养生”“变化”，并构成了中国饮食的本质文化属性。它概括了饮食文化发展的根本目的、宗旨，规范了饮食文化的内涵和外延。由这一本质所决定的，在漫长的饮食文化成长过程中不断凝练的“医食同源的辩证观”“奇正互变的创造性思维”“五味调和的境界说”“孔孟食道”，成为中国饮食文化的四大基础理论体系，是中国饮食能够成为独立的文化体系的理论基石。

中国上下五千年的悠久历史，同时也是一部举世无双的中华民族饮食史，中国有关饮食养生、烹调心得、菜品欣赏等的著作举不胜举。今天，我们从古人的文化遗产中汲取养分，对进一步丰富、发展中国饮食文化是大有裨益的。

中国饮食文化的特点

1. 风味多样。我国幅员辽阔，地大物博，各地气候、物产、风俗习惯都存在差异，形成了不同的饮食风味。我国一直有“南米北面”的说法，口味上有“南甜北咸东辣西酸”之分，主要有巴蜀、齐鲁、淮扬、粤闽四大风味。

2. 四季有别。一年四季按季节而吃，是中国饮食的一大特征。自古，中国人就按季节变化来调味、配菜，冬天味道浓厚，夏天清淡凉爽；冬天多炖焖煨，夏天多凉拌冷冻。古代中国人特别强调春夏秋冬、朝夕晦明要吃不同性质的食物，甚至加工烹饪食物也要考虑季节、气候等因素。这些思想早在先秦时期就已经形成，《礼记·月令》中就有明确的记载。古人反对颠倒季节，认为春“行夏令”“行秋令”“行冬令”则必有天殃；当然也反对食用反季节食品。孔子说“不食不时”，包含两重意思：一是定时吃饭，二是不吃反季节食物。这种强调适应自然节律的思想意识是中华饮食文化所独有的。

3. 讲究美感。中国的烹饪，不仅技术精湛，而且注意食物的色、香、味、形、器的协调一致。认为独树一帜，达到色、香、味、形、美的和谐统一，能给人以精神和物质高度统一的享受才是饮食的最高境界。

4. 注重情趣。中国饮食极注重品位、情趣，不仅对菜品的色、香、味有严格的要求，而且对它们的命名、品尝的方式、进餐的节奏、娱乐活动的穿插等都有一定的要求。中国菜肴的名称可以说出神入化、雅俗共赏。菜肴名称既有根据主、辅、调料及烹调方法写实命名的，也有根据历史掌故、神话传说、名人食趣、菜肴形象来命名的，如“全家福”“将军过桥”“狮子头”“叫花鸡”“龙凤呈祥”“鸿门宴”“东坡肉”等。

5. 食医结合。中国的烹饪技法与医疗保健有密切的联系，早在几千年前就有“医食同源”和“药膳同功”的说法。人们利用食物原料本身的药用价值，做成各种美味佳肴，在吃的同时还可达到防治某些疾病的目的。

中国饮食文化的核心精神

古人认为的“天人关系”，不仅体现在祭祀中，还体现在强调进食要与宇宙节律协调同步上。人们不仅把味道分为五种，提出了“五味”（酸、苦、甘辛、咸）说；而且把食用数量较多的谷物、畜类、蔬菜、水果分为“五谷”“五肉”“五菜”“五果”。古人提出“凡饮，养阳气也；凡食，养阴气也”，并认为只有饮食与天地阴阳互相协调，才能“交与神明”，上通于天，从而达到“天人合一”的境界。

中和之美是中国传统文化最高的审美理想。“中也者，天下之大本也；和也者，天下之达道也。致中和，天地位焉，万物育焉。”（《礼记·中庸》）什么叫“中”？不能简单地用“中间”来解释它，这个“中”指恰到好处，合乎度。这种审美理想建立在个体与社会、人与自然的和谐统一之上。中国烹饪也讲求“中和”，对于追求艺术生活化、生活艺术化的古代文人士大夫来说，尤其如此。

八大菜系的历史和成因

菜系是指在选料、切配、烹饪技艺等方面，经长期演变而自成体系，具有鲜明的地方特色，并为社会所公认的菜肴流派。中国的菜系，是指在一定区域内，由于气候、地理、历史、物产及饮食风俗的不同，经过漫长历史演变而形成的一整套自成体系的烹饪技艺和风味，并被全国各地所承认的地方菜肴。

早在清代，中国饮食即分为京式、苏式和广式。民国时期分为华北、江浙、华南和西南四种流派。后来华北流派分出鲁菜，江浙流派分出苏菜、浙菜和徽菜，华南流派分出粤菜、闽菜，西南流派分出川菜和湘菜。川、鲁、苏、粤四大菜系形成历史较早，后来，浙、闽、湘、徽等地方菜也逐渐出名。当前在全国最有影响和最有代表性的，也为社会所公认的有鲁、川、苏、粤、浙、闽、湘、徽菜系，即人们常说的中国“八大菜系”。

一个菜系的形成与它的悠久历史和独到的烹饪技艺是分不开的，同时也受到这个地区的自然地理、气候条件、资源特产、饮食习惯等影响。例如，中国北方寒冷，菜肴的味道就会浓烈厚重；东部地区气候温和，菜肴兼有甜味和咸味；西南地区潮湿多雨，菜肴就会麻辣火爆；而沿海地区的人们则习惯了海腥味，食物多生冷凉拌。这些客观的地理环境造成了中国人饮食上的不同。吃法不同，做法自然也就不同。山东菜和北京菜擅长爆、炒、烤、熘；江苏菜擅长蒸、炖、焖、煨；四川菜擅长烤、煸；广东菜擅长烤、焗、炒、炸。所以有人把“八大菜系”用拟人化的手法描绘为：苏、浙、徽菜好比清秀素丽的江南美女；鲁菜犹如古拙朴实的北方健汉；粤、闽菜宛若风流儒雅的公子；川、湘菜就像博学多才的名士。中国“八大菜系”的烹调技艺各具风韵，其菜肴特色也各有千秋。

思考与练习

1. 我国饮食文化历史悠久且风情万种，具有明显的地域特点。请说一说你的家乡有哪些特色美食、传说故事或餐桌礼仪。

2. 四千多年前，中国人就发现并利用了茶；唐朝以来，更是将饮茶作为一种修身养性之道。观赏、体验或学习茶道，体味廉、美、和、敬的茶道精神。

3. 俗话说，“开门七件事，柴米油盐酱醋茶”，这些全都与中国历史悠久的饮食文化有关，在文学作品中也多有体现。请同学们收集相关诗、词、联，大家一起分享和吟诵。

4.《报菜名》是我国非常经典的相声曲目，请大家欣赏和体会其中精彩的中国饮食文化。

任务七 艺术之绚烂

任务摘要

走进传统艺术的殿堂，恰如仰望璀璨的星空，那婉转曼妙的戏曲、遒劲洒脱的书法、气韵生动的绘画，无不让人感受到美，感受到心灵的震撼！

掌握欣赏、鉴别它们的方法，才能真正了解那些熠熠生辉、恒久流传的传统艺术所蕴含的美好。

任务目标

知识目标：了解和掌握我国书法、民乐、国画、国术的基本常识。

能力目标：具备一定的欣赏能力，提升传统艺术素养。

素质目标：传习赓续之道，帮助学生提升对传统艺术的兴趣和热爱，坚定其文化自信。

书法

书法的起源与特点

书法，是世界上少数几种文字所拥有的艺术形式，包括汉字书法、蒙古文书法、阿拉伯文书法，以及源于中华汉字书法的日本书道等。其中，汉字书法作为中国特有的一种传统艺术，至今已有三千多年历史，特指用毛笔书写篆书、隶书、楷书、行书、草书等各体汉字的艺术。汉字书法被誉为“无言的诗，无行的舞，无图的画，无声的乐”。

汉字是世界上最古老的文字之一，也是可以与图画、雕塑相媲美的艺术之一。中国历史上有很多优秀的书法家，他们用笔墨在绢、纸上舞动，留下了不朽的书法艺术品。随着文化事业的发展，书法已不仅仅限于使用毛笔和书写汉字，其内涵已逐渐扩大。如从使用工具上讲，仅笔这一项就五花八门，包括毛笔、硬笔、电脑仪器、喷枪烙具、雕刻刀、雕刻机、日常工具（主要是指质地比较坚硬的，能用来书写的五金、生活工具）等。从书体和章法上看，除了正宗的传统书派以外，在我国又出现了曲直（线）相同、动静结合的“意向”派书法，即所谓的现代书法。它是在传统书法基础上加以创新，突出“变”字，融诗、书、画为一体，力求形式和内容统一，使作品富于“意美、音美、形美”的三美佳作。

中国书法名家代表人物

钟繇（151—230），字元常，颍川长社（今河南长葛东）人。三国时期曹魏著名书法家、政治家。官至太傅，魏文帝时与当时的名士华歆、王朗并称为三公。有二子，钟毓、钟会。在书法方面颇有造诣，据传是楷书（小楷）的创始人，他宗法于曹熹、蔡邕、刘德升等，博采众长，自成一家，尤精隶、楷。书若飞鸿戏海，舞鹤游天。后人评其隶行入神，八分入妙，与大书法家胡昭合称“胡肥钟瘦”，与晋王羲之并称“钟王”。

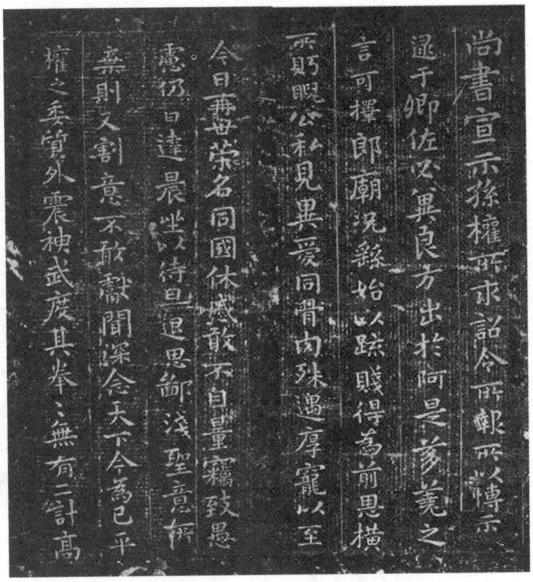

钟繇《宣示表》（王羲之摹本）

钟繇的书体主要是楷书、隶书和行书。钟繇的书法真迹到东晋时已亡佚，今天人们见到的要么为临摹本，要么系伪书。其代表作一般认为有“五表”“六帖”“三碑”。“五表”指《宣示表》《荐季直表》《贺捷表》（又叫《戎路表》）、《调元表》《力命表》。这是现存钟繇书法艺术性最高的作品，但都不是钟繇的真迹。褚遂良《晋右军王羲之书目》说，《宣示表》是唐代所传王羲之摹本。因王羲之亦为书法大家，所以他临摹钟繇的真迹非常成功，从中可以看到钟繇书法的情况。钟繇的书法古朴、典雅，字体大小相间，整体布局严谨、缜密，历代评价极高。梁武帝撰写了《观钟繇书法十二意》，称赞钟繇书法“巧趣精细，殆同机神”。张怀瓘更将其作品列为“神品”。

钟繇在中国书法史上影响很大，历来被认为是中国书史之祖。他在书法史上首定楷书，对汉字的发展有重要贡献。陶宗仪《书史会要》云：“钟王变体，始有古隶、今隶之分，夫以古法为隶，今法为楷，可也。”总之，钟繇在中国书法史上占有相当重要的地位，对汉字书法的创立、发展、流变都有重要作用。

王羲之（303—361），字逸少，号澹斋，原籍琅邪（今山东临沂），后迁居山阴（今浙江绍兴），官至右军将军、会稽内史。他是东晋时期伟大的书法家，世称“书圣”。代表作行楷有《兰亭序》，草书有《十七帖》，行书有《姨母帖》《快雪时晴帖》《丧乱帖》，楷书有《乐毅论》《黄庭经》等。特别是《兰亭序》，有“天下第一行书”的美誉。王羲之的书法端庄清秀，飘若浮云，他精研体势，心摹手追，广采众长，冶于一炉，创造出“天质自然，丰神盖代”的行书。其主要特点是平和自然，笔势委婉含蓄，遒美健秀，后人评曰“飘若游云，矫若惊龙”。

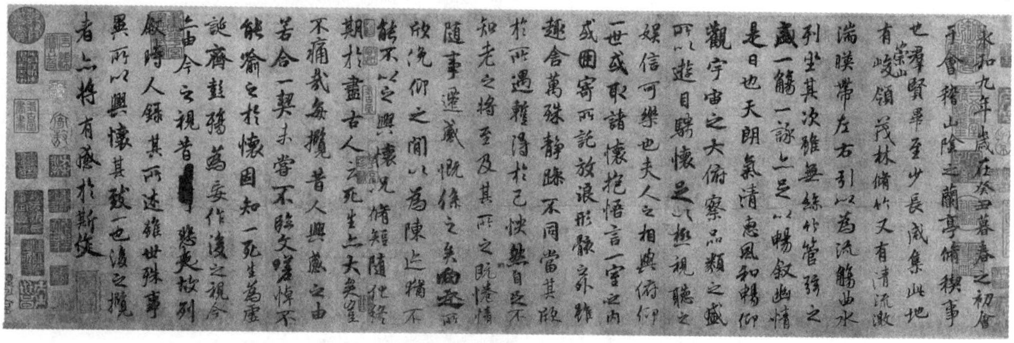

王羲之《兰亭序》

欧阳询（557—641），字信本，潭州临湘（今湖南长沙）人。欧阳询楷书法度之严谨、笔力之险峻，世无所匹，被称为唐人楷书第一，他与虞世南俱以书法驰名初唐，并称“欧虞”；与虞世南、褚遂良、薛稷三位书法家一起并称“初唐四大家”。代表作楷书有《九成宫醴泉铭》《皇甫诞碑》《化度寺碑》，行楷有《兰亭记》，行书有《行书千字文》。他对书法有独到的见解，总结有书法“八诀”。后人以其书于平正中见险绝，最便初学，称为“欧体”。

虞世南（558—638），字伯施，余姚人，南北朝至隋唐时期政治家、书法家、文学家，凌烟阁二十四功臣之一。隋炀帝时任起居舍人，官至秘书监。唐太宗称他德行、忠直、博学、文辞、书翰为五绝。其书法刚柔并重，骨力遒劲，与欧阳询、褚遂良、薛稷并称“初唐四大家”。他自幼跟随智永和尚习书法，所谓“深得山阴真传”，则是指他深得王羲之笔法的奥妙。唐太宗曾“以金帛购求王羲之书迹，天下争赍古书，诣阙以献”。唐代自文宗以下，历朝皇帝都以王羲之的书体为楷模。虞世南的书法，继承多于创造，加上他博学卓识、坦诚忠直，故而深得宠幸。太宗誓言远学王羲之，近学虞世南，足见其影响力。对于“虞体”，后世评述不一，他的书法笔圆体方，外柔内刚，几乎无一点雕饰或火气，也自成书风，特别是他的行草书，几乎是王羲之行草诸帖的嫡传。

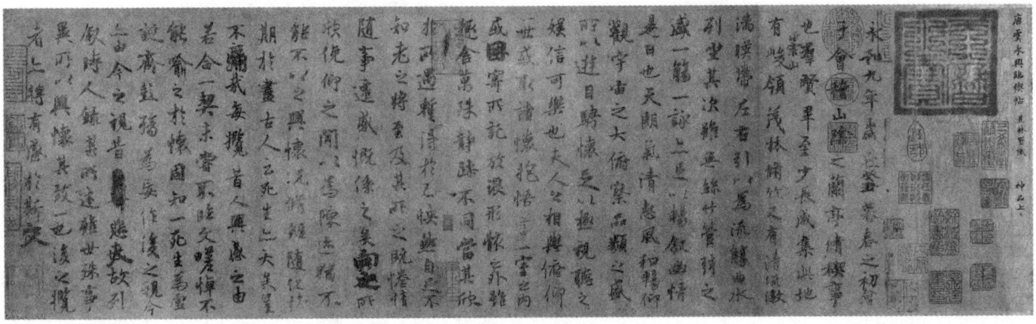

虞世南临摹《兰亭序》

颜真卿（709—785），字清臣，琅邪孝悌里（今临沂费县）人，唐代中期杰出书法家。其初学褚遂良，后师从张旭，又汲取初唐四家特点，兼收篆隶和北魏笔意，完成了雄健、宽博的颜体楷书的创作，树立了唐代的楷书典范。颜真卿写的字雄浑刚健、挺拔有力，表现了他的刚强性格，被称为“颜体”。从特点上论，颜体形顾之簇新、法度之严峻、气势之磅礴，前无古人；从美学上论，颜体端庄美、阳刚美、人工美，数美并举；从时代上论，唐初承晋宋余绪，未能自立，颜体一出，唐中书坛所铸新体成为盛唐气象鲜明的标志之一。他因创立“颜体”楷书而与赵孟頫、柳公权、欧阳询合称“楷书四大家”，与柳公权合称“颜筋柳骨”。《颜氏家庙碑》书法筋力丰厚，也是他晚年的得意作品。传世墨迹有《争座位帖》《祭侄文稿》《刘中使帖》《自书告身帖》等。

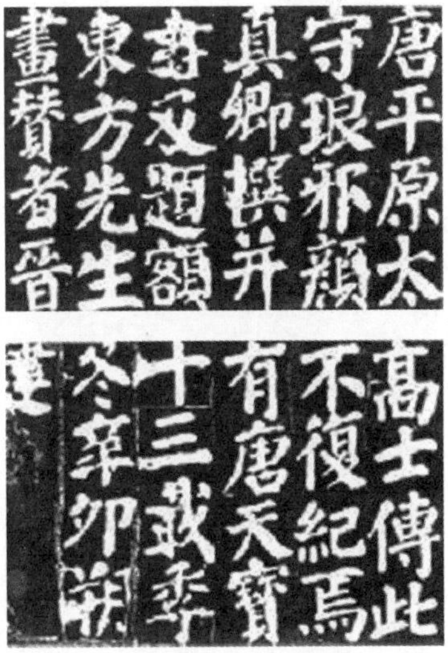

颜真卿碑文

怀素（725—785），字藏真，僧名怀素，俗姓钱，永州零陵（今湖南零陵）人。幼年好佛，10 岁出家为僧。他是书法史上领一代风骚的草书家，与唐代另一位草书家张旭齐名，人称“张颠素狂”或“颠张醉素”。他的草书被称为“狂草”，用笔圆劲有力，使转如环，奔放流畅，一气呵成。怀素的传世书法作品有

《自叙帖》《苦笋帖》《圣母帖》《小草千文》诸帖。少时因为贫穷，没有钱买纸墨，为了练字，怀素就种了一万多棵芭蕉，用蕉叶代纸。由于住处触目都是蕉林，因此他风趣地把住所称为“绿天庵”。他又用漆盘、漆板代纸，勤学精研，盘、板都写穿了。因为刻苦用功，怀素还写坏了很多毛笔，后来他把它们埋在一起，名为“笔冢”。

柳公权（778—865），字诚悬，京兆华原（今陕西铜川市耀州区）人，官至太子少师，世称“柳少师”。他是唐代最后一位著名书法家。由于他也被皇帝封为河东郡公，因此后人也称他为“柳河东”。他是颜真卿的后继者，后世常以“颜柳”并称。柳公权一生书碑特多，代表作有《金刚经刻石》《李晟碑》《玄秘塔碑》等。他的字体结构严谨、刚柔相济、疏朗开阔，为书法界所珍视。特点是两竖相向，即一个字中左右两边并列的两面三刀竖，在左的向右弯，在右的向左弯，形成一种相向之势，收放有对致、参差变化。一字之内，有的笔画写得比较收敛，有的则很舒展。

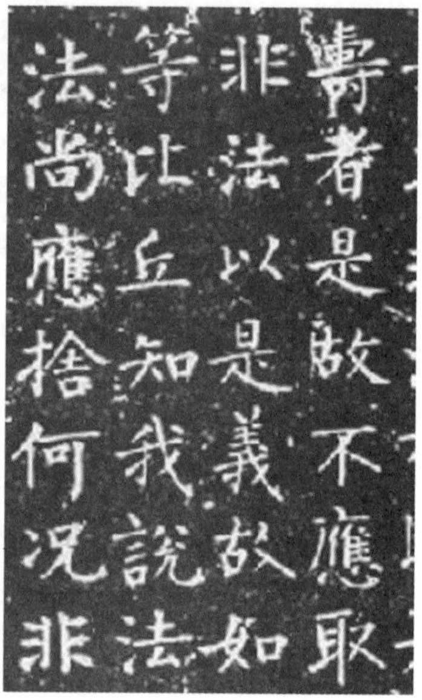

柳公权《金刚经刻石》局部

苏轼（1037—1101），字子瞻，眉州眉山（今四川眉山市）人，北宋文学家、书法家、画家。苏轼为“苏、黄、米、蔡”北宋四大书法家之一，主要书法作品有

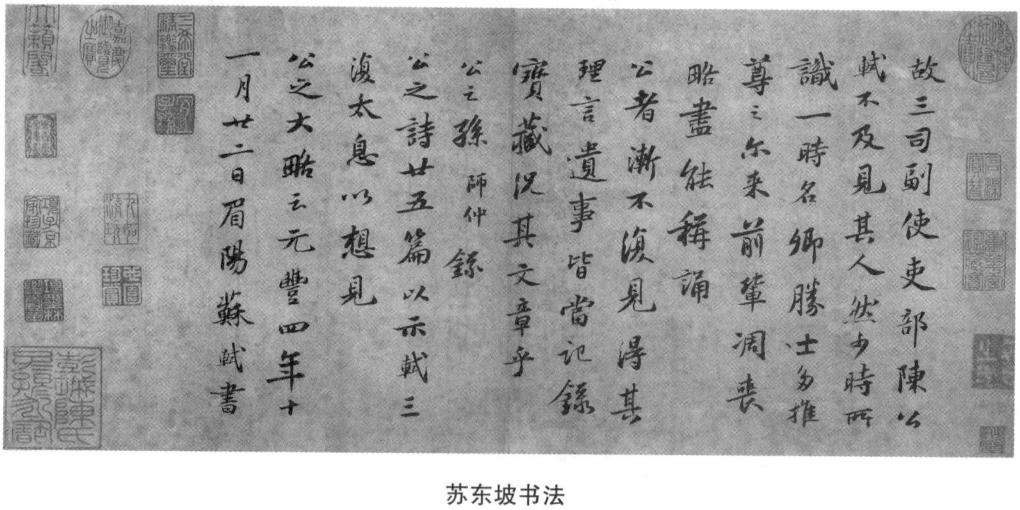

苏东坡书法

《中山松醪赋》《洞庭春色赋》《答谢民师论文帖》《江上帖》《李白仙诗帖》《令子帖》《怀素自序》等。他的楷书极少，书作与严谨的唐楷大相径庭，不仅字形多欹侧而向左倾斜，而且笔法自然不拘，多带行书意。有人说他的书法“腕著而笔卧，故左秀而右枯”。黄庭坚为之辩白，说这是以“翰林侍书之绳墨尺度”来看待苏书，也就是说，苏轼并不强调书法的严谨法度，他总是追求自己的风格，即便楷书也是如此。从墨迹上看，苏书并非“卧笔”，不过是执笔稍偏下，依然运笔中锋，故有笔圆韵胜之姿。他的行书更是随行大小，肉丰骨劲，拙中藏巧，兼有颜真卿、杨凝式两家之长处。

赵孟頫（1254—1322），字子昂，号松雪道人，又号鸥波，中年曾作孟俯，浙江吴兴（今浙江湖州）人。南宋末至元初著名书法家、画家、诗人，“楷书四大家”（欧阳询、颜真卿、柳公权、赵孟頫）之一。赵孟頫博学多才，能诗善文，懂经济，工书法，精绘艺，擅金石，通律吕，解鉴赏。特别是书法和绘画成就最高，开创元代新画风，被称为“元人冠冕”。他也擅长篆、隶、行、草等，尤以楷书、行书著称于世。其书风遒媚、秀逸，结体严整，笔法圆熟，自成一体。《元史》本传讲，孟頫“篆、籀、分、隶、真、行、草书，无不冠绝古今，遂以书名天下”，赞誉很高。据明人宋濂讲，赵氏书法早岁学“妙悟八法，留神古雅”的思陵（即宋高宗赵构）书，中年学“钟繇及羲献诸家”，晚年师法李北海（即李邕）。此外，他还临摹过元魏的《定鼎碑》及唐虞世南、褚遂良等人之作，集前代诸家之大成。

赵孟頫楷书

书法中的传世故事

“行书”的来历

相传“行书”是东汉书法家刘德升创造的。刘德升读书时，凡事都爱动脑筋。他觉得写楷书太死板又很慢，写草书虽快，可又太潦草不易辨认。经过多年的努力探索和实践，他终于把楷书与草书的笔法糅合在一起，创造出了用笔畅快、字形秀美、容易辨认的新书体——行书。

错把墨汁当蒜泥

一天，王羲之正在专心练字，家人送来了他最爱吃的馒头和蒜泥，他却只顾写字。后来夫人郗氏来到书房，只见羲之因为太过专注，误把墨汁当蒜泥，正用馒头蘸着往嘴里送，弄得满嘴乌黑。郗氏哈哈大笑，可王羲之还是没有“醒”来，一面濡毫运笔，一面连声夸赞郗氏做的蒜泥味道可口。

弘扬书艺，为国争光

唐代书法大家颜真卿年轻时曾做过县尉，到任仅一年就辞官学书去了。放着官不做回家去练字，别人都很不理解。原来他是记住了母亲的临终嘱咐：“弘扬书艺，为国争光。”

芭蕉叶上练出的狂草

唐代书法家怀素家贫买不起纸笔，便种下三万株芭蕉，采芭蕉叶练字。老叶摘完了，新叶还小，舍不得采摘，干脆就在嫩叶上悬臂练字。就这样，怀素终于成为“草书天下称独步”的一代大书法家。

中国民族器乐

中国民族乐器的产生与发展

中国民族乐器历史悠久，文化源远流长。浙江河姆渡文化遗址出土了骨哨，仰韶文化遗址西安半坡村出土了埙，河南安阳殷墟中出土了石磬、木腔蟒皮鼓，湖北随州曾侯乙墓出土了编钟、编磬、悬鼓、建鼓、枹鼓、排箫、笙、篪、瑟，等等。这些古乐器向人们展示了中华民族的智慧和创造力。

古乐器一般具有双重功能——表现性和实用性，即说这些乐器既是表现音乐的工具，又是劳动生产的工具或生活用具。《吕氏春秋·古乐篇》中记载："帝尧立，乃命质为乐。质乃效山林溪谷之音以作歌，乃以麋革置缶而鼓之，乃拊石击石，以象上帝玉磬之音，以致舞百兽。"引文中所说生活器皿——缶，蒙上麋鹿之皮即成鼓。又《汉书·杨恽传》记载："酒后耳热，仰天拊缶，而呼乌乌。"描述了人们酒后兴趣大发，一面敲击盛酒用的缶，一面仰天歌唱的情景。再如，石磬，古时的石磬可能来源于某种片状石制工具。可以这样推测，先民们在长期的劳动过程中，逐渐发现某种片状石制工具能够发声，可以作为乐器，于是发明了磬。

乐器的实用性不仅表现在某些乐器原来是生产工具或生活用器，并且人们还用它们来传递一些特定的生活信息，如击鼓出征、鸣金收阵、晨钟暮鼓、打更报时、鸣锣开道、击鼓升堂等。

先秦时期的乐器，见于文献记载的有近70种。仅《诗经》中提及的即有29种，打击乐器有鼓、钟、钲、磬、缶、铃等21种，吹奏乐器有箫、管、埙、笙等6种，弹弦乐器有琴、瑟2种。由于乐器品种较之前大大增加，于是在周代，人们根据不同材料，将乐器分为金、石、土、革、丝、木、匏、竹八类，也被称作“八音”分类法。

湖北随州的曾侯乙大墓，保存了124件古乐器。无论是重达5000多斤的“乐器巨人”——64件编钟，还是造型、制作和彩绘都很精致的鼓、排箫、笙、瑟等，都向我们展示了春秋战国时期中国音乐文化高度发展的状况。

秦汉之后，又不断出现新乐器。如秦时出现了一种新型的弹弦乐器——弦鼗。弦鼗是一种有圆形音箱、直柄的琵琶，后至汉代发展成四弦十二柱的“汉琵琶”，又称“阮咸”。

中华民族是一个善于学习的民族，汉以后，大量的外来乐器传入中原。如汉武帝时从西域传入横吹（亦称横笛）；汉灵帝时传入竖箜篌（曾称胡箜篌）；约在东晋时，从今天的新疆、甘肃一带传入了“曲项琵琶”；明代传入了扬琴和唢呐等。这些外来乐器，经过不断改进，逐渐成为中国民族乐器大家族中的重要成员。

在中国乐器发展史中，值得注意的是，拉弦乐器的出现远远晚于打击乐器、吹管乐器和弹弦乐器。据文献记载，唐代才出现以竹片轧成的“轧筝”和“奚琴”（宋代作“嵇琴”）。宋代的嵇琴用马尾弓拉奏，并出现了“胡琴”的名称，沈括在他的《梦溪笔谈》中说：“马尾胡琴随汉车，曲声犹如怨单于。”元代之后，在奚琴、胡琴的基础上又出现了其他类型的拉弦乐器。

中国的“吹、打、弹、拉”四大类乐器，经历了漫长的发展过程。新中国成立后，国家对民族乐器的音质不纯、音律不统一、音量不平衡、转调不方便，固定音高乐器之间的音高标准不统一，在综合乐队中缺少中低音乐器等不足，进行了大量的探索和改革，取得了很大成绩，并涌现了许多成果。

中国民族器乐的流派、乐种与体裁

流派

丰富多彩的民族器乐是诸多音乐流派的汇合。流派的产生和发展是推动民族器乐发展的主要动力之一。

过去，无论在宫廷还是民间，由于种种历史局限，艺术人才的培养和传艺方法，主要是靠师傅对徒弟进行口传心授。即便后来出现了古琴减字谱、工尺谱和锣鼓经等记谱法，但由于记谱法不完备，所记录的器乐谱仍需通过师傅的指点，才能得到真传。所谓“名师出高徒”，即由一个名师带出一批高徒，形成一个以名师为核心的群体，流派艺术便通过群体的艺术活动得到传承和发展。

关于古琴的音乐流派，初唐著名琴家赵耶利曾说：“吴声清婉，若长江广流，绵延徐逝，有国士之风。蜀声躁急，若激浪奔雷，亦一时之俊。”可见吴、蜀两派的音乐风格迥异。南宋时出现了以郭楚望为代表的浙派。至明代，除浙派以外，又出现了江派琴艺（指松江刘鸿一派）。明代后期，琴派又有所发展，出现了虞山派、绍兴派、江派（此江派指在江左、南京一带的琴派艺术）等。广陵派是清代新兴的琴派。这些琴派由著名琴师创始，世代相传。后世的各派琴家都有清楚的师承渊源，一脉相传，积累了丰富的演奏经验以及代表性曲目。

琵琶的音乐流派有南北之分，此说初见于1818年无锡华秋苹等人编订的《华秋苹琵琶谱》（后称《华氏谱》）。1895年，平湖李芳园编琵琶谱集，其名为《南北派十三套大曲琵琶新增》，收入《华氏谱》中所没有的一些曲目，如《阳春白雪》《浔阳琵琶》《平沙落雁》《塞上曲》《青莲乐府》等，并且演奏指法也比《华氏谱》丰富。后有人对此持有异议，如顾瑗在《养正轩琵琶谱》的序中批评说：“广则广矣，奈花指繁加，几失庐山真面目。”我们可从不同的谱集中看出，各流派琵琶曲在曲目、标题、大套的分段、指法，以及乐曲解题等方面有所差别。正是这些不同，显示出各派的独到之处，使琵琶音乐朝着更加丰富的方向发展。

古筝的音乐流派虽然较缺乏文献记载，但人们依然认为古筝分很多派，如浙江筝、山东筝、河南筝、潮州筝、客家筝等，因为每个地区的筝乐都有自己的名师、名曲，独特的技法和鲜明的音乐风格。

应该说，所有乐种的音乐都存在流派，因为每位名家都有个性，而个性取决于每位演奏家的心理素质、技艺、修养、审美、创造力、竞争力等要素。民族器乐的传承和发展，有赖于历代无数杰出名家及其得意门生的艺术创造。

乐种

我国幅员辽阔，各个地区流行的民族器乐，受地理环境和风俗人情等影响，经过长期的发展和演变，形成了具有鲜明地方色彩的乐种。

乐种的命名包括体裁形式和流行地区两个部分。如“福州十番”指流行于福州的十番音乐，“江南丝竹”指流行于长江以南沪杭宁三角地区的丝竹音乐。

乐种名称虽然包含体裁类别，但它又不能和体裁等同，因为流行于某一地区的乐种往往不只是一种单一的体裁。如浙东锣鼓（此锣鼓是吹打的别称）中的嵊县四大名曲，其中的《十番》是一首丝竹乐。又如上海地区的江南丝竹中有一首丝竹锣鼓曲——《锣鼓四合》。而福建南曲包括“指、谱、曲”三个部分，除“谱”为器乐形式外，“指”“曲”都是声乐体裁。所以乐种名称中所标明的体裁，多是指该乐种的主要体裁形式，可能还包括其他体裁类别。

在民族器乐的分类中，乐种属最下面一个层次，如合奏—丝竹乐—江南丝竹。由于乐种兼具标明体裁形式和流行地区的优点，所以今天仍沿用乐种的名称。

体裁

传统民族器乐一般分独奏与合奏两大类。虽然其中还有齐奏和重奏等体裁，但人们习惯视这些体裁为合奏或独奏。如琴箫合奏《平沙落雁》采用齐奏性织体写法，但人们仍称其为合奏；笛子曲《双合风》和《顶嘴》，用双笛演奏，采用一些复调织体写法，但有时人们把它们列入笛子独奏，有时列为合奏。产生这种情况的原因是前人没有重奏、合奏这些概念，而近代人们在使用琴箫合奏这样的名称时又概念不清。为了科学地划分体裁，宜采用以演奏形式划分体裁的原则，把民族器乐划分为独奏、齐奏、重奏和合奏等类别。

中国古代经典民族乐器

鼓

远古时期，鼓被认为能够通天，是一种用于祭祀的工具。在狩猎、征战活动中，鼓也被广泛地运用。鼓作为乐器始于周代。周代有八音，鼓是群音之首，所谓“鼓琴瑟”，就是琴瑟开弹之前，先有鼓声作为引导。鼓文化博大精深，雄壮的鼓声一直伴随着人类，从远古的蛮荒一步步走向文明。说它俗，鼓可以是民间的欢庆锣鼓，说它雅，鼓可以进入庙堂祭祀和宫廷宴集。从开始的陶鼓、土鼓、皮鼓、铜鼓等，一直发展到种类繁多的现代鼓，鼓是最为人们喜爱和广泛运用的乐器之一。有观点认为，最早的鼓可能是从远古先民使用的陶罐、陶盆等生活用具演化而来的，考古发现，早在 7000 年前的新石器时代人们就会制作陶鼓了。陶鼓又称土鼓，是用陶土烧制出鼓框，再蒙上动物的皮革做成的。

在古代，鼓不仅用于祭祀、乐舞，还用于击鼓出征、驱除猛兽等，并且是报时、报警的工具。随着社会的发展，鼓的应用范围更加广泛，戏剧、曲艺、歌舞、赛船舞狮、喜庆集会、劳动竞赛等都离不开鼓类乐器。鼓的结构比较简单，由鼓皮和鼓身两部分组成的。鼓皮是鼓的发音体，通常是将动物的皮革蒙在鼓框上，经过敲击或拍打使之振动而发声。

笙

笙是苗族、侗族、水族、瑶族、仡佬族等族的单簧气鸣乐器，古称卢沙。它借由每根管子中的簧片发声，是吹管乐器中唯一的和声乐器，也是唯一能吹吸发声的乐器。其音色清晰透亮、音域宽广、感染力强，流行于贵州、广西、湖南、云南、四川等地区，富有浓郁的地方特色，民间常用于芦笙舞伴奏和芦笙乐队合奏。

埙

埙是中国最古老的吹奏乐器之一，大约已有 7000 年的历史。

相传，埙起源于一种叫作“石流星”的狩猎工具。古时候，人们常常用绳子系上一个石球或者泥球，投出去击打鸟兽。有的球体中间是空的，抡起时一兜风能发出声音。后来人们就拿来吹，于是这种石流星就慢慢演变成了埙。埙最初大多是用石头或骨头制作的，后来发展成为陶制的；形状也有多种，有扁圆形、椭圆形、球形、鱼形和梨形，其中以梨形最为普遍。埙的上端有吹口，底部平整，侧壁开有音孔。埙的发展经历了漫长的时间，大约在5000年前，埙由一个音孔发展到两个音孔，能吹三个音。进入奴隶制社会以后，埙得到了进一步发展，在甘肃玉门火烧沟出土的父系社会晚期至奴隶社会初期的埙，有三个音孔，能吹四个音。到公元前1000多年的晚商时期，埙发展到五个音孔，能吹六个音。到公元前700多年前的春秋时期，埙已有六个音孔，能吹出完整的五声音阶和七声音阶了。埙由一个音孔发展到六个音孔，经历了3000多年的漫长岁月。

古琴

古琴原称“琴”，现代称为古琴。据文献记载，先秦时期，古琴除用于郊庙祭祀、朝会、典礼等雅乐外，主要在士以上阶层流行，秦以后盛行于民间。春秋战国时期，已经形成“士无故不撤琴瑟”的繁盛局面，俞伯牙摔琴谢知音的故事成为千古佳话。

汉代古琴形制逐渐走向定型，由五弦、七弦基本定为七弦，出现完善的共鸣箱和标志音位的琴徽，文人纷纷参与创制古琴、创作琴曲琴歌。蔡琰以其亲身经历谱写的《胡笳十八拍》成为千古绝唱。魏晋南北朝时期出现了迄今为止世界上留存最早的记录古琴曲的《碣石调·幽兰》文字谱。古琴文字谱的产生推动了琴曲创作的繁荣，为以后古琴减字谱的诞生奠定了良好的基础。隋唐以后，琴学发展进入新时期，出现了蜀人雷威等一大批斫琴名家；晚唐的曹柔鉴于文字谱使用不便，创造了减字谱代替了烦冗的文字谱。

古代琴制有大琴、中琴、小琴之分。宋代以后，琴制逐渐由大渐小。汉代整体造型基本定型，趋于稳定。常见的形制有：灵机式、凤势式、仲尼式、伶官式、蕉叶式、伏羲式等。

古琴的演奏右手一般用拇指、食指、中指、无名指四个指头向内、向外两个方向拨动琴弦，可以产生三种音色的变化，即散音、按音、泛音。

明清以来，琴派大致以地域划分，影响较大的有浙派、虞山派、广陵派等。

瑟

瑟的历史十分久远，它的出土地点集中在湖北、湖南和河南三省，并且绝大多数出自东周楚墓。文献曾记载“庖羲氏”做瑟。

传说夏代已经有瑟了。甲骨文的“樂”字，上面是“丝”字，下面是“木”字。关于瑟弦的产生，至少是人们已掌握缫丝技术之后才可能制出弦线。另一种推测，像琴瑟这一类乐器，可能和狩猎的弓弦有关。当然，弓弦也可以用牛筋或其他动物的皮筋条制作。考古工作人员复制了曾侯乙墓出土的瑟，最粗的几根低音弦用的就是牛筋弦。

笛

笛子是中国古老的乐器之一。在距今 7000 多年前的浙江河姆渡文化遗址出土的文物中，有几支骨笛，是用禽鸟的胫骨制作的。其中最长的一支横开六孔，有人认为这是我国最早的笛子。

宋元以后，戏曲和曲艺有了很大的发展，笛子的地位越来越重要，尤其在昆曲、梆子、皮黄等声腔剧种中，笛子成为重要的伴奏乐器。明清时期笛子在民间音乐中普遍应用，成为江南丝竹、安西鼓乐、十番鼓等乐种的主奏乐器。

现在的笛子一般为竹制，上有吹孔和膜孔各一个，有六个按音孔。笛子的筒音可以是任何一个音高。

笛子在全国流行的形制很多，主要有曲笛、梆笛两种。曲笛由于多用于南方昆曲等戏曲的伴奏而得名，因盛产于苏州，又有“苏笛”之称。曲笛音色浑厚、圆润，吹奏时讲究运气绵长，力度变化细致，演奏的曲调悠扬婉转、精致华丽，具有浓厚的江南韵味。梆笛用于北方的吹歌会、评剧和梆子戏曲伴奏以及北方各地方乐种的合奏等，也用来独奏。梆笛音色高亢、嘹亮、有力，善于表现刚健豪放、活泼轻快的情绪，具有强烈的北方色彩。

从演奏技巧看，北方梆笛曲擅长使用舌的技巧，如花舌音、垛音、吐音等，其旋律多具跳跃的特点，节奏顿挫鲜明；南方曲笛曲擅长使用气的技巧，如气颤音、腹颤音、泛音等，其旋律连贯、平稳，音乐柔和。

箫

箫是吹奏乐器，也称洞箫、单管、竖吹。箫的历史悠久，从《周礼·春官·笙师》的记载中可以看到，洞箫类乐器至少可以追溯到公元前 5 世纪的周代。在《诗经》的国风以及出土的汉画像石中可以分析和看到，祭祀中的舞者手持竖吹乐器。

我们现在所说的箫为单管竖吹乐器，在古代文献中的“箫”常指多排管箫。箫一般为竹制，也有玉制的玉箫和铜制的铜箫。

箫的声音轻柔、淡雅、圆润，音色淳厚、幽静、清新，不像笛子那样高亢、明亮和豪放。历代的文人雅士都偏爱箫的音色，箫曲包含了超脱、潇洒、沉郁、失意等各种意境和情怀，极易引发文人的共鸣。文人用箫传情，以达到修身养性和感情寄托的目的。

箫的演奏技巧集中在气息、舌头、指法和口法上。常用的技巧有滑音、叠音、打音、颤音等。很多演奏技巧与笛子相似，但灵敏度不如笛子，不适宜表现过多技巧，适合吹奏悠长、恬静、抒情的曲调。

编钟

编钟最早出现在商代，当时多为三枚或五枚一组，能演奏旋律。商代编钟造型别致，为椭圆形，钟的表面有简单的兽面纹饰。

西周中晚期，编钟已由三枚或五枚一组发展为八枚一组，能发出相隔一个小三度或大三度音程的两个音级。当时编钟经常用于宫廷宴会，被称为“钟鼓之乐”。至春秋中晚期，编钟又增为九枚一组或十三枚一组。

秦汉以后，历代宫廷雅乐中所使用的编钟多呈圆形，形制上有了很大改变，且每钟只能发出一个乐音。在经历了500多年的黄金时期后，它由盛而衰。

到了隋唐时期，编钟除在“雅乐”中使用外，还用于隋“九部乐”和唐“十部乐”中的“清乐”和“西凉乐”，但很少在民间流传。唐代诗人在作品中描绘了编钟声音洪亮、铿锵悠扬、悦耳动听的妙响。

宋以后至清代，编钟铸造技术鲜为人知，钟乐也逐渐被淘汰，清代宫廷中所铸编钟，不仅形制已与传统编钟不同，且其音律更是变化很大。

二胡

二胡又名“胡琴”，唐代已出现，称“奚琴”，宋代称“嵇琴”。一般认为今之胡琴由奚琴发展而来，现已成为我国独具魅力的弓弦乐器。它既能表现深沉、悲凄的内容，也能表达气势壮观的意境。意境深远的《二泉映月》、催人泪下的《江河水》、思绪如潮的《三门峡畅想曲》、宏伟壮丽的《长城随想》协奏曲等都是二胡优秀的代表性曲目。

二胡的形制为琴筒木制，筒的一端蒙以蟒皮，有两根金属弦。其演奏手法十分丰富，左手有揉弦（吟音）、泛音、颤音、滑音、拨弦等，右手有连弓、分弓、顿弓、跳弓、颤弓、飞弓、拨奏等。

琵琶

最初的琵琶形制跟现代琵琶有所不同，古代琵琶是圆形的，现代的琵琶是梨形的。秦汉时期的琵琶属于直项琵琶，所谓“直项”，是指乐器的琴柄笔直。秦汉琵琶琴身呈圆盘状，西晋时“竹林七贤”中的阮咸善于演奏琵琶，所以后世称这种乐器为“阮咸”。

现在被称为琵琶的乐器主要是指曲项琵琶（也有直项琵琶，如日本正仓院存有的唐传直项五弦琵琶），其琴柄向后折曲，琴身呈半梨形，在魏晋南北朝时期从西域龟兹传入中原。《隋书·音乐志》载：“周武帝时有龟兹人，曰苏祇婆，从突厥皇后入国，善胡琵琶，听其所奏，一均之中，间有七声。”当时琵琶的弹奏方式是横抱，用拨子弹奏，弹奏时动作自由无拘束，不必像演奏传统乐器一样正襟危坐，就算在马背上也可以轻松弹拨。

原藏于敦煌莫高窟的唐代《敦煌琵琶谱》（933 年），显示了唐朝时琵琶在中原有重大发展。琵琶是当时的热门乐器，各种节日和乐舞都需要琵琶伴奏。后来中国琵琶亦分为多个派别，弹奏方式也由横抱变为直抱，用戴上假指甲的手指弹奏。现在南管琵琶与日本琵琶依然保留横抱的弹奏方式。

古代琵琶曾有四相 13 品、14 品、15 品等，现已增加到六相 18 品、24 品、26 品、28 品或 30 品，按 12 平均律排列，六相 28 品的琵琶为音域 A-g3。常用技巧：右手有弹、挑、夹弹、滚、双弹、双挑、分、勾、抹、摭、扣、拂、扫、轮、半轮等，左手有揉、吟、带起、捺打、虚按、绞弦、泛音、推、挽、绰、注等。琵琶可演奏多种和音、和弦，著名乐曲有《十面埋伏》《霸王卸甲》《浔阳月夜》《阳春白雪》《昭君出塞》等。

国画

何谓国画

汉族传统绘画形式是用毛笔蘸水、墨、彩，作画于绢或纸上，这一画种被称为“中国画”，简称“国画”，近现代以来为区别于西方的油画（又称西洋画）而得名。国画题材可分人物、山水、花鸟等，技法可分工笔和写意，它的精神内核是“笔墨”。

国画在内容和艺术创作上反映了中华民族的民族意识和审美情趣，体现了作画者对自然、社会及与之相关联的政治、哲学、宗教、道德、文艺等方面的认识。国画强调“外师造化，中得心源”和深厚的传统文化内涵，融合物我，创作意境，要求“意存笔先，画尽意在”，力求做到以形写神、形神兼备、气韵生动。由于书画同源，两者在达意抒情上都强调骨法、用笔，因此绘画同书法、篆刻相互影响，相互促进。国画具有“诗、书、画”等中华民族文化共有的特征，这是国画的根本，其最高境界就是诗情画意。

中国名画欣赏

《游春图》是隋代绘画大师展子虔的山水画经典之作，它的主题是春游。展子虔擅画山水人物，这幅《游春图》是展子虔传世的唯一作品，也是迄今为止存世最古的画卷。

在明媚的春日里，人们欢心畅玩，远处青山叠翠、湖水轻荡，画中人物有的乘骑于山径，有的泛舟于湖上，姿态各异，生动有趣。展子虔的这种画法经过唐代画家李思训的继承和发展，便形成了“青绿山水”派的画风，进而成为中国山水画中一种独具风格的画体，而展子虔也被后世誉为“唐画之祖”。

《游春图》

辛亥革命后，溥仪被逐出皇宫，《游春图》被他带走，存放在天津。伪满政权建立后，《游春图》又被日本关东军参谋吉冈安直运往长春。日本投降后，敛聚的珍宝流向社会，一些精明的古董商看准商机，急赴长春寻觅收购。《游春图》被商人马霁川购得，彼时的他有意将画高价出售给外国人。著名鉴赏收藏家张伯驹在得知此消息后，找到当时的故宫博物院院长，请他出面制止此画外流。张伯驹又请朋友出面与马霁川协商，在多方的共同努力下，马霁川终于同意以200两黄金转售。张伯驹为筹巨款，只好变卖了自己的豪宅。张宅原本是清朝太监总管李莲英的府邸，豪华舒适，但是为了买画，张伯驹不得不忍痛割爱……

当他好不容易凑足了200两黄金前去购画时，却被告知黄金成色不足，只能折合140两。张伯驹只好再次请朋友担保，欠款取回了《游春图》。在张伯驹筹款期间，当时的国民政府秘书长张群曾托画家张大千高价购买此画，但是马霁川等几个商人以诚信为上，没有将《游春图》卖给张群。

《鹊华秋色图》是传统中国画的典型代表，它是赵孟頫凭着记忆画出来的。关于这幅画的诞生，有这样一个故事。1295年，赵孟頫辞去京城的官职回到家乡，在文辞书画酬答中结交了不少朋友，周密就是其中一位。周密是当时著名的文学家，与赵孟頫以兄弟相称。一天，赵孟頫、周密和几位好友饮酒作诗，席间大家说起曾经游历的名山大川。赵孟頫力推济南山水，他谈到鹊山和华不注山，一个浑圆敦厚，一个高耸入云，穷尽山之俊美巍峨，在场的人无不为之神往，只有周密一人沉默不语。赵孟頫很疑惑，问过之后才知道，原来周密祖籍是山东。1126年金兵南下，北宋旋即灭亡，中原士大夫纷纷南下避难，周密的曾祖父就在那时离开祖籍而南迁。周密没有回过自己的故乡，思乡之情与日俱增。晚上，周密回到家，想到好友对自己家乡的赞美，再联想到自己也许永远也回不了故土，不禁悲伤起来。次日清晨，周密直奔赵孟頫家中，想要诉说自己的思乡之情，可又担心他笑话自己多愁善感，所以不好意思说出来。最后，在赵孟頫的一再追问下，周密才将心事说了出来，他希望赵孟頫能多给他讲讲家乡的山水。听了周密的话，赵孟頫旋即起身，到书房拿出笔墨，对周密说道："想不到周兄对故乡有着如此深切的思念之情，我一定满足

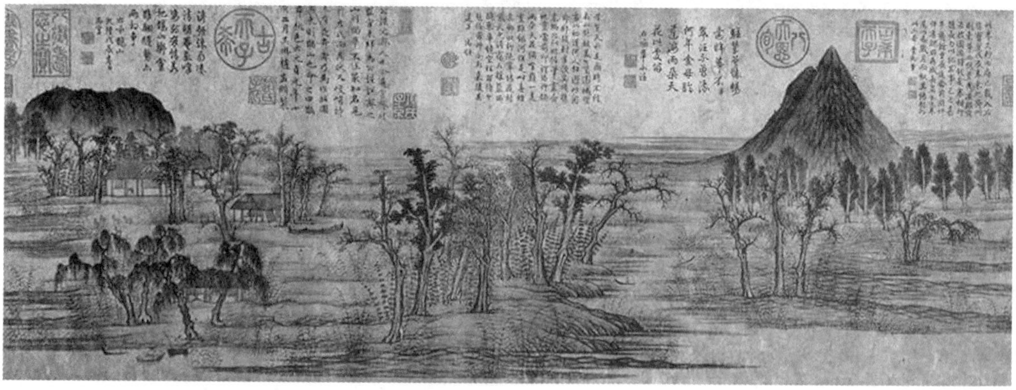

《鹊华秋色图》

周兄的要求，不过言不尽意，唯恐有不详之处，还是把故乡的山水画成画赠予你，或许可以解你思乡之苦。”说罢，赵孟頫提起笔，凭着记忆描画起来，他一边画，一边给周密介绍济南的山水、民俗风情。就这样，被后人誉为“思乡之画”的传世之作《鹊华秋色图》诞生了。

《鹊华秋色图》展现的是在辽阔的江水沼泽地上，极目远处，地平线上矗立着两座山，双峰突起，右方尖峭的是“华不注山”，左方圆平顶的是“鹊山”。

《五牛图》是中国十大传世名画之一，现存于北京故宫博物院。麻纸本，纵20.8厘米，横139.8厘米，本图无作者款印，本幅及尾纸上有赵孟頫、孙弘、项元汴、弘历、金农等十四家题记。画中有五只不同形态的牛，从不同的角度表现了牛的生活形态和习性，结构标准，造型生动，形貌真切。这幅《五牛图》是一幅纸本设色画，是我国现存最早的用纸作画的作品。

相传在一个天气晴朗的日子里，中唐画家韩滉带着随从来到郊外田间小道上散步，迎着和暖的春风，他站在一片碧绿中间，心情十分愉悦。田间，几头耕牛在低头吃草，两三个牧童在嬉戏玩耍，还有一个牧童骑在牛背上吹笛，逍遥自得。远处可以看见一头耕牛翘首而奔，另有几头耕牛纵趾啼叫。有的回头舐舌，有的俯首寻草。在开阔的田地里，农夫正在赶牛耕地、翻土。韩滉看得出神，连忙命随从取出纸笔，全神贯注地作画，很快绘出一幅幅耕牛图景；后来又经过一个多月的反复修改，终于绘出了状貌各异的五头牛：一头牛在低头慢慢地吃草；一头牛翘首向前狂奔，仿佛一头撒野的猛兽；一头牛在回首舐舌，露出一副旁若无人的模样；一头牛首前仰，好像在呼唤伙伴；还有一头牛在缓步前行，似乎刚走向田头，又如刚刚耕地归来，令人回味无穷。整个画面用笔，粗放中不乏凝重，显示了农村的古朴。韩滉对这幅画非常满意，给它取名《五牛图》。

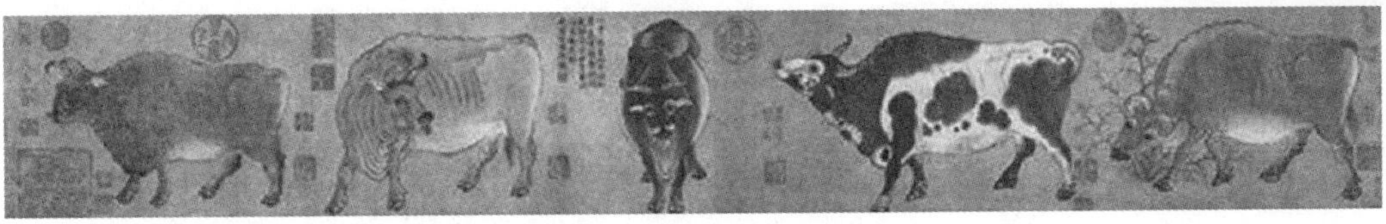

《五牛图》

《清明上河图》是中国十大传世名画之一，为北宋风俗画作品，宽24.8厘米，长 528.7 厘米，绢本设色。该画卷是北宋画家张择端存世仅见的一幅精品，现存于北京故宫博物院。作品以长卷形式，采用散点透视的构图法，生动地记录了中国 12 世纪城市生活的面貌，记录了北宋徽宗时期首都汴京（今河南开封）郊区和城内汴河两岸的建筑和民生。

《清明上河图》（局部）

《清明上河图》最早被北宋皇帝宋徽宗收藏于宫廷之中。1126 年，金兵掳走了徽、钦二帝，洗劫了宫中的所有宝物，但《清明上河图》意外流落民间。元灭金后，此画第二次被送入皇宫。元代至正年间，宫中有个装裱匠用临摹本把该图的真本换出，卖给了某真定守兵，后又转卖给杭州的陈彦廉。陈彦廉害怕事情败露，自己又急于用钱，就将此画卖给了博雅好古、寓居北京的杨准。此后，该画作又辗转于多人之手。

明代时，因为隆庆帝不喜欢字画，成国公朱希忠就趁机奏请皇帝将《清明上河图》赐予他，没想到皇帝却让人估成高价，抵其俸禄。在此画将要给朱希忠时，一个小太监得知此画价值连城，便将画盗走，正要出宫时，管事人来了，小太监急将画藏到阴沟里，恰遇当天下雨，一连三天，画已腐烂，不堪收拾。事实上，《清明上河图》并没有被毁。此故事被明人詹景风收入他的《东图书览编》中，实为盗画人冯保所杜撰。冯保是万历年间的一个秉笔太监，时任东厂的首领，有权有势，可以自由出入皇宫。冯保得到《清明上河图》以后写有题跋，如果是皇帝的赏赐，他一定会在题跋中大书特书，但冯保只字未提，显系盗窃到手，为了掩人耳目，他编造了以上离奇的故事。

《八骏图》是徐悲鸿最著名的作品之一，它以周穆王八骏为题材，八匹马形态各异，飘逸灵动，在绘画技法上是极为成功的中西融合的产物。他以中国水墨为主要表现手段，又参用西方的透视法、解剖法等，逼真生动地描绘了马的飒爽英姿。

徐悲鸿用笔刚健有力，用墨酣畅淋漓，晕染全部按照马的形体结构而施加，墨色浓淡有致，既表现了马的形体，又不影响墨色的韵味，实为不可多得的珍品。

《八骏图》

国术经典

国术经典之一——太极拳

太极的渊源

“太极”一词最早见于《易经》，古人将宇宙分为太易、太始、太初、太素、太极五个阶段，宋代大儒周敦颐在《太极图说》的开篇就说：“无极而太极。”古人认为，世界的本原就是太极，“无极太虚气中理，太极太虚理中气。乘气动静生阴阳，阴阳之分为天地。未有天地气生形，已有天地形寓气。从形究气曰阴阳，即气观理曰太极”。

太极拳特点和拳法

太极拳是根据《易经》阴阳相生之理和中医的经络、道家导引吐纳等理论和技法综合而成的拳术，具有刚柔相济、快慢相间的特点。太极拳松活弹抖，符合人体结构，是一种符合大自然运转规律的拳术。太极拳与中国道家思想有着千丝万缕的联系。太极拳的理论直接来源于道家思想。在重生贵生、尊道贵德宗旨的指导下，太极拳有一系列养生修身以求长生久视的锻炼功法。太极拳中“借力打力”“四两拨千斤”“以柔克刚”“以静制动”“柔弱胜刚强”等理念，都来源于老庄哲学，可以说太极拳是中华民族传统的辩证思维与武术、艺术、引导术的完美结合，是高层次的人体运动文化。

古传太极并无套路，原始招式就是十三式，分别为定、进、退、顾、盼、掤、捋、挤、按、采、列、肘、靠，这十三个字概括了太极拳的主要法则。太极拳流派众多，主要有陈式、杨式、孙式、吴式、武式以及武当、赵堡等。作为传统拳术，太极拳既可技击防身，又能增强体质和防治疾病，因此深受人们的喜爱。太极拳在早期曾被称为“长拳”“绵拳”“十三势”“软手”。至清朝乾隆年间，山西武术家王宗岳著《太极拳论》，才确定了“太极拳”的名称。

太极拳在技击上别具一格，特点鲜明。它要求避实就虚，以柔克刚，以静制动，借力发力，主张一切从客观出发，随人则活，由已则滞。为此，太极拳特别讲究“听劲”。所谓听劲，就是要准确地感觉、判断对方的来势。在对方未发动前，自己不要冒进，要用招法诱敌，探其虚实，这就是所谓的“引手”。一旦对方发动，自己则要迅速抢在前面，“彼未动，已先动”，将对手引进，或者分散、转移对方注意力，乘虚而入，全力打击。

太极拳也很讲究劲道，劲以曲蓄而有余，周身之劲在于整，发劲要专注一方，须认定准点，做到有的放矢。劲起于脚跟，由脚到腿，再由腿到腰、到手，集而发之，形于手指，这一过程完整一气，不能有丝毫间断。总之，太极拳需要注意引进落空、借力打人，周身须完整统一，动则俱动，静则俱静，劲断意不断，才能一触即发。可以说其牵引在上，运化在胸，储蓄在腿，主宰在腰，蓄而后发，威力无穷。

二十四式简化太极拳招式和拳诀

二十四式简化太极拳的招式：起势、左右野马分鬃、白鹤亮翅、左右搂膝拗步、手挥琵琶、左右倒卷肱、左揽雀尾、右揽雀尾、单鞭、左右云手、单鞭、高探马、右蹬脚、双峰贯耳、转身左蹬脚、左下势独立、右下势独立、左右穿梭、海底针、闪通臂、转身搬拦捶、如封似闭、十字手、收势。

拳诀：拳似流星眼似电，腰如蛇形脚如钻。闾尾中正神贯顶，刚柔圆活上下连。体松本固神内敛，满身轻灵顶头悬。阴阳虚实急变化，命意源泉在腰间。

国术经典之二——八卦掌

八卦掌的起源与创始

“八卦”一词最早见于《周易》，“两仪生四象，四象生八卦。”八卦原指八个方位，即北、南、东、西、西北、西南、东北、东南。八卦掌以掌法为主，其基本内容是八掌，合于八卦之数；在行拳时，要求以摆扣步走圆形，将八个方位全都走到，而不像一般拳术那样，或来去一条线，或走四角。八卦掌又称“游身八卦掌”“八卦连环掌”，是一种以掌法变换和行步走转为主的拳术。由于它运动时纵横交错，分为四正四隅八个方位，与《周易》八卦图中的卦象相似，故名八卦掌。

董海川（1797—1882），原名董明魁，清朝河北文安县朱家务村人。他一般被认为是八卦掌的创始人和主要传播者。董海川身材魁梧，臂长手大，膂力过人，擅长技击。其少时家贫，自幼嗜武，年轻时求取功名未成，后因误伤人命而奔走他乡，远游吴越巴蜀，以武访友，历险搜奇，一去十三载。道光十八年（1838），他回归故乡，此时已改青年时之刚烈。董海川朝夕练习揣摩，传授武艺于族人。相传他在安徽九华山得遇“云盘老祖”传授其技，创立了八卦掌。

八卦掌的流派有尹派、梁派、程派、杨派等。八卦掌在我国流传很广，是内家拳三大名拳之一。它以八大桩法为转掌功，又集八大圈手于一体，以一至八步的摆、扣、顺步法为基础，以绕圈走转为基本运动路线，以掌法为核心，在走转中全身一致，步似行云流水。身法要求拧转、旋翻协调完整，走如游龙，翻转似鹰。手法主要有穿、插、劈、撩、横、撞、扣、翻、托等。八卦掌是熔养生、技击于一炉，涵养道德的一种拳术。

八卦掌的掌法特点与动作要领

八卦掌的特点是身捷步灵，随走随变，与对方交手时身体起伏拧转，敏捷多变。拳谚说它“形如游龙，视若猿守，坐如虎踞，转似鹰盘”。其基本功以桩步、行步为基础。身形要求顶头竖项，立腰溜臀，松肩垂肘，实腹畅胸，吸胯提裆。步法要求起落平稳，摆扣清楚，虚实分明，行步如蹚泥，前行如坐轿，出脚要摩胫。走圈时，内脚直进，外脚内扣，两膝相抱，不可敞裆。身法讲究拧、旋、转、翻，圆活不滞。手形有龙爪掌、牛舌掌两种。主要手法有推、托、带、领、搬、拦、截、扣、捉、拿、勾、打、封、闭、闪、展16法。要求能进能退，能化能生，虚实结合，变化无穷。每掌发出，皆要以腰作轴，周身一体，内外相合，外重手、眼、身、法、步，内修心、神、意、气、力。

八卦掌的动作要求，顺颈提顶，松肩垂肘，畅胸实腹，立腰溜臀，缩胯合膝，十趾抓地。八卦掌滚钻争裹，奇正相生，走转拧翻，身随步走，掌随身变，行走如龙，回转若猴，换势似鹰，威猛如虎；以曲刹直，以动扰静，以静刹动为修炼原则。八卦掌分为“定架子”“活架子”“变架子”3步功夫。“定架子”是基础功夫，要求一招一式，规规矩矩，宜慢不宜快，以求姿势正确，桩步牢固，行步平稳；要切实做到“入门九要”，即塌（塌腰）、扣（含胸）、提（尾闾上提、谷道内提）、顶（头上顶、舌上顶、手前顶）、裹（裹臂）、松（松肩、沉气）、垂（垂肘）、缩（胯根、肩窝内缩）、起钻落翻（臂内外旋）；切忌挺胸提腹、努气、拙力（被称为“三大病”）。“活架子”主要练习动作协调配合，使基本要领在走转变换中运用娴熟。“变架子”要求内外统一，意领身随，变换自如，随意穿插，不受拳套节序限制，要做到轻如鸿毛，变如闪电，稳如磐石。

八卦掌以掌代拳，步走圆形，突破了以拳为主、步走直线的传统拳法，为中国武术开辟了一方新天地。灵活的步法和身法，常常使对手感到眼花缭乱。用这样的功夫来应敌，避实击虚，手打肩撞，随意而为之，威力无穷。

八卦掌实用口诀

八卦掌，走为先，收即放，去即还，变转虚实步中参。

走如风，站如钉，扣摆转换步法清。腰为纛，气为旗，眼观六路手足先。

行如龙，坐如虎，动似江河静如山。阴阳手，上下翻，沉肩坠肘气归丹。

抱六合，勿散乱，气遍身躯得自然。扣摆步，仔细盘，转换进退在腰间。

脚打七，手打三，手脚齐进莫迟缓。胯打走，肩打撞，委身挤靠暗顶膝。

高不扼，低不拦，迎风接进最为先。数语妙诀掌中要，不用纯功亦枉然。

思考与练习

1. 书法是中华文化的瑰宝，包含着很多精气神的东西。请利用网络资源，欣赏历代书法名家的作品，于方寸之间感悟文化之美，创造新时代的笔墨辉煌。

2. 我国民乐历史悠久，名家、名曲迭出。欣赏《高山流水》《梅花三弄》《阳春白雪》等名曲，感受山之雄浑、水之幽深、寒梅迎霜傲雪、万物向荣……

3. “卧似一张弓，站似一棵松，不动不摇坐如钟，走路一阵风”，一首《中国功夫》家喻户晓，也体现了国术在人们心中的地位。观赏《卧虎藏龙》《一代宗师》《叶问》等经典影片，感悟刚健有力的中华武术精神。

4. 根据自身兴趣和爱好，加入书法、武术、器乐等学生社团，丰富课余生活，传承民族艺术。

任务八 戏剧之璀璨

任务摘要

戏曲是中国百姓喜闻乐见的说唱文化，指的是中国传统的戏剧，包括唱、念、做、打等艺术手段，综合了对白、文学、歌唱、音乐、舞蹈、美术、武术、杂技以及各种表演艺术和表演方式而最终形成。中国戏曲的发展主要经历了五个时期：先秦时期的萌芽期、唐代中后期的形成期、宋金时期的发展期、元代的成熟期、明清时期的繁荣期。

我国各地的戏曲剧种有三百六十多种，传统剧目数以万计。中华人民共和国成立后又出现许多改编的传统剧目，新编历史剧和表现现代生活题材的现代戏都广受欢迎。近半个世纪以来，流布最广泛，观众最多的有五个剧种，即京剧、评剧、豫剧、越剧、黄梅戏，被称为“五大剧种”，即中国五大戏曲剧种。

任务目标

知识目标：了解我国戏剧发展的历史，掌握五大剧种的基本常识。

能力目标：具备一定的戏剧欣赏能力，提升审美修养。

素质目标：传习勤学之道，帮助学生树立勤奋学习的精神和态度，为建设社会主义文化强国贡献力量。

京剧

简说京剧

京剧，中国五大戏曲剧种之一，腔调以西皮、二黄为主，用胡琴和锣鼓等伴奏，被誉为国粹。

清乾隆五十五年（1790）起，原在南方演出的三庆、四喜、春台、和春四大徽班陆续进入北京，他们与来自湖北的汉调艺人合作，同时接受了昆曲、秦腔的部分剧目、曲调和表演方法，又吸收了一些地方民间曲调，通过不断的交流、融合，最终形成京剧。

京剧是演绎、传播中国传统文化的重要手段，分布地以北京为中心，遍及全国。

京剧的艺术特点与表现手法

京剧的艺术特点

京剧艺术在文学、表演、音乐、唱腔、锣鼓、化妆、脸谱等各个方面，通过无数艺人的长期实践，形成了一套互相制约、相得益彰的格律化和规范化的程式。它创造舞台形象的艺术手段十分丰富，用法十分严格。不能驾驭这些程式，就无法完成京剧舞台艺术的创造。由于京剧在形成之初便进入了宫廷，所以它的发育成长不同于地方剧种。新的形势要求它所要表现的生活领域要更宽，所要塑造的人物类型要更多，对它技艺的全面性、完整性也要求得更严格，对它创造舞台形象的美学要求也更高。当然，这些变化也相应地使它的民间乡土气息逐渐弱化，纯朴、粗犷的风格特色相对淡薄。因此，它的表演更趋向虚实结合的表现手法，最大限度地超越舞台空间和时间的限制，达到了“以形传神，形神兼备”的艺术境界。表演上要求精致细腻，处处入戏；唱腔上要求悠扬婉转，声情并茂。武戏不以火爆勇猛取胜，而以“武戏文唱”见佳。

京剧的表现手法

京剧表演的四种艺术手法是唱、念、做、打，也是京剧表演的四项基本功。

唱指歌唱，念指具有音乐性的念白，二者相辅相成，构成歌舞化的京剧表演艺术两大要素中的“歌”。做指舞蹈化的形体动作，打指武打和翻跌的技艺，二者相互结合，构成歌舞化的京剧表演艺术两大要素中的“舞”。

戏曲演员从小就要从这四个方面进行训练，虽然有的演员擅长唱功（老生），有的行当以做功为主（花旦），有的以武打为主（武净），但都要求每一个演员必须有过硬的唱、念、做、打基本功。只有这样，才能充分地发挥京剧的艺术特色，更好地表现和刻画戏中的各种人物形象。

京剧有唱、有舞，有对白、有武打，有各种象征性的动作，是一种综合性很高的艺术。

京剧经典剧目故事

《锁麟囊》是京剧程派的代表作。故事讲的是登州富户薛氏门中之女薛湘灵许配给周庭训，嫁前按当地习俗，薛老夫人赠女锁麟囊，内装珠宝甚多。结婚当日，花轿在中途遇雨，至春秋亭暂避；又来一花轿，轿中为贫女赵守贞，因感世态炎凉而啼哭。问清缘由后，薛湘灵仗义以锁麟囊相赠，雨止各去。

六年后登州大水，薛、周两家逃难，湘灵与家人失散，独自流浪至莱州，偶遇娘家老奴胡婆，胡婆携湘灵至当地绅士卢胜筹所设粥棚，恰巧卢员外正在为其幼子天麟雇保姆，湘灵应募。一日，湘灵伴天麟游戏于园中，触景伤情，百感交集，顿悟贫富无常。

天麟抛球入一小楼，要湘灵上楼为其拾取，在楼上，湘灵找球时猛然见到六年前自己赠出的锁麟囊，不觉感泣。原来，卢夫人即赵守贞，见状盘诘，才知面前的这位“薛妈”便是六年前慷慨赠囊的薛小姐，遂敬之如上宾，薛湘灵一家团圆并与卢夫人结为金兰之好。

京剧名段欣赏

三娘教子

薛保：小东人下学归言必有错，如不然母子们吵闹为何。见三娘珠泪啼机房闷坐，转面来叫一声东人倚哥。你的母教训你非为之错，为什么把好言当做了恶说？东人哪！这才是养子不教父之过，教不严来师之惰。老薛保进机房双膝跪落，三娘啊，问三娘发雷霆却是为何？

王春娥：老薛保你不必苦哀告，背转身来哭嚎啕，实指望教训他终身有靠，又谁知平白地闪跌一跤。

薛保：劝三娘休得要珠泪垂掉，老奴言来细听根苗：千看万看看东人的年纪小，望三娘念老东人下世早，只留下这一根苗，必须要轻打轻责，你饶恕他这遭，下次再不饶。

王春娥：你道他年纪他的心不小，说出话来如同钢刀，自古道人无有千日好，花开哪有百日娇。织什么机来把什么子教，割断了机头两开交！

评剧

简说评剧

“周扒皮、五十一，三更半夜来偷鸡……”这样的儿歌我们父母那一辈不知道听说了多少，这种拿着真人真事编成故事的方式，就是本节要说的评剧。评剧可不是一种光说不唱的评论，而是一边说一边唱，自有一番韵味。

评剧是我国北方地区的一种地方戏，在华北、东北及其他一些地区流行很广。评剧是中国五大戏曲剧种之一，1910 年前后形成于唐山。俗称“蹦蹦戏”“落子戏”，又称平腔梆子，1935 年改称评剧。评剧在现代戏的创作演出方面影响很大。其中小白玉霜演出的《九尾狐》《小女婿》，新凤霞演出的《刘巧儿》《祥林嫂》《小二黑结婚》《艺海深仇》，东北韩少云演出的《小女婿》，都受到普遍的欢迎。2006 年 5 月 20 日，评剧经国务院批准列入首批国家级非物质文化遗产名录。

评剧经典剧目故事

1918 年，河北滦县土豪劣绅高贵章的儿子高占英，娶了雇农的女儿杨二姐为妻。高占英自幼骄纵，流氓成性，与其大嫂裴氏、五嫂金玉通奸，杨二姐好言劝夫改邪归正，他非但不听，反而起了歹意，伙同裴氏、金玉及其叔叔将杨二姐害死。

杨三姐跟随母亲到高家去吊孝，发现了可疑之处，要求说明杨二姐的死因。高家百般阻挠，妄图掩盖事实的真相。杨三姐一怒之下去县衙递上了状书，要求官府明办。可是县官受贿，贪赃枉法，判高家赔钱了结。杨三姐不服，又赴天津高等检察厅上告。新任厅长立即准诉，经开棺验尸，查明真相，将凶手法办处决。杨三姐最终告状获胜，杨二姐的冤屈得以平反。

《杨三姐告状》是成兆才依据 1918 年发生在河北滦县狗儿庄的真人真事编剧而成，又名《枪毙高占英》，是评剧舞台上久演不衰的优秀剧目。

评剧名段欣赏

报花名

张念：花开四季皆因景，俱是天生地造成。（唱）阮妈妈呀！

阮：（唱）他怎么还不来呀！

张：（唱）春季里花开万物生，花红叶绿草青青。桃花艳，李花浓，杏花茂盛，扑人面的杨花飞满城。

阮：（唱）你再报夏季给我听呀！

张：（唱）夏季里端阳五月天，火红的石榴白玉簪。爱它一阵黄呀黄昏雨呀，出水的芙蓉亭亭玉立在晚风前。

阮：（唱）都是那个并蒂莲哪！

张：（唱）秋季里天高气转凉，登高赏菊过重阳。枫叶流丹就在那秋山上，丹桂飘飘分外香。

阮：（唱）朵朵都是黄呀！

张：（唱）冬季时雪纷纷，梅花雪里显精神。水仙在案头添呀添风韵，迎春花开一片金。

阮：（唱）转眼是新春。

张：（唱）我一言说不尽春夏秋冬花似锦，叫阮妈，却怎么还有不爱花的人！

阮：（白）能有这样的人？

张：（唱）爱花的人惜花护花把花养，恨花的人骂花厌花把花伤。牡丹本是花中王，花中的君子压群芳，百花相比无颜色，他偏说牡丹虽美花不香。玫瑰花开香又美，他又说玫瑰有刺扎得慌。好花哪怕众人讲，经风经雨分外香。大风吹倒了梧桐树，自有旁人论短长。虽然是满园花好无心赏，阮妈你带路我要回绣房。

豫剧

简说豫剧

豫剧是我国最大的地方剧种，居全国各地方戏曲之首，旧称“河南梆子”“河南高调”，由于早期演员用本嗓演唱，起腔与收腔时用假声翻高尾音带“讴”，又曾叫“河南讴”。“豫剧”之名最早泛指河南各剧种，直到1947年秋，开封、兰州、西安三地报界方以此称谓专指河南梆子。新中国成立后，在河南梆子的基础上，经过几代老艺术家的不断改革和创新，又因河南简称“豫”，所以正式更名为“豫剧”，这标志着豫剧艺术产生了质的飞跃，也标志着一门成熟的戏曲艺术开始全面繁荣！

豫剧的流行区域主要在黄河、淮河流域。除河南省外，湖北、安徽、江苏、山东、河北、北京、山西、陕西、四川等省区市都有专业豫剧团的分布，是我国最大最有影响的地方剧种。在声腔上，豫剧属梆子腔系，豫剧主要有五大流派：以开封为中心的唱法称“祥符调”；以商丘为中心的唱法称“豫东调”，又称“东路调”；以洛阳为中心流传的唱法被称为“豫西调”，又称“西府调”；流行于豫东南的称“沙河调”，又叫“本地梆”；新中国成立后，在杨兰春等的领导下，对豫剧四大地域流派唱腔进行了综合吸收和大幅改革，运用科学的发音，融入了歌剧元素，形成了“现代流派”，又称“现代戏流派”。2006 年 5 月 20 日，经国务院批准，豫剧被列入第一批国家级非物质文化遗产名录。

豫剧经典剧目故事

《秦香莲》又名《铡美案》，是豫剧的代表作品之一。故事说的是北宋年间，贫民的儿子陈世美进京应试，考中了状元，被皇上招为驸马。在他离家的那段日子里，家乡连年闹荒旱，他的父母在灾乱中不堪折磨，还好有其妻秦香莲的照料。不久，父母相继过世，秦香莲只好带上一对儿女千里迢迢来到京城寻找夫君。当她得知陈世美已经成为驸马时，便硬闯皇宫想要见他，却惨遭驱逐。丞相王延龄见状可怜秦香莲，试图让她在陈世美寿辰之日扮成歌女在席间弹唱，以助他们破镜重圆，却没有成功。王延龄给秦香莲一把纸扇，暗示她到开封府告状。

陈世美得知此事，派家将韩琦追杀秦香莲母子，韩琦不忍，终将秦氏母子放走，自刎谢罪。秦香莲逃出三官堂，至包拯前控告陈世美“杀妻灭嗣”，包拯将陈世美召到开封府，好言相劝，却话不投机。包拯令秦与陈对质，陈世美自恃国戚，强词狡辩，包拯怒，欲铡之。太后闻讯来阻刑，但是包拯不顾，以头上乌纱担保，终于铡死陈世美，还了秦香莲一个公道。

豫剧名段欣赏

十八扯

十冬腊月里好热的天，牛棒把守在虎牢关，娶妻名叫穆桂英，生下一女花木兰，姜子牙差人来下聘，差来个媒婆潘金莲，张飞急来忙放鞭炮，马武抬轿把亲搬，新女婿关公下了轿，来了个陪客张定边，武大郎一见往里站，让进了那位龙虎状元薛丁山，上轿来本是孟姜女，下轿来变成了那个秦香莲，诸葛亮来把天地拜，吕洞宾洞房去安眠，韩湘子揪开罗纬观看，不好了，变成了白蛇和许仙。生下一子包文正，猪八戒扣喜到门前，杨老将一见冲冲怒，手指着韩信骂声李渊，你不该差来孙悟空，抢走我妻武则天。一唱那秦汉三国唐宋元，这叫七不连来八不沾，取名字就叫十八扯，小继呀！看爷我扯的全不全！就这吧我说！

越剧

简说越剧

越剧是中国五大戏曲剧种之一。清末起源于浙江嵊县，由当地民间歌曲发展而成。越剧长于抒情，以唱为主，声腔清悠婉丽优美动听，表演真切动人，极具江南灵秀之气；多以“才子佳人”题材的戏为主，艺术流派纷呈。主要流行于浙江、上海、江苏、福建等江南地区，鼎盛时期除西藏、广东、广西等少数省、自治区外，全国都有专业剧团存在，据初步统计有280多个，业余剧团更不胜统计。越剧在海外亦有很高的声誉和广泛的群众基础，当为流传最广之地方剧种。越剧演员初由男班演出，后改男女混合班或全部女班。2006年5月20日，经国务院批准，越剧被列入第一批国家级非物质文化遗产名录。

越剧经典剧目故事

《孟丽君》是越剧的经典剧目。孟丽君与皇甫少华自幼青梅竹马，互相爱慕。

不料，孟丽君的父亲孟士元奉命征南失利被俘，被奸臣诬陷说他私通外敌。皇上在盛怒之下下令捉拿孟士元全家来问罪。孟丽君闻讯，女扮男装，匆匆逃亡。临走之前，赠皇甫少华一幅自描画像以示忠贞。

后来，孟丽君在一位员外的援助下，化名郦君玉，得中状元，后步步高升，被封为当朝宰相。两年后，皇甫少华考中武状元，被皇帝封为泾武将军，领兵征南。三年后班师回朝。在皇甫将军的庆功宴上，国丈刘捷要皇上将他的侄女赐给少华为妻。少华坚决不答应，并称自己已有婚配，郦君玉为缓和僵局，建议君王悬榜百日，招孟丽君自首。

转眼百日期满，孟丽君在危难之中心生一计，命贴身丫鬟荣兰冒充自己面见皇上，却被国丈刘捷看出破绽，要皇甫少华出示孟丽君的画像以验真伪。不料，此计又被皇上看破，要将孟丽君纳为自己的嫔妃。哪知孟丽君机敏过人，利用皇室的矛盾，取得太后欢悦，被太后收为义女，而皇甫少华被招为驸马，最后有情人终成眷属。

越剧名段欣赏

莫愁女（节选）

第二场伴读

徐澄在花园中见到新来的烧火丫鬟，她花容月貌，却愁眉深锁。为讨其欢心，为其取名“莫愁”，并留在书房伴读。三月相处，互相倾心，并立下了山盟海誓。

徐澄：莫愁，你来看啊，这湖畔柳堤，鸟语花香，今日你陪我游玩一番再回去也不迟。

莫愁：这是老太君严命，莫愁岂敢违抗。

徐澄：你是到祖母那里去吗？

莫愁：是。

徐澄：我这里有鲜花一束，你去献给祖母可好？

莫愁：花在哪里？

徐澄：花么？噢！喏——（指花园）

（唱）白兰花含笑假山旁，

茉莉花吐蕊树丛藏，

湖边盛开美人蕉，

桥头低垂夜来香。

莫愁：啊！

我同去把花采，

莫愁：走啊！

黄梅戏

简说黄梅戏

黄梅戏，旧称黄梅调或采茶戏，与京剧、越剧、评剧 、豫剧并称中国五大剧种。黄梅戏源于唐初，十八世纪后期在皖、鄂、赣三省毗邻地区黄梅形成的一种民间小戏。清道光前后，产生和流传于皖、鄂、赣三省间的黄梅采茶调、江西调、桐城调、凤阳歌，受戏曲青阳腔、徽调的影响，与莲湘、高跷、旱船等民间艺术相结合，逐渐形成了一些小戏。经过一段时间的发展，又在吸收“罗汉桩”、青阳腔、徽调的演出内容和表演形式的基础上，产生了故事完整的本戏。在从小戏过渡到本戏的过程中，曾出现一种被老艺人称为“串戏”的表演形式。所谓“串戏”是指那些各自独立而又彼此关联的一组小戏。这些小戏有的以事“串”，有的则以人“串”。“串戏”的情节比小戏丰富，出场的人物也突破了小丑、小旦、小生的三小范围。其中一些年龄较大的剧中人物需要用正旦、老生、老丑来扮演，这就为本戏的产生创造了条件。戏在剧目方面，号称“大戏三十六本，小戏七十二折”。大戏主要表现的是当时人民对阶级压迫、贫富悬殊的不满和对自由美好生活的向往，如《荞麦记》《告粮官》《天仙配》等。小戏大都表现的是农村劳动者的生活片段，如《点大麦》《纺棉纱》《卖斗箩》。

黄梅戏的最初形式是湖北黄梅一带的采茶歌。黄梅戏与当地民间艺术相结合，用安庆语言念唱、说白，唱腔淳朴流畅，以明快抒情见长，具有丰富的表现力；黄梅戏的表演质朴细致，以真实活泼著称，最终形成自己的特点，被称为“怀腔”或“黄梅调”，这就是早期的黄梅戏。其后黄梅戏又借鉴吸收了青阳腔和徽调的音乐、表演和剧目，开始演出“本戏”。黄梅戏来自于民间，雅俗共赏、怡情悦性，它以浓郁的生活气息和清新的乡土风味感染观众。后以安庆为中心，经过一百多年的发展，黄梅戏成为安徽主要的地方戏曲剧种和全国知名的大剧种。在 1921 年出版的《宿松县志》中，第一次正式提出“黄梅戏”这个名称。

黄梅戏经典剧目故事

妙州知府冯小卿的女儿冯素贞才貌双全，引来很多王公大臣的公子求亲。天香公主化名“闻臭公子”，参加比武招亲，打败了侯爷公子东方胜和相爷公子刘长赢，成全了冯素贞和她的心上人李兆廷。

太监总管王公公设计陷害李兆廷，逼迫他写血书退婚。东方胜趁机向皇帝讨来赐婚的圣旨，想要在三日后与冯素贞成亲。冯素贞不从，吃了乞丐老太太给的“喜饼”后假装死去。李兆廷闻讯赶来哭灵，伤心欲绝。冯素贞为了惩治这帮仗势作乱的人，女扮男装来到京城，化名冯绍民参加科考，高中状元，开始了仕途生涯。

与此同时皇帝把宰相的女儿刘倩许配给李兆廷。之后朝中发生政变，国师迫使皇帝退位。在和国师的激斗中，宰相女儿刘倩战死。临终前，她无意中说出了冯绍民就是冯素贞的秘密。皇帝把冯素贞和李兆廷二人打入死牢，行刑前，皇帝突然驾崩。太子继位，赦免了冯素贞和李兆廷。经过一番曲折，冯素贞与李兆廷有情人终成眷属。

《女驸马》是一部极富传奇色彩的古装戏，也是黄梅戏中的经典之作。黄梅戏是安徽省的主要地方戏曲剧种。

黄梅戏名段欣赏

女驸马

李兆廷：父遭陷害回乡来，三间茅屋避祸灾。贫归故里无人问，缺衣少食苦难挨。果腹充饥靠野菜，落叶添薪仰古槐。大荒年奉母命前来借贷，早知你家嫌贫，我宁愿饿死也不来。冯素珍：李郎休要把气生，且莫说宁愿饿死不上门。虽然是二爹娘心肠太狠，也不能抛却了小妹待你一片真情！李兆廷：正因为丢不开贤妹的恩和爱，与你父两相争我不愿退婚。怕只怕好姻缘要成泡影。冯素珍：生生死死不变心，生生死死决不变心！清风明月作见证，分开一对玉麒麟。这只麒麟交与你，这只麒麟留在身。麒麟成双人成对，三心二意天不容。李兆廷：双手接过玉麒麟，见物犹如见真心。冯素珍：还有纹银一百两，相助李郎上京求名。李兆廷：今日一别何时会？冯素珍：天南地北一条心。李兆廷：劝贤妹平日少把绣楼下，免得你那狠心的继母来欺凌。冯素珍：舍不得来也要舍。李兆廷：分不得来也要分。两人合：这才是流泪眼观流泪眼。冯素珍：断肠人送断肠人。李兆廷：断肠人送断肠人，断肠人送断肠人。

思考与练习

1. 脸谱是中国戏曲独有的、在舞台演出中使用的一种化妆造型艺术，彰显了戏剧人物的性格、品质和结局。观察戏剧脸谱的颜色和图案，并总结特点和规律。

2. “台上一分钟，台下十年功”，戏剧表演中，每一个身段的表现、每一个唱腔的展示，都需要表演者长期的磨炼。了解戏剧名家的故事，学习其勤学苦练的精神和意志。

3. 欣赏五大戏剧的名曲名段，品鉴其独特的韵味和魅力，并选择最喜欢的加以学习和展示。

任务九 古建筑之辉煌

任务摘要

早在六七千年前的新石器时代，我们的先民就开始利用黄土为墙、木构为架，建造了半穴式房屋，自此拉开了中国建筑发展的大幕，经历了先秦的创立、秦汉的成熟、魏晋南北朝的融汇，到隋唐时期达到鼎盛阶段，并形成了“以木结构为主，以砖、瓦、石为辅”的基本建筑特征，给我们留下了众多典范之作，如：庄严巍峨的紫禁城，“咫尺之内再造乾坤”的苏州园林……

建筑不仅是一门技术，亦是历史变迁、民族融合、文化演变、文明传播的体现。中国古代建筑在漫长的发展和积淀过程中，兼收并蓄、融会贯通，吸收了多种传统艺术的要素和特点，创造了丰富多彩的建筑艺术形象，值得我们去品鉴、传承、弘扬和创新。

任务目标

知识目标：了解中国古代建筑体系，掌握古代建筑的类型和特点。

能力目标：提升对中国传统建筑的艺术审美素养。

素质目标：传习和谐之道，帮助学生进一步树立人与自然和谐共生的理念，培养绿色发展观。

紫禁城

紫禁城：皇权至高无上的建筑文化

紫禁城是中国明清两代 24 个皇帝的皇宫。依照中国古代星象学说，紫微垣（即北极星）位于中天，乃天帝所居，天人对应，是以皇帝的居所又称紫禁城。

紫禁城位于北京市中心，现称故宫，意为过去的皇宫。它是当今世界上现存规模最大、建筑最雄伟、保存最完整的古代宫殿和古建筑群。

紫禁城太和殿

紫禁城的历史、格局和象征

1406年，明成祖朱棣开始动工营建紫禁城宫殿。14年之后，这座雄伟的建筑基本竣工。建筑面积有15万平方米。

宫城的周围环绕着高12米，长3400米的宫墙。墙外有52米宽的护城河环绕，形成一个森严壁垒的城堡。这个城堡有4个门，正门名午门，东门名东华门，西门名西华门，北门名神武门。面对北门神武门，有用土石筑成的景山，景山可说是紫禁城建筑群的屏障。

城内宫殿建筑布局沿中轴线向东西两侧展开。红墙黄瓦，画栋雕梁，金碧辉煌。殿宇楼台，高低错落，壮观雄伟。朝暾夕曛中，仿若人间仙境。建筑群依据布局和作用分为“外朝”与“内廷”两大部分。二者的分界线是乾清门，乾清门以南为“外朝”，以北为“内廷”。“外朝”以太和殿、中和殿、保和殿三大殿为中心，是皇帝办公、开会、举行庆典的地方，也称“前朝”。此外两边有文华殿、文渊阁、上驷院、南三所、武英殿、内务府等建筑。“内廷”以乾清宫、交泰殿、坤宁宫后三宫为中心，两边有养心殿、东西六宫、斋宫等，后有御花园。内廷东部的宁寿宫是乾隆皇帝养老的地方，西部有养心殿、雨花阁、慈宁宫等，是皇帝和后妃们居住、举行祭祀和宗教活动以及处理日常政务的地方，称为“后寝”，此外还有斋宫、毓庆宫、寿安宫、重华宫、北五所等建筑。前后两部分宫殿建筑总面积达16.3万平方米。整组宫殿建筑布局谨严、秩序井然，寸砖片瓦皆遵循着封建等级礼制，表现了帝王至高无上的权威。

1925年10月10日，故宫博物院正式成立，对外开放。也就是从那时起，紫禁城才被称为“故宫”的。

四合院

四合院：家族团圆融合的建筑文化

四合院是中国华北地区民用住宅中常见的一种组合建筑形式，是一种四四方方或者长方形的院落。“四”指东西南北四面，“合”是合在一起，形成一个口字形，这就是四合院的基本特征。四合院是汉族典型的民居形式，从西周时候起，这种形式就已初具规模，如今算来已经有三千多年的历史了。

在我国的山西、陕西、河北等地，民宅基本上都是四合院形式，尤以北京城中布局讲究的四合院最有名。

别看四合院的布局一目了然，其中有很多传统的讲究。比如四合院的装修、雕饰、彩绘都体现了民俗民风和传统文化，以蝙蝠、寿字组成的图案，寓意“福寿双全”，以花瓶内安插月季花的图案寓意“四季平安”，而嵌于门簪、门头上的吉祥话，悬挂在室内的书画佳作，更是集贤哲古训，采古今名句，风雅备至，犹如一座中国传统文化的殿堂。

四合院的格局

四合院虽有一定的规制，但规模大小却有不等，大致可分为大四合、中四合、小四合三种：小四合院一般是北房三间，一明两暗或者两明一暗，东西厢房各两间，南房三间。卧砖到顶，起脊瓦房。可居一家三辈，祖辈居正房，晚辈居厢房，南房用作书房或客厅。院内铺砖墁甬道，连接各处房门，各屋前均有台阶。大门两扇，黑漆油饰，门上有黄铜门钹一对，两则贴有对联。中四合院比小四合院宽敞，一般是北房五间，三正二耳，东、西厢房各三间，房前有廊以避风雨。另以院墙隔为前院（外院）、后院（内院），院墙以月亮门相通。前院进深浅显，以一二间房屋作门房，后院为居住房，建筑讲究，室内方砖墁地，青石作阶。大四合院习惯上称作“大宅门”，房屋设置可为五南五北、七南七北，甚至还有九间或者十一间大正房，一般是复式四合院，即由多个四合院向纵深相连而成。院落极多，有前院、后院、东院、西院、正院、偏院、跨院、书房院、围房院、马号、一进、二进、三进，等等。院内均有抄手游廊连接各处，占地面积极大。

中型和小型四合院一般是普通居民的住所，大四合院则是府邸、官衙用房。如果可供建筑的地面狭小，或者经济能力有限的话，四合院又可改盖为三合院，不建南房。四合院虽然简简单单，但是讲究“遮蔽”，正门不能直对着内房，总是偏置在墙角的某一侧，并且安置照壁，让外面的人无法直视房间的内部，这样主人们就有了自己独立的生活空间；凡是临街的墙，也都不开窗户，但是庭院里面可以有很多装饰性的窗子，这样也保证了私人的生活空间。

苏州园林

苏州园林：水乡秀丽典雅的园林文化

苏州园林是指中国苏州城内的园林建筑，以私家园林为主，起始于春秋时期的吴国建都姑苏时（前514），形成于五代，成熟于宋代，兴旺于明代，鼎盛于清代。到清末，苏州已有各色园林170多处，现保存完整的有60多处，对外开放的园林有19处。

作为苏州古典园林典型代表的拙政园、留园、网狮园和环秀山庄，产生于苏州私家园林发展的鼎盛时期，苏州园林以其意境深远、构筑精致、艺术高雅、文化内涵丰富而成为众多古典园林的典范和代表。

拙政园的格局、特征和地位

拙政园，苏州园林中面积最大的古典山水园林，是江南园林中当仁不让的代表。这一大观园式的古典豪华园林，以其布局的山岛、竹坞、松岗、曲水之趣，被盛誉为“天下园林之典范”，与承德避暑山庄、留园、北京颐和园并称中国四大名园，被誉为“中国园林之母”，1997 年被联合国教科文组织列为世界文化遗产。1513 年，解官归乡的明代御史王献臣以大弘寺基建造宅园，取西晋文人潘岳《闲居赋》中“拙者之为政也”之意题名拙政园。

拙政园最主要的景区在其中间，集园之精华所在，面积约 18.5 亩，其总体布局以水池为中心，亭台楼榭皆临水而建，有的亭榭则直出水面，极具江南水乡的特色。池边有茂盛的花木，景致主次分明，有明代园林的浑厚、疏朗。水池南岸的假山之外，另有一个池塘遍植荷花，水岸藤萝粉披，山岛林荫宜人，时有小桥飞过，一到夏天，可以从不同的角度来赏荷。

拙政园的中园有很多景致都是以荷命名的，当年王献臣在修建之时，就想以荷花来表达他孤高不群的品格。中部还有微观楼、玉兰堂、见山楼、枇杷园等景观可赏。

西部原为“补园”，在乾隆后形成工巧、造作的特点，西部主要建筑是靠近住宅一侧的三十六鸳鸯馆，这里是当时主人宴请宾客、听曲之地，三十六鸳鸯馆形如曲尺，台馆分峙，装饰精美。在这里听曲聚会，即使人员众多也能相互招呼，其乐融融。东部原称“归田园居”，但是早已荒芜，都是后来重建的。

拙政园整个设计布局以水为主，以池为心，楼阁轩榭环绕，园内有山石古木、绿竹花卉，构成一幅幽远宁静的画卷。整个园林建筑仿佛是浮在水面上的仙境，春日繁花新笋，夏日荷影蕉廊，秋日红蓼芦塘，冬日梅影雪月，四时宜人，面面生诗，不愧是“天下园林之母”。

四大名楼

四大名楼：钟灵毓秀的大自然之美

在中国古建筑中，“楼”指两层以上的房屋，《说文解字》中释为“重屋曰楼”，始见于战国时期。楼在古代城市或建筑群中是很重要的建筑，其建筑形式和用途也十分多样。中国古代的楼阁，或用来作为军事防御设施，如天安门城楼、正阳门箭楼；或用来宣扬政绩，如四川绵阳的越王楼；或用来藏书和阅览，如“中国七大藏书楼”，私人修建的五桂楼、玉海楼等；或用来登临远眺、欣赏自然美景，这类留存的古建筑相对较多，而其中最负盛名的就是“中国四大名楼”。

岳阳楼

岳阳楼，位于湖南省岳阳市，始建于东汉建安二十年（215），历代屡加重修，现存建筑沿袭清光绪六年（1880）重建时的形制与格局，自古有“洞庭天下水，岳阳天下楼”之美誉。

岳阳楼居于岳阳古城西门城墙之上，下有洞庭湖，前有望君山。主楼为长方形体，主楼高19.42米，进深14.54米，宽17.42米，为三层、四柱、飞檐、盔顶、纯木结构，楼中四根楠木金柱直贯楼顶，周围绕以廊、枋、椽、檩互相榫合，结为整体；顶覆琉璃黄瓦，构型庄重大方。岳阳楼保持了原构，其独特的盔顶结构体现了古代劳动人民的聪明智慧及能工巧匠的精巧设计水平。

黄鹤楼

黄鹤楼，位于湖北省武汉市武昌区，始建于三国吴黄武二年（223），历代屡加重修，现存建筑以清代“同治楼”为原型设计，重建于1985年，自古有“天下绝景”之美誉，世称“天下江山第一楼”。

黄鹤楼建于濒临长江的蛇山之巅，主楼为四边套八边形体、钢筋混凝土框架仿木结构，通高51.4米，底层边宽30米，顶层边宽18米，飞檐五层，攒尖楼顶，顶覆金色琉璃瓦，由72根圆柱支撑，楼上有60个翘角向外伸展；楼外有铸铜黄鹤造型、胜像宝塔、牌坊、轩廊、亭阁等环绕，整楼形如黄鹤，展翅欲飞，檐下四面悬挂匾额，正面悬书法家舒同题“黄鹤楼”三字金匾。

鹳雀楼

鹳雀楼，又名鹳鹊楼，位于山西永济，因时有鹳雀栖其上而得名。鹳雀楼始建于557—581年间，由北周大将军宇文护建造，为一座军事戍楼，历唐经宋存世七百余年，于元朝初年毁于战火，直到1997年得以第一次重修，于2002年9月正式对游人开放。

新修的鹳雀楼通身采用唐代油漆彩画装饰，为四檐三层的仿唐式建筑，楼高73.9米，坐南朝北，西依黄河水，南枕中条山，远可眺舜都遗址，近可瞰黄河之水天上而来。整个景区占地面积2.064平方公里，以鹳雀楼为中心，四周以古典园林分布，呈“四区十二点”布局结构。

滕王阁

滕王阁，位于江西省南昌市，始建于唐永徽四年（653），为唐太宗李世民之弟滕王李元婴任江南洪州都督时所修，现存建筑为1985年重建景观，为豫章古文明之象征。

滕王阁地处赣江东岸，主体建筑高57.5米，建筑面积13000平方米；其下部为象征古城墙的12米高台座，分为两级；台座以上的主阁取“明三暗七”格式，为三层带回廊建筑，内部共有七层，分为三个明层、三个暗层及阁楼；正脊鸥吻为仿宋特制，高3.5米。

思考与练习

1. 观看电视纪录片《故宫100》，探寻传统的宫廷建筑工艺，品味紫禁城整齐肃穆建筑的实用和美学价值。

2. 探寻古建筑，品读其所包含的人与自然和谐相处的哲学思想和文化底蕴。

3. 你的家乡有哪些古建筑，介绍一下其历史、典故和特色。

4. 不少经典文学作品都与建筑艺术相伴相生，找出相关作品，感受建筑之美与自然之美的和谐统一。

任务十 古诗文之诵读

任务摘要

叶圣陶在《精读指导举隅》中说：“语文学科，不该只用心与眼来学习；须在心与眼之外，加用口与耳才好。吟诵就是心、眼、口、耳并用的一种学习方法。”

作为我国优秀的非物质文化遗产，吟诵是在遵循语言特点和规律的基础上，依据古诗文的平仄音韵，辅以个人的理解和感悟，把作品中的思想内容和情感变化，通过声调的高低长短、声音的轻重缓急表现出来的诵读方式，对于传承、弘扬和发展中华优秀传统文化具有重大意义。

任务目标

知识目标：了解吟诵的意义和价值，掌握吟诵的基本规则。

能力目标：掌握不同文体的吟诵技巧。

素质目标：传习吟诵之道，帮助学生进一步激发学习古诗文的兴趣，感受汉语的音韵之美。

何谓吟诵

一、自古读书皆吟诵

吟诵，是中华民族一个古老而优良的传统。自从有了书，就有了“读书”，也就是吟诵，所有的古诗文在当时都是可吟诵的。吟诵是汉诗文传统读法的统称，是中华传统读书法，在古代就叫作“读”。20 世纪以来，为了与新兴的现代“朗读”“阅读”“诵读”区别开，才被改为“吟诵”。

吟诵与今天流行的朗读、朗诵、唱歌的区别，主要体现在三个方面。

第一，吟诵大部分是有旋律的。汉语是旋律型声调语言，世界上所有讲声调语言的民族，其诗文都是天然可唱的，汉语的诗词文赋也是如此。每个地方的吟诵调都是不一样的，每个人、甚至同一个人也不是固定的。当然，也可以没有旋律地读诵。

第二，不管有没有旋律，不同的吟诵方式又都共同遵守统一的读法规则。我们现在朗读只重视读音，不重视读法。读法就是关于每个字、每句话长短高低、轻重缓急的规定性。读法影响含义，读法错则理解错。古诗文有相对固定的读法。

第三，吟诵从吐气发声的方法，到对思想内容的理解，再到对神韵气象的表达，都是中华传统文化的体现。汉语古诗文，原本就是充满魅力、独具韵味的声音形式。

二、吟诵就是古代的“读”

吟诵，吟咏指有旋律的读法，读诵指没有旋律的读法，合称“吟诵”。吟诵是汉诗文的传统读法，是中华文化教育最基本的学习和教学方法，是中国古代教育体系的基石之一。另外，吟诵还是中华传统的修身方法、养生方法、歌唱方法、创作方法等，在不同领域里，它有不同的性质和功能。

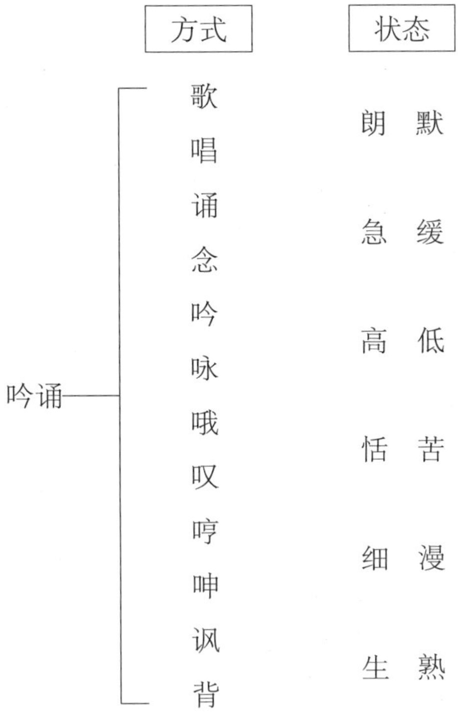

三、吟诵的关键是读法

吟诵是关于字音的高低长短、轻重缓急的定性不定量的读法系统，而且有音乐性，是言外之意的主要载体。读法承载着意义，因而吟诵的关键是代代相传的读法规矩，也就是吟诵的方法。

吟诵的规矩是依据汉语的特点自然形成的，更重要的是这些规矩是有含义的，它直接影响人们对诗文的理解。

吟诵比较普遍的读法有九种，即依字行腔、依义行调、入短韵长、平长仄短、平低仄高、模进对称、虚实重长、文读语音、腔音唱法。

此外，不同的文体还有不同的读法。

判断吟诵的唯一标准就是读法。符合吟诵读法的就是吟诵，其他有无旋律、有无伴奏、动听与否、用什么语音，都不是判断吟诵的标准。

四、吟诵的教育价值

1. 激发兴趣

吟诵恢复了汉诗文本来的优美的声音形式，能使学生更加喜爱古诗文。

2. 加强记忆

吟诵有旋律和节奏，不仅很好听，而且有助于学生理解诗文。

3. 正心诚意

吟诵的基本规矩是依字行腔、依义行调，即唱自己的歌。吟诵能够让吟诵者唱自己的歌，能够自然真诚地表达自己的情感。

4. 正音识字

汉字是音形义一体的意象整体，汉语的识字行为是一种感性的活动。吟诵正是按照汉语、汉字的规律去识字，是一种识字正音的科学方法，吟诵识字的有效性已经得到实践证明。

5. 深化理解

吟诵是汉诗文的传统读法，而读法对含义的理解是有影响的，读法承载着意义，读错就会理解错，因而它是正确理解古诗文含义的方法之一。

6. 开启创作

汉诗文本来就是吟诵着创作、吟诵着传承的，以吟诵的方式学习汉诗文，今天学习中的很多难题就能迎刃而解。比如古诗文的语感、语法问题，尤其是音韵和格律的问题，如果掌握了吟诵方法，就会感觉这些有趣而简单。会吟诵就很容易学会创作，不管作诗的水平如何，至少可以作诗。

7. 创编音乐

吟诵还是汉语音乐的创作方法之一。汉语音乐的旋律是从语言中来的，所以吟诵教师在音乐课上，会教授和鼓励学生自己创编音乐。

8. 涵养气质

吟诵是中华文化精神传承和人格培养的途径之一。道理往往是理性的，而人内在气质的涵养则需要外部形式来塑造。吟诵时不仅要学习道理，更要体味先贤的语气、神态、表情，进而体悟他们的精神、境界、气象，经过长时间的训练，便可达到涵养气质的目的。

吟诵规则

一、依字行腔

依字行腔，即按照字的读音去读和唱，字的乐音要按照字音的声调方向进行。如果吟诵的音程和字音声调的走向不相符，则被称为“倒字”，是不可以的。同时把字音拖长，将这些音放在“do re mi fa so la”的音阶上，就是依字行腔了。总之，从字音出发，一个字怎么读，就怎么吟诵。

每一个字、每一句话，都可以放在不同的乐音高度上来唱，只要唱的方向与声调方向一致就可以。定性不定量，是指具体的高度和音程，由个人的语感、乐感、音域和个人对句意的理解而定。比如：床↗前↗明↗月↘光——

二、依义行调

依义行调是句的唱法。字和字的关系构成一句话的旋律。依义行调，即字和字之间的高低长短关系，是由句意决定的。吟诵时，要根据自己的理解，安排哪个字高，哪个字低，哪个字长，哪个字短。

汉语音乐既然有腔与调之分，那就是五线谱和简谱无法记录的，因为它们都只能记录“曲”，而分不清“腔”和“调”。西方语言不讲求声调，所以唱歌也没有“腔”“调”之分。我们学习汉语音乐，就一定要分清“腔”和“调”，不然就会倒字，或者换一句话就不会唱，不知道原唱高上去低下来，是因为调子如此还是字音如此。

因此，学习吟诵一定要学会使用吟诵谱。吟诵谱又分为文字谱、符号谱、声调谱和唱腔谱，其共同特点是腔、调分记，一目了然。

1. 吟诵谱

（1）文字谱：即以文字的高低长短排列表示吟诵的乐音关系，这个关系是定性不定量的。如下图。

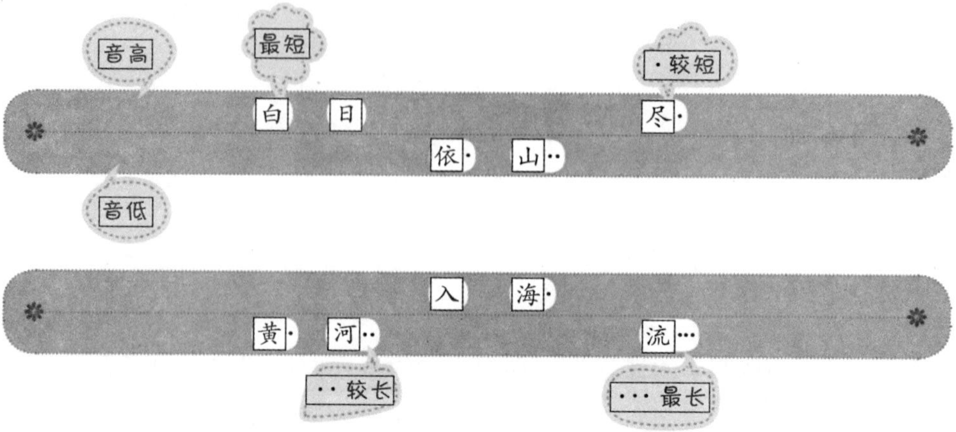

（2）符号谱：即以平仄等吟诵符号来标记读法，这个读法也是定性不定量的。如王之涣的《登鹳雀楼》：

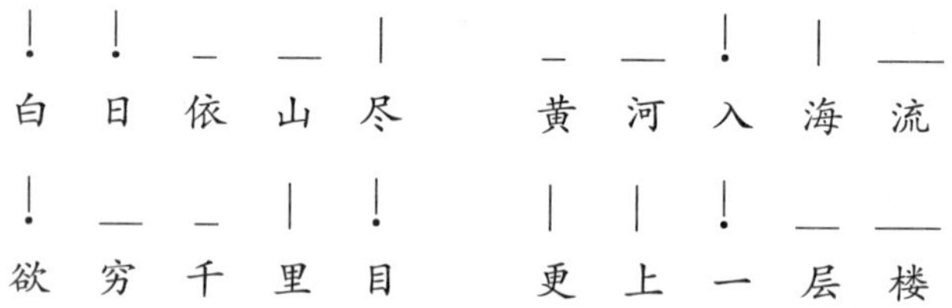

（3）声调谱：即以声调符号来表示唱法，每个字的唱法都是其声调走向，字和字之间有高低长短关系，即可以体现出调。这个谱也是定性不定量的，但是如果把高低关系放进音律线中，也可以形成有绝对音高的乐谱。如李白的《静夜思》：

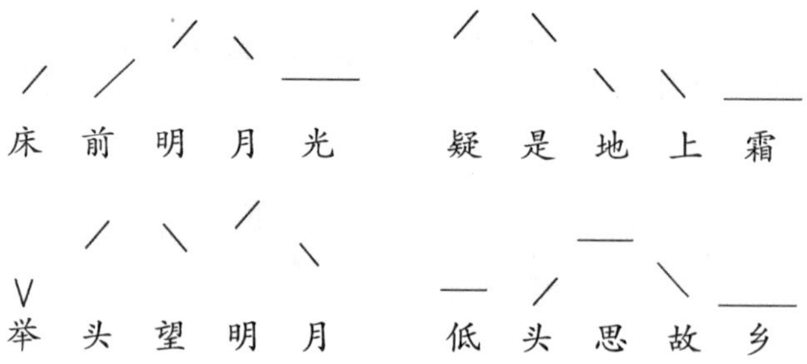

（4）唱腔谱：即以传统的腔音方式进行歌唱的示意谱，可以是定性不定量的，也可以是具体到绝对音高的。见下图。

2. 依义行调的基本方法

（1）从大到小，从高到低，从长到短，从快到慢

拿到一个作品吟诵前，要先安排字和字的高低长短。安排的方法，首先要看段落和段落的关系，然后看句和句的关系，最后看字和字的关系。看什么关系呢？首先看高低关系，其次看长短关系，再次看快慢关系。以什么依据来看它们的关系呢？首先是看含义之间的关系，所以叫依义行调。但是字句的关系，不仅可以从内容含义上分析，还可以从形式上分析。形式上的关系，往往比内容上的关系更明确、更清晰。汉语多讲言外之意，文字表面的含义不一定就是句意，形式往往能启示言外之意。因此，我们要特别重视字句形式带来的信息。

依义行调的分析步骤为：首先，段与段的关系——哪段高哪段低，哪段快哪段慢；其次，行与行的关系——哪句高哪句低，哪句快哪句慢；最后，字与字的关系——哪字高哪字低，哪字长哪字短。

（2）句调与句型的关系

陈述句的句调是平的，疑问句的句调是尾部上升的，强调句的句调是强调什么就读高什么，感叹句的句调是尾部下降的，判断句的句调是判断什么就读低什么。由此可以判断吟诵时整句的旋律走向。

（3）读法与含义的关系

在古诗文中，读法与含义的关系与在口语中的关系是一样的。其口诀如下：

长——延展　短——决绝　高——强调　低——感慨　快——明确

慢——回味　重——气势　轻——温柔　中——陈述

我们可以根据这些原则决定吟诵时的唱法。以前我们几乎把所有的句子都读成了陈述句，现在我们要逐渐习惯聆听声音，用声音去体会和表达细腻的含义和情感，习惯声音的抑扬顿挫、跌宕起伏。

押韵与文读

一、押韵

押尾韵，是所有汉语古诗唯一的共同的形式特征。

韵不是指韵母，韵是韵腹、韵尾、声调的组合，与韵母相比，其不包括韵头，但包括声调。韵是汉诗独特的概念。为什么会有这个概念呢？因为汉诗的声音特征最显著的是拖长。《尚书》载："诗言志，歌永言，声依永，律和声。"《礼记》曰："言之不足故长言之。"尾字拖得最长。一个字如果拖长，拖的是哪些音呢？声母拖不长，韵头也拖不长，能拖长的就是韵腹、韵尾和声调，所以"韵"这个概念来自拖长。韵而不拖长，就不能叫"韵"了。诵读时，韵在诗句里占的时长最长，五言达到句子一半的时长，七言也达到了四分之一的时长，所以韵的声音所包含的情绪，基本上决定了一首诗的情感格调。韵而不拖长读，就无法体会诗的基本情绪和格调。

比如《静夜思》这首忧愁的思乡诗，用的却是开阔向上的阳韵 ang。不拖长这个韵，就很难读出诗作想要表达的世界之广大、故乡之遥远的意境，从而很难体会作者的孤独感。不知李白的孤独，也就不知他的坚守和执着，对这首诗的体会就会有差距。又如《观沧海》这首感悟天道的诗，用的是上声的 i 韵。不拖长这个韵，就很难读出作者的疑惑和苦苦思索，从而不知道他从求仙到悟道的极大欢喜，为什么是"幸甚至哉"，那么对这首诗的体会也会差很远。

换韵就意味换情绪，也是分段的标记。比如《木兰诗》，首句就连用五个入声字，第一段是入声韵，十分压抑。随后转庚韵，在古代这个韵读 ang，昂扬雄壮，这是决心替父从军时的心情。随后转 an 韵，开阔而下收。再转 iou 韵，悠长缠绵，再转微韵 ei，有稀薄飘动之感，这表达的是十年戎马生涯的漂泊之感。随后转阳韵 ang，表达的是凯旋的情绪，一直延续到倒数第二段。最后一段是 i 韵，是细腻的感觉，正是分辨雌雄所需要的细微的察觉。抓住了韵的变化，也就抓住了诗思诗心。

二、平水韵

平水韵是汉语雅言中古音作诗的韵部系统。一直到今天，很多人在作旧体诗词时仍然使用这个系统。

平水韵一共有 106 个韵，其中平声 30 韵，上声 29 韵，去声 30 韵，几乎都是一一对应的，入声 17 韵，因为入声发音太短，邻近的韵很难分辨，所以就合并了。

古人作诗押韵，就是指句尾字都在同一个韵部里，比如李清照的《夏日绝句》，句尾字“雄”和“东”就都是平水韵的“东”韵里的字。

平水韵跟今天的普通话相比，大部分是一致的，少量有出入。比如庚韵的字，今天一般韵母是 eng、ing，古代则是 ang，表达雄壮开阔的感觉。鱼韵的字，今天一般韵母是 u，古代则是 ia。侵韵的字，今天一般韵母是 in，古代则是 im。具体的情况，要查韵书。

每一个韵都有自己独特的性格、含义。例如，东韵——正大通透之意；阳韵——开阔向上之意；尤韵——舒缓延展之意。

古人作诗，首先要掌握平水韵，但不是死记硬背，而是通过一些蒙学教材来学习，比如《声律启蒙》《笠翁对韵》等。这些蒙学教材的教学目标，一是让学习者背过平水韵常用字（每句的尾字都押同一韵部的字），二是让学习者掌握大量的意象（诗语），三是学会对仗、对联、作诗。

三、辨认入声字

要准确地辨认入声字，最可靠的办法还是查工具书，比如《辞源》。《辞源》不仅对古音有注明，而且是一本意象辞典。尽管在意象方面，《辞源》也有不尽如人意的地方，但目前这本工具书已经是最好的了。

如果没条件查工具书，又想具备一定的辨认入声字的能力，也可以通过以下两种方法，但不能保证百分之百准确。

第一种是方言法。凡是生活在淮河到秦岭一线的南方，或者北方的山西的人，适用此法。方法是，用家乡话读平水韵中的入声字。如果发现这些字在家乡话中都是短促的音，那么以后遇到古诗文，用家乡话读一遍，凡读短促音的，基本上就是入声字。如果发现这些字在家乡话中不是短促的音，总结这些字的声调，就会发现，这些字有一致的声调。一般来说是两个声调，一高一低。高的就是阴入，低的就是阳入。也有只有一个入声声调的，也有有三个入声声调的，都比较罕见。记住这几个入声声调，那么以后遇到古诗文，用家乡话读一遍，凡读这几个声调的，基本上就是入声字。

第二种是口诀法。此法适用于生活在北方但不是山西的人。推荐下面这个口诀，一共 168 个入声字，又叫 168 口诀。

六伯黑，不白皙，忒龌龊，没出息。
贷谷麦，织竹席，毒剥削，逐什一。
啬吃喝，食苜蓿，恶服饰，益积蓄。
欲窃物，掘穴窟，昨日暮，跖入屋。
猝突兀，魄觳觫，怕失色，匿帛幕。
急雀跃，脚蹶跌，逸角落，鼻憋厥。
忽觉察，戟割截，血沥漉，卒殁绝。
七叔俶，击羯狄，越朔漠，伐弑逆。
啜冽雪，齧菽粒，历代北，踏石砾。
执节钺，发矢镝，克貊国，若霹雳。
馘魅傑，裂畜腹，抉敌目，酷杀戮。
力搏毕，贼殪毙，得匹駃，值百镒。
复失域，立业绩，获爵禄，锡玉璧。
疾杂学，悦墨翟，执木铎，习八佾。

此外，还可通过背诵入声韵的诗词来扩大入声字量，或者通过同源字串来扩大积累。常见的入声字只有300多个，掌握起来并不太难。

四、文读语音

在古代，文人从来不用方言读书。《论语》：“子所雅言，诗、书、执礼，皆雅言也。”是说孔子平常说鲁国话，但是读《诗经》和《尚书》的时候，是不说鲁国话的，而是说雅言。

任何地方的汉语，都分为文读系统和白读系统两类，叫作“文白异读”。白读就是老百姓说话的语音，文读就是文人读书用的语音。文人平常说话也说白读，但读书要用文读。

文读语音有三大原则。

第一，尽量使用当代民族共同语。使用民族共同语，即雅言，是为了保证文化的大一统，保证文化的有效传承。

第二，在当代民族共同语的语音产生歧义，妨碍传达含义时，则恢复其语音中有争议的部分。比如“远上寒山石径斜”，“斜”要读xiá。为什么不能读xié？因为“斜”在这里是韵字，要拖长的。拖长的语音，就是á，读出来有开朗、单纯之感。正因为有如此心态，后面才能有“霜叶红于二月花”的豁达。如果改成了é，就失去了这种感觉，影响了对这首诗的理解。但是，这个语音xiá并不是唐朝的音，唐朝没有x这个音，而是读s。为什么不读siá？因为s这个音在这里并不妨碍含义的表达，所以就没有必要恢复古音了。因此，xiá这个音就是读书音，并非古音。同样的道理，“斜风细雨不须归”的“斜”就读xié就行了，不必读成xiá，因为这个字不拖长，xié足以表达含义。

第三，若恢复古音后，与今音差距太大，就不恢复了，仍然用当代语音读，只是加注释说明。这种情况就不文读了，只用普通话读，但可以加注释说明这个问题。

总之，普通话吟诵的文读原则是尽量使用普通话，同时要传达出古诗文声音的含义。

用普通话吟诵的基本方法如下。

1. 入声读短。入声字的声母、韵母、声调都按照普通话读音，只是读短。因为入声字的声音含义主要是由短促造成的，读短基本就可以表达出来。

2. 格律读准。在格律的位置上，即近体诗的偶位字和句尾字上，如果有的字古代读平声，普通话读仄声，或者古代读仄声，普通话读平声，则需要把声调改回去读。这样的字很少，常见古平声字变今仄声字的有：看、忘、漫、叹、跳、泡、望、醒、叟、场、论、俱、教（使）、胜、禁、任（承受）。常见古仄声字（非入声字）变今平声字的有：思、骑、听（名词）。这些字如果不在近体诗的偶位字和句尾字的位置上，也没有必要改声调。

3. 叶韵从宽。为了充分表达韵字拖长所要表达的含义，有时需要恢复韵字的韵腹和韵尾，这时不需要非常精准，跟古音差不多就可以。

4. 破读从传。破读，就是为了区分某个字的古义和今义，而特意改了读音的某个部分，比如《大学》里有句“心宽体胖”，“胖”字要读 pán。为什么不读 pàng，因为那会使人理解成胖瘦的意思。为了区别字义，古人造了 pán 这个音。其实“胖”的上古音也不一定是 pán，这只是为了区别字义。这种情况下的读音，就按照传下来的读音读就可以了。

近体诗吟诵

一、古诗文的体裁

古诗文的体裁，即文体，分为四大类：古体诗、古体文、近体诗、近体文，见下表。不同的文体有不同的读法。我们首先要知道古体诗和近体诗读法的差异。

表 1　**汉诗文文体表**

汉诗文	诗	文
古体	四言诗（风、大雅、小雅、颂） 楚辞体（骚体、九歌体、四言体） 乐府（乐府、拟乐府、新乐府） 五言古体、七言古体（歌行） 童谣体（三言、四言） 其他（六言、三五七言）等	古经 古文 古赋

续表

汉诗文	诗	文
近体	五言绝句、七言绝句 五言律诗、七言律诗 五言排律、七言排律 词、曲	骈文 骈赋 制艺（八股文）

古体诗与近体诗的区别就在于格律。所谓古体，就是没有平仄格律。所谓近体，就是有平仄格律。隋唐以前没有平仄之分，所以，隋唐以前都是古体，隋唐以后，有古体有近体。

二、诗律

近体诗的格律有四条，缺一不可。

1. 齐言，即整整齐齐，每句字数一样。要么都是五字句，要么都是七字句。所以，《咏鹅》就是古体诗。

2. 只押平声韵，一韵到底不换韵。所以，《春晓》就是古体诗。

3. 除了首尾联以外，中间各联一律对仗。近体诗每两句叫一联。在对偶的基础上，二四六偶位字和最后一个字的平仄要相反。

4. 平仄格律。平仄格律又分四个方面，缺一不可。

（1）一三五不论，二四六分明。即每句诗一三五位置的字不用讲究平仄，二四六位置的字需要讲究平仄。

（2）同句相间。即一句之中，平和仄要间隔开。因为一三五不论，所以是指剩下的二四六字的平仄要间隔开。

例如：仄　平　仄　　相见时难别亦难

（3）同联相对。即一联之中，平仄要相对，相对就是相反。

例如：仄　平　仄　　相见时难别亦难

　　　平　仄　平　　东风无力百花残

（4）邻联相粘。即邻联的两句平仄要粘起来。相粘就是相同。

例如：平　仄　平　　东风无力百花残

　　　平　仄　平　　春蚕到死丝方尽

第一句的第二个字如果是平声，我们叫平起。平起七律完整格律如下：

	二	四	六	七
一	平	仄	平	
二	仄	平	仄	
三	仄	平	仄	
四	平	仄	平	
五	平	仄	平	
六	仄	平	仄	
七	仄	平	仄	
八	平	仄	平	

仄起七律的格律，就是平仄正好与平起七律的相反。

每句第七个字的要求，二四六八句的第七字是韵字，必须平声，一三五七句的第七字必须仄声。有一个例外，就是第一句的第七个字也可以是平声，但如果是平声，必须跟后面的韵字押韵。

把七律的头两个字切掉，剩下的就是五律的格律。把七律的后四句切掉，剩下的就是七绝的格律。把七绝的头两个字切掉，剩下的就是五绝的格律。

三、近体诗的读法

依字行腔、依义行调、文读语音、腔音唱法，是所有汉诗文吟诵需要共同遵守的规矩，也就是吟诵的方法。近体诗的读法，还有几个独特的方法。

入短韵长，是所有古诗文都要遵守的读法，即入声字读短，韵字读长（入声韵则读短）。

平长仄短，不是所有的平声字都长，所有的仄声字都短，而是说，偶位平声字拖长，平声韵字拖最长，入声字读短。其他的字，不管是平是仄，都读中等长度。

平低仄高，也不是指所有的平声字都低，所有的仄声字都高，而是说，二四六偶位字，平声字读低，仄声字读高。一三五字的高低由后面的那个字的高低决定，两个字为单位一起高或一起低。

近体诗的吟诵符号如下：

平声：	_	—	——
	一三五字	二四六字	韵字
仄声：	|		
入声：	!		

符号的长度表示读音的长短，上沿表示读音的高低。

比如杜牧的《清明》：

_	—	_	!	|	—	——
清	明	时	节	雨	纷	纷
|	|	_	—	!	|	——
路	上	行	人	欲	断	魂
|	|	|	—	_	|	|
借	问	酒	家	何	处	有
!	—	_	|	|	—	——
牧	童	遥	指	杏	花	村

四、近体诗的吟诵

吟诵的时候，先用普通话平调把每句诗唱出上中下三个不同的高度，再按照吟诵的规矩，每个字选择不同的高度唱，组合起来就行。这就是普通话基础调的吟咏。

吟诵实质上是一个学习和思考的过程，一个教学的过程。正所谓书读百遍，其义自见。吟诵也是一个逐渐发现作品含义的过程。

近体诗的吟咏，其旋律关系跟平仄格律是完全一致的。比如平起七律，其每句的旋律起伏一定是：

二四六	旋律
平仄平	低高低
仄平仄	高低高
仄平仄	高低高
平仄平	低高低
平仄平	低高低
仄平仄	高低高
仄平仄	高低高
平仄平	低高低

比如王之涣的《凉州词》的前两句：

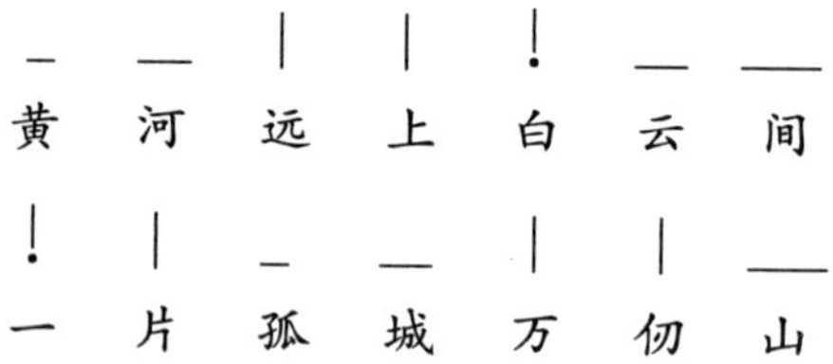

吟诵时的旋律曲线是：

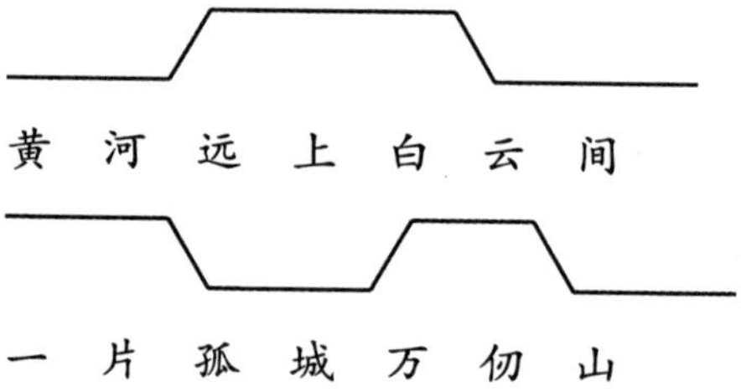

五、近体诗读法的意义

平声之低长有延展之感，仄声之高短有强调之意。入声之短促是特别强调，并可能表示痛苦、决绝、快速、轻灵等情绪。

因为古诗的创作基本上是口头创作，是声音的艺术，所以作者自觉不自觉地都会选择合适的声音。我们读的时候，也要体会声音的含义。这些含义不是百分之百有意义，但大部分对作品的含义有影响。

比如贺知章的《回乡偶书》：

!	|	_	—	|	|	——
少	小	离	家	老	大	回
_	—	_	|	|	—	——
乡	音	无	改	鬓	毛	衰
_	—	_	|	!	—	!
儿	童	相	见	不	相	识
|	|	!	—	_	|	——
笑	问	客	从	何	处	来

第一句“少小离家老大回”。我们现在朗诵的重点是“少小离家、老大回”，强调的是“离家”和“回”，意思是“以前我离家了，现在我终于回来了”。可是这首诗原来强调的是“少小”和“老大”。

“少小”是十几岁，“老大”，贺知章实际上是八十五岁才回到家，这中间差不多有七十年。强调“少小”和“老大”，就是强调时间之长。

第二句“乡音无改鬓毛衰”。“乡音——”，拖长的意思是延展，好多好多的乡音。这一句强调的是什么？是“无改”。不是像我们今天说的“乡音无改、鬓毛衰”，我的乡音没有改，但我的头发白了，好像是一个对比。但这不是对比，它强调的是没改。为什么要强调这个？因为这是他跟家乡之间唯一的联系，其他的都变了。

第三句“儿童相见不相识”。“儿童——”拖长，说明是好多儿童，不是一个。“相见不！相——识!”，它强调的是“见”和“识”。为什么呢？因为贺知章觉得相见就应该相识啊。可是这里“相见”了却“不相识”，“识”是入声字，把入声读出来，就能读到那种奇怪的感觉。他觉得十分奇怪，孩子们居然不认识他？他七十年没回来了，为什么觉得小孩子应该认识他呢？因为“乡音——无改”，他的家乡话没变啊！可是，这么多小孩子，没有一个认为他是这里的，大家都认为他来自遥远的地方，那是因为什么？因为他的乡音，其实已经改了。他以为这是自己身上留下的唯一的有家乡印迹的东西，实际上早已失去。这种失落的、突然的、无依无靠的感觉，茫然、惊愕、伤心，就是感慨。怎么会这样呢？因为时间太久了，没有人跟他说家乡话，所以自己说得也不准了。这还是多年未回家的感慨。

第四句，“笑问客从——何处来——”，问诗人从哪里来，强调的是“笑问”“何处”。“笑问”，是儿童的态度，这样随意，这样无忧无虑，与诗人的失落形成对比。“何处”，诗人不就从这里来吗？怎么这么问他呢？他好像已经不再是这个家乡的人了。是啊，这么多年，魂牵梦萦啊，终于回来了，结果怎样呢？认识的人全都不在了，而在的人，也没有把他当成家乡的人。这是什么感觉？

文人诗经常表达这种济世安民之志与现实痛苦之间的矛盾，这其中有很强的人格力量，蕴含了敢于面对这种巨大痛苦的勇气和执着，这也是我们要传承下去的一种文化精神。

词与曲的吟诵

一、词律

词的句子基本上也是律句，也就是合格律的句子，其特征是偶位字平仄相间。所以词的吟诵，基本上与近体诗的吟诵是一样的。

词的格律也有特殊的地方，比如词可以换韵，也可以押仄声韵，而且上声和去声可以通押，这一点在整个汉语诗歌史上都是比较特殊的。比如陆游的《钗头凤》：

红酥手，黄縢酒，满城春色宫墙柳。　　东风恶，欢情薄。一怀愁绪，几年离索。错、错、错。（〰代表上声韵转换为入声韵。）

词还有“一字逗”现象。“一字逗”指一个句子的第一个字实际上是一个小停顿。例如“望长城内外”，应该是“望、长城内外”，“望”叫一字逗，要顿一下。所以判断偶位字平仄格律时，第二个字应该是“城”，第四个字是“外”。再如“对、潇潇暮雨洒江天”“正、单衣试酒”等都是一字逗的情况。

二、词的吟诵

词的吟诵规则同近体诗，即依字行腔、依义行调、文读语音、腔音唱法、平长仄短、平低仄高、入短韵长。

仄韵也可拖长。入声韵拖长的方式是顿一下再拖，即第一声把声调表达出来，再拖长。

词的吟诵符号与诗一样，只是多了几个仄韵符号。上声韵字（√）、去声韵字（\）、上去通押韵字（<）。

三、词的读法意义

词的读法意义也与近体诗一样。平声之低长表示延展，仄声之高短表示强调。入声表示特别强调和快速、决绝等含义。

以李煜的《虞美人》为例：

_ — _ ! _ — <　| | _ — <　| _ ! | | _ —　| ! ! — _ | ! _ —

春花秋月何时了　往事知多少　小楼昨夜又东风　故国不堪回首月明中

_ — ! ! _ — <　| | _ — <　| — _ | | _ —　! | ! — _ | | — —

雕阑玉砌应犹在　只是朱颜改　问君能有几多愁　恰似一江春水向东流

“春花——”，春花很多，而且在地上，“秋月”高短，月亮只有一个，而且在天上。秋月这个意象代表团圆。这句也是互文。“何时——”，很多年了，“了——”，表示没有结束。“往事”，强调“往事”，“知多——少——”，连续的两个长音，多和少，说明很多。

“小楼——”，这是又低又长的音，小楼一直都在这里，说明他没睡。“昨夜”，强调“昨夜”，“又东——风——”，东和风，都是长音，说明风刮了很长时间，所以他昨夜一夜未睡。刮东风的是什么季节啊？是春天。“故国”，这是入声字，哽咽住了，“不堪——”，又是一个入声字，真是不堪啊。“回首月明——中——”，强调“回首”，这是不堪之所在。明、中两个长音，和东风正好相对，刮了一夜的东风，照了一夜的月光。

“雕栏——”，指雕栏很多。“玉砌!”两个入声字，这么决绝。雕栏和台阶是什么做的？玉做的。不管是不是夸张，在此表达的是很名贵的意思。“应犹——在!”拖长“犹”，就是一直的意思，强调“在”，就是强调没有失去，意思是这么好的东西，亡国了，成别人的了，可我不在乎，因为它们一直都在那里。那什么没有了呢？“只是”，强调答案，“朱颜——改——”，是青春没有了，这才是最心痛的地方。“在”，现在是去声，以前是上声，所以与“改”押韵。

“问君——”，很低很长，这是什么意思？问了很长时间，不断地反思、回味，“能有几多——愁——”，多和愁，都是长音，好多好多的愁。“恰似!”恰是入声字，强调之意很明显。“一江——”，长江太长了。“春水”，强调是春水！为什么？流水在古代代指青春流逝，所以又特地强调“春”，“向东——流——”，一直流，直到失去。

四、曲律

散曲的句子基本上也是律句，也就是合格律的句子，其特征就是偶位字平仄相间。所以散曲的吟诵，基本上与近体诗的吟诵是一样的。

散曲的格律也有特殊的地方。散曲可换韵，也可押仄韵，但基本上是平、上、去、入分押。

散曲中有衬字。衬字是不入格律的。如关汉卿的《双调·大德歌》：

风飘飘，雨潇潇，便做陈抟睡不着。懊恼伤怀抱，扑簌簌泪点抛。秋蝉儿噪罢寒蛩儿叫，淅零零细雨打芭蕉。(加波浪线的字为衬字。)

五、曲的吟诵

曲的吟诵规则同近体诗，即依字行腔、依义行调、文读语音、腔音唱法、平长仄短、平低仄高、入短韵长。仄韵可拖长。处理方式与词一样。

曲的吟诵符号也与诗词一样。

六、曲的读法意义

散曲的读法意义也与近体诗一样。平声之低长表示延展，仄声之高短表示强调。

入声表示特别强调和快速、决绝等含义。

比如马致远的《天净沙·秋思》：

枯藤老树昏鸦　小桥流水人家　古道西风瘦马　夕阳西下　断肠人在天涯

“枯藤——老树昏鸦——”，“鸦”字很长，因为乌鸦一直在叫，“枯藤”拖长，为什么？因为枯藤很长。

“小桥——流水人家——”，为什么“小桥”是长的呢？顺着小桥流水一看，就看到了人家，那个人家，是吸引作者目光的。人家有个家在那，而“我”漂泊在外。所以作者对那个家，那个小桥流水的风景体会了半天。“古道西风——”，为什么“风”是长的呢？因为风一直在刮。对他来说，一直刮的西风，比“古道”更厉害。“古道”强调苍凉。为什么一定要刮西风？因为秋天了。为什么秋天了这么重要呢？因为秋天该回家了，所以，“瘦马”强调旅途之艰难，有家难回。

下一句，“夕阳——”，这是长音，夕阳不是突然落下去的夕阳，是慢慢地在那里，一点一点地落下去的。

最后一句话，“肠”“涯”都是长音。这句应该读成：断肠——人在天涯。实际是说，断肠——为什么断肠，因为人在天涯。所以这是一首典型的以羁旅情愁为主题的、文人思乡的作品。

古体诗吟诵

一、古体诗的读法

依字行腔、依义行调、文读语音、腔音唱法是所有汉诗文吟诵要共同遵守的规矩，也就是吟诵的方法。古体诗的读法，除此之外就只有入短韵长。

因为古体诗没有平仄格律，所以也没有平长仄短、平低仄高的读法。标记符号的时候，古体诗标记只标记入声字和韵字，其他的字不标。

古体诗的读法比近体诗少了两个，实际上吟诵起来就更困难了。因为平长仄短、平低仄高至少把句子的旋律框架定下来了，古体诗没有这两个读法，旋律框架只能依靠依义行调了。依义行调的方法并不难，可以像说话一样安排字句的高低长短。这里面最难的并不是行调，而是对“义”的理解。其具体步骤，与白话诗吟诵的方法是一样的。

下面以《诗经·卫风·木瓜》为例：

！___　___　< ～　< ～
投我以木瓜　报之以琼琚　匪报也　永以为好也

！___　___　< ～　< ～
投我以木桃　报之以琼瑶　匪报也　永以为好也

！√　√　< ～　< ～
投我以木李　报之以琼玖　匪报也　永以为好也

这首诗分三段，以前叫三章。首先要判断三段之间是什么关系，首先看什么。学吟诵要注意，在看字之前，先看音，先看音再看字，那个字一定是符合那个音的，字往往是晦涩难明的，但声音往往是明确的，所以先要看声音。三段之间是什么关系？要先看韵。看诗要先看韵。

这首诗，每段的后半部分是一样的，只有前半部分改几个字。后半部分押韵的字是“报”和“好”，“也”不是韵字，而是语气词。“报”和“好”今天不是同一个声调，所以用了仄韵通押的符号，但是，当初很可能都是上声。“好”以声调区别意义可能是后来的事情，但不能肯定，所以这里还是用了仄韵通押符号。

要看三段的关系，主要看前面。第一段的韵是什么韵？声调是阴平。具体的音，有人说两个字都是 u 韵，有人说两个字都是 ɑ 韵。第二段押的韵是阳平的声调。上古的阴阳平现在也不是很清楚，但中古的阴阳平大致还是来自上古。第三段押的是上声韵。在上古音中，上声比平声高，上古如果是“四声对五音”，那么第三段就应该比前两段结束得更高。三段之间是递进关系。

这首诗要表达的核心是“礼”。周礼有不同的层次，这首诗都表现出来了。

先看三段所送的东西。木瓜、木桃、木李，一个比一个小。琼琚、琼瑶、琼玖呢？一个比一个廉价。为什么？因为礼尚往来。你给我木瓜，我给你琼琚，白色的美玉；你给我木桃，我给你琼瑶，白色的，但已经不是玉，是像玉一样的石头；你给我木李，我给你琼玖，是黑色的像玉一样的石头，也是越来越廉价。这就是礼乐文化的对等原则，你给我的越来越小，我给你的也越来越没那么贵重。

第二，取少与多。我们常说，滴水之恩，涌泉相报。木瓜、木桃、木李，能值多少钱？琼琚、琼瑶、琼玖呢？在玉器时代，玉是最贵重的礼器。诗作用这两者之间巨大的价值差距，来表达取少与多。

第三，就算是这样，那为什么不倒过来说呢？为什么不先说小的再说大的？这样不是互赠的东西就越来越值钱吗？但是，往多了说，是没有尽头的。就好像两人在比礼物的贵重。往小了说，都送一个李子了，已经那么小了。如果还有第四段，只能什么也不送了。如果你什么也送不了我了，我也就什么也送不了你了，但“匪报也，永以为好也”，不是因为这些礼物，而是感情好。这样才能突出后半部分。

三段的关系是递进关系，第三段尤其要加重或者升高。

弄清楚一段，其余两段就清楚了。这一段分两句，两句之间是什么关系？哪一句读的时候要用力？哪一句调要高？是第一句高还是第二句高？是“投我以木瓜，报之以琼琚”这句高，还是“匪报也，永以为好也”高？当然是第二句高，第二句才是表达的重点。

第一句分成两小句，哪一句高？是“投我以木瓜”高，还是“报之以琼琚”高？前者高，因为是人家先送的礼。礼轻情意重。回礼的时候，都不会把回的礼说重，而是着重强调对方的礼。诗歌中的琼琚不能比木瓜贵重就是这个道理。

一个小句之内，“投我以木瓜”，哪个字高？当然是“投”和“木瓜”。“报之以琼琚”中，当然是“报”和“琼琚”高。

后半部分，“匪报也，永以为好也”，哪句高？很难取舍，可以认为一样高。“匪报也”三个字，哪个字是重点？应该是“报”。“报”和“好”相对应，如果“匪”是重点，那么就没有可对应的了。“永以为好也”哪个字高？“永”和“好”高。

这首诗从大到小，逐次分析了音高关系，再用上入短韵长，依字行腔的方法，就可以吟诵了，因为基本的旋律框架已经出来了。具体的调子每个人可以不一样，但基本的旋律框架结构是接近的，因为对这首诗的理解，大家应有一个大致的共识。下面用普通话平调吟诵一下。

先画三条线，表示基本的音高。因为每个人的声音条件不一样，具体的绝对音高可以不一样，但是，无论嗓音怎么样，都可以分上中下调。先把高中低的三条音高线画出来。

以“投”字在中线开始，“投”是高的，所以“我”和“以”就要下来，“木瓜”再上去。“投”和“木瓜”是重点，所以“投”和“木瓜”在中线上，“我”和“以”在下线上。“报之以琼琚”，“琼琚”不能像“木瓜”那样高，“琼琚”就在中线上。后半部分整个要高，所以后半部分的主线应该是上线，若“匪”字在中线，重音是“报”，“报”就应该在上线，“永”和“好”也要在上线，这样就有升高的感觉了。吟诵谱如下：

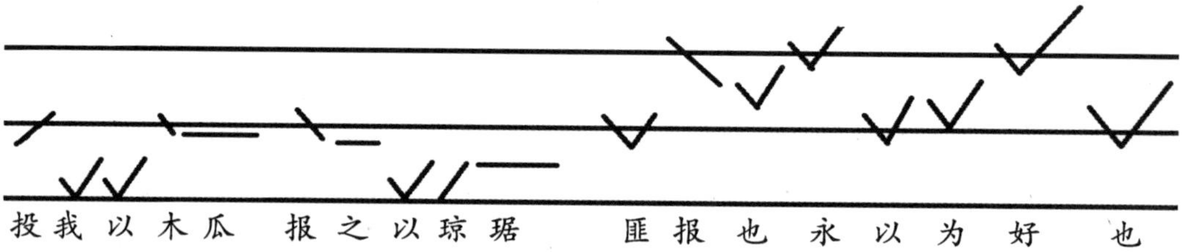

古体诗吟诵，除了以上的基本方法外，不同的文体还有不同的读法风格。

四言诗：节奏均匀，古朴典雅。

楚辞：曼声长吟，虚字拖长。

乐府：按体不同，歌唱性强。

五古：节奏均匀，沉稳简朴。

歌行：节奏均匀，快速流畅。

童谣：节奏均匀，快速回环。

二、蒙学吟诵

童谣体指童谣儿歌或者蒙学教材，包括《三字经》《百家姓》《千字文》等。

童谣体吟诵，除了遵循古体诗吟诵的一般规矩之外，还有以下几点要求。

第一，每句两拍、均匀节律、速度较快、旋律回环。

第二，句内平调。这是出于儿童识字正音的需要。句和句之间可以有高低起伏，安排上中下调等。

蒙学吟诵分两种。一种是依义行调的，一种是不需要依义行调的。

如《百家姓》。《百家姓》的字和字之间没有含义关系，不用依义行调，可以自行创造节奏和旋律。

1. 节奏：文本以八个字为一组，每一组末尾的字又是押韵的，自然唱起来就很有旋律感。在均匀的节奏里，吟诵者可以创造自己认为有趣的吟诵方式，例如：

一字一拍：赵 钱 孙 李　周 吴 郑 王

三一分：赵钱孙 李　周吴郑 王

一三分：赵 钱孙李　周 吴郑王

二二分：赵钱 孙李　周吴 郑王

2. 旋律：可以八字一行为一个单位，也可以四字一句为一个单位，用高、中、低不同的句调来吟诵，这样整体感觉高低起伏回环，非常有旋律感，如：

赵钱孙李　周吴郑王（上调）

冯陈褚卫　蒋沈韩杨（中调）

朱秦尤许　何吕施张（下调）

孔曹严华　金魏陶姜（上调）

又如《三字经》。《三字经》和《百家姓》不同，它的字跟字之间有联系。吟诵时要依义行调，依据文意安排上中下调，也可以唱一段、诵一段。如：

人之初　性本善　性相近　习相远

苟不教　性乃迁　教之道　贵以专

“人之初”和“性本善”，哪句高，哪句平是影响含义的。如果前句高，强调的是“初”，也就是强调人性之善并非后天习得。如果后句高，强调的是“善”，也就是强调人性之初并非恶。读法不同，则含义不同。

如果“性相近”高，“习相远”低，意思是“虽然我们的习俗不同，但我们的人性是接近的”。但如果倒过来，“性相近”低，“习相远”高，意思就是“虽然我们的人性接近，但我们的习俗不一样”。可以说，含义正好相反。这体现了读法十分重要。

到底是“人之初”高还是“性本善”高，“性相近”高还是“习相远”高？这取决于理解，理解不同选择就会不同。

蒙学吟诵的高低安排还有一个规律，就是回环，指句与句之间的高低关系，经常是来回重复的。比如《三字经》，正确的读法应该是“人之初”高，“性本善”低，“性相近”高，“习相远”低，句句关系是高低高低，然后，转低高低高。“苟不教”低，“性乃迁”高，“教之道”低，“贵以专”高，然后，又转高低高低。如此循环。这种循环不是完全固定的，但大致一样。

三、四言诗吟诵

四言诗主要指《诗经》。诗经吟诵的节奏比较均匀，有钟鼓之音，就是轻重相应。《诗经》代表一种礼乐文化，是诗教，是文化精神的传递，吟诵时要有雍容华贵、从容不迫的感觉。

《诗经》的一首诗里有时会更换若干次韵，韵脚变换，就代表情绪的变换，吟诵时要注意这些特点。例如《诗经·周南·关雎》：

关关雎鸠　　在河之洲

窈窕淑女　　君子好逑

参差荇菜　　左右流之

窈窕淑女　　寤寐求之

求之不得	寤寐思服
	!
悠哉悠哉	辗转反侧
	√
参差荇菜	左右采之
!	!√
窈窕淑女	琴瑟友之
	\
参差荇菜	左右芼之
!	\
窈窕淑女	钟鼓乐之

“关关雎鸠”，一上来四个平声字，现在来看还是四个阴平，《关雎》这首乐歌起得很平，好像蓄势待发，十分雍容。“淑”是入声字，而且这一句应该最高，所以这句上去，最后一句再下来。

“参差荇菜，左右流之”。“之”不要拖那么长，“之”字不是押韵的字，“求”才是押韵的字，“求”字要长。这节也是第三句高。

第三节，“求之不得”，表示失恋了，所以要整体低下来。“悠哉悠哉”，四个平声字，要拖长一些，才能体会夜晚之漫长。“辗转反侧”，三个上声字也要读得婉转些，才能体会失眠之痛苦。

第四节，情绪变了，高度要回去，速度要加快。此节是第三句最高。韵字要拖出惊喜的感觉。

最后一节，读得要有力，这是发誓。孔子说过：“师挚之始，《关雎》之乱，洋洋乎盈耳哉！”这说明《关雎》最后一句是众音皆起，应高收结束。

四、楚辞体吟诵

楚辞一般带有“兮”字，分为骚体、九歌体、四言体三种。

楚辞的吟诵，曲调起伏跌宕，曼声长吟，音程起伏比较大，有哀婉多姿的特点。吟诵时“兮”字要拖长，虚字要读重或者拖长。如：

帝 高阳 之 苗裔 兮　　朕 皇考 曰 伯庸

第一小句的第一个节奏单位通常只有一个字，有时也会是两个字，这个是重音所在，要重读。第二个节奏单位通常是两个字，有时也会是一个字，通常平读。第三个节奏单位是虚字，通常要拖长。第四个节奏单位通常是两个字，可平读。第五个节奏单位是“兮”字，要长读。第二小句的节奏单位与第一句一样，只是最后没有“兮”字，只有四个单位。

吟诵的时候，也是要依字行腔、依义行调。调子的旋律起伏要大，要根据诗意来决定高低。

以《离骚》开篇为例。

第一段，屈原主要交代自己的高贵血统，这给整首诗一个背景，也是屈原家国之思的基础。

帝高阳之苗裔兮　　朕皇考曰伯庸
摄提贞于孟陬兮　　惟庚寅吾以降
皇览揆余初度兮　　肇锡余以嘉名
名余曰正则兮　　字余曰灵均

第一句的两小句，前高后低，因为第一句是说祖先，第二句是说父亲。第二句的两小句是前低后高，说自己是寅年寅月寅日寅时出生的，就像有天意。第三句和第四句都是前高后低，低收结束。

第二段，屈原主要说自己的理想。

纷吾既有此内美兮　　又重之以修能
扈江离与辟芷兮　　纫秋兰以为佩
汩余若将不及兮　　恐年岁之不吾与
朝搴阰之木兰兮　　夕揽洲之宿莽
日月忽其不淹兮　　春与秋其代序
惟草木之零落兮　　恐美人之迟暮

不抚壮而弃秽兮　　何不改乎此度

乘骐骥以驰骋兮　　来吾导夫先路

这段前半部分说自己的状况和修行，从开始的“内美”的自信，高点开始，逐渐下降，迂回婉转，最低点在“惟草木之零落兮，恐美人之迟暮”，然后在“何不改乎此度”反弹，大跳起来。最后一句高扬结束。

五、乐府吟诵

乐府歌唱性较强，吟诵时要注意其音乐性强的特点。乐府中的鼓吹歌辞、横吹曲辞、相和歌辞等，基本都是合乐歌唱的。吟诵时如果能尽量恢复其原初演唱的方式，则更有魅力，体会也会更深。

郊庙歌辞、燕射歌辞一般用在比较正式的场合，比如祭祀，语调比较庄重；鼓吹歌辞、横吹曲辞一般用于军乐，语调比较雄壮、音节均匀；相和歌辞指众人相和的歌唱，抒情意味更浓。

拟乐府、新乐府，基本上都是吟诵的，而不是表演唱的。

以《江南》为例：

江南可采莲　莲叶何田田　鱼戏莲叶间

鱼戏莲叶东　鱼戏莲叶西　鱼戏莲叶南　鱼戏莲叶北

这首诗是相和歌。一人唱四人和。而且我们还知道这四个人的站位，主唱的人站中间，另外四个和的人分站东南西北。

第一句“江南可采莲”，是主唱唱的。第二句，“莲叶何田田”，也是主唱唱的。第三句“鱼戏莲叶间”，还是主唱唱的。“鱼戏莲叶东”，谁唱的？中间的主唱和东边的那个人和的。那么“鱼戏莲叶西”呢？她和西边的人和的。“鱼戏莲叶南”，她和南边的人和的。“鱼戏莲叶北”，她和北边的人和的。

再看高低，“江南可采莲，莲叶何田田”，哪句高？第二句。就像我们判断《诗经·卫风·木瓜》那样，要依义行调。江南可采莲，用“可”字，“莲叶何田田”，用“何”字，所以第二句高。

第三句呢？高还是低？低。很明显该下来了，而且要为后面这四句做准备。

然后就是后面这四句了。四句之间的高低关系是怎样的？东西南北，在意思上没有差异。所以这四句的高低，取决于东西南北这四个字的字音的高低。东、西是阴平，南是阳平，比阴平要低，北是入声，平低仄高。所以这四句的旋律，是第一句第二句差不多，第三句低，第四句高，顿住结束。在吟诵时，第三句也可以高，因为普通话阳平上扬，语感符合。

六、五言古体诗吟诵

五言诗中，如果不是乐府，又没有格律，基本上就是五言古体诗（简称五古）了。

五古是古体诗中最稳重的，吟诵的调子回环往复，节奏均匀，起伏不大，速度比较快。节奏是每小句四拍，韵拖两拍，非韵尾字一拍，空一拍。如：

齐有 倜傥 生__ ___　　　　鲁连 特高 妙______

（非韵尾字）　　　　（韵字）

下面以杜甫《赠卫八处士》为例。

这首诗在哪里分段？首先是在所有顶真的地方分段。再来看诗意，看它字面的意思是怎样的。“昔别君未婚，儿女忽成行。怡然敬父执，问我来何方。”这两句说的是什么？主题是儿女。“问答乃未已，儿女罗酒浆。夜雨翦春韭，新炊间黄粱。主称会面难，一举累十觞。”这三句都在说什么？主题是吃饭。再看最后两句，“十觞亦不醉，感子故意长。明日隔山岳，世事两茫茫”。这两句说的什么？主题是分别。所以字义自然是符合的。

再看分出来的段，不是两句的就是三句的。前面还有五句，所以一定还有一个分段。这里没有顶真，好像也没有声音的标记。

“少壮能几时，鬓发各已苍”和“访旧半为鬼，惊呼热中肠”，是属于同一段还是属于不同段，有没有标记？属于同一段。为什么属于同一段？因为这里有一个

"几"字，有一个"半"字，二者呼应。凡呼应了就属于同一段。"少壮能几时"，答案是"访旧半为鬼"。

"人生不相见，动如参与商。今夕复何夕，共此灯烛光。"这是第一段。这段说的是什么？说的是想不到我们又见面了。然后"少壮能几时，鬓发各已苍。访旧半为鬼，惊呼热中肠。焉知二十载，重上君子堂"，这三句说的是时间太久了，所以用了"几""半""二十"。

分段就完成了。

泛读的时候，马上就可以分出上中下调，为什么？从声音上就能分段。一吟诵就能分出上中下调，自然就分了段，其他的气韵、文意，也都在其中。

（第一段）人生不相见　动如参与商（上）　今夕复何夕　共此灯烛光（中）

（第二段）少壮能几时　鬓发各已苍（上）　访旧半为鬼　惊呼热中肠（中）
焉知二十载　重上君子堂（下）

（第三段）昔别君未婚　儿女忽成行（上）　怡然敬父执　问我来何方（中）

（第四段）问答乃未已　儿女罗酒浆（上）　夜雨翦春韭　新炊间黄粱（中）
主称会面难　一举累十觞（下）

（第五段）十觞亦不醉　感子故意长（上）　明日隔山岳　世事两茫茫（中）

把这首诗按上中下调来吟诵，自然就是：上中，上中下，上中，上中下，上中。在吟诵调的使用上，它也是对称而回环的。这就是这首诗内在的气韵流动。

七、歌行体吟诵

歌行大部分是七古，七古大部分是歌行。歌行体题目中一般有歌、曲、谣、吟、引、行等字。歌行是唐朝时才有的，所以曹操的《短歌行》、汉乐府《长歌行》都不是歌行体。

歌行，如歌之行，顾名思义，就是速度快，节奏均匀。每句四拍。

七言是每小句四拍，韵字一拍，非韵尾字半拍，空半拍。如：

黄河　之水　天上　来＿　　奔流　到海　不复　回＿

五言也是每小句四拍，只是韵拖两拍，非韵尾字一拍，空一拍。如：

天地　有正　气＿＿　＿＿　　杂然　赋流　形＿＿＿＿

歌行的吟诵，还要依义行调，按照含义判断哪句高哪句低。吟诵的时候，要气韵流畅、跌宕起伏，如游龙出没般，一气呵成。

下面以李白的《将进酒》为例。

第一句，“君不见，黄河之水天上来，奔流到海不复回”。首先要确定哪句高哪句低，是“黄河之水天上来”高，还是“奔流到海不复回”高？肯定是“黄河之水天上来”高，为什么？因为黄河是从“天上”往地上流，所以这句高。

再判断，这一句哪个部分高？“黄河”“之水”“天上”“来”四个部分，哪个部分应该最高？是“黄河”。为什么不是“天上”？如果强调“天上”，就是说这水简直太厉害了，这句话的意思就变了。诗人想说的是就算这么巨大的“生命”都不能够回头，所以说是“黄河之水天上来”，这是重点。

“奔流”“到海”“不复”“回”，这几个词哪个高？首先是“不复”，其次是“海”。入声字是哪个？“不复”。韵字是“回”“来”，这是灰韵，读 ai，才有下沉、铺展、开阔之感。

先用平调吟诵“黄河之水天上来，奔流到海不复回”，然后把“黄河”提到上面，把“来”延长，然后把“不复”提到上面，把“回”延长。这就是依义行调，然后按照入短韵长，依字行腔，就可以唱了。

下面以此类推，每一句都是这样，但要好好分析句与句的关系。

这首诗从第一句平声的灰韵转为第二句的“雪”“月”，转入声韵。“天生我材必有用，千金散尽还复来”，又回到灰韵。到“岑夫子、丹丘生”又换韵，换为闭口的“听”“醒”，“醒”是平声，这是庚青韵。然后又换为入声韵，“谑”“酌”，最后变为悠长的尤韵结束。了解了这个韵的变化，就能知道整首诗的情绪是怎么起伏变化的。

第一句的感觉是开阔、平展，第二句是痛苦。所以第二句和第一句不能一样，虽然这两句很像，但情绪不同。接着向后走，然后再打开，打开之后又变为深微。然后是愤怒，入声，再转为忧愁，这样结束。

再看句和句之间的关系。第一句和第二句哪句高？第一句高第二句低。第三句“莫使金樽空对月”是低的。第四句“天生我材必有用”又上去了。第五句“会须一饮三百杯”是高的。然后呼唤两位朋友，又是低的。后面“请君为我倾耳听”又是低的。“钟鼓馔玉不足贵，但愿长醉不愿醒”，向上走，“古来圣贤皆寂寞，惟有饮者留其名”，到高点，这是愤懑。这里要换韵了，“陈王昔时宴平乐，斗酒十千恣欢谑”，要知道曹植为什么喝那么多酒，因为古来圣贤皆寂寞。“主人何须言少钱，径须沽取对君酌”，这正是李白“破产”的时候。然后再换韵，“五花马，千金裘，呼儿将出换美酒，与尔同销万古愁”，以舒缓的尤韵低收结束。这个韵不能高扬，而且，李白作这首诗，不是为了发泄，也不是抒情，而是自我修身，自我排解，自我感慨，所以是低收结束。

八、古绝吟诵

古绝通常指五绝，但是它押仄声韵，除了这一点，都合格律。比如《春晓》《江雪》《鹿寨》《寻隐者不遇》等都是。

古绝的吟诵要求首先是按古体吟诵；然后分析句子的平长仄短，如果有意义，可平长仄短地吟诵。古绝总体来说属于古体，虽然有平长仄短，但也要吟得快一些。

古文吟诵

一、虚字重长

古代的文也分古体和近体。有格律的就是近体的文，没格律的就是古体的文。近体的文，如骈文、骈赋、制艺（八股文），基本上就按近体诗的方法吟诵。古体的文，如古经、古文、古赋，基本上就按古体诗的方法吟诵。

但是，各体的文也有各自的吟诵特点。古文，是现在我们接触和学习最多的一种文。

赋是铺排、描述的，文是论理、叙事、抒情、说明、记录的。古文由《论语》

开创，其虚字比例比较高，一般虚字可达全文的五分之一以上。

古文可诵可吟，吟的时候还是依字行腔、依义行调，诵也能表达出古文的含义和魅力。

古文的吟诵方法，分为字读法和句读法两个层面。

字读法：字分实虚入，音分短重长。

读古文，要先把入声字挑出来，读短。剩下的字分实字和虚字。一般来说，虚字读重，实字读平。

虚字，在古代又叫“语助”，就是对语气有所助益的意思。它的范围和今天所谓“虚词”不完全一样。虚字包括助词、连词、语气词、介词，以及一部分副词和代词。后两者的判断标准，也是是否对语气有所助益。

《论语》是语录体，记录了孔子及其门人的言行，尤其是言。但孔子说过“书不尽言，言不尽意”，文字很难完整表达当时孔子全面、真实的想法，因此编者特意加了很多虚字，以彰显孔子的语气，以提示言外之意。这种方法后来被继承发扬，就形成了古文文体。因此，古文文体的虚字要重读。

是不是所有的虚字都重读？也不是。比如当“的”讲的“之”字，还有表示位置地点的“于”字等，这些字本来就是舒缓语气的，它们存在就已经起到这个作用了，所以一般不重读。

是不是所有的实字都平读？也不是。实字中有逻辑重音、语法重音，就是朗读、朗诵时特别强调的那些字，也是需要重读的。

吟诵的时候，如果一句之中有很多重读的字，则需要重新平衡。其中不太重要的字要退回平读，特别重要的字要变成长读。长读是重中之重。一般句尾的重读字会变为长读，所以很多语气词都是长读的。

平衡的原则不能都一样，必须分高低、长短、轻重。假如都一样，那重读就没有轻重了。

古文吟诵的符号，入声短读还是“!”，重读符号是“•”，长读符号是“～”，平读不标。

二、《论语》的吟诵

以《论语·学而》（第1章）为例。

	!	!	～		!	～	!	!	!	～	
子	曰	学	而	时	习	之	不	亦	说	乎	
	•		•	•			!	!	!	～	
有	朋	自	远	方	来		不	亦	乐	乎	
	!	•	～	!	•		!	!	•	•	～
人	不	知	而	不	愠		不	亦	君	子	乎

“子曰”。“曰”是入声字要读短。为什么《论语》都是“子曰”，是因为孔子要说话了，要注意听，所以，“子曰”一定要“子”长“曰”短这样读。

下面，“学”和“习”都是入声字。学习是很用力的事情。“不”和“亦”也是入声字，“不亦”，两个短音。

再说虚字。第一句有三个虚字，“而”“之”“乎”。“之”和“乎”一定是长读的，“而”其实重读也可以，这要看个人的理解。

第一，“学、时习”，这是一件事。“学而时习”，这是两件事。“而”的第一个作用是告诉我们学和习是两件事。

第二，先学后习，学完以后再去习。其实这涉及儒家一个非常重要的命题，就是知行问题。

还有一条，就是学了一定要去习。如果没有这个“而”字，这些意思就消失了。所以这里的“而”字很重要，要长读。

“之”这个字也要强调，没有“之”，这句话就成了“学而时习，不亦说乎”，学习是很重要的，学习是很快乐的。其实孔子说的是“学而时习之”，“之”是什么？是学习的内容，是个代词。孔子学的是什么？圣贤大道。孔子认为，学，然后经常去习圣贤大道，那是何等的快乐。但不是学什么都快乐，学做坏事就不快乐。学那些没用的东西就很枯燥。什么是“学”？历代注家都以“学道”为“学”。所以，圣人说的是学习大道很快乐。

“不亦说乎”这句，如果没有“乎”，就剩三个字，还都是入声字，又高又短，那是个说理的反问句。但是，“乎”字又低又长，加上它句子就成了感叹句。“不亦说乎”就是很陶醉的样子。

“有朋自远方来”，没有入声字，也没有虚字，都是实字，要看语法重音、逻辑重音在哪里，就是“朋”和“远方”。

“人不知而不愠”，“不知”和“不愠”是两件事。要连着读太快“人不知而不愠”，就好像这是很简单的事一样，其实是非常难做到的。“人不知而不愠”，不生气，“不亦君子乎”，所以“君子”一定是强调的，这是实字的逻辑重音。

再看一下整篇，一共三小句，每一句又分两小句。前面半句，“学而时习之”“人不知而不愠”都是既有入声字又有虚字，读起来是长长短短、短短长长。中间这一句呢？既没入声字，也没虚字，读起来就很平稳。看后半句，“不亦说乎”和“不亦乐乎”都是三个入声字加一个虚字，但最后“不亦君子乎”，少了一个入声字，加了两个重读音，所以前两句是快乐的意思，“不亦君子乎”就不是快乐的意思，而是骄傲的意思。它的快乐在“不愠”。

北宋理学家程颐说过，《论语》怎么读？读到子贡等弟子发问时，就好像自己问，就像自己在说这句话一样。必须体会子贡的心情。读到孔子的回答时，就像当面聆听，就像孔子在面前说话。当面聆听，就是指音容笑貌、语气神态，如在眼前。

三、文气

古文读法的第二个层次是句读法，就是字和字之间的关系、句和句之间的关系、段和段之间的关系，古人称为“气”，是为“文气”。

古文与日常生活语言不同，文是有文气的。高后一定会低，快后一定会慢。读起来抑扬顿挫、辗转起伏，就像打一套拳，变幻而流畅，最后一收，气定神闲。

假如读古文读不出文气，把它当大白话翻译，就很难理解古文的言外之意。文以气为主，气为文之魂。

清代的桐城派为三千年古文传统之继承者，方苞说：“诗、古文，各要从声音证入，不知声音，总为门外汉耳。”刘大櫆说：“神气者，文之最精处也；音节者，文之稍粗处也；字句者，文之最粗处也。然予谓论文而至于字句，则文之能事尽矣。神气不可见，于音节见之；音节无可准，以字句准之。”

这即是说，文章的神气全在声音，而声音要从字句看出来，譬如见到虚字，就知重读、长读，见到入声，就知短读，见到问字，则句调上扬，见到叹字，则句调下沉，等等。由此而读，则文之神气毕现。“烂熟后，我之神气即古人之神气，古人之音节都在我喉吻间，合我喉吻者，便是与古人神气音节相似处，久之自然铿锵

发金石声。”（《论文偶记》）

这样读，就能把古人的音节都读出来，自然能得到古人的神气。

句读法是文气的判断方法，主要不是靠内容，而是靠声音、靠形式。出现虚字少、排比、句子短这三种情况，就提示要快读。出现虚字多、散句、句子长这三种情况，就提示要慢读。出现强调句、疑问句、情绪高这三种情况，就提示要高读。出现感叹句、判断句、情绪低这三种情况，就提示要低读。

文气谱，即标记了句和句之间的高低快慢关系的谱。以《割席断交》为例，见下图。

割席断交《世说新语·德行》

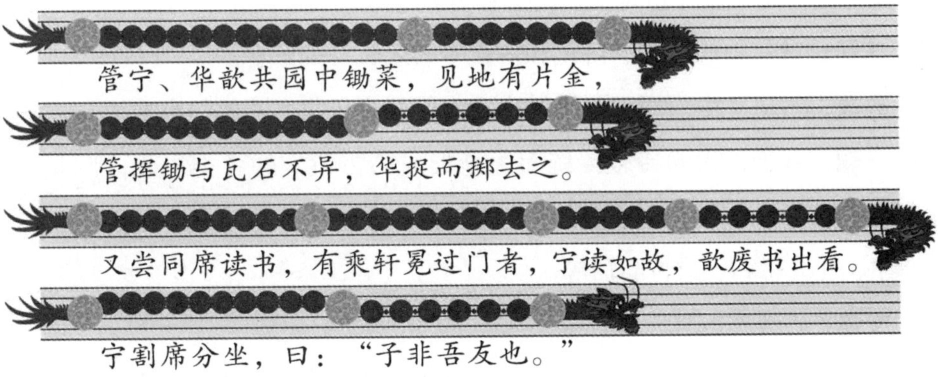

这篇文章分两段。第一段，最后一句“华捉而掷去之”的虚字最多，这句最慢。其中，“而”“之”两个字都要长读。如果不长读，管宁和华歆的区别就只在眼神好坏了。管宁眼神不好，没看见金子。华歆眼神好，看见了，但捡起来一看就扔了。“而”字拖长，则知华歆把金子在手里把弄了一会，是犹豫的意思。“之”字拖长，则知金子虽然扔掉了，但心还跟金子在一起，是不舍的意思。所以这句读高读慢，才能读出含义。

第二段，最后两句，“宁割席分坐”，“割席”都是入声字，“坐”是去声字，这句非常坚决，要高声快读。“子非吾友也”，用了语气词，要慢读、长读、低读，这样才表现了管宁即使在决绝之下，也仍然保持礼节，而且还更加有礼节，甚至尊称对方为“子”，而且加“也”舒缓语气，这样一个执着于礼教的人，放在三国的历史背景下，就知道有多珍贵，所以《世说新语》将其放在开篇作为社会道德的楷模。

吟诵小百科

1. **解题**：古人给诗文取题目也有规矩和习惯，题目中往往包含重要信息，如时间、地点、主题、文体、对象等。解题就是把题目中的信息解析出来，同时介绍创作背景。

2. **作者**：古诗文的作者基本上是古代的文人儒士。这个群体有其思想、经历和生活的独特性，诗文创作也是他们的生活方式之一。

3. **注释**：对文中的难字、僻词和古代专有名词等的解释。

4. **典故**：古诗文中引用和化用的出自古代经史子集名篇的故事或语句。

5. **主题**：基于古代的诗教传统而逐渐形成的古诗文的各类思想倾向与教化目的。古诗文的主题大致包括人生苦短、伤春悲秋、怀才不遇、羁旅情愁、咏物言志、状景抒怀、征夫思妇、避世隐居等。

6. **文体**：古诗文的体裁。

7. **古体诗**：没有平仄格律的诗。因为平仄格律产生于唐代，所以唐代以前的诗都是古体诗。唐代以后，有平仄格律的是近体诗，没有平仄格律的就是古体诗。古体诗的形式有四言、五言、七言、杂言、楚辞、乐府等，可以换韵，不要求对仗。

8. **乐府**：本为秦汉时期政府设立的专门搜集加工民歌的机构，意在体察民情和宴飨娱乐。后来人们把乐府机构所加工演唱的诗歌也称为“乐府”。

9. **汉乐府**：汉代的乐府。分为郊庙歌辞、鼓吹歌辞、相和歌辞和杂曲歌辞等。郊庙歌辞是国家举行祭祀活动时所用的乐章；鼓吹歌辞原是军歌，后用于宫廷朝会、贵族出行等场合；其余两类是从各地采集并加工整理而成的民间歌谣。

10. **北朝乐府**：南北朝时期北朝的乐府民歌，风格雄健，形式多样。

11. **南朝乐府**：南北朝时期南朝的乐府民歌，分为吴歌和西曲两大类，风格比较柔媚，形式多短小，以五言为主，多用双关、顶真等修辞手法。

12. **相和歌**：汉乐府的一种，其形式为一人主唱，多人应和。开始时没有伴奏，之后会有丝竹相和，再后来有歌舞相伴。

13. **拟乐府：**魏晋以后，文人用乐府的题目、相似的内容重新创作的乐府诗。

14. **新乐府：**魏晋以后，文人自拟新题目，用乐府的手法和风格，即通俗的语言、流畅的风格，顶真、双关等修辞手法创作的诗歌。唐朝元稹、白居易等诗人以之批判现实、讽谏皇帝，被称为“新乐府”。

15. **四言诗：**诗体名。全篇每句四字或以四字句为主，是我国古代诗歌中最早形成的诗体之一。如《诗经》，大都为四言诗。自南朝以后，作者渐少。

16. **国风：**简称“风”，指《诗经》的一个部分，即周代十五国的民歌。

17. **大雅：**《诗经》的一部分。雅者为正，大雅多是西周王室贵族的作品。

18. **小雅：**《诗经》的一部分。小雅多是统治阶级的作品，多描写士子的情怀和生活，也有少数是宴会乐歌。

19. **颂：**周代祭祀时用的舞曲，配曲的歌词有些收在《诗经》里面，分“周颂”“鲁颂”“商颂”三类。

20. **楚辞体：**文体名。源于战国时的楚国，多用“兮”字以助语势。因为作品多运用楚地的音乐样式、方言声韵、风土人情等，具有浓厚的地方色彩，因此后世称为“楚辞”。分为骚体、九歌体、四言体三种。吟诵时曼声长吟，起伏较大。

21. **骚体：**楚辞体的一种，源于战国时的楚国，以屈原所作《离骚》为代表，并因此而得名。其标准句式是每句两个分句，前一分句末尾有“兮”字。每个分句的第一个字或第一二字为一个节奏单位，后两字为一个节奏单位，中间有一个虚字，后面两字又是一个节奏单位。

22. **九歌体：**楚辞体的一种。源于楚辞的《九歌》，其句式是每句有两个分句，两个分句的结构是一样的，基本是递进关系，或者是完整的一句话，“兮”字在中间。

23. **四言体：**楚辞体的一种。源于屈原的《橘颂》《天问》等，其句式是每句有两个分句，第一个分句四个字，第二个分句三个字加一个“兮”字。

24. **五言古体：**古体诗的一种，其特点是基本上每句五个字，可以换韵。简称“五古”。

25. **七言古体：**古体诗的一种，其特点是基本上每句七个字，可以换韵。简称“七古”。七古一般节奏比较快，所以大部分七古又是歌行体。

26. **杂言诗：**古体诗的一种，其特点是句式长短不一，没有平仄格律，可以换韵。杂言诗中有很多以七言句式为主，节奏比较快的，也是歌行体。

27. **歌行：**唐代以后的一种诗体，多采用七言和杂言，风格流畅，起伏变化大，题目多用歌、行、吟、引、曲、谣、辞等字。吟诵时每句四拍，快速流畅。

28. **童谣体：**古体诗的一种，主要是童谣和蒙学，以三言和四言为主。吟诵时每句两拍，句内平调，快速流畅，曲调回环往复。

29. **古体文：**没有平仄格律，较少用对偶、对仗。分为三种：一种是古经体，一种是古文体，一种是古赋体。

30. **古经：**古体文的一种，多见于上古经籍。特点是虚字少，主要用于记录，如《尚书》《周易》《春秋》等。

31. **古文：**古体文的一种，特点是虚字较多，注重语气、文气，以《论语》《左传》为发端，主要用于诵读。

32. **古赋：**古体文的一种，指没有格律的赋。如司马相如的《子虚赋》、张衡的《两京赋》等都是古赋。

33. **赋：**以描写为主，以铺排为特色，多用对偶、排比手法的文章。起源于先秦，定型于汉代。

34. **近体诗：**唐代形成的律诗和绝诗的通称，同“古体诗”相对而言。句数、字数、平仄、用韵等都有严格规定。

35. **平仄格律：**指诗句中的平仄关系，有四个方面：一三五不论、二四六分明，同句相间，同联相对，邻联相粘。一三五不论、二四六分明，指诗句中的第一、三、五字的平仄是不讲究的，第二、四、六字的平仄使用一定要正确。同句相间，指一句之中的二、四、六字的平仄要间隔开，交替出现。同联相对，指一联之中，两句的二、四、六字的平仄要相反。邻联相粘，指属于不同联的相邻的两句，其二、四、六字的平仄要相同。如果首句第二个字是平声字，即称为平起，反之则称为仄起。

36. **五言绝句：**近体诗体之一。每首两联四句，每句五字。遵守近体诗格律。

37. **七言绝句：**近体诗体之一。每首两联四句，每句七字。遵守近体诗格律。

38. **五言律诗：**近体诗体之一。每首四联八句，每句五字。遵守近体诗格律。

39. **七言律诗：**近体诗体之一。每首四联八句，每句七字。遵守近体诗格律。

40. **五言排律：**近体诗体之一。每首四联以上，每句五字。遵守近体诗格律。

41. **七言排律：**近体诗体之一。每首四联以上，每句七字。遵守近体诗格律。

42. **三连平**：近体诗句中，最后三个字如果都是平声字，则是近体诗的大忌。此时倒数第三字虽然是奇位字，也要论平仄，必须是仄声才能避免出现三连平的情况。

43. **特格**：近体诗句中，句尾三连平是大忌，但如果在句中出现三连平，则是可以的。但是，也有一些诗人会把（仄仄）平平平仄仄的句式改为（仄仄）平平仄平仄，这种情况也算合律。比如“移舟泊烟渚”“无为在歧路”“羌笛何须怨杨柳”等。

44. **词**：近体诗体之一，形成于唐代，盛行于宋代。本是合乐歌唱的，基本遵守平仄格律，同句偶位字平仄相间。可押平声韵和仄声韵，仄声韵中上声韵和去声韵可通押。不同的词牌规定了不同的句式和格律。词按照字数多少，又分为小令和长调。

45. **词牌**：指填词用的曲调。最初的词，都是配合音乐来歌唱的，有的按词制调，有的依调填词，曲调的名称即词牌。这里的调并不是今天所谓的旋律，而只是一个旋律框架。后来主要是依调填词，曲调和词的内容不一定有联系，而且大多数词都已不再配乐歌唱，所以各个词牌一般只作为句式、格律结构的规范。

46. **曲**：近体诗体之一，合乐的一种唱词，兴于元明。与词相比，曲的格律更严，四声分别押韵。但曲可以有衬词，即不在格律句式之内的额外加的字，字数句式都不限，因此曲的创作有很大的发挥空间。曲的正宗风格是豪辣，但有的曲格律严谨，类似于词，风格细腻。曲又可以用于戏曲表演，称为剧曲。剧曲往往是成套的，又称套曲。不用于表演，仅用于个人自娱的不成套的曲称为散曲。南方的曲和北方的曲也有不同。北方的曲多用中原音韵系统，属于近古音体系，平高仄低。南方的曲多沿用平水韵系统，属于中古音系统，平低仄高。

47. **近体文**：有格律的文，主要有骈文、骈赋、制艺三种。

48. **骈文**：近体文的一种，指用骈体写成的文，即以对偶句为主，以四字句和六字句为多，讲究对仗和声律。

49. **骈赋**：近体文的一种，指用骈体写成的赋，即以对偶句为主，以四字句和六字句为多，讲究对仗和声律。

50. **笔记**：以随笔记录为主的古文，内容大都为记见闻、辨名物、释古语、述史事、写情景等，又称随笔、笔谈、杂识、札记等。

51. **志人体：**指魏晋六朝以后流行的专记人物言行和记载历史人物的传闻轶事的一种笔记，又称轶事小说、志怪小说。

52. **志怪体：**指魏晋六朝以后流行的专记神异鬼怪故事传说的笔记，又称志怪小说。

53. **韵文：**指有韵的文，与散文相对。如诗、赋、词、曲和有韵的颂、赞、箴、铭、诔等。

54. **铭：**中国古代用于铭刻的文字，后逐步形成一种文体，一般比较短小，押韵，讲究声律、对偶等。

55. **说：**古文体的一种，一般是针对某个题目的议论文，如韩愈的《师说》。

56. **散文：**文体名。六朝以来，为区别于韵文、骈文，把凡是不押韵、不重排偶的散体古文，统称为散文。

57. **意象：**中国古代文论术语，指主观情意和外在物象相融合的心象。刘勰在《文心雕龙・神思》中首次明确提出该词，“独照之匠，窥意向而运斤”。明清后专指借助具体外物，用比兴手法所表达的作者情思。

58. **声韵：**指古诗文的格律、押韵以及各种声音的组合、结构、技巧等，是古诗文含义的重要载体。

59. **平声：**古代汉语四声之一，指平平的无起伏的声调，分为阴平和阳平两类，阴平高，阳平低。近古汉语以后，阳平变为高升的声调，不再是平平的声调，因此成为一个新的声调。阴平和阳平，即演变为普通话的一声和二声。

60. **上声：**古代汉语四声之一，指先降或平，然后上升的声调，后演变为普通话声调的三声。上声的字多有细小亲密之意。古代上声的调值比现在要高。上声在中古以后，有人念成直接上升的声调，因此出现了高呼猛烈的感觉。

61. **去声：**古代汉语四声之一，指下降的声调，后演变为普通话声调中的四声。去声字多有坚决明确之意。近古以后，有一部分上声字变为去声字。

62. **入声：**古代汉语四声之一，是一个短促的声调，一发即收。近古以后，北方官话把入声分别读为阴平、阳平、上声和去声。普通话中已无入声，但南方很多地区和北方的山西地区的方言中仍然保留了一定的入声声调。

入声字的读法：入声字原来的声调走向有多种可能，但统一的特征是短促，所以用普通话吟诵，对于入声字，仍然按照普通话的声韵调去读，只是要读短。具体读法分为短读和顿挫两种。所谓短读，即把入声字字音读得很短，好像刚发出来就停住一样，随后接后面的字的读音，中间没有停顿。所谓顿挫，即把入声字字音读短之后，再停顿一下，然后再接后面字的读音。吟诵时，情绪高多短读，情绪低多顿挫；读得快多短读，读得慢多顿挫。

63. **仄声：**古代汉语的平、上、去、入四声中，除平声外，其他三声总称仄声。

64. **四声：**古代汉语的声调有平声、上声、去声、入声四种，总称“四声”。现代汉语普通话的阴平、阳平、上声、去声四声即由古代汉语四声演变而来。

65. **文读语音：**古人读书都不用方言，而用雅言，即古代的民族共同语。但由于古代没有广播、录音等技术，注音也不精准，所以各地的雅言并不完全一样，此被称为文读。所谓的文白异读，即每个地方的读书音和方言口语都有差异，读书音称为文读，口语称为白读。各地方言很多是不能互相听懂的，但各地的文读语音是可以互相听懂的，差异不大。除此以外，文读语音还有一些基本规矩，如：叶韵，或称协韵，即押韵的字尽量读押韵；破读，即某些字的读音部分地恢复古音等。

66. **对偶：**修辞方法之一，即字数相等、词性相同、结构一致、含义相关的两个句子或词。

67. **对仗：**写律诗、骈文时按照字音的平仄和字义的虚实做成对偶的语句。

68. **平水韵：**中古汉语的雅言音韵系统，也是中古以后至今的古诗韵部系统。中古音自隋代《切韵》确立其系统，至《广韵》而大成，共206个韵部。但作诗不方便，每个韵的字太少。至金代，有人将之合并为106个韵部，因在平水（今山西临汾市）刊行，故俗称“平水韵”。至清代康熙年间，又经整理定型。从唐朝至今，古诗基本上都是使用中古韵部系统进行创作的，平水韵基本上反映了用韵情况。

69. **声情：**诗词文赋的声韵所表现的含义和情感。

70. **押韵：**古诗文的押韵，指的是句尾字的韵腹、韵尾和声调一样，一般不包括韵头，但包括声调，所以不同声调的字一般是不能押韵的，除非是通押现象。平水韵等韵书，就是把押韵的字放在一起，称为一个韵部，所以押韵也是指句尾字属于同一韵部。

71. **换韵：**指句尾字的韵，由一个韵部转为另一个韵部的现象，即押韵转换韵部。近体诗律诗、绝句不能换韵，古体诗可以换韵；词曲必须按谱，或一韵到底，或可换韵。

72. **声母：**汉字字音的一部分。指一个汉字音节开头的音。大部分字的声母是辅音，只有小部分字以元音开头，其声母被称为“零声母”。

73. **韵母：**汉语字音中声母、字调以外的部分。韵母又可以分成韵头（介音）、韵腹（主要元音）、韵尾三部分。韵头和韵尾可以没有，韵腹必须有。

74. **叶（协）韵：**古人读书的一种方法，属于吟诵的文读语音方法，即当原本押韵的字用现代语音读变得不押韵时，因为韵与诗文含义有密切的关系，所以需要恢复韵的古音读法，以保证含义能尽量完整地表达出来。叶韵的记载始于南北朝，盛行于宋朝以后。朱熹是叶韵理论的代表。

75. **声韵含义：**吟诵是以声音发出，以声音感受，以声音表达的。吟诵的直接目的就是把诗文的含义通过声音真实、完整、深刻地传达出来。诗文的含义，既以声音为载体，又有声音的诸多机制、规律，这些统称为声韵。吟诵的时候，尤其要运用声韵手段，传达声韵含义。要特别关注韵字、入声字、格律、节奏、声调组合等，善于用声音传达出这些字音及其相互关系的特征，以完整地表达诗文的含义。

76. **腔：**吟诵时每个字的读法，其声母、韵母、声调的发音方式和音高、音强、音长的变化情况。

77. **调：**吟诵时字与字的音腔关系，主要指音高之间的关系。

78. **曲：**吟诵时的旋律，它由调和调上的每个字的腔组合而成。这也是汉语传统音乐旋律的基本构成情况。

79. **吟诵方法：**即吟诵的基本规矩，大致有依字行腔、依义行调、入短韵长、平长仄短、平低仄高、虚实重长、模进对称、文读语音、腔音唱法等，分别适用于不同的文体。

80. **依字行腔：**吟诵时每个字的唱法，即严格按照字音去唱，唱准声母、韵母和声调。这也是汉语传统歌曲的基本规律，而吟诵是最严格的依字行腔。吟诵的旋律走向跟字音声调的走向不符，就是“倒字”。

81. **依义行调：**吟诵时字与字之间关系的唱法，即依据个人对作品的理解来安排字音和字音的关系。这也是汉语传统歌曲的基本规律，而吟诵是最严格的依义行调。

82. **入短韵长：**入声字由于其强烈的情绪色彩，常表达痛苦决绝、快速轻灵之意，只有读得短促，才能充分体现它在诗词文赋中的功能。韵字则要拖长。入声韵的诗，入声韵读短，不押韵的句尾字反而是拖长的，以衬托入声韵。

83. **平长仄短：**近体格律诗文吟诵时在音长方面的规矩。吟诵的时候，音长分长、中、短三种。诗文的句子中的第二、四、六等偶位字，如果是平声字，则是中长音。句尾的韵字，是最长音。入声字一律读短音。其余字的音长差不多，都是中短音。

84. **平低仄高：**近体格律诗文吟诵时在高低方面的规矩。二、四、六等偶位字，平声读低，仄声读高。一、三、五字的高低由后面字的高低决定，两个字为一个单位一起高或一起低。平声韵字一般读低。

85. **模进对称：**吟诵的旋律发展规则，也是以乐句为单位的旋律关系。模进即旋律框架近似，整体音高上升或下降的一种旋律关系。对称即旋律框架相反的一种旋律关系。古体诗的旋律发展以模进为主，近体诗的旋律发展以对称为主。

86. **虚实重长：**古文的吟诵读法，指古文的字读法，字分实、虚、入，音分短、重、长，即入声字读短，其余的字如果是虚字，一般重读，如果是实字，一般平读。实字的逻辑重音也要重读。多个重读音并列则取其轻者退为平读。重中之重则长读。

87. **腔音唱法：**腔音是中国音乐体系特征之一，即音的强弱、轻重、疾徐、高低等始终在变化。吟诵的声腔要使用腔音唱法。

88. **神韵气象：**清代桐城派主张“因声求气”，就是在理解诗文思想内容的基础上，通过诗文的声韵含义求得文气。这个神韵气象，首先是作品的，是作者的，其次也是读者的，是读者从吟诵中获得的，最终作用于读者，陶冶性情、化为气质。这才是吟诵的最终归宿。

89. **文气：**即诗文字与字、句与句、段与段之间关系的整体框架。其关系主要包括诗文声音的高低、快慢、长短、轻重等，也包括各种思想情感的变化。只有掌握了文气的起伏变化，才能深入理解诗文的深层含义，并由此获得其背后的文化精神和人格力量。

90. **吟诵符号：**古诗文读法的符号由叶圣陶、夏丏尊改编为竖排现代吟诵符号。现在的横排吟诵符号是由此演变而来的，共十个。

–	近体诗词曲中奇位平声字，读音较短
—	近体诗词曲中偶位平声字，读音较长

—— 近体诗词曲的平声韵字，读音最长

! 入声字，读音最短

√ 上声韵字，读音较长

\ 去声韵字，读音较长

< 词中上、去通押的韵字，读音较长

· 古文中的重读字，读音较重

~ 古文中的长读字，读音较长

91. **虚字：**古文中没有多少实际意义，主要是用来助益语气的字，包括语气词、助词、介词、连词和少量副词、代词等。

92. **实字：**古文中有实际意义的字，主要有名词、动词、形容词、数词、量词、代词六类。

93. **吟诵谱：**以六线谱为基本格式，标记诗文吟诵时每个字的声调走向和字与字之间的相对高低长短关系，是一种定性不定量的乐谱。

94. **文字谱：**以六线谱为基本格式，标记诗文吟诵时每个字的读法长度和字与字之间的相对高低长短关系，是一种定性不定量的乐谱。

95. **文气谱：**以六线谱为基本格式，标记古文吟诵时每句的快慢、高低，以及句与句之间的相对高低快慢关系变化，是一种定性不定量的乐谱。

96. **唱法谱：**在吟诵谱的基础上，把字音的唱法也标记出来，即把音强变化也标记出来的一种乐谱。

97. **吟诵：**汉诗文的传统读法的统称，即古代的“读”。古代的读书方法有歌、唱、吟、咏、诵、读、哦、叹、哼、呻、讽、念、背等多种，状态有高、低、朗、默、苦、恬、细、漫、生、熟、急、缓等多种。“读”是学习传统文化的基本方法，所以上学称“读书”，文人称“读书人”。我们现在把有旋律的读法叫作“吟”或“吟咏”，没有旋律的读法叫作“诵”或“读诵”，合称“吟诵”。

（本章内容在编写时参考了徐健顺老师的书稿，选入本书时做了一定的编辑加工。）

思考与练习

1. 阅读《吟诵，惜之念之的文化遗产》，体会传习吟诵之道的重要性和必要性。

2. 掌握吟诵的规则和符号。

3. 选择不同文体的汉诗文进行吟诵，感受其韵味和意境，品味其情感和精神内涵。

4. 积极参加相关社团、活动和赛事，为吟诵的传承贡献力量。

后记

《国学经典诵读》（第二版）是我们在之前所编写的教材《国学精粹》第一、第二版以及《国学经典诵读》第一版的基础上做出的又一次精心修订版。

第一、第二版《国学精粹》及第一版《国学经典诵读》在2011年、2015年和2020年面世后，得到了广大师生的普遍认可。在这十几年的传统文化教学和培训学习过程中，我们积累了诸多经验与实践心得，为了能将它更好地呈现出来，重新修订一部教材成了我们编写组全体成员的共同心愿。

习近平总书记多次指出：中华文化博大精深，中华文明源远流长，加强传统文化的传承与发展，从中华优秀传统文化中汲取营养，意义重大。基于这样的目的，本教材重新修订时，要求全体编写人员提高政治站位，加强整体设计，全面准确地在教材编写中落实党的二十大精神，充分发挥传统文化类教材的铸魂育人功能，以更好地弘扬中华优秀传统文化，增强文化自信。在此基础上我们对教材也进行了重新架构，将教材分为“国学经典诵读篇”和“传统技艺传习篇”上下两部分，共10个任务。同时，“诵读”同步融合到每个任务中，以实现学生在“学中诵”“诵中学”，更好弘扬中华优秀传统文化。

跟之前几版教材相比，《国学经典诵读》（第二版）除体例更加科学严谨、内容更加丰富翔实外，在互动环节上还设计了可操作的实践练习，使其具有较强的可变性与灵活性，实现了整个教学活动以学生为中心的教学特点。